실버의
반란

80세에 사회복지사 및 요양보호사 자격증 취득

실버의
반란

김일부 지음

 프로방스

머리말

사람은 누구나 병 없이 오래 살기를 원합니다. 그러나 나이 들어가면서 한두 군데 아프지 않은 사람이 어디 있겠습니까? 건강하게 지내오던 저 역시 여든 줄에 접어드니 손발 저릿, 다리 시큰, 만신이 마뜩치 않고 몸이 무거워짐을 느낍니다. 눈은 침침하고 귀도 먹먹해지며, 속은 위염이 있다 하고, 치아는 너무 닳아 덮어 씌워야 한다 하네요. 가슴마저 쓰리고 허리까지 구부정해 키도 작아져 갑니다.

이렇게 잔병과 싸우며 약도 먹고, 침도 맞고, 시류 따라 늙어가지만 눕지 않는 것을 다행으로 여기며 큰 병 없이 지내는 것을 감사하는 마음에 이런 글을 쓰게 됐습니다.

오늘도 지금까지 해왔던 대로 일찍 일어나 맨손 체조를 하고 하루를 시작합니다. 신문도 보고 책도 읽으며 글을 쓰다 점심식사 후 색소폰 연습장에 나가 동료들과 함께 배우고 노래 부르며 놀다가 저녁식사 후 뉴스도 듣고 연속극도 보다 일찍 잠자리에 듭니다. 이렇게 평범하게 지내는 노인이지만 동년배들께 뭔가 도움이 될까 싶어 이런 잡기를 엮어 봤습니다.

덧붙이면 저는 1급 전파 통신기사이고, 정보통신 특급 감리사로 아직도 받아주는 회사가 있어 제 면허증을 입찰서류에 첨부해 넣었다가 낙찰되면 그 공사현장에 상주 또는 비상주 감리원으로 나가 일을 해야 하므로 항상 대기하고 있는 일꾼입니다. 그동안 일을 하면서 짬짬이 틈을 내 통신관련 전문서적을 3권 출간했고, 희수(稀壽) 때는 자서전도 펴냈습니다.

또한 2019년에는 요양보호사 자격증을, 2021년엔 사회복지사 자격증도 취득했습니다. 그래서 시간이 나면 여러 방면의 책을 많이 읽고, 화창한 날이면 아들, 딸 손잡고 골프장도 가고, 여름이면 바다로, 겨울이면 산으로 많이 찾아다닙니다. 특히 한의사인 아들이 일찍부터 체질식을 권유해 환갑(還甲) 때부터 술, 담배, 커피를 끊었고, 육식과 유제품도 일체 먹지 않고 있습니다. 그 외에도 맵고 짠 음식을 피하고 물을 많이 마시며, 삼시 세끼 챙겨 먹으면서 규칙적인 생활을 하고 있습니다.

의사도 아닌 제가 요양보호사에 대해 공부하며 의료 관계 책을 본 것을 밑천으로 일반 상식에 준한 노인성 질환에 대한 몇 가지 기초 의료 상식을 썼는데, 어여삐 봐주시고 잘못된 점이 있으면 꾸짖어 주십시오. 저는 소속된 회사에서 매년 건강검진 확인서를 요구해 정기적으로 검진을 받는데, 아직까지 모든 면에서 정상이라 하니 신기해 그저 기쁠 따름입니다.

그런데 요즘 서점에 가보면 백세 장수 입문서는 흔하고, 125세 스스로 하는 건강관리 책도 있고, 150세 장수 비법 책도 눈에 띄더군요. 성경에 의하면 구약시대는 900세까지, 신약시대로 내려와 120~150세까지 살았다는 기록은 수없이 많이 나옵니다. 하기야 우리나라에서도 100세 인구가 꾸준히 늘어 2010년에는 2천여 명이, 2015년에는 1만 6천여 명이나 늘었다고 하며, 일본은 5만 명도 넘는다고 합니다. 어느 잡지에서 보니 프랑스 인 잔느 칼망(Jeanne Calment) 씨는 1977년 122세에 사망했다는 소식도 있더군요.

아무튼 무병타 자만하지 마시고, 병 있다 기죽지 말며, 약 좋다 과신 말고, 돈 없다 한탄하지 마십시오. 과식과 독한 약에 탈나지 적게 먹고 잔병 있다 죽지 않습니다. 인명은 재천이라 생사화복은 하늘의 소관이니 사는 날까지 건강하고 즐겁게 보내시기 빌며, 이 책이 평범한 노인 분들께 조금이나마 위로와 도움이 되기를 빌면서 머리글로 가름합니다. 감사합니다.

신축년(辛丑年) 동지(冬至)에 김일부(金一夫) 拜

차례

머리글 —— **004**

1부   노인 소고(老人小考)   **011**

1. 노인 소고   **013**
노인이란? | 나는 이렇게 살고 싶다 | 나의 노년 생각 | 노인의 품격 | 나이 들지 않는 묘수 | 125세까지 사는 법 | 노년! 삶의 목표 정해 시간을 아끼자 | 노인 의료 돌봄 개인 문제 아니다 | 환경오염과 인간 삶 | 죽음에 대하여 | 노후 처세 명심보감

2. 수명(壽命)과 세대구분   **126**
성경의 장수 역사 | 19세기에 장수한 중국의 이경원(李慶遠) | 백세 시대 | 현대에 장수하는 사람들

2부   노인성 질병과 전염병   **143**

1. 일반치매(一般癡呆)   **145**
치매의 발생원인 | 치매의 증상 | 치매의 등급 | 합병증 | 치료 및 예방 | 치매의 조기진단 | 치매에 관한 법원 판결문

1-2. 알츠하이머 병   **160**
알츠하이머병 발생기전 | 인지증은 몇 가지 질병을 포함하는 포괄적인 명칭입니다. | 알츠하이머병과 당뇨병은 나란히 증가하고 있습니다. | 인슐린은 기억 물질이기도 합니다. | 왜 인슐린이 작동하지 않으면 알츠하이머병이 생기는가? | 알츠하이머병 예방은 당뇨병 예방과 같습니다. | 기억력 회복시키는 데 음악 치료 효과적임

1-3. 치매 알기   **173**

치매 현황 | 치매환자를 도와주는 일 | 치매 예방 특효 5가지 | 치매를 예방하
는 생활습관 25가지 | 일상에서 기억력을 증진하는 방법 15가지

2. 파킨슨병   **188**

파킨슨병에 대한 책을 쓰신 '박병준' 씨의 논문을 참고해 보겠습니다. | 불편한
증상에 어떻게 대처해야 합니까? | 파킨슨병의 치료 현황

3. 뇌졸중(腦卒中)   **207**

4. 암(癌)   **215**

암 가능성 20~30년 전 알아낼 수 있다. | 모든 암은 우리 몸이 산성일 때 그리
고 산소가 부족할 때 생긴다. | 자율신경이 흐트러지면 병이 생긴다. | 암 치료
의 3대 요법 | 암 예방

4-2. 암을 이겨내는 자연치료법   **231**

5. 당뇨병(糖尿病)   **245**

당뇨병이란 무엇인가? | 당뇨병의 종류와 증상 | 당뇨병의 증세 | 당뇨병의 치
료 | 당뇨병환자와 운동 | 약물요법 | 식사요법 | 당뇨병의 합병증 | 당뇨병 치
료의 전망

6. 감염병(感染病)   **287**

감염병 역사 | 인간을 위협하는 감염병들 | COVID-19

7. 한의학(韓醫學)의 8체질론(八體質論)   **296**

인간의 8개 개성이 8체질 | 타고난 내장기능의 강약 배열의 체질 | 8체질과 직
업 선택 | 8체질 각각의 특성 | 체질병리는 어떻게 형성되는가? | 체질치료는
어떻게 해야 하는가? | 체질 감별은 어떻게 하는가? | 체질식의 원리는 무엇인
가? | 인간 본능을 상실하다 | 체질 맞는 짝 찾기

3부　**자격증 소고**(資格證 小考)　**331**

1. 요양보호사(療養保護士)　**333**
요양보호사 자격증 따기 | 요양원 실습수기 | 노노간병(老老看病)과 요양보호(療養保護)

2. 사회복지사(社會福祉士)　**355**
사회복지사 자격증 따기 | 사회복지사 자격취득 및 특징 | 2급자격증 따기 체험수기 | 배우는 즐거움

3. 자격증 변천사　**370**

4부　**미래사회 소고**(未來社會 小考)　**377**

1. 2045년엔 무슨 일이?　**379**

2. 클라우드 컴퓨팅(Cloud Computing)　**387**

3. 인공지능(AI: Artificial Intelligence)　**390**
복합 인공지능 시대 성큼 다가왔다 | 인공지능 GPT−3란? | 인공지능 챗봇(Chatbot: 대화로봇) '이루다' 사형선고 받다 | 인공지능 사물 인터넷(IOT)

4. 3D 프린터　**402**

5. 로봇(Robot)**에 관해서**　**405**

맺음말　**414**

1부

노인 소고

(老人小考)

1 노인 소고

가.
<u>노인이란?</u>

노인이란 노인복지법에서 만 65세 이상의 노인이라고 정해 놓았습니다만, 백세시대에 접어든 요즘은 팔십이 넘어도 정정한 분들이 많아서 79세까지를 중노인, 팔순을 넘어야 상노인이라고 부른답니다. 그런데 UN에서 발표한 새로운 연령 구분에 의하면 65세까지를 청년, 66~79세까지를 중년, 80~99세까지를 노년이라 했고, 100세를 넘어야 장수 노인이라고 했습니다. 그 나라 총인구 중 65세 이상 노인 비중이 7%를 넘으면 고령화사회라 하고, 14%를 넘으면 고령사회라 하는데, 우리나라는 2018년에 14.46%에 도달해 고령사회에 진입했고, 2026년엔 20%가 넘을 것 같아 초고령사회가 될 것이라 전망하고 있습니다. 그때쯤이면 치매 환자가 백만 명을 넘을 것이며, 2020년을 기점으로 인구 감소의 변곡점이 이루어져 해마다 인구가 줄어들어 2044년엔 총 인구가 5천만 명 이하로 떨어질 것이라고 예측하고 있습니다.

어쨌든 노인 인구가 늘어나는 만큼 노년기에 들어서면 신체 내외부에 많은 변화가 일어나게 됨을 알아야 합니다. 제일 먼저 몸에 유수분 부족으로 피부가 건조해져 거칠어지고 처지며, 특히 소양증(搔痒症)이 심해져 가렵고 손발이 터서 피가 나며, 얼굴이 창백해지면서 잡티나 검버섯이 생기고 주름이 많아집니다. 또 근육의 강도가 떨어지고, 뼈 구조 밀도가 낮아지면서 골다공증이 생겨 관절 질환의 위험이 높아지므로 넘어졌다 하면 뼈가 부러지는 등 큰일을 당할 수도 있습니다.

무릎 관절도 마모되어 걸음을 잘 못 걷고, 계단 오르내리기도 힘들어 지팡이 신세를 져야 하고, 척추도 구부정해지면서 등이 휘어져 신장도 작아지게 됩니다. 피부감각이 둔해져 전기장판에 살을 데고, 냉동 창고 작업할 때 동상에 걸리기 쉬우며, 피부 신경세포의 감소로 추위를 잘 타 후드가 달린 두툼한 옷과 내의 등으로 중무장하지 않으면 감기에 걸리기 십상입니다. 또한 움츠린 어깨에 걸음걸이도 불안정해 빙판에 잘 넘어지기도 하며, 척추관 협착, 손, 발, 무릎마디 마모가 심해 통증도 많아지게 됩니다.

뇌에는 나쁜 단백질인 베타 아밀로이드가 쌓여가 기억력이 떨어지면서 건망증이 오고, 심해지면 치매로 발전되기 쉬우니 미리미리 검사를 받아 봐야 합니다. 머리는 백발이면서 자꾸 빠져 대머리가 되고, 눈썹 음모가 줄고 희게 되니 민망하게 보이기도 합니다. 눈은 눈물의 양이 줄어 뻑뻑해지고, 안압 상승으로 녹내장에 수정체가 혼탁해져 백내장까지 생겨 침침해서 밤이면 봉사가 되고, 후유리체막이 박리되면서 날파리 같은 것이 왔다갔다하는 비문증도 생기게 됩니다. 특히 노폐물로 망막 혈관이 막히면 황반에 영양 공급이 되지 않아 변성이 오면서 시야가 구불구불하게 보이거나, 사물의 중심이 까맣게 보이는 암점 현상까지 나타나게 되면 실명 위험에 이르게 됩니다.

귀는 고막과 내이의 퇴행에 신경감각 세포까지 퇴행되면서 작은 소리는 들리지 않아 라디오나 TV 볼륨을 자꾸 올리게 되어 나중에는 보청기 신세까지 져야 합니다. 치아는 충치, 풍치로 썩어 냄새가 나며, 치아 사이에 음식물이 자꾸 끼고 흔들려 딱딱한 것은 씹지를 못해 소화불량을 일으키며, 혓바닥은 짜고 단맛에 둔해져 조리 시 소금이나 설탕을 많이 넣어 짜고 달게 만들기도 한답니다. 심장은 혈관이 좁아지고 탄력이 떨어져 뇌졸중(뇌경색, 뇌출혈 등) 위험이 높아지고, 위장 대장은 소화액 감소와 운동저하로 소화불량이나 설사, 변비가 자주 일어나기도 합니다.

콩팥은 방광기능 약화로 변의를 느끼지 못해 요실금, 변실금 사태를 일으키기도 하며, 독소 제거기능 약화로 부종도 잘 생기고, 호르몬 생성이 되지 않아 성욕 감퇴로 살맛이 안나 짜증에 우울증이 생기기도 한답니다. 이러한 변화로 바깥출입이 적어지고 운동을 소홀히 하다 보니 수면시간이 고르지 않아 새벽 두세 시가 되면 깨고선 낮에 졸고, 저녁을 먹자마자 졸려 선잠자다 깨기도 해서 피곤을 달고 사니 항상 무기력해질 수밖에 없겠지요.

어찌됐던 세월은 유수 같아 노년기에 접어 들면 실업으로 궁핍에 빠지기 쉽고, 신체조직의 기능 퇴화로 남에게 의지해 보려는 의존증이 생기기도 하고, 만사 귀찮아 변화를 싫어해서 살던 집 그대로, 손때 묻은 옛것 그대로를 애지중지해 고물에 애착이 가고, 쓸모없는 잡동사니들을 끌어 모으는 괴팍한 노인으로 변해 가기도 합니다. 거기에 융통성마저 떨어져 옛날 방식을 고수하려해 신제품 사용 방법을 배우려 하지 않기 때문에 시대에 뒤처져 낙오자가 되어 가기도 합니다. 또 참여의식 저하로 스스로 고독 속에 파묻혀 외로움을 안고 사는데, 그러다 한쪽 배우자라도 잃게 되면 허탈과 상실감에 만성지병이 악화되고 삶의 의욕마저 상실해 극단적인 행동을 취하려하기도 한답니다.

이렇게 나이 들어가면서 여러 가지 지병들을 안고 살아가는데, 주위에선 '단 것도, 짠 것도, 매운 것도 안 된다, 붉은 고기도 안 된다, 술, 담배도 안 된다'고 하니 무슨 낙으로 살아가야 한단 말입니까? 그러니 종교에 귀의하고, 취미를 찾아 나서고, 여행을 생각해 보지만 이런저런 것도 할 수 없는 딱한 노인들은 백세시대가 오히려 재앙일 런지 모르겠습니다.

그래서 장수 국가 일본에서는 '노인파산'이라는 말이 대유행이라고 하는데, 다음 장은 일본 작가 '소노 아야코' 씨의 〈나는 이렇게 나이 들고 싶다〉라는 것을 소개해 드리기로 하겠습니다.

값진 인생

폭설이 내린 머리에는 머리카락보다 많은 사연이 있고
주름이 깊은 이마에는 고뇌하며 견딘 세월의 흔적이 있네.

휘어진 허리는 그동안 알차게 살았다는 인생의 징표인데
그 값진 삶을 산 당신에게 그 누가 함부로 말하겠는가?

남은 삶이 짧아도 함축된 심오한 삶의 무게를 그 누가 가볍다 말하리오.
당신이 남긴 수많은 발자취의 그 값진 인생은 박수 받아 마땅하리오!

나.
나는 이렇게 살고 싶다

일본인 작가 '소노 아야코'(1931년 생) 씨는 그의 저서 〈계로록(戒老錄)〉에서 노인들에게 다음과 같이 설파하였습니다.

1) 남이 주는 것, '해주는 것'에 대한 기대를 버려라. 이런 자세는 유아의 상징이고 나이 들어서는 노년의 상징이다.

2) 노인이라는 것은 지위도 자격도 아니다. 버스에서 당연히 자리를 양보 받아야 한다는 생각은 자립의 마음 가짐이 아니다.

3) 가족끼리라면 무슨 말을 해도 좋다고 생각해서는 안 된다. 그러므로 노인들은 몸가짐과 차림새를 단정히 해야 한다.

4) 나이가 들면 젊었을 때보다 자신에게 더욱더 엄격해져야 한다.

5) 마음에도 없는 말을 거짓으로 표현하지 말아야 한다.

6) 같은 연배끼리 사귀는 것이 노후를 충실하게 하는 원동력이다.

7) 즐거움을 얻고 싶다면 돈을 아끼지 말아야 한다.

8) 어떠한 일에도 감사의 표현을 할 줄 알아야 한다 그러므로 날마다 보살펴주는 타인에게 항상 감사해야 한다.

9) 여행을 많이 할수록 좋다. 여행지에서 죽는 한이 있더라도 좋다.

10) 관혼상제, 병문안 등의 외출은 일정 시기부터 결례해도 된다.

11) 재미있는 인생을 보냈으므로 나는 언제 죽어도 괜찮다고 생각할 정도로 늘 심리적 결재를 해 둔다.

12) 혈육 이외에 끝까지 돌봐줄 사람은 아무도 없다.

13) 죽는 날까지 활동할 수 있는 것이 최고의 행복이다. 행복한 일생도 불행한 일생도 일장춘몽이다.

14) 생활의 외로움은 아무도 해결해 줄 수 없다. 종교에 대해 마음과 시간을 할애해야 한다. 마음의 평화를 가져다 줄 것이다.

15) 종교에 대해 마음과 시간을 할애해야 한다. 마음의 평화를 가져다 줄 것이다.

한편, '한국심리교육협회'에서 나온 '노인 생활수칙'에 있는 내용을 발췌해 보기로 하겠습니다.

1) 즐거운 마음으로 하루를 시작하고 마감하라. 그래야 여한 없이 살게 된다.

2) 좋은 친구와 만나라. 외로움은 암보다 무섭다.

3) 자서전을 써라. 인생의 정리가 저절로 이루어진다.

4) 덕을 쌓으며 살아라. 좋은 사람이 모여들고 하루하루가 값지게 된다.

5) 좋은 말을 써라. 말은 자신의 인격이다.

6) 좋은 글을 읽어라. 몸은 늙어도 영혼은 늙지 않는다.

7) 내 고집만 부리지 말라. 노망으로 오인 받는다.

8) 받으려 하지 말고 주려고 하라. 박한 끝은 없어도 후한 끝은 있다.

9) 모든 것을 수용하라. 배타하면 제명대로 살지 못한다.

10) 마음을 곱게 써라. 그래야 곱게 늙는다.

11) 병과 친해져라. 병도 친구는 해치지 않는다.

12) 나이에 자신을 맞추어라. 몸부림쳐도 가는 세월 막지 못한다.

13) 틈만 있으면 걸어라. 걷는 것 이상 좋은 운동이 없다.

14) 나만 옳다는 생각을 버려라. 고집 센 사람 모두가 싫어한다.

15) 자녀에게 이래라 저래라 간섭하지 말라. 그러다가 의만 상한다.

16) 콩과 멸치, 마늘을 많이 먹어라. 최고의 건강식품이다.

17) 과식단명 소식장수라는 말이 있다. 음식 욕심은 명 재촉의 지름길이다.

18) 아침에 일어나 온몸 마찰하라. 순환만 잘되면 100세는 거뜬하다.

19) 노후는 인생의 마지막 황금기다. 값지게 보내라.

20) 술, 담배는 멀리하라. 백해무익의 원수다.

21) 어제를 잊고 내일을 설계하라. 어제는 이미 흘러갔다.

22) 충분히 잠을 자라. 수면에 비례해서 수명도 늘어난다.

23) 매일 맨손 체조를 하라. 돈 안 들이는 최고의 건강법이다.

24) 쉬지 말고 움직여라. 흐르는 물은 썩지 않는다.

25) 욕심은 버려라. 남 보기에도 좋아 보이지 않는다.

26) 주어진 날들을 즐겁게 지내라. 세상은 즐기기 위해 나온 것이다.

27) 사랑의 눈으로 만물을 보라. 사랑이 가득한 세상이 펼쳐진다.

28) 비상금을 가지고 있어라. 무일푼이면 서러움을 당한다.

29) 종교를 가져라. 삶의 내용이 달라진다.

30) 시간을 쪼개어 예술을 감상하라. 그 즐거움도 만만치 않다.

31) 미움과 섭섭함을 잊어버려라. 그래야 평화가 온다.

32) 취미를 살려라. 취미는 삶의 활력소이다.

33) 여행을 즐겨라. 하루하루가 즐거움의 연속이다.

34) 작은 배려에도 감사의 표현을 하라. 그래야만 존경받는다.

35) 컴퓨터와 친구가 되어라. 새로운 세상을 맛보게 된다.

36) 새로운 친구를 사귀어라. 돈이 아니라 사람이 자산이다.

37) 부부금슬을 극대화시켜라. 행복의 날도 길지 않다.

38) 평생 현역으로 살아라. 좋은 일, 궂은 일 따로 있는 것이 아니다.

39) 세상을 아름답게 보아라. 보는 것만 내 몫이다.

40) 시간 관리를 잘하라. 주어진 시간이 끝나면 이 세상과도 작별이다.

노인 십계명

60대는 해마다 늙고, 70대는 달마다 늙고, 80대는 날마다 늙고, 90대는 시간마다 늙고, 100세는 분마다 늙는다고 했습니다. 섭생과 운동에 힘써서 70대 에 청춘을 구가하는 사람도 많지만, 대부분 늙으면 자신을 잃고 막연한 불안과 외로움 속에 하루하루 무의미한 세월 죽이기로 허송하는 분들이 많습니다. 여든 줄에는 건네는 인사도 "밤새 안녕 하십니까?"로 변하고, 죽어도 그만, 살아도 그만인 아흔 줄에는 대소변, 병수발에 간병인이 있어야 하니 그 삶이 결코 축복일 수 없고 기쁨일 수 없는데, 하물며 백세 향수를 바란 데서야 어찌 욕심이라 하지 않을 수 있겠습니까? 그러나 늘어나는 나이를 자신이 어찌할 수 없는 것이 현실이니 노인 십계명이나마 잘 지키는 것이 그래도 모르는 것보다야 낫지 않겠습니까?

① 자식에게 올인하지 말라.
② 며느리 잘 모셔야 집안이 화목하다.
③ 돈은 무덤까지 가지고 가야 한다.
④ 돈보다 먼저 건강이다.

⑤ 젊게 살려면 젊은이를 따라하라.

⑥ 미워도 내 사람이 제일이다.

⑦ 작은 것을 크게 기뻐하라.

⑧ 뒤돌아보지 말고 남은 날들을 즐겁게 보내라.

⑨ 자기가 믿는 종교와 잘 거래하라. 얻는 것이 많을 것이다.

⑩ 오늘 하루가 감사하면 일생이 감사하다.

-공자(孔子)는 노년이 되면 모든 욕심의 유혹부터 뿌리쳐야 한다고 충고했습니다. 이 말 속에는 노욕은 곧 노추(老醜)와 직결된다는 의미가 함축돼 있어, 여기에 노욕이란 불청객이 하나 더해 노년에 찾아오는 5고를 병고(病苦), 빈고(貧苦), 고독고(孤獨苦), 무위고(無爲苦), 노욕고(老慾苦)라고 했습니다.

세계적으로 덕망이 높은 존 맥아더 목사는 노인들의 삶을 이렇게 말했습니다. "단지 오래 살았다는 것만으로 늙은 것이 아닙니다. 사람이 나이가 들면 얼굴에 주름살이 생기는 것은 지극히 당연합니다. 하지만 말년에 꿈마저 버린 사람은 마음의 주름살이 생길 것이기에 노인세대는 '지금도 할 수 있다'라는 꿈까지 버려서는 안 됩니다."

그러므로 남은 인생 여정을 살아갈 우리 노인들도 국가나 사회가 주변에서 무엇을 해 주기만을 바랄 것이 아니라 스스로 무엇인가 할 일을 찾아서 해야 하는 쪽으로 삶의 방향을 바꿔야 합니다. 노인들에게 엄숙한 충고를 던진다면 어떤 일을 해 보기 전에 체념부터 하지 말라는 것입니다. "나는 안 돼, 나는 이제 필요 없는 늙은이야!" 따위의 푸념은 자신을 스스로 매장하는 짓입니다. 우리 옛 조상들은 쓸모없다고 생각했던 노인들의 경륜을 지혜로 받아들였습니다. 정약용의 목민심서에 걸언례(乞言禮)라는 제도를 시행했던 내용이 나옵니다. 고을 사람 중에 80세 이상 노인들을 국가기관에 초대해 윗자리에 모시고 잔치를 베풀면서 노인들의 입을 통해 백성들이 당하는 괴로움이나 고통에 대한 이야기를 하도록 해서 좋은 의견이나 지적이 나오면 시정할 방법을 모색했던 것입니다. 80이 넘은 노인들은 두려움이나 이해타산 없이 거침없는 말을 할 수 있었기 때문에 활용했던 제도인데, 현재는 노인들이 가정에서나 사회에서 부담만 주는 귀찮은 존재 취급을 받는 것 같아 서글픔이 밀려옵니다.

일본의 주부들은 직장에서 정년퇴직하고 집안에 죽치고 들어앉은 늙은 남편을 '오치누레바(濡ち落れ葉)'라고 부른답니다. 우리말로는 '떨어져 젖은 낙엽'이란 뜻이지요. 마른 낙엽은 산들바람에 잘 날아 가고 땔감으로도 쓸모 있지만, 젖은 낙엽은 한번 눌러 붙으면 빗자루로 쓸어도 땅 바닥에 눌러 붙어서 떨어질 줄 모르고 불 소시개로도 사용하지 못해서 쓸모없는 것이란 의미입니다. 그래서 정년퇴직 후의 늙은 남편을 부인이 밖으로 쓸어내고 싶어도 달라붙어 떨어지지 않으니 부담스러운 존재라는 뜻이지만, 당사자인 우리 노인들에게는 심히 모욕적인 표현인 것입니다. 노령인구가 기하급수적으로 늘어나는 현실을 고려하면, 젖은 낙엽 신세의 노인들은 앞으로도 대폭 늘어나게 될 것이므로 노인들 스스로 존경받을 위치를 유지하기 위해 노력해야 할 것입니다.

일본의 100세 시인 '시바다 도요' 씨는 92세 때 아들의 권유로 시를 쓰기 시작해 99세에 기념비적인 〈약해지지 마〉라는 시집을 발간했으며, 150만 부가 팔린 '베스트 셀러' 작가가 되었습니다. "살아있어 좋았어. 살아 있기만

해도 좋은 것이니 약해지지 마"라는 내용의 시는 노인들의 고된 삶에 큰 용기를 불어넣어 주어 화제의 인물이 되었습니다. 그러니 노인들이여! 늙었다고 기죽지 말고 당당히 사십시오. 나도 할 수 있다는 자신감과 용기를 잃지 말기를 바랍니다. 그리고 꿈마저 잃어버리면 젖은 낙엽 신세로 전락, 외롭고 막다른 길목으로 내 몰릴 수 있으니 사는 날까지 건강과 지혜로 무장하여 끝까지 품위를 잃지 않도록 노력합시다. 인생의 빛깔은 해 뜨는 아침보다 해질녘이 더 아름답고 찬란하다 하지 않습니까?

여기 시바다 도요 씨가 100세 때 발표한 애송시 한 편을 소개해 보겠습니다.

무심코 한말이 큰 상처를 입혔는지 나중에야 깨달을 때가 있어.
그럴 때 나는 그의 가슴 속으로 성큼 다가가 '미안 합니다'라고 말하고
지우개와 연필로 그 말을 고치지.
있잖아 괴롭다고 슬퍼하지 마. 햇빛과 산들바람은 한쪽편만 들지 않아.
꿈은 누구에게나 평등하게 꿀 수 있어. 나도 괴로울 때가 있었어.
살아 있어 행복했어. 약해지지 마.
내 나이 90이 넘으니 나의 하루하루의 생활이 너무나도 사랑스러워.
친구들로부터 걸려오는 안부 전화, 집으로 찾아오는 손님들.
각각 모두가 나의 살아갈 용기와 힘을 선물해 주네!

소설가 '박완서' 씨는 노년에 이렇게 말했습니다.

"젊었을 적의 내 몸은 나하고 가장 친하고 만만한 벗이더니 나이 들면서

차차 내 몸은 나에게 삐치기 시작했고, 늘그막의 내 몸은 내가 한평생 모시고 길들여 온 나의 가장 무서운 상전이 되었다".

정말 맞는 말입니다. 몸만이 현재입니다. 생각은 과거와 미래를 왔다갔다 합니다. 하지만 몸은 현재에 머뭅니다. 현재의 몸만큼 중요한 것은 없습니다. 그렇기 때문에 몸은 늘 모든 것에 우선합니다. 몸은 곧 당신입니다. 몸을 돌보는 것은 자신을 위한 일인 동시에 남을 위한 일입니다. 그런 면에서 몸을 관리하지 않고 방치하는 것은 무책임한 일입니다. 이어 주변에 민폐를 끼칩니다. 몸을 돌보면 몸도 당신을 돌봅니다. 하지만 몸을 돌보지 않으면 몸은 반란을 일으킵니다. 그러므로 하루 반시간 걸으면 몸에 놀라운 변화가 나타납니다.

① 치매가 예방된다.　② 근육이 생긴다.
③ 심장이 좋아지고 혈압을 낮춰준다,　④ 소화기관이 좋아진다.
⑤ 기분이 상쾌해진다.　⑥ 녹내장이 예방된다.
⑦ 체중을 관리할 수 있다.　⑧ 뼈를 강화시킨다.
⑨ 당뇨병 위험을 낮춰 준다.　⑩ 폐가 건강해진다.

다산 정약용의 '노년유정(老年有情)'

밉게 보면 잡초 아닌 풀 없고 곱게 보면 꽃 아닌 사람 없으니
그대 자신을 꽃으로 보시게.

털려들면 먼지 없는 이 없고 덮으려 들면 못 덮을 허물없으니,

누군가의 눈에 들긴 힘들어도 눈 밖에 나기는 한순간이더이다.

귀가 얇은 자는 그 입도 가랑잎처럼 가볍고

귀가 두꺼운 자는 그 입도 바위처럼 무겁네.

사려 깊은 그대여 남의 말을 할 땐 자신의 말처럼 조심하여 해야 하리라.

겸손은 사람을 머물게 하고, 칭찬은 사람을 가깝게 하고,

너그러움은 사람을 따르게 하고, 깊은 정은 사람을 감동케 하니

마음이 아름다운 그대여!

그대의 그 향기에 세상이 아름다워지리라.

나이가 들면서 눈이 침침한 것은 필요 없는 작은 것은 보지 말고

필요한 큰 것만 보라는 뜻이요,

귀 잘 안 들리는 것은 필요 없는 작은 말은 듣지 말고

필요한 큰 말만 들으라는 것이고,

이가 시린 것은 연한 음식 먹고 소화불량 없게 하려함이고,

걸음걸이가 부자연스러운 것은 매사에 조심하고

멀리 가지 말라는 것이리라.

머리가 하얗게 되는 것은 멀리 있어도 나이든 사람인 것을

알아보게 하기 위한 조물주의 배려이고,

정신이 깜박 거리는 것은 살아온 세월을 다 기억하지 말라는 것이니,

지나온 세월을 다 기억하면 정신이 돌아버릴 테니

좋은 기억 아름다운 추억만 기억하라는 것이리라.

원래 웃음이 많으면 건강에 좋고 수시로 웃으면 좋은 인상을 남깁니다. 목이 쉬도록 소리 내어 웃으면 주위가 즐겁고, 금방 웃었는데 또 웃으면 기쁨이 두 배, 토라진 얼굴보다 웃는 얼굴이 더 예쁜 걸 모르는 사람은 없습니다. 일상에 지쳐 힘들더라도 내 주위를 위해 웃을 줄 아는 따뜻한 사람이 되도록 해요. 한결 같은 마음으로 자신에게 늘 한결 같이 잘해 주는 사람과 작은 정성으로 매일 매일 메시지를 보내주는 사람을 절대 버리지 말아요. 한평생 수많은 날들 살아가면서 아마도 그런 사람 만나는 건 그리 쉽지 않을 것입니다.

이제 노년기에 들어서면 아는 것도 모르는 척, 보았어도 못 본 척 넘어가고, 내 주장 내 세우며 누굴 가르치려 하지 말자. 너무 오래 살았다느니, 이제 이 나이에 무엇을 하겠느냐는 등등, 스스로를 죽음으로 불러들이는 어리석은 짓을 하지 말자. 살아 숨 쉬는 것 자체가 생의 환희 아닌가? 아무것도 이룬 것이 없더라도 살아 있는 인생은 즐거운 것이다. 가족이나 타인에게 서운한 마음 있더라도 그 책임은 나의 몫이라고 생각하자. 그리고 노인의 절약은 더 이상 미덕이 아니다. 있는 돈은 즐거운 마음으로 쓸 줄 알아야 따르는 사람이 많은 법...

축구에서 전, 후반전을 훌륭히 마치고 연장전에 돌입한 당신의 능력을 이미 관중들은 충분히 알고 있다. 결승전에서 결승점 뽑을 욕심은 후배들에게 양보하고, 멋진 마무리 속에 박수 칠 때 떠날 수 있도록 멋진 '유종의 미'를 꿈꾸며 살아가자! 그러기 위해서,

1) 마음의 짐을 내려놓아라.

재산을 모으거나 지위를 얻는 것이 경쟁 관계 속에서 이루어지는 것이기에 황혼의 인생은 이제 그런 마음의 짐을 내려놓아야 한다.

2) 권위를 먼저 버려라.

노력해서 나이 먹은 것이 아니라면 나이 먹은 것을 내세울 것이 없다. 나이 듦이 당신에게 가져다주는 것은 권위도 지위도 아니다. 조그만 동정일 뿐이다.

3) 용서하고 잊어야 한다.

살면서 쌓아온 미움과 서운한 감정을 털어 버려야 한다.

4) 항상 청결해야 한다.

마지막까지 추한 꼴을 보이지 않으려는 것이 인간이 버려서는 안 되는 자존심이다.

5) 감수해야 한다.

돈이 부족한데서 오는 약간의 불편, 지위의 상실에서 오는 자존심의 상처, 가정이나 사회로부터의 소외감도 감수해야 한다.

6) 신변을 정리해야 한다.

나 죽은 다음에 자식들이 알아서 하겠지, 하는 사고방식은 무책임한 짓이다.

7) 자식으로부터 독립해야 한다.

금전적인 독립은 물론 사랑이라는 이름으로 얽매인 부모 자식 관계를 떨쳐 버려라. 자식도 남이다. 그저 제일 좋은 남일 뿐이다.

8) 시간을 아껴야 한다.

노인의 시간은 금쪽같이 귀하다. '시간은 금이다'라고 했지만 노인의 시간은 돈보다 귀하다.

9) 감사하고 봉사해야 한다.

삶의 마지막은 누군가에 의지해야 한다. 더구나 효성스런 자식이 없다면 더욱 그렇다. 세상에 고마움을 표하고 살아 움직일 수 있을 때 타인을 위해서도 미리 갚아두어야 한다. 살아온 이 지구의 환경과 우리 사회에 고마움을 느낄 수 있어야 성숙한 노년의 삶이다.

10) 참여하라.

사회나 단체 활동 혹은 이웃 간의 행사에도 적극적으로 참여하라. 친구와 어울리고 취미 활동에 가입하라.

11) 혼자서 즐기는 습관을 기르라.

혼자서 즐기는 습관을 들여야 한다. 노인이 되고 세월이 흐르면 친구들은 한 사람 두 사람 줄어든다. 설혹 살아있더라도 건강이 나빠 함께 지낼 수 없는 친구들이 늘어난다. 아무도 없어도 낯선 동네를 혼자서 산책할 수 있을 정도로 고독에 강한 인간이 되어야 한다.

12) 노인은 매사에 감사할 줄 알아야 한다.

감사의 표현이 있는 곳에는 어떤 어려움이 있어도 신기하게 밝은 빛이 비치게 마련이다. 축복받은 노후를 위해 오직 한 가지, 반드시 지켜야 할 것을 꼽으라면 나는 서슴지 않고 "감사합니다."라고 말할 것이다. 감사의 표현을 할 수 있는 한 눈도 잘 보이지 않고, 귀도 잘 들리지 않으며, 몸도 잘 움직일 수 없어 대소변도 못 가리는 사람이라 하더라도 그는 엄연한 인간이며 아름답고 참다운 노년과 죽음을 체험할 수 있는 존재이기 때문이다.

13) 새로운 기계 사용법을 적극적으로 익히도록 해야 한다.

새로운 기계의 사용방법을 익히기가 어렵다. 몇 번씩 설명을 듣고 여러 차례 설명서를 읽어보아도 도저히 이해하기가 어렵다는 이유로 그런 새 기계 사용을 포기하기보다는 지속적으로 노력해서 익숙해지도록 하라. 약간 불편하더라도 지금 상태 그대로가 좋다고 생각하지 말라. 이런 징조는 젊은 사람에게도 있으나 심리적 노화와 상당히 비례하는 것 같다.

14) 교통이 혼잡한 출퇴근 시간대에는 이동하지 말자.

노인이 러시아워의 혼잡한 시간에 지하철이나 버스를 타야 할 경우는 흔치 않다. 교통이 혼잡한 시간대에는 외출을 자제해서 출퇴근하는 젊은 사람들에게 폐가 되지 않도록 배려해야 한다.

15) 짐을 들고 다니지 말자.

들어야 한다면 최소로 줄여라. 외출이나 여행을 할 때 노인은 짐을 들어서는 안 된다. 동행자가 없으면 자신이 피곤해지고, 동행자가 있으면 동행자에게 폐를 끼치게 되기 때문이다.

16) 입 냄새, 몸 냄새에 신경을 쓰자.

노인이 되면 노인 특유의 냄새가 난다. 따라서 항상 향수를 휴대하여 극히 소량이라도 사용하는 것이 좋다.

17) 나이가 들면 불결한 것에 태연한 사람들이 꽤 있다. 자주 씻자.

청결하게 하는 것은 자신을 위해서도, 동시에 주위 사람들에 대한 예의이기도 하다. 그러므로 내의는 매일매일, 혹은 이틀에 한 번씩 자주 갈아입고, 침구나 잠옷 등은 날을 정해서 더럽게 보이던, 보이지 않던 세탁하여야 한다.

18) 화장실 사용 시 문을 꼭 잠그고, 무릎은 가지런히 하고 변기에 앉자.

나이가 들면 화장실에 들어가서 무릎을 벌리고 변기에 앉거나, 문을 꼭 잠그는 것을 소홀히 하는 경우가 많다. 늙었다는 징조다. 이는 정신상태의 해이와 주위사람들에 대한 배려의 결여에서 생기는 현상으로 반드시 주의해야 한다.

19) 죽기 전에 자신의 물건들을 모두 줄여 나가도록 하자.

어렵지만 일기나 사진도 자식들이 꼭 남겨 달라고 하지 않은 것들은 노인이라는 소리를 들을 즈음부터는 조금씩 처분하는 마음자세로 죽음을 맞을 준비를 하는 것이 좋다. 재산도 마찬가지다. 아무 생각 없이 남긴 재산은 종종 유족들을 번거롭고 힘들게 한다. 더 이상 나의 판단력이 흐려지기 전에 확실하게 정리해 두자. 구심점이 없어지는 그날, 혈육 간의 분쟁이 발생치 않도록 하는 현명한 조치이기도 하다.

20) 친구가 먼저 죽더라도 태연하자.

친구가 먼저 세상을 뜨는 일은(남편이나 아내가 먼저 떠나는 것도 같다.) 늘 사전에 마음속으로 예상하고 준비하는 것이 매우 중요하다. 그렇게 하면 막상 닥친 운명에 대해 마음의 각오가 서게 된다. "드디어 헤어지게 되는구나!"라고 한탄하기보다 "몇 십 년 동안 즐겁게 지내주어 고마웠어!"라고 감사해 하는 마음의 자세가 중요하다. 곧 내 차례가 올 것이니까.

21) 허둥대거나 서두르지 않고 뛰지 말자.

노인의 갖가지 심신의 사고는 서두르는데서 일어난다. 이만큼 살아왔는데 여기서 무얼 더 서두를 게 있으랴? 노인이란 한 걸음, 두 걸음 걸어 나가면서 인생을 음미할 수 있는 나이다. 그런 의미에서 나이가 들면 누구나 예술가이다. 노인이 되어 시를 쓰기 시작하는 사람들이 많은 건 그런 연유 때문이다. 서두를 필요가 없다. 무엇이든 느긋하게 하고 느릴수록 좋다.

22) 매일 적당한 운동을 일과로 하자.

나이가 들면 신체의 각 부위가 퇴화되는 현상이 노년의 서글픔이다. 신체의 퇴화를 저지하는 유일한 방법은 항상 몸을 단련하는 것이다. 평소에 가구나 구두, 기계류를 닦고 조이며 손질을 게을리하지 않는 것처럼, 하루 세번 식사를 하듯 매일 정해진 시간에 규칙적으로 알맞은 운동을 하는 것이 매우 중요하다. 그러나 무리한 운동은 절대 금물이다. 자고로 세월을 이기는 장사는 천하에 없는 것이다.

23) 여행은 많이 할수록 좋다. 여행지에서 죽어도 좋다.

여행만큼 생활에 활력을 주는 것도 없다. 낯선 땅에서 낯선 사람들을 만나고, 낯선 음식을 먹는 것은 언제나 신선한 느낌으로 다가온다. 노년의 건조한 생활에 변화를 줄 수 있는 여행은 많이 할수록 좋다.

누가 노인을 불 꺼진 청춘이라 했는가?

젊은이들은 70~80년 살았으면 산전수전 다 겪고 용도 폐기 처분될 나이이니 뒷방 구석에 앉아 주는 밥이나 챙겨 먹고, 조용히 살고 있으면 점잖은 노인이라고들 생각합니다. 그러나 사람이 인간답게 사는 것이 무엇인지 아십니까? 즐거움을 느끼면서 자기 할 일을 다 하고 사는 것입니다.

그러면 즐겁게 살면서 할 일을 다 하는 것이 언제까지인지 아시나요? 육신은 은퇴가 있어도 감정과 사랑은 은퇴가 없습니다. 그것은 끝이 없고 이 목숨이 다할 때까지라는 사실을 아셔야 할 것입니다.

그럼 사랑도 다하고 쉬고 싶은 나이가 있을까요? 가난하고 늙었다고 해서 사랑이 시들어 없어질까요? 천만의 말씀입니다. 그것은 끝도 한도 없답니다. 그래서 70~80대 대다수가 지금이라도 필연의 아름다운 연인이 나타난다면 외로움과 그리움에서 벗어나 사랑도 속삭여 보고, 아름다운 추억도 만들어 보고 싶은 그런 나이라는 사실을 젊은이들은 미처 모르고 있었던 것은 아닌지요? 늙은이의 육신은 은퇴가 있어도 감정과 사랑 그리고 인간애만큼은 끝이 없어 항상 현역으로 죽는 그날까지 영원히 간다는 사실을 누가 알아줄까요? 육신은 쇠락해도 감정과 사랑은 꺼질 수가 없습니다. 가슴에 온기를 불어넣으면 그 사람이 70, 80이라 할지라도 청춘인 것입니다.

다.
<u>나의 노년 생각</u>

저는 칠십 줄에 들어섰을 때까지 아픈 곳 하나 없이 직장 일에 충실했고, 모임에 잘 나갔으며, 독서와 취미생활에 많은 열정을 쏟았습니다. 아들이 한의사인데. 부모님이 아프면 제 책임이라며 섭생에 대한 잔소리를 많이 해 귀찮아서도 따라주었고, 자식이 하는 소리라 믿음이 가서 순응해 준 덕분에 여든 줄에 들어선 지금까지 잘 지내고 있습니다.

아들의 맥진(脈診)에 의하면, 저는 팔체질 중 금음(金陰) 체질에 속해 술, 담배는 말할 것 없고 커피, 유제품, 인삼, 녹용, 꿀, 설탕 등과 모든 육류가 몸에 해롭고 밀가루, 수수, 호박을 비롯한 근채류(根菜類), 견과류(堅果類), 마늘, 양파에다 사과, 배, 수박 등도 몸에 좋지 않다 하여 일체 먹지 않고 있습니다. 남들이 들으면 그럼 뭐 먹고 살겠느냐 하시겠지만, 생선을 비롯해서 해조류, 푸른 채소가 지천에 널려 있고, 수많은 과일들이 넘쳐나 어려움 없이 수십 년 째 실천해 보니 체중이 변함없고, 몸이 날렵해지는 느낌에 머리가 맑아져 활기가 넘치는 것 같습니다. 그래서 그런지 잔병이 없으니 영양 보조제가 필요 없고, 아픈 곳이 없으니 양약 먹을 일이 없어 속도 겉도 멀쩡한데 늙어가는 것은 도리 없어 주름지고, 살갗 트고, 눈 나빠지고, 잘 안 들리는 자연의 순리는 거역할 수 없는가 봅니다.

어찌됐던 영한사전을 보려면 돋보기를 써야 하고, 이빨은 너무 닳아서 아래 위 어금니 8개를 덮어 씌웠으며, 머리는 염색을 하지 않으면 백발 할아범으로 변한답니다. 작은 특이점은 삼시세끼 거르지 않고, 밤 10시에 자서 새벽 5시에 일어나자마자 따스한 물 한 잔 마신 후 맨손체조를 한 시간여 한다는 것뿐입니다. 거기다 정보통신 특급 감리사로 아직도 모 회사에 고용되어 있는데, 언제 어느 현장으로 나가라 할지 몰라 늘 긴장 속에 처해 있는 것이 정신건강에도 도움을 주는 것 같습니다. 이렇게 오랜 세월 동안 전국 건설 현장에 근무하면서도 틈틈이 짬을 내어 평균 5년에 한 번꼴로 세 권의 통신관련 책과 한 권의 수필집, 그리고 2018년엔 자서전까지 출간했습니다. 2019년엔 요양보호사, 2021년엔 사회복지사 자격증도 땄지요.

그런데 팔십 줄에 들어와서 조금 이상을 느껴, 이게 늙는 징조가 아닐까 생각하게 되었습니다. 제법 총명하다는 소리를 들었는데 친구들 이름이 갑자기 생각나지 않는가 하면, 야간에 차를 몰면 자주 다니던 길인데도 헷갈려 엉뚱한 골목에 들어서기도 한답니다. 철길 위를 걸어 보면 몇 발작 못 가서 떨어지고, 칠십대까지 철봉에 매달려 턱걸이와 흔들어 대기를 제법 했는데 이제는 힘에 부칩니다. 여자를 보는 것도 흥미를 잃었고, 노래방과 디스

코텍 같은 곳에 갈 마음도 사라져 버렸고, 알게 모르게 수면시간도 줄어들었으며, 작은 소리는 잘 안 들려 TV 볼륨을 자꾸 올리고 있는 현실입니다.

직장에 소속돼 있다 보니 매년 건강검진을 받아야 해서 꼬박 꼬박 받고 있는데 고혈압, 당뇨 없다 하고 시력, 청력 정상에 위장, 대장도 깨끗하다 하는데 몸이 전과 같지 않음을 스스로 느끼고 있습니다. 보건소에 가서 치매 검사를 받은 결과, 테스트하는 문항 30개에 30점 만점이었는데 저는 28점이 나왔다고 아주 정상이라 했습니다. 그런데 가끔 휴대폰이나 지갑을 집에 놓고 나온다던지, 열쇠를 어디에 두었는지 잘 생각이 나지 않는다거나 자전거 체인 번호, 범용공인 인증서 번호, 대문 전자키 번호, 군번과 자동차 번호 등등 외울 것이 너무 많아 이제는 전부 수첩에 적어 가지고 다니지 않으면 안 되는 시점에 온 것 같습니다.

어쩌다 관공서나 은행에서 일을 볼 때 주민등록번호를 써 넣으라면서 어떤 때는 집사람 것까지 써 넣어야 할 때가 있는데, 갑자기 생각이 나지 않아 우물쭈물하고 있으면 뒤에 선 젊은이들이 굼뜨다고 눈총주고 욕하는데, 젊은이들이여! 당신들도 나이가 들면 어쩔 수 없을 테니 노인을 이해해 주시구려. 요즘 노인들은 머리 염색에다 가발 쓰고, 얼굴의 점도 빼고 화장도 해서 겉보기엔 멀쩡해도 팔순 넘어 대중교통 이용하려면 오래 못 서 있으니 중년들이여! 더 나이든 장년을 위해 경로석 자리 양보의 미덕을 발휘해 주시면 고맙겠나이다.

머지않아 65세 이상 노인 인구가 천만 명이 된다 하고, 그 중 10% 정도가 치매 환자일 것이라 하며 고혈압, 당뇨병, 파킨슨병 환자까지 합치면 노인 다섯 명 중 한 명은 환자라고 합니다. 어쨌든 노인 인구는 자꾸 늘어나는

데 비해 돈 벌이할 일거리는 줄어들어 약값이며 병원비 지출은 늘어나는 추세라 한국의 노인 빈곤율은 OECD 회원국 중 최하위라고 합니다. 일본은 우리나라보다 더 심해 전체인구 중 20%가 65세 이상의 노령 인구라 택시 기사, 식당 도우미, 골프장 캐디 등에 이런 노인들의 비중이 반 이상을 차지하고 있다고 합니다. 그래서 노인 건강 문제도 신경 써야 하겠지만, 건전한 소일거리를 만들어 주고 소득을 일으킬 수 있는 일거리 창출에도 정책적 배려가 있어야 할 것입니다.

앞으로 나올 무인 자율 주행차로 택시를 만들 경우, 노인들의 돈벌이 기회가 박탈당하게 될지도 모르겠으니, 급하게 서두르기보다 점진적으로 시행해야 할 것입니다. 식당도 인건비를 줄이려 로봇을 쓰고 있지만, 한꺼번에 많은 주문이 들어오면 헷갈리기 때문인지 엉뚱한 음식이 나와 황당했으며, 세계 최초로 로봇 243대를 쓴 '헨나 호텔' 같은 경우, 프런트 데스크에서 로봇이 투숙객을 안내하는데 기본적인 질문에 제대로 답을 못한다거나, 손님이 피우는 담배 연기에 화재 신고를 해서 소동을 일으키고, 손님의 코고는 소리에 반응해 "죄송합니다. 다시 한 번 말씀해 주십시오."를 연발해서 반으로 줄였다고 합니다.

아픔과 눈물을 모르는 간병 로봇은 환자의 고통을 인지하지 못하고 항상 싱글 벙글해 짜증을 더 하게 해주니, 아직은 전적으로 로봇에 맡기기에는 시기상조인 것 같습니다. 그러니 기계가 해도 무방한 것에 우선 투입하고, 반듯이 인간이 해야 하는 부문은 기술적으로 완벽하고 더 높은 지능을 가진 AI 로봇이 출현될 때에 투입하는 식으로 하면 좋겠습니다. 인간은 인간에 대한 정으로 사는 온피 동물이기 때문에 기계보다 인간에 의해 정답게 사는 세상이 오래 오래 지속되었으면 참 좋겠습니다.

〈100세 일기〉란 책을 쓰신 연세대 명예교수인 김형석 씨는 자신이 늙지 않는 요인 세 가지를 일, 여행, 사랑이라고 하셨습니다. "공부도 정신적인 일이다. 공부하면서 일하고 일하면서 공부하는 것이 인생이다. 그렇다면 누가 늙지 않는가. 일을 사랑하는 사람이다."라고 하시면서 "여행은 새로운 삶을 위한 호기심과 도전이다. 신체는 늙어가지만 정신은 계속 성숙하게 마련이고, 그 성숙이 곧 성장을 동반하기 때문에 젊음을 뒷받침해 준다." 그리고 "100세를 넘기니 여자 친구들이 모두 떠나간다며 할 수 있을 때 열심히 사랑해야 늙지 않는다."라고 하셨습니다.

그러면 누가 행복하고 품위 있는 인생을 연장해 가는가?

① 정신력이 진취적이고 강한 사람이 늙지 않는다.

② 일을 계속하는 사람과 안하는 사람의 차이다. 일을 사랑하는 이가 늙지않는다.

③ 인간관계를 풍부히 갖는 노인과 외로움과 고독을 해소하지 못하는 생활의 차이다.

④ 자기 인생을 자기답게 합리성을 갖고 이끌어 가는 사람이다.

⑤ 무엇을 위해 어떻게 살 것인가? 다 같이 출발한 인생의 마라톤을 끝까지 사명감을 갖고 완주하는 사람이다.

라.
노인의 품격

　요즘 많은 이들에게 노년의 삶이 관심사로 떠오르고 있습니다. 노인복지 연령을 조정하는 논의가 본격적으로 시작되었기 때문입니다. 얼마 전 육체 노동자가 일할 수 있는 최종 나이를 60세에서 65세로 봐야 한다는 대법원 판결이 내려졌고, 병원 진료비를 할인해 주는 노인 연령을 65세에서 70세로 단계적으로 올려야 한다는 보건복지부의 공청회 발표가 있었기 때문입니다. 현재 한국인의 평균 기대수명이 2020년 말 통계청 발표에 의하면, 83.3세라는 것만 보아도 노인 연령 상향 조정은 반드시 필요한 것으로 보입니다. 현재 한국의 고령 부모님들은 전통적 가치관을 유지하며 유교 문화권 안에서 평생을 살아 오셨습니다. 그동안 가족을 위해 헌신적으로 살아오신 까닭에 어르신들은 노후를 자연스럽게 자녀에게 의지하려고 하고 있습니다.

　그런데 병들어 노인 전문 요양시설에 가게 되는 사람은 '복 없는 노인이 마지막으로 거쳐 가는 불길한 장소'라고 인식하고 있습니다. 또 입원 중인 병실에서 다른 환자들과 자식들의 돌봄 능력을 두고 기 싸움을 벌이기도 하고, '병원밥' 대신 자녀들이 병실로 가져오는 따뜻한 음식을 효의 잣대로 여기기도 합니다. 그러나 스마트폰과 SNS 문화에 익숙하고 첨단기계를 적극 활용할 줄 아는 1차 베이비부머 세대(1955~1963년)는 자식에게 '올인'한 부모 세대의 전통적 가치관과 일정한 거리를 두려고 합니다. 전체인구의 14.6%를 차지하는 이들과 12.4%를 구성하는 2차 베이비부머 세대(1964~1974년)는 앞으로 보다 주체적이고 적극적인 노년문화를 이끌어 갈 것으로 기대하고 있습니다.

그런데 문제는 우리나라 65세 이상 노인 평균 비율이 46.5%를 차지하는데, 이는 경제협력개발기구(OECD) 국가 중 노인 빈곤율 1위, 노인 자살률 1위를 기록하고 있어 높은 기대 수명에 걸맞지 않은 노인층의 소득양극화와 삶의 질 개선을 위해 시급히 해결해야 할 가장 어려운 과제 중 하나가 되고 있습니다. 그래서 요즘 논의되는 노인연령 상향 조정도 이런 현실이 반영되어야 합니다. 기초연금, 건강보험, 지하철 경로우대 등 복지제도의 대상 연령이 높아질 경우 노인 빈곤층이 가장 큰 타격을 받게 될 것입니다. 그래서 소득별 수급기준을 꼼꼼히 정비하여 적용하는 등의 다양한 대책이 필요하게 될 것입니다.

전 대한노인회 중앙회장을 지낸 이심 씨는 "우린 늙어가는 것이 아니라 조금씩 익어가는 것이다."며 노년이야말로 인생이 원숙해지고, 지혜로워지고, 풍요로워지는 단계라고 강조했습니다. 노인세대는 지식과 경험이 많고 한국을 여기까지 성장시켜 온 주역들이니 만큼 이들에게 다시 에너지를 발휘할 수 있는 계기를 만들어 주면 큰 효과를 낼 수 있을 것이라고 했습니다. 또한 노인들에겐 자기관리를 잘 해야 한다며 깔끔한 옷차림과 매너, 그리고 온화하게 사람을 대하는 여유도 가져야 하는 것은 물론, 나이가 많다고 유세 떨지 말고 섣불리 충고 대신 진정한 격려로 힘을 북돋워주는 모습도 중요하다고 했습니다. 진정한 노인으로 거듭나기 위해서는 스스로가 어른답게 바뀌어야 하고, 시대의 변화에 걸맞게 적응하면서 젊은이들의 말에 귀를 기울이는 태도가 중요하다고 했습니다. 그래서 노인의 품격은 나이에서 나오지 않는다고 했습니다.

세계 여러 나라의 노인에 대한 속담에는 "집안에 노인이 없으면 다른 집 노인이라도 모셔오라."(덴마크), "한동네 노인이 죽는 것은 그 동네 도서관 하나가 불탄 것과 같다."(영국), "노인 말씀을 잘 들으면 자다가도 떡이 생긴다."(한국)

동서고금을 막론하고 우리가 노인을 공경해야 하는 이유와 그 유익함이 어디 이것뿐이겠습니까? 노인의 연륜과 경험은 곧 사회적 자산이자 다음 세대를 위한 지침서입니다. 그런데 요즘 우리 사회의 노인들은 천덕꾸러기 신세가 되어 가고 있습니다. 틀딱충(틀니+딱딱+벌레의 합성어), 연금충(연금을 축내는 벌레), 지공선사(지하철 공짜로 타는 65세 이상 노인들), 할매미(할매들이 시끄럽게 떠들어 댐) 등의 비속어로 노인들을 비하하며 무시하고 있는 것입니다.

왜 이런 현상이 오는 것일까요? 다양한 이유가 있겠지만 표면적인 이유는 일부 노인들의 무질서하고 품위 없는 행동 때문일 것입니다. 나이가 많은 것이 벼슬인양 아랫사람을 무시하고, 기본적인 공중도덕조차 지키지 않는 행동이 젊은이들에게 거부감을 생기게 만들지 않았는지 스스로 돌아봐야 할 것입니다. "요즘 젊은 것들은", "내가 누군지 알아.", "나 때는 더 심했어.", "어디서 감히" 등의 말을 아무렇지 않게 내 뱉으면 좋아할 사람이 아무도 없을 것입니다.

출근시간 때나 휴일에 경로석이 비어 있어 않았는데, 어떤 노인이 와서는 "젊은 X이 왜 노약자석에 앉았어. 얼빠진 X 같으니!"라고 호통을 치지 않나, 젊은이들이 부둥켜안고 뽀뽀하는 것을 보고 혀를 차거나, "저 X들 좀 봐!"라고 하면 누가 좋아하겠습니까? 또 지하철이나 버스정류장에서 길게 줄 서 있는데, 새치기를 하는 노인을 보면 말은 못하고 속으로 욕하지 않겠습니까? 이런 일부 노인들의 품위 없는 행동들이 노인에 대한 거부감을 만들었다고 생각합니다.

노인 인권보고서에 따르면 청년 80.9%가 노인에게 부정적인 편견을 가지고 있다고 했습니다. 이제 노인이라고 무조건 존경하던 경로시대는 분명히 지나가고 있습니다. 살아온 세대, 정치, 경제, 사회적 이해관계가 완전히 변화되었기 때문입니다. 컴퓨터와 스마트폰 등등 매스미디어를 통해 원하는 정보를 너무나 손쉽게 그것도 풍성하게 얻을 수 있으므로 더 이상 젊은이들이 노인들의 지식과 정보에 귀 기울이지 않아도 되는 시대가 도래함에 따라 노인들의 구닥다리 경험과 정보가 쓸모없게 돼 버렸기 때문입니다.

프랑스 작가 '무사 아사리드' 씨는 그의 저서 〈사막별 여행〉에서 "노인은 성스러운 존재다. 후세에 전할 지식을 헤아릴 수없이 많이 지녔다."라 했고, 소설가 '앙드레지드'는 "늙기는 쉬워도 아름답게 늙기는 어렵다."라고 했습니다. 아름답고 품위 있는 노인이 되는 것은 정말 어려운 일일까요? 이를 위해서는 딱 세 가지만 기억하면 될 것입니다. 웰빙(Well-Being), 웰에이징(Well-Aging), 웰다잉(Well-Dying)입니다. 잘살고, 잘 늙어가고, 죽음을 잘 준비하는 것이 노인의 품위를 잘 지키는 방법이 아닐까요?

영국의 정치 경제 대학교수였던 '캐스린 하킴(Catherine Hakm)'이 매력자본이라는 개념을 발표한 논문에서 '노인의 품격'에 대한 것을 발췌해 봅니다.

첫째: 얼굴에 웃는 모습이 떠나지 않아야 합니다. 웃읍시다. 항상 웃읍시다! 늘 웃는 얼굴을 하라고 했습니다. 나이 들어 웃는 얼굴을 만드는 것이야말로 가장 주요한 매력 포인트라고 합니다.

둘째: 마음에 항상 여유를 가져라. 이러쿵저러쿵 따지고 가르치려 하지 말라고 합니다. 나이 들어 세상사에 불평불만이 많은 것처럼 흉한 것도 없다고 했습니다.

셋째: 품격을 지켜라. 하고 싶은 말이 있더라도 매우 아주 긴요하지 않으면 가급적 삼가고 행동도 그렇게 하라고 합니다.

- 건널목을 무단 횡단하는 게 나이든 이의 특권은 아닌 것 같이 삼가야 할 것은 확실히 삼가하라고 합니다.

- 음식도 알맞게 적당히 깔끔하게 드시고, 음주하신 후에는 중언부언(重言復言) 삼가시고 헤롱헤롱하지 말라고 합니다.

- 노인이라고 다 똑같은 노인이 아니라고 합니다. 시기적절한 유행도 외면하지 말라고 합니다. 나이 드실수록 자신의 외모도 더 신경 써서 가꾸고 다듬고, 옷차림도 더 가꾸어야만 한답니다. 그리하여 인생의 품격이 드러나도록 하여야 좋겠습니다.

넷째: 자신의 마음 마당을 항상 사랑으로 가득 채우고 사랑으로 충만한 삶을 향유하시라. 세상을 선한 눈을 갖고 사랑의 마음으로 바라보면 더 더욱 좋겠습니다. 삶을 관조하면 그대와 나 모두가 존귀한 존재임을 깨닫고, 표정이 따뜻해지고 언어가 따사로워지면 모두가 불쌍한 존재임을 깨닫게 된다고 합니다.

다섯째: 오늘 하루를 만끽하며 살아야 한다. 과거의 일 특히 "왕년에 내가…" 하지 말라고 당부하고 있습니다. 그리고 미래도 걱정하지 말라고 합니다.

슬픈 말이긴 하지만 노인에게는 '미래는 없다는 선언을 받고 살아간다는 자세가 필요하다'고 했습니다.

고 루즈벨트 대통령 부인 엘네나 여사가 남편에게 남긴 명연설문 중에는

"아름다운 젊음은 우연한 자연현상이겠지만, 아름다운 노년은 그 어느 누구도 빚을 수 없는 예술 작품이다. 어제까지는 역사이고 내일은 미스테리일 뿐 오늘은 귀중한 선물이다."라는 구절이 있습니다. 부정적인 모든 것 빨리 빨리 지우시고 자신의 변해 가는 모습을 편안히 순리대로 받아들이는 것이 훨씬 더 평안하고, 매력적이고, 중후한 멋을 풍기는 것이라 생각하게 합니다.

마.
나이 들지 않는 묘수

〈나이 들지 않는 절대 원칙〉을 쓰신 '안지현' 작가는 "나이 들면 나잇살이 찌개 되는데, 이것을 방지하려면 살찌는 유전자를 잡아야 하고, 호르몬 균형을 맞춰야 하며, 적당한 운동에 스트레스를 받지 않아야 한다."라고 했습니다. 나이가 들면 복부, 팔뚝, 옆구리 등 원치 않는 부위에 소위 '나잇살'이 붙습니다.

나이를 먹어가면서 기초 대사량이 줄고 소모하는 에너지보다 잉여 에너지가 더 많아지기 때문입니다. 나잇살로 인해 복부둘레가 늘어나면 대체로 복강 내 내장비만으로 이어집니다. 내장비만은 허리둘레가 여성 85cm, 남성 90cm 이상인 경우로 내장지방이 과하면 성인병인 당뇨, 고혈압, 고지혈증이나 관절 통증 같은 합병증으로 발전할 수 있어 결코 가볍게 넘길 문제가 아닙니다.

1) 장내 세균이 나잇살을 부릅니다.

우리가 음식을 먹으면 입안의 침인 아밀라아제에 의해 소화가 시작되고 췌장과 소장에서 소화가 완성됩니다. 탄수화물은 포도당으로 흡수되고, 단백질은 아미노산으로 흡수되며, 지방은 지방산과 글리세롤로 분리된 후 흡수됩니다. 우리가 먹은 음식이 이 과정에서 제대로 소화되어 에너지로 잘 사용된다면 살찌는 일은 생기지 않습니다.

우리 몸 안 장 속에는 엄청난 세균이 살고 있습니다. 장내 세균은 영양분을 흡수하고 면역, 해독, 비타민 합성 등의 기능을 행합니다. 몸 안에 세포 수가 60조라면 장내 세균의 수는 대략 100조에 달합니다. 장내 세균은 크게 두 가지로 구분되는데, 유익균과 유해균입니다. 건강한 장은 유익균 85%와 유해균 15%의 비율로 구성된 균형 잡힌 마이크로 바이옴(Micro Biome) 환경을 조성합니다. 이런 환경이 파괴되면 살이 찔 수 있는데, 장내 세균 불균형을 해결하기 위해서는 오후 3시 이후에는 식사량을 줄이는 것이 좋습니다.

또한 단순 당을 줄이고 식이섬유가 풍부한 제철 채소와 가공이 덜된 음식을 먹으면서 오래 씹고 천천히 먹으며, 발효된 음식과 좋은 지방을 챙겨 먹는 것이 좋습니다. 어쨌든 장이 건강해야 면역력과 에너지가 생기는 것입니다. 히포크라테스는 "모든 질병은 장에서 시작된다."라고 했습니다. 그 만큼 장 건강은 중요한 것입니다. 현대인의 병은 장내 유해세균이 필요 이상으로 많아졌기 때문에 발생하는 것으로 볼 수 있습니다. 장이 건강해야 에너지가 생겨서 가고 싶은 곳에 가고, 먹고 싶은 음식도 먹고, 하고 싶은 일도 방해 받지 않고 할 수 있습니다. 장은 단순히 우리가 먹은 음식을 소화, 흡수만 하는 것이 아니라 체내 면역세포의 70%가 나오는 곳입니다. 건강한 장은 장벽에 점막이라는 진액이 잘 발라져 있어 장 세포막을 보호하고, 우리가 섭취하는 음식물에서 영양소를 흡수합니다. 이와 더불어 유해 물질과 나쁜 세균이 장으로 들어와 혈액으로 유입되지 못하게 막습니다.

그런데 몸에 좋지 않은 음식을 불규칙하게 먹고, 잠을 제대로 못 자면서 운동하지 않고, 스트레스까지 높은 사람의 장은 건강하지 못합니다. 그 결과 장이 새면서 장 누수 증후군에 걸리기도 합니다. 건강한 장은 장 세포와 세포 사이가 치밀 결합으로 단단하게 묶여 있어 유해물질이 장으로 침범하지 못합니다. 그런데 장 누수 증후군에 걸리면 치밀 결합이 손상돼 유해물질과 독소가 장으로 들어오게 됩니다. 장 누수로 인해 영양소 흡수가 줄어들고 염증 반응으로 몸의 면역체계가 무너지며, 음식물 알레르기와 피부 트러블 등 이상 증상이 생기게 됩니다. 이런 염증 때문에 인슐린 저항성이 생기고, 식욕조절이 되지 않고, 렙틴 저항성이 생겨 비만 세균이 많아지게 됩니다. 그로 인해 복부 비만이 되면서 호르몬에도 문제가 생기는 것입니다.

그렇다면 어떤 음식을 먹어야 장 건강을 지키고, 더 나아가 삶의 활력도 챙길 수 있을까요? 그 해답은 의외로 간단합니다. 바로 섬유소가 풍부한 음식을 먹으면 됩니다. 섬유소는 제6의 영양소라 불릴 정도로 우리 장 속에서 중요한 역할을 합니다. 단백질, 탄수화물, 지방, 비타민, 미네랄이 5대 영양소라면 섬유소는 6대 영양소인 셈입니다. 채소인 섬유소를 먹으면 우리 몸 안에 있는 유익균이 섬유소를 분해하면서 아세트산, 부티르산, 프로피온산이라는 건강에 이로운 단쇄지방산(Short Chaw Faty Acid)을 만들어 냅니다. 탄소화물이 포도당으로, 단백질이 아미노산으로, 지방이 지방산으로 분해되는 것처럼 섬유소도 유익균 덕분에 단쇄지방산 대사산물로 변하는 것입니다. 단쇄지방산이 풍부하면 장내 미생물의 면역력이 강해지고 장내 림프구가 안정되면서 장이 건강해집니다. 이 밖에도 지방세포에 신호를 보내 인슐린 신호를 떨어뜨려 살찌는 것을 예방하며, 교감신경을 자극해 대사를 원활하게 합니다. 장에 문제가 생기는 것은 단쇄지방산의 부족으로 장내 미생물이 장벽을 공격하기 때문입니다. 이처럼 섬유소를 많이 먹으면 유익균이 증가하고, 섬유소가 단쇄지방산으로 변해 장을 보호함으로써 면역력이 좋아집니다. 그 결과 장내 유익균이 더욱 증식하는 환경이 조성되니 장 건강을 위한 선 순환이 이뤄지는 셈입니다.

장 속에 사는 미생물은 200여 종으로 그 수가 무려 100조 마리나 됩니다. 이 미생물들은 비만에 도움이 되는 유익균, 골다공증에 좋은 유익균, 치매 예방에 좋은 유익균 등 기능적으로 분류가 돼 있습니다. 게다가 저마다 분해 기능도 있어 탄수화물 식품과 단백질 식품의 잔여물을 분해도 합니다. 이렇듯 나이가 들수록 더욱 신경을 써야 하는 건강관리는 장내 미생물의 숲을 건강하고 튼튼하게 가꾸는 일이라고 할 수 있겠습니다.

그러면 장 건강을 위해 먹으면 좋은 음식물은 어떤 것이 있을까요? 통 곡물, 아스파라거스, 우엉, 야콘, 올리고당이 풍부한 말린 자두, 잘 익은 바나나, 치커리 등이 있으며, 치즈나 김치도 아주 좋은 음식물인 것입니다.

*보건복지부가 발표한 한국인 영양소 섭취 기준에 따르면 성인 남녀의 하루 권장 섭취 열량은 2000~2500kcal입니다.

① 이 중 70%만 섭취하면 됩니다. 그리고 제철 음식을 골고루 먹으면 됩

니다.

② 탄수화물 45~55%, 지방 20~25%, 단백질 15~20%의 비율이 이상적이지만, 65세 이상부터는 탄수화물량을 줄이고 단백질량을 늘리는 것이 좋습니다.

③ 수시로 물을 마셔야 합니다. 60세 이상이 되면 체내 수분양이 60% 이하로 떨어집니다. 그로 인해 피부 탄력이 저하되고 세포의 수분양도 감소해 기능을 제대로 유지하기가 어렵습니다. 평소에 물만 충분히 마셔도 노화를 늦추고 질병을 예방할 수 있습니다. 보통 자신의 몸무게에 30을 곱하면 내가 하루에 마셔야 할 물의 양을 알 수 있습니다. 일반적으로 성인이 하루에 배출하는 수분양은 2,600ml인데 대소변 1,600ml, 땀 600ml, 호흡 400ml 정도입니다. 매일 음식으로 섭취하는 수분이 대략 1,000ml이므로 성인이 마셔야 할 최소한의 물은 1,600ml이라고 생각하면 될 것입니다. 소변의 색깔이 항상 옅은 노란색이 될 수 있도록 물을 소량으로 자주 섭취해야 합니다.

2) 미토콘드리아가 과로하면 살이 찝니다.

미토콘드리아가 활력과 건강을 담당하는 에너지를 만드는 공장과 같습니다. 이 에너지는 우리가 음식을 섭취해 탄수화물이 포도당으로, 단백질이 아미노산으로, 지방이 지방산으로 분해된 후 이들이 미토콘드리아까지 도달해야 생깁니다. 이 순환이 잘 돌아가면 먹은 만큼 에너지로 쓰게 되어 살이 찌지 않습니다. 그러나 건강한 미토콘드리아 수가 줄어들어 에너지 대사에 문제가 생기면 살찌는 현상이 나타납니다.

미토콘드리아에 문제가 생기는 직접적인 원인은 대부분 노화보다 과식에 있고, 비타민과 미네랄이 부족해도 미토콘드리아의 기능이 저하됩니다. 비타민과 미네랄 등 엔진의 윤활제가 되는 보조인자가 부족한 사람은 반드시 필요한 영양소를 몸에 공급해야 미토콘드리아라는 엔진이 잘 작동합니다. 스트레스 또한 미토콘드리아의 기능을 망가뜨립니다. 만성 스트레스는 인슐린 저항성과 장내 미생물 불균형도 일으키고, 이는 미토콘드리아 불균형까지 초래합니다. 이런 현상을 정화하는 방법으로는 초저열량으로 소식하기와 운동하기인데, 걷기와 자전거 타기가 좋은 운동법입니다.

3) 텔로미어(Telomere)의 길이를 늘립시다.

텔로미어는 염색체 양 끝에 있는 물질로 염색체를 보호하고 세포의 수명을 담당하는 역할을 합니다. 세포의 건강과 노화 상태를 알려주는 지표인 텔로미어의 길이가 길수록 젊음을 유지시켜 주며 수명을 연장시켜 줍니다. 텔로미어 길이는 유전적인 요인보다 환경적 요인의 영향을 더 많이 받는 것으로 알려져 있습니다. 즉, 잘못된 생활습관으로 고혈압과 심혈관 질환을 앓는 사람은 점점 텔로미어 길이가 짧아진다고 합니다.

또한 짧은 텔로미어 길이는 암을 제외한 모든 질병의 사망률을 높이는 데 관련되어 있다는 보고도 있습니다. 잘못된 생활습관으로 길이가 짧아지는 텔로미어는 운동, 건강한 식단, 스트레스 관리 등을 통해 얼마든지 예방할 수 있습니다. 실제로 신체 활동이 많은 사람은 앉아 있는 시간이 많거나 신체활동이 별로 없는 사람에 비해 텔로미어 길이가 길고 노화 속도가 9년 정도 늦다는 연구 결과도 있습니다. 즉, 항노화 관리를 통해 텔로미어 길이를 길게 유지하면 나이에 비해 젊고 건강하게 오래 살 수 있는 것입니다. 그러므로 우리는 애늙은이라는 소리를 듣지 않고 명대로 다 살았다느니, 천수를 누렸다는 소리를 들으려면 그런 현상이 나타나기 훨씬 전인 중년부터 식생활, 사회생활에 관리를 철저히 해야 합니다.

짜고 매운 음식은 위장에 해를 주며, 술과 담배는 간에 부담을 주고, 과격한 운동을 계속하면 인지 발달에 해를 입히며, 신체 곳곳에 골병을 들게 하며, 화공약품을 계속 취급하고 매연이 심한 곳에 오래 있으면 수은과 약물 중독, 폐 석회화 등 온갖 문명병에 걸리기 쉽습니다. 그렇기 때문에 이런 것에 신경을 쓰며 젊은 날부터 관리를 잘 하면 또래 보다 젊었다느니, 곱게 늙어간다는 칭송을 받게 되는 것입니다.

또 자기를 소중히 여기는 사람은 늙어서도 에너지가 넘쳐 새로운 일에 도전하기를 주저하지 않습니다. 은퇴 후 그들은 그동안 해보고 싶어 했던 일들에 뛰어드는데 외국어 배우기, 사진기술 익히기, 악기 다루기, 춤추기, 글쓰기 등등 분야도 다양하고, 때로는 그룹을 만들어 외국여행도 자주 가곤 합니다. 이렇게 자기가 하고 싶은 일을 하면 지루함도 없애고 스트레스를 날려 보내게 되어 더욱 젊어 보이고, 인생을 값지게 삶으로 우울증이나 질병으로부터 멀어지게 되어 곱게 늙으면서 천수를 다하는 것입니다.

나이가 들수록 몸이 변화하는 또 하나의 변수는 '지방세포의 기능저하'를 꼽지 않을 수 없습니다. 우리 몸에는 무려 100~300억 개의 지방세포가 있는데, 이 지방세포는 분해와 축적을 반복합니다. 그런데 이 지방세포의 기능이 저하되면 지방을 에너지로 사용할 수가 없게 됨은 말할 것도 없고, 지방을 분해하는 능력보다 지방을 축적하는 속도가 빨라져 뱃살이 계속 늘어나게 되는 것입니다. 그러다보니 먹는 양은 똑같은데 나이가 들수록 허리둘레는 자꾸 늘어납니다. 지방세포가 고장 나는 것처럼 시간이 지날수록 우리몸의 기관들도 기능이 떨어지게 됩니다. 예전과 달리 음식을 소화하는 시간도 더 오래 걸립니다. 같은 양을 먹어도 몸에서 받아들이는 열량 또한 달라집니다. 이는 점점 에너지 대사가 떨어지기 때문입니다. 그러므로 나이가들수록 젊을 때처럼 빨리 먹거나 과식해서는 안 되고, 기름진 음식을 많이먹는 것도 좋지 않습니다. 삼시 세 끼 간격을 유지하고 천천히 소식해야만장수할 수 있는 것입니다. 현재는 굶어 죽었다는 사람보다 너무 잘 먹어 현대병에 걸려 죽었다는 사람이 훨씬 많은 시대입니다.

4) 식물성 단백질을 섭취합시다.

단백질은 크게 두 가지로 나눕니다. 콩, 두부, 곡류에 들어 있는 식물성단백질과 고기, 생선, 우유에 들어 있는 동물성 단백질입니다. 식물성 단백질에는 식이섬유가 많고 비타민과 미네랄이 있지만 필수아미노산 몇 가지가 빠져 있습니다. 반면 동물성 단백질에는 필수 아미노산 9가지가 들어 있습니다. 특히 메치오닌, 발린, 트립토판 같은 필수 아미노산이 많이 함유되어 있습니다. 육류 중심의 동물성 단백질을 식물성 단백질로 대체할 경우사망률이 12%, 가공식품을 식물성 단백질로 대체하면 사망률이 34% 감소한다고 합니다. 이처럼 동물성 단백질에 들어 있는 포화지방이 건강에 해로운 건 명백한 사실입니다. 그러므로 식물성 단백질과 동물성 단백질은 2:1의 비율로 섭취하는 것이 가장 이상적인 것입니다.

나이가 들어 육류를 많이 먹으면 속이 더부룩해지고 힘들어지는 것은 소화를 시키는 데 문제가 있기 때문에 중장년일수록 속이 편한 식물성 단백질 섭취를 점점 늘리는 게 좋습니다. 특히 콩이 좋은데, 다른 식품에 비해 소화 흡수율이 월등히 높기 때문입니다. 건강을 지키기 위해 필요한 1일 단백질 권장 섭취 량은 몸무게 60kg 기준으로 약 48~60g 정도입니다. 이는 대략 계란 7개 혹은 우유 2L, 콩 120~130g에 해당합니다.

5) 스트레스(Stress)를 줄입시다.

스트레스를 받으면 '코르티솔(Cortisol)'이라는 호르몬이 분비됩니다. 강도가 높거나 만성적인 스트레스일 경우 코르티솔 호르몬이 혈당을 높여 살찌게 만드는데, 해소하는 방법 중 최악은 과식하는 것으로 살도 찌고 건강도 해칩니다. 스트레스란 감당하기 어려운 환경에 처할 때 느끼는 심리적 혹은 신체적 긴장 상태를 말합니다. 생명체가 느끼는 여러 가지 자극과 그로 인한 긴장 상태를 구분할 때도 스트레스란 단어를 씁니다. 살아 있는 생명체라면 그것이 식물이건 동물이건 절대로 피할 수 없는 것이 또한 스트레스입니다.

캐나다의 내분비 학자 한스 셀리에 씨는 '스트레스의 과도한 작용이 만병의 근원'이라 했습니다. 그 첫 번째 단계가 스트레스를 주는 요인에 우리 몸이 저항하는 시기인데, 이때 우리 몸은 체온과 혈압이 변화를 겪으며 혈압이 떨어지거나 혈액이 농축되는 등의 쇼크가 나타난 후 그에 대한 저항이 나타난다고 했습니다. 두 번째 단계는 스트레스를 제공한 요인에 우리 몸이 가장 강한 저항을 보이는 시기라고 했습니다. 세 번째 단계가 지나친 스트레스 덕분에 우리 몸이 모든 저항력을 잃게 되는 단계라고 했습니다. 이때의 우리 몸은 무방비 상태이므로 면역력이 떨어져 질병에 노출되는 등 힘겨운 상태에 빠지게 되고, 이로 인해 죽음에 이를 수도 있다고 했습니다.

이렇게 우리 몸이 스트레스를 받으면 '아드레날린'과 여러 호르몬이 생성되고 분비되어 스스로 보호 상태에 들어가서 긴장감과 압박감을 주므로 살아가는 데 필요한 것이지만, 너무 심하게 받으면 집중력이 흐려지거나 기억력 감소 등 정신적인 증상이 나타나기도 하고, 또 지속적으로 받으면 감정적인 증상으로 불안감과 우울감 및 좌절감도 나타납니다. 그래서 손톱을 물어뜯고, 폭음과 폭식을 하게 되고, 격앙된 감정으로 폭력적인 행동을 보이기도 합니다.

스트레스를 받으면 우리 몸에서는 코르티솔이라는 스트레스 호르몬이 분비됩니다. 코르티솔은 콩팥의 부신피질에서 분비되는 호르몬으로, 외부 자극에 맞서 우리 몸이 최대의 에너지를 만들어 낼 수 있도록 하는 과정에서 분비되지만 혈압과 포도당의 수치를 높이게 됩니다. 코르티솔은 심장을 자극해 혈액을 더 많이 방출하도록 하는데, 이때 맥박과 호흡이 증가하고 혈압이 오릅니다.

또한 감각기관을 예민하게 하고 근육을 긴장시키며, 에너지원인 포도당을 뇌로 집중될 수 있도록 합니다. 문제는 코르티솔의 분비가 지속될 때마다, 즉 우리 몸이 지속적으로 스트레스를 받으면 만성스트레스에 시달리게 되어 심각한 문제들이 발생하기 시작합니다. 우선 혈압이 올라 고혈압의 위험이 증가하고, 불안과 초조한 상태가 지속되어 만성피로와 만성두통에 시달릴 수 있습니다. 또한 코르티솔의 수치가 높으면 식욕이 증가돼 폭식을 하는데, 그러면 체내에 지방이 축적돼 비만해지기 쉽습니다. 이렇게 되면 면역력이 떨어져 바이러스에 쉽게 감염되므로 환절기만 되면 감기에 골골하다 큰 병에 걸리기도 합니다.

걱정하는 마음, 염려하는 마음, 뭔가 열심히 해야겠다는 마음과 생각이 있다는 것만으로도 스트레스는 생깁니다. 그래서 우리는 스트레스 없이 아예 살 수는 없습니다. 스트레스는 우리를 긴장하게 만들어 집중력을 높이고 일의 능률을 올리는 순기능도 있습니다. 어떤 일에 관심을 갖는 것, 누군가를 사랑하게 되는 것, 좋아하는 일을 시작하는 것, 아침에 눈뜨고 일어나는 것, 미래를 위해 꿈을 가지고 그에 대한 계획을 세우며 열정적으로 실행 하는 것 등, 이런 모든 일들에 우리 뇌는 흥분하고 긴장하며 집중하므로 어쩌면 우리가 생각하고 움직이는 모든 일에 스트레스가 따를지 모릅니다.

취미로 낚시를 하거나 골프를 치더라도 잘하기 위해 열중하는 것 자체가 긴장을 부릅니다. 중요한 것은 이 긴장을 어떻게 받아들이고 관리하느냐입니다. 면역력이 저하됐거나 면역력이 과잉됐건 간에 스트레스가 반드시 우리 몸에 영향을 끼치므로 우리 몸을 주기적으로 쉬게 하고, 이후에 찾아올 스트레스에 대비해 재충전을 해야 합니다. 이런 긴장감과 압박감, 성취 욕심이 없으면 우리는 살아갈 용기와 힘을 낼 수 없을 것입니다. 눈앞에 급박한 상황이 벌어져도 무사 안일한 마음으로 마냥 게으름만 피우려 하므로 살아가는 데 스트레스가 꼭 나쁜 것만은 아닙니다.

적절한 스트레스, 적당한 압박감을 느끼게 해 행동하게 만듦으로 살아가는 데 꼭 필요한 것이라 할 수 있겠습니다. 그러므로 건강하고 평화로운 삶을 영위하려면 스트레스를 잘 조절하고 당당히 받아들여 도전적인 삶을 사는 것도 나쁘지는 않을 것입니다.

스트레스 자가 진단 테스트

0점 = 거의 그렇지 않다/1년에 한 번.
1점 = 가끔 그렇다/한두 달에 한 번.
2점 = 자주 그렇다/한 달에 두 번.

① 심하게 스트레스 받는 상황을 얼마나 자주 경험하는가? ( )

② 이유 없이 쉬어도 풀리지 않는 피로를 얼마나 자주 느끼는가? ( )

③ 하루 수면 시간이 8시간 이하인가? ( )

④ 하루 대부분의 시간에 불안하거나 우울감을 느끼는가? ( )

⑤ 하루 대부분의 시간에 분노를 느끼는가? ( )

⑥ 남을 의식하거나 사회에 적응하기 어렵다고 느낀 적이 있는가? ( )

⑦ 혼란스러워 어찌할 바를 모르는 경험을 한 적이 있는가? ( )

⑧ 갑자기 성욕이 감퇴되는 것을 느낀 적이 있는가? ( )

⑨ 체중이 쉽게 불어나는가? ( )

⑩ 지속적으로 다이어트를 하고 있는가? ( )

⑪ 체중을 조절하려는 시도를 얼마나 자주 하는가? ( )

⑫ 먹는 음식에 집중을 하는 경우가 많이 있는가? ( )

⑬ 갑자기 탄수화물이 먹고 싶어진 적이 있는가? ( )

⑭ 기억 장애나 집중력 장애를 얼마나 자주 경험하는가? ( )

⑮ 긴장성 두통이나 어깨, 목 근육의 긴장을 자주 경험하는가? ( )

⑯ 장에 가스가 차거나, 트림이 나거나, 신물이 올라오거나, 설사, 변비와 같은 소화기 증상을 자주 경험하는가? ( )

⑰ 감기나 몸살에 얼마나 자주 걸리는가? ( )

⑱ 콜레스테롤 수치가 200 이상인가? ( )

⑲ 혈당 수치가 100 이상인가? ( )

⑳ 혈압이 140/90 이상인가? ( )

0~5점 : 보통.   6~10점 : 약간 위험.   11~40점 : 고위험.

스트레스를 해소하는 방법으로 명상, 안마, 목욕, 지압, 운동하는 것이 도움이 되며, 술을 적당히 마시기, 여자들의 수다떨기도 괜찮고, 육체적인 봉사활동으로 심신을 고단하게 하는 것도 도움이 될 것입니다.

바.
<u>125세까지 사는 법</u>

전 텍사스대 '유병팔' 교수는 〈125세까지 걱정하지 말고 살아라〉라는 책에서 소식과 적당한 운동을 들었고, '김소영' 간호사가 지은 〈125세 스스로 하는 건강관리 노하우〉 다섯 가지 중에서 첫째, 스트레스 받지 말고 미리미리 건강을 준비하는 것과 둘째, 누구에게도 경제적 부담을 주지 않는 인생이 되라는 것과 셋째, 몸과 마음으로 즐기는 자기가 좋아하는 것을 하라는 것과 넷째, 치매예방과 치매 지연 방법을 알고 철저히 준비하라는 것과 다섯째, 노인의 일상생활에 있어서 주의할 점(예: 낙상, 화재 등) 등을 거론했습니다.

장수비결을 조사한 바에 의하면, 소식 등 절제된 식생활 습관이 39.4%, 규칙적인 생활이 18.8%, 낙천적인 성격이 14.4%를 차지했습니다. 즉, 이런 절제되고 규칙적인 생활을 하면 125세까지 사는 것은 문제가 없다는 이야기였습니다. 병이 나기 전에 예방과 관리를 잘 하면 125세가 아니라 150세까지 살 수 있다는 보고서는 많이 나왔는데, 몇 년 전 타임지가 내다 본 미래에서 석학 10명이 〈50년 이후에 대해 논한 것〉을 보면 인간의 수명은 150세까지 늘어나면서 2050년대에는 50~60세에 첫 아이를 낳고, 자신의 유전자

속에 있는 특정 질병의 발병 가능성을 예측해 병원에서 효과 만점인 맞춤 진료를 받을 수 있을 것이라고 했습니다. 한편 2020년 타임지 표지에 지금 출생한 신생아는 142세까지 살 수 있다고 했습니다.

〈노화의 종말〉이란 책을 쓴 하버드대 유전학 교수인 '데이비드 싱클레어' 씨는 노화는 질병이라며, 100년 전에는 노화의 원인이 160가지였는데 지금은 1만 4천 개까지 세분해 밝혀내서 치료하므로 150세까지 살게 할 수 있을 것이라고 주장했습니다.

2016년 사이언스 타임즈에서는 122세로 1997년에 사망한 프랑스인 '잔느 칼망(Jeanne Calment)' 씨가 지금까지 최장수한 사람이라고 했습니다. 장수국가 일본에서는 110세를 넘겨 사망한 사람 부지기수이며, 한국에서도 100세 넘겨 사망한 사람이 많습니다.

그러면 장수하기 위한 몇 가지 점을 짚어 보겠습니다.

1) 스트레스가 만병의 근원입니다.

스트레스를 받으면 뇌가 몸에서 가장 취약한 부분에 혈액 공급을 줄여 통증을 유발합니다. 또한 과도한 스트레스를 발생한 활성산소는 염증을 일으켜 암을 유발시키고, 그 외 다양한 질병도 일으킵니다. 그래서 스트레스 대처 능력이 중요합니다.

–스트레스를 받지 않는 방법은 있는 그대로 받아들이고 순수하게 느끼는 그대로 사는 것입니다. 더불어 신체의 취약한 부분을 강화시키는 노력이 필요합니다. 이를 위해선 근육을 이완시켜 주는 유연성 운동을 평상시 습관화

하는 것이 아주 중요합니다. 호흡 조절만 잘해도 진정 효과가 있습니다. 명상과 함께 복식 호흡, 깊은 호흡으로 길게 내 쉽니다(들숨 4초, 날숨 7초). 또 모든 일에 긍정적으로 생각하고, 작은 배려와 웃음으로 행복해지고, 운동으로 기분을 좋아지게 합니다. 섬유소가 풍부한 음식 섭취는 세포 손상이나 재생에 도움이 되며, 일기를 쓰는 것처럼 생각을 적어보면 마음이 정리되면서 정신이 맑아지기도 합니다.

-감성이 살아나도록 즐깁니다. 사람의 정신은 이성과 감성이 조화를 이루어야 잘 동작하는데, 이성적인 부분만 소모되면 뇌가 일시 휴업이 됩니다. 이런 상태로 칠, 팔년 스트레스가 쌓이면 우울증이 됩니다. 이성을 다 소모하기 전에 감성적인 부분이 움직여야 이성도 쉴 수가 있습니다. 좋아하는 일로 즐기면서 살아야 감성이 살아납니다.

-허기진 영혼을 채우려면 명상이 좋습니다. 유유자적하는 습관으로 있는 그대로를 바라보면서 의미와 가치가 있는 삶으로 바꾸어 봅니다. 영혼이 자유롭게 살아 숨 쉬게 해야 하는데 억압받고 통제될 때 영혼은 힘들어 합니다.

스트레스가 지속되면 분노, 우울, 불안의 감정이 높아집니다. 마음의 병은 육체의 병을 일으킵니다. 허기진 영혼은 삶의 불만 원인이 되기도 합니다. 몸과 마음이 쉬고 싶을 때 쉬는 자유도 누리고, 골방이나 초원에 혼자 앉아 명상으로 허기진 영혼을 채우기도 해야 합니다. 명상은 뇌파를 안정시키고 호흡과 심박동을 느리게 하며, 근육긴장을 완화시켜 주면서 긍정적인 마음을 갖도록 해줍니다. 그러므로 명상은 육체, 정신, 감정에 다 도움이 됩니다. 스트레스는 면역력을 떨어뜨리는데, 명상은 스트레스를 줄여줘서 건강하고 행복한 삶을 살게 합니다.

정신건강을 위한 생활 철칙

① 스트레스를 두려워하지 말고 바로바로 해소하자.

② 변화는 자연발생적인 것이므로 적당한 불안은 받아들이자.

③ 죽고 사는 문제가 아니면 너무 집착하지 말자.

④ 명상으로 자신의 분석과 자성으로 성숙된 인간이 되자.

⑤ 충분한 휴식과 수면으로 피로를 풀자.

⑥ 웃음은 만사형통, 억지웃음이라도 많이 웃자.

⑦ 부지런히 몸을 움직이며 봉사활동 까지 해보자.

⑧ 내 말을 들어주는 '정신과'에 가는 것을 두려워하지 말자.

2)고지혈증이 피의 흐름을 방해합니다.

고지혈증은 혈액 속 지방성분이 지나치게 높은 상태를 말합니다. 고지혈증은 그 자체가 특정 질환은 아니지만, 혈중 콜레스테롤이 필요 이상 높아지면 심장에 혈액을 공급하는 관상동맥이 좁아지는 동맥경화로 협심증이나 심근경색이 오며, 경동맥의 동맥경화로 뇌졸중이 오면 생명을 위협받게 됩니다. 총 콜레스테롤 250mg 이상, 나쁜 콜레스테롤 LDL 100mg 이상, 좋은 콜레스테롤 HDL 40mg 미만, 중성지방 150mg 이상이면 고지혈증으로 분류하며 약을 복용해야 합니다. 고지혈증은 고 콜레스테롤 혈증과 고 중성지방

혈증이 있습니다. 고지혈증의 원인은 큰 몫을 차지하는 포화지방과 유전이 있고, 그 외 나이와 성별, 스트레스, 흡연, 비만, 운동부족 등이 있습니다.

LDL 콜레스테롤이 많은 음식인 동물 내장, 간, 곱창, 명란, 창란, 계란 노른자, 오징어, 삼겹살, 붉은 살코기, 닭 껍질, 버터 등은 절제해야 합니다. 고지혈증의 치료법은 운동요법, 식이요법, 체중조절 등 단계별로 실시하는 생활습관의 개선이 중요합니다. 하루 30분 규칙적인 유산소 운동을 하면 LDL을 감소시키고, HDL을 증가시켜 혈관을 튼튼하게 하지만, 고지혈증은 유전으로 체질적인 문제이기 때문에 조절이 안 되면 약물요법도 함께 적용해야 합니다. 한 번 고지혈증을 진단받은 사람은 지속적으로 약물을 복용하여 돌연사에 대한 위험도를 낮추어야 합니다.

지방은 콜레스테롤과 중성지방으로 구성되어 있는데, 중성지방은 나쁜 LDL의 생성을 돕고 좋은 HDL 분해를 촉진시킵니다. 중성지방이 높으면 심장병, 뇌졸중을 일으킵니다. 당뇨병 환자의 75%가 사망하는 심근경색의 최대 요인 중 하나가 바로 중성지방입니다. 모든 술이 중성지방 수치를 높이는 만큼 절주나 금주하는 것이 좋습니다.

콜레스테롤과 중성지방이 높은 고지혈증으로 혈관이 터지면 30분 안에 혈관이 막힙니다. 중성지방은 먹는 것보다 소비하는 것이 적어 몸에 남는 것이 많아 체지방으로 바뀌면서 비만이 됩니다. 중성지방의 저장고인 뱃살을 줄이기 위해서는 다이어트와 유산소 운동으로 체중을 감량해야 합니다. 당뇨병, 심장병 환자이면서 중성지방이 200mg 이상 높은 사람은 고지혈증 약을 복용해야 합니다. 중성지방은 췌장암의 4대요인(복통, 황달, 당뇨병, 중성지방) 중의 하나로 절대로 간과해서는 안 됩니다.

깨끗한 혈관을 만드는 생활

① 혈압, 혈당, 콜레스테롤(총 콜레스테롤 230이하, HDL 60이상, LDL 100이하, 중성지방 100이하) 조절

② 금연, 금주

③ 균형 잡힌 식사

④ 적절한 지방 섭취

⑤ 수면(6~8시간)

⑥ 정상 체중 유지

⑦ 40대 이후 남성과 폐경기 이후 여성의 암과 심혈관 질환의 건강검진

⑧ 유산소 운동과 하체운동 등 하기

콜레스테롤을 낮춰주는 식품

블루베리, 아보카도, 사과, 마늘, 호두, 표고버섯, 검은콩, 시금치, 현미, 보리, 녹차, 양파, 더덕, 부추, 고추, 해조류, 버섯류, 과일 등이 있습니다.

고지혈증 건강기능 식품

최근에 알려진 건강기능 식품으로 레드 크릴 오일과 폴리코사놀, 모링가 등의 건강기능 식품도 도움이 됩니다. HDL을 높이는 음식은 올리브오일, 등 푸른 생선, 채소, 과일, 정제되지 않은 곡물 등이 있습니다.

3) 돌연사란?

돌연사의 주범은 허혈성 심장 질환입니다. 허혈성이란 심장근육에 피의

공급이 원활하지 않아 산소 부족으로 기능을 상실하는 것으로, 그것을 대체할 어떤 틈도 없이 목숨을 잃게 되는 경우를 말합니다. 여러 가지 이유로 증상이 나타난 후 1시간 이내에 사망하는 것을 말하며, 가장 많은 원인으로는 급성 심근경색증이나 뇌출혈, 뇌경색, 지주막하출혈, 해리성 대동맥류 등의 뇌와 심장혈관 질환입니다.

① 돌연사의 위험인자

돌연사의 대부분은 관상동맥의 동맥경화가 악화되어 발생합니다. 단 10% 정도는 심장근육의 질병, 판막질환, 선천성질환, 부정맥 등으로 관상동맥에는 이상이 없는 비 허혈성 심장질환입니다. 35세 이하 젊은 층의 돌연사는 주로 비 허혈성 질환에서 일어나고, 35세 이상은 허혈성 질환에서 많이 일어납니다. 심장병 가족력, 돌연사를 경험한 사람, 심실 빈맥이나 서맥의 부정맥환자, 좌심실 기능이 떨어진 심부전환자, 동맥경화성 위험인자를 가지고 있는 사람(흡연자, 고혈압, 당뇨병, 고지혈증, 스트레스, 비만, 과음)은 정기적인 건강검진으로 관리해야 합니다.

② 돌연사의 전조 증상

가슴이 뻐근하거나 찢어지는 통증, 심한 호흡곤란, 압박감, 불쾌감, 머리가 깨질 듯한 두통, 어지럽거나 한쪽 팔 다리가 저리거나 힘이 없는 것이 대표적 증상입니다. 원인은 흡연, 스트레스, 고지혈증, 당뇨 등입니다.

③ 돌연사의 응급 대처법

응급처치는 흉부압박과 인공호흡으로 하는 기본 심폐소생술이 있는데, 제세동기를 빨리 사용할수록 소생할 가능성이 높습니다. 흉통 발생 후 황금의 1시간 내 병원에 도착해야 합니다. 또한 심장에 충분한 영양분과 산소가 공급되기 위해서는 혈전용해제(유로키나제)를 사용하거나, 가급적 빨리 혈관을 확장시키고 노폐물을 제거하기 위해 관상동맥 우회술이나 혈관 조영술로 혈관 내 관상동맥 스텐트 삽입술을 해야 합니다. 스텐트를 주입하는 경우 대퇴부위(사타구니) 동맥을 통해 수술하거나 손목 동맥을 이용할 수도 있습니다. 심장 동맥이 50% 막힌 것이 90% 막힌 것보다 더 위험합니다. 수술중 혈관이 파열되거나 찌꺼기가 터져 나와 혈전을 유발할 수 있기 때문입니다.

최근 시술 후 상처가 아물 때 세포가 증식되는 것을 막아주는 '사이퍼'란 약물 방출 스텐드가 나왔습니다. 이는 표면에 면역 억제제를 코팅해 세포의 분열을 막아 혈관이 재협착되는 확률을 크게 낮춰 줍니다. 심실 세동이나 심실 빈맥 같은 치사 부정맥은 발생 후 1분 안에 치료하면 성공률이 80% 이상인데, 10분이 지나면 성공률은 0%에 가까워집니다.

④ 돌연사 원인을 알고 예방하기

스트레스를 받으면 자율신경계 균형이 깨져 혈압이 올라 혈관을 수축시켜 피가 심장으로 가는 것을 막습니다. 혈압이 높을수록 혈관이 받는 압력도 높아져 혈관 벽의 손상이 커집니다. 이로 인해 심근경색과 협심증의 원인이 되는 노폐물의 발생도 증가합니다. 표준 체중보다 10kg 이상 무거우면 심장에 10kg 추를 매달고 다니는 것과 같으므로, 심장근육이 정상보다 두꺼워져 돌연사의 원인이 됩니다.

협심증이나 심근경색이 있었던 사람은 총 콜레스테롤을 160mg/dl 미만으로 유지해야 합니다. 당뇨병은 당과 콜레스테롤이 결합하면 콜레스테롤의 사이즈가 작아져서 혈관 벽에 쉽게 달라붙어 혈관들이 좁아집니다. 흡연은 혈관 수축물질인 에피네피린을 분비시키고 혈액을 끈끈하게 해서 응고시키는 피브리노겐을 증가시켜 피 떡을 유발합니다. 피 떡이 관상동맥을 막으면 협심증과 심근경색이 발생하게 됩니다.

⑤ 돌연사 예방을 위한 생활수칙

돌연사 위험인자를 정확히 알고 바른 생활습관을 가집시다. 정기적인 건강검진으로 콜레스테롤 수치 확인과 심전도검사, 심장 초음파검사, 관상동맥 조영술과 혈관 내 초음파로 혈관이 막힌 부분을 확인하여 신속한 치료를 합시다. 질 좋은 단백질과 비타민, 무기질, 섬유소가 충분한 음식 등 균형 있는 식생활을 통해 영양 상태를 조정합시다. 적절한 운동으로 혈액순환을 좋게 하고, 정상혈압 유지, 금연, 금주, 표준체중 유지하기, 추위와 분노를 조심합시다. 긍정적인 마음으로 일상생활을 즐겁게 합시다.

4) 비만도 병으로 관리해야 한다.

비만은 지구촌의 최대 역병(Epidemic)입니다. 빈곤 음주와 흡연보다 더 만성 질환을 유발시킵니다. 특히 복부비만은 당뇨병, 고혈압, 고지혈증 등 소위 대사증후군의 공통적인 원인이 되는 것으로, 이러한 질병들은 결국 동맥경화증(허혈성 심장병, 뇌졸중)을 일으키고 사망의 원인으로 작용합니다. 따라서 비만을 질병으로 인식하고 적극적으로 치료해야 합니다.

또한 비만은 환경적, 사회적, 유전적, 정신적인 여러 가지 요인이 복합적으로 작용해 발생하기 때문에 어느 한 가지 방법으로 완전히 치료하기는 어렵습니다. 급속 다이어트를 하면 수분과 근육 골밀도 등은 낮아지지만 정작 지방은 줄지 않습니다. 다이어트를 위해서 식사를 줄이면 근육은 약해지고, 몸은 영양이 부족하여 근육조직의 에너지 소비량이 줄면서 오히려 지방을 저장하려고 합니다. 그래서 체중이 다시 늘어나는 요요현상이 일어납니다. 따라서 다이어트는 몸무게를 줄이는 것이 아니라 체내 지방을 줄여야 하는 것입니다. 운동만이 묘약입니다. 비만의 치료는 결국 섭취하는 에너지보다 소비하는 에너지를 많게 하여 에너지 불균형을 교정하는 것이라 할 수 있습니다. 또한 비만은 섭취한 칼로리가 완전히 연소되지 않기 때문에 생깁니다. 에너지 섭취를 줄이고 영양 섭취는 충분하도록 해, 체내 신진대사를 원활하게 함으로써 체내에 여분의 지방이 축적되지 않도록 해야 합니다.

① 비만의 원인은 뇟속에 있습니다.

비만의 원인은 근육세포나 소화 과정에 있는 것이 아니라 지방세포에서 분비되는 식욕억제 단백질을 만드는 뇌에 존재하는 렙틴이라는 호르몬에 있습니다. 이것은 시상하부에 작용하여 식욕을 억제하고 에너지 대사를 증가시키는 역할을 합니다. 체내대사를 활발하게 함으로써 체중을 감소시키는 호르몬으로 알려진 이 단백질 유전자에 돌연변이가 발생하게 되면 비만해진다는 것입니다. 영국의 '바로소' 박사는 비만 관련 6개 유전자 연구를 통해 '과식과 비만이 신진대사의 불균형보다는 정신과 관련'이 있을 것이라는 결론을 내렸습니다. 음식을 섭취하려는 신체적 욕구를 조절하기보다 음

식에 대한 심리적 요인을 통제하는 새로운 비만 치료법이 개발될 것이라고
기대하게 합니다.

② 체지방을 줄여야 합니다.

남성은 10~18%, 여성은 20~25%가 정상입니다. 그런데 남성은 25%, 여
성은 30%가 넘으면 몸무게와 관계없이 반드시 체지방을 줄이는 노력을 해
야 합니다. 이를 방치하면 내장지방이 인슐린 호르몬의 기능을 떨어뜨려 당
뇨병, 고혈압, 심장질환 등 각종 합병증을 유발할 수 있습니다. 체지방이 과
다한 경우 어떻게 줄일 수 있을까요? 지방량과 함께 근육량도 많다면 다이
어트와 운동을 통해 체지방을 차츰 줄이면 되지만, 근육량이 부족한 경우
다이어트는 금물입니다.

③ 당지수가 높은 탄수화물이 원인입니다.

당지수가 높은 식품을 먹으면 혈당이 급속히 올라 갑자기 많은 양의 인
슐린이 분비됩니다. 인슐린은 당을 근육이나 간으로 보내 글리코겐으로 축
적하는 기능을 하는데, 인슐린이 갑자기 많이 분비되면 간이 감당하지 못해
결국 남은 당은 중성지방으로 바뀌고 지방세포에 축적되어 비만이 됩니다.
반대로 당지수가 낮은 식품을 먹으면 혈당이 천천히 올라 간이나 근육이 이
를 받아 꾸준히 소모하면서 축적하는 과정이 이루어져 지방으로의 전환도
줄어든다는 것입니다. 당지수가 낮은 식품을 섭취하려면 설탕이 안 들어간
것을 먹는 것도 중요하지만 탄수화물을 가장 주의하여야 합니다.

④ 덜 먹고 운동해도 비만이 되는 것은 비타민과 미네랄 부족.

비만은 대사적으로 저장만 할 줄 알지 지방을 에너지로 쓰지 못하는 경우가 많습니다. 지방을 에너지로 이용하려면 효소가 활성화되어야 하는데 활성화에 필요한 것이 비타민과 미네랄입니다. 아연, 크롬, 칼륨 같은 미네랄이 부족하면 혈중 포도당을 세포에 집어넣는 작용이 원활하게 일어나지 못합니다. 이처럼 인슐린 저항성으로 생기는 당뇨의 주요원인 가운데 하나가 미네랄 부족입니다.

5) 소식과 적당한 운동이 장수비결

전 텍사스대 유병팔 교수는 '소식과 적당한 운동'으로 125세까지 살 수 있다고 했습니다. 노화의 원인은 과잉 섭취된 음식물과 열량에 있고, 필요 이상의 칼로리가 지방으로 축적돼 염증을 일으켜 결국 생명을 단축시킨다고 했습니다. 관절염, 동맥경화, 고혈압, 당뇨, 치매 등을 일으키는 위험요소가 되는 것입니다. 몇 끼를 먹느냐가 중요한 것이 아니라 적게 먹고 칼로리를 줄이는 것이 더 중요합니다. 젊었을 때는 2,000Cal가 필요하였지만 나이를 먹고 활동이 줄었 다면 1,500Cal 수준으로 섭취열량을 줄여야 합니다. 끼니 횟수는 개인에게 맞게 결정하되 대신 매 끼니를 채식 위주로 기름기 없이 담백하게 조리해 칼로리를 낮추는 것이 중요합니다.

또한 유병팔 교수를 비롯하여 많은 전문가들은 조언합니다. 우리 몸은 늘 변화하는 환경과 조건에 적응하기 마련이며, 몸에 부담을 주면서까지 굳이 세끼 식사를 고집할 필요는 없다고 합니다. 단 청소년, 임산부, 수험생과 육체노동이 많은 사람은 반드시 아침을 먹어야 한다고 합니다. 또한 임산부를 비롯해 당뇨병, 고혈압 환자는 식사량을 적게 해서 자주 먹는 것이 좋고, 암 환자는 열량이 높은 음식을 섭취하는 것이 좋다고 합니다.

① 단백질과 지방은 늘리고 탄수화물을 줄이는 소식.

우리는 몸에 좋다고 하는 음식을 필요 이상으로 많이 섭취합니다. 하지만 불필요한 지방을 몸속에서 제거하기 위해서는 음식 종류보다 음식의 양 조절이 더 필요합니다. 무엇이든 많이 먹으면 몸에 나쁜 기름이 끼게 됩니다. 아무리 몸에 좋은 성분을 많이 함유하고 있는 영양소라도 과잉 섭취하면 넘치는 만큼 중성지방화 됩니다. 술을 많이 마셔도 중성지방 수치가 올라갑니다.

또한 혈당은 특정 음식을 먹는다고 상승하는 것이 아니라 자신이 감당할 수 있는 그 이상의 영양분을 섭취하기 때문에 상승하는 것입니다. 당분도 과다 섭취하면 몸 안에서 지방으로 저장됩니다. 이와 같이 과잉섭취로 발생하는 문제 예방을 위해서는 단백질과 지방을 늘리고 탄수화물을 줄이는 소식을 해야 합니다.

② 소식하면 내 몸이 변합니다.

소식하면 몸이 가벼워지고 정신이 맑아지며 수고로움이 덜어집니다. 소식은 내 몸속에 있는 지방을 찾아내 쓰기 때문에 지방 에너지도 줄어듭니다. 소식하면 장이 휴식하고 세척되어 염증을 일으키는 독소가 배출됩니다. 소식을 습관화하면 염분이 줄어 들고 피부 트러블이 감소되며, 백혈구 면역력이 증강되고 피로감이 감소되어 음식에 대한 고마움을 깨닫게 됩니다.

③ 대사성 질환 해결은 소식입니다.

대사성 질환은 세균성이 아닌 신체세포의 화학 반응의 장애가 원인이 되는 질환입니다. 스트레스, 음식물, 흡연, 환경오염, 유전요인, 인슐린 저하 등의 원인으로 우리 몸 내부에서 발생하는 대사증후군은 심장병, 당뇨병, 암, 비만, 뇌졸중, 불임, 아토피 등입니다.

복부 주위에 지방이 붙은 내장 지방형 복부 비만과 고혈압, 고혈당, 지질 이상 같은 생활습관병의 위험인자가 3가지 이상일 때를 대사증후군이라 합니다. 대사증후군이 있을 경우 동맥경화가 진행되며, 최종적으로 뇌경색, 심근경색과 같은 만성 심뇌혈관 질환의 발병 위험도가 급격히 증가합니다. 따라서 문제가 발생하기 전에 소식을 해야 합니다.

6) 절식은 건강을 지키는 기본

영양과잉과 활동량 부족만 해결한다면 현대 성인병의 70%는 치료될 수 있다고 합니다. 절식은 평생 건강을 지키는 첫 걸음입니다. 열량 섭취량을 제한하는 절식이 비만 예방 치료법이자 암과 노화의 원인인 활성산소와 당화 생성물을 줄일 수 있는 방법이며, 노화를 지연시켜 장수하는 비결입니다. 일반인은 하루 1,500Cal 섭취로 절식하는 것이 좋으나 노인들은 오히려 지방섭취가 부족한 것을 감안해야 합니다.

① 절식은 건강히 늙어가게 합니다.

칼로리를 제한하는 것으로 한 번에 음식량이 많아도 탄수화물이나 지방 대신 채소나 과일 등 섬유소가 많은 경우라면 절식입니다. 채식 위주의 식사를 하되 쌀밥과 기름기를 줄이고, 소량의 육류로 단백질을 보충해 주면서 전체적으로 칼로리를 30% 줄여 최저 칼로리를 보충하는 것입니다. 이렇게 함으로써 유전자가 질병에 걸리지 않고 튼튼하고 건강히 늙어가게 합니다.

② 절식하면 삶의 질이 향상됩니다.

열량 섭취를 30% 감축하면 과잉 열량으로 기능이 억제된 신진대사 조절 인자가 열량 감소를 감지하여 적은 열량으로 많은 일을 하도록 유전자 발현이 재배열됩니다. 유전자가 개체의 생존을 위해 일사분란하게 비상사태를 선포하면 체내 염증을 억제하고, 병들고 늙은 세포의 자살을 유도하며 해독작용을 강화합니다. 또한 손상세포가 복구되고 콜레스테롤 수치를 저하시키며, 면역을 증강시키고 호르몬 분비를 정상화하면서 새롭게 전열을 가다듬습니다. 따라서 노화시계가 지연됩니다.

절식하면 10년 이상의 수명 연장이 기대되며 암, 심장병, 뇌졸중, 치매 등 노화와 관련된 난치병 발생률이 저하됩니다. 체력과 인지능력 호르몬 분비 정상화에 따른 성기능 강화 등으로 삶의 질이 향상됩니다. 1년만 절식해도 한평생 절식한 것과 비슷한 변화가 체내에서 일어납니다.

7) 자고, 먹고, 놀며 즐기는 나만의 리듬
① 필수적으로 돌아가는 생리적 리듬

인간이 살아가면서 필수적으로 해야 하는 3가지는 잘 먹고, 잘 자고, 잘 배설하기입니다. 이 세 가지 중 한 가지라도 잘 되지 않는다면 인간은 살아가기가 힘듭니다. 물론 질 높은 삶을 살기 위해서는 잘 놀기 까지 해야 합니다. 습관적으로 잘 할 수 있도록 노력하면 수월해집니다. 몸에 음식이 갑자기 많이 들어오거나 적게 들어오면 몸은 비상사태가 일어나 호르몬 균형이 맞지 않아 몸에 이상이 생깁니다. 따라서 식사는 자신의 습관대로 하루 세 끼 혹은 두 끼를 규칙적으로 먹는 것이 중요합니다.

② 바른 섭생은 무병장수의 비결

인간은 오래 살면서 삶의 질을 높게 유지하고 싶어 합니다. 건강하게 오래 살기 위한 가장 중요한 비결은 무엇일까? 건강관리를 잘하여 병에 걸리지 않고 오래 살도록 하는 비결은 바른 섭생입니다. 한의학 경전인 '내경'에서는 음식을 절도 있게 먹고, 리듬 있는 생활을 하며, 몸을 무리하게 괴롭히지 않는 것이 천수를 누리는 비결이라고 합니다.

반대로 술을 음료수처럼 마시고, 망령스럽게 행동하며, 취한 채로 성관계를 갖고, 욕정으로 체력을 고갈시키고, 오로지 쾌락만을 좇아 불규칙한 생활을 일삼으면 단명하게 된다고 합니다. 즉, 무병장수를 위해 가장 중요한 요인은 먹고, 자고, 배설하고 움직이는 일상생활, 즉 자기 자신의 섭생 관리에 있다는 것입니다.

③ 아침 일찍 일어나는 건강 습관

동이 트기 전에 일어나 밝아오는 태양의 일출을 보면 교감신경이 깨어나면서 행복 호르몬인 세로토닌이 분비됩니다. 우울증은 아침에 일찍 일어나 햇빛만 봐도 해결됩니다. 세로토닌은 불안한 감정의 전달물질인 노아드레날린과 흥분성 감정물질인 도파민의 분비를 조절하는 역할을 합니다. 그렇게 아침에 눈을 뜨면서 전신을 깨웁니다. 머리부터 얼굴, 귀에서 발끝까지 내 몸을 귀히 여기면서 마사지를 해줍니다. 또한 아침에 복식호흡 3번, 장운동 50번, 하체 무릎 근력 강화운동, 진동 자율 훈련, 눈, 코, 귀를 바라보면서 의식을 집중하는 명상 등을 합니다.

④ 7~8시간 필수적인 수면 습관

우리나라는 전 국민의 1.1%인 57만 명이 수면장애를 호소하고 있습니다. 17시간 동안 잠을 자지 못하면 의식이 혈중 알코올 농도 0.05% 상태와 비슷한 정도로 신체기능을 회복시키는 데 아주 중요한 역할을 합니다. 하루 5시간 미만으로 잠을 자면 취침하는 동안 이루어지는 산소 공급이 줄어들고, 신체적 스트레스 증가로 인해 혈압이 상승하기 때문에 고혈압 발병률이 높아집니다. 수면이 부족하면 스트레스 호르몬의 일종인 그렐린이 공복감을 높이고, 식욕을 억제하는 호르몬인 렙틴이 감소하기 때문에 늦게 잠을 잘수록 체지방 축적이 잘 이루어져 비만의 원인이 됩니다.

수면시간이 4시간 이하인 사람들의 불안장애 위험도는 7시간을 자는 사람보다 4배 이상 높고, 우울증 위험도는 3.7배에 달합니다. 수면장애와 우울증은 깊은 관련이 있습니다. 또한 수면부족은 뇌세포에 염증을 일으켜 뇌에 아밀로이드 타우 단백질이 쌓여 뇌세포의 신호 전달을 막아 뇌 모세혈관이 막히는 혈관성 치매의 원인이 되기도 합니다. 평균 하루 7시간을 잔 경우 사망률이 가장 낮고, 7시간을 중심으로 양극단으로 갈수록 사망률이 증가합니다. 성인 권장 수면시간은 7~8시간입니다. 과도한 수면도 생체리듬을 깨뜨려 수면을 방해하므로 일정한 시간에 자고 일어나는 것이 좋습니다.

⑤ 뇌기능을 극대화시키는 습관(잘 먹고, 자고, 쉬는 게 최고)

몸은 운동으로 단련하듯 뇌는 평소 습관에 따라 기능이 좌우됩니다. 햇볕, 신선한 공기, 왕성한 식욕, 깊은 밤잠, 칭찬, 인정, 사랑의 말, 양손 쓰기, 운동, 웃음 등 10가지가 돈 안들이고 뇌력을 키우는 습관입니다. 충분한 수면과 휴식은 뇌의 재충전과 기능 유지를 위해 반드시 필요합니다. 뇌는 쉬는 동안 회복과 정리 통합과 저장 같은 역할을 하며, 숙면을 취할 때 뇌세포 간 연결이 튼튼해집니다. 하루에 공급되는 열량의 20%가 뇌에서 소비되므로 균형 있는 영양섭취는 뇌를 위해 아주 중요합니다. 뇌는 오전에 활발하므로 되도록 아침밥을 챙겨 먹는 것이 좋습니다.

음식은 천천히 오래 씹어야 뇌가 자극되어 사고력과 표현력이 높아집니다. 특히 두뇌음식인 콩, 된장, 고추장, 청국장, 등 푸른 생선, 계란, 우유, 견과류, 해조류, 녹황색 채소 등을 많이 먹는 것이 좋습니다. 뇌기능을 극대화시키는 방법은 복식호흡을 생활화하고, 새로운 운동과 취미 활동을 통해 틀에 박힌 일상생활에서 벗어나려고 노력하는 것입니다. 뇌 건강을 위해서 평소 피해야 할 것은 스트레스, 뇌에 주는 물리적인 충격, 장시간 TV시청이나 홍차, 커피 등 카페인 음료와 청량음료, 조미료나 식품 첨가제 등입니다.

⑥ 건강하게 오래 사는 기본습관

-절제하는 소식(칼로리 30% 감소하는 절식) 습관.

-느리고 반복적인 유산소운동과 많이 움직이는 습관.

-누구나와 친하게 지내고 어울리며 스트레스 관리를 위해 운동, 명상, 이완하는 습관.

-독서, 외국어, 악기, 춤, 자서전, 여행 등 두뇌활동 습관.

-금주, 금연, 탄 것 안 먹기, 자외선 차단, 정상체중 유지, 항산화제로 암을 예방하는 습관.

-고혈압, 콜레스테롤, 스트레스를 관리하고, 금연과 저지방 식이로 동맥경화 를 관리하는 습관.

⑦ 잘못된 식사습관

허겁지겁 빨리 먹는 습관은 인슐린 분비가 활발해져 지방분해를 방해합니다. 끊임없이 먹는 습관은 계속적인 인슐린 분비로 지방이 쌓입니다. 자기 전에 먹는 습관은 밤에는 휴식과 재충전을 조절하는 부교감 신경계의 작용으로 영양흡수와 지방저장이 왕성해집니다. 한꺼번에 몰아먹는 습관은 굶는 동안 몸이 본능적으로 에너지 충전을 위해 지방을 아껴 쓰다가 갑자기 음식이 들어오면 최대한 저장하려고 합니다. 패스트푸드를 즐겨 먹는 습관은 음식 자체의 열량이 높은 데다 조미료와 염분이 많고, 콜라 등 음료수와 샐러드 등을 곁들여 먹기 때문에 과식이 됩니다.

⑧ 공복감을 느끼는 식사습관

나이가 들면서 점차 성장호르몬이 감소되는데, 배가 고픈 공복감을 느끼면 회춘 호르몬인 성장 호르몬이 분비됩니다. 음식을 소화 흡수하는 곳이 소장인데, 소장에 음식이 들어가지 않으면 소장에서 모틸린이라는 단백질이 분비됩니다. 모틸린은 위장에 음식물을 보내라고 명령을 내리고, 위장은 수축운동을 해서 남아 있는 음식물을 소장으로 보내려고 합니다. 이때 위

속에 있는 공기가 움직이면서 꼬르륵 소리를 내는 공복기 수축이 옵니다.

그런데 모틸린이 위장을 쥐어짜도 음식물이 들어가지 않으면 위 점막에서 그렐린이라는 단백질이 분비됩니다. 그렐린은 뇌의 시상하부에 작용해 식욕을 촉진시키는 동시에 뇌하수체에 작용해 회춘 호르몬인 성장 호르몬을 분비하게 됩니다. 공복감이 주는 좋은 점은 회춘 호르몬인 성장 호르몬을 분비시키고, 장수 유전자인 시르투인(섭취열량을 줄이면 발현됨)을 살아나게 하여 기적의 호르몬인 아디포넥틴(지방조직에서 만들어지는 단백질의 일종으로 비만, 당뇨병, 동맥경화를 막아주는 기능함)을 생성합니다. 반면 포만감을 느끼면 지방이 연소되면서 아디포 사이토카인이라는 물질이 나와 혈관의 내피세포를 손상시켜 동맥경화를 일으키는데, 공복감을 느끼면 지방세포에서 기적의 호르몬인 아디포넥틴이 분비되어 아디포 사이토카인이 손상시킨 상처 구멍을 치료합니다.

⑨ 성장 호르몬을 충전하는 습관

뇌는 대뇌, 소뇌, 뇌간으로 구분되는데, 뇌간(시상하부)에서 자율신경계와 뇌하수체 선으로 나누어집니다. 여기서 뇌하수체선은 시상하부의 제어를 받아 다른 내분비선(호르몬 분비)들을 제어시키기 때문에 마스터 내분비선이라 합니다. 뇌하수체선의 전방부에서는 성장 호르몬, 프로락틴, 갑상선 자극 호르몬, 항 부신피질, 성호르몬 등을 분비시키고, 중엽엔 멜라노사이트 자극 호르몬을 분비시키며, 후방부엔 항 이뇨 호르몬과 옥시토신을 담당합니다.

이렇듯 호르몬계(갑상선, 부갑상선, 부신선, 성선, 췌장선, 송과선) 작용을 뇌간(시상하부)에서 제어하는데, 대뇌의 등면을 따라 앞으로 뻗어있는 송과선(인체 생체 시계)에 의해 밤에 숙면을 취할 때 우리 몸은 면역력이 생기며, 신진대사와 성장 호르몬의 왕성한 충전이 이루어집니다. 젊음을 유지시키는 성장 호르몬의 분비를 촉진하기 위해서는 탄수화물을 적게 먹고 아미노산, 단백질, 비타민, 무기질을 섭취하고 운동과 숙면을 해야 합니다.

⑩ 멜라토닌을 충전하는 습관

사람이 잠을 자는 것은 뇌 속에 있는 밤을 인지하는 호르몬인 송과선에서 세로토닌과 멜라토닌을 분비하므로 잠을 자게 됩니다. 멜리토닌은 신경전달 물질로 생체리듬을 주관하는 작용을 하며, 수면 유발 이외에도 뇌의 성숙이나 면역기능 항진 등 여러 기능의 조절에 관여합니다. 어떤 종류의 암도 억제하고, 걱정이나 우울증도 없애 준다고 합니다.

햇빛을 인지하는 기관이 눈 속의 망막인데, 멜라토닌 분비량을 조절하는 열쇠는 망막에 도달하는 빛의 양입니다. 불을 끄면 더 잠이 잘 오는 것처럼, 들어오는 빛이 줄어들면 이미 만들어져 저장된 멜라토닌이 혈중으로 분비됩니다. 그리고 아침이 되면 혈중 멜라토닌의 양이 줄어들게 되면서 잠에서 깨어나 활동을 시작하게 됩니다. 이때 외부적으로 멜라토닌을 복용하면 인체 내부에서 인위적 밤이 만들어지고 수면을 촉진하는 효과를 가져 옵니다. 그래서 멜라토닌 성분 알약으로 시차병을 극복할 수 있습니다.

숙면을 위해 안대를 착용하는 것도 효과적입니다. 멜라토닌은 이처럼 인체의 자연적인 리듬을 통제하여 시계를 맞추고 제어하는 역할을 합니다. 밤마다 송과선에서 분비되는 멜라토닌 덕분에 우리는 편안하게 잠을 잘 수 있습니다. 따라서 멜라토닌이 왕성하게 분비되면 신체에서 일어나는 모든 생화학적 반응이 최소화되어 에너지가 절약되고, 세포가 편안한 휴식을 취하게 되어 신체기능도 왕성해지고 세포의 수명도 연장됩니다.

8) 세계 장수나라 사람들의 식습관

2019년 세계 장수국의 순서는 1위 스페인, 2위 이탈리아, 3위 아이슬란드, 4위 일본, 5위 스위스, 우리나라는 17위, 미국은 35위입니다. 스페인, 이탈리아의 장수 이유는 지중해식 식단이고, 미국이 장수국가에 들지 못한 이유는 약물과다와 자살률 때문입니다. 장수국가들의 공통점은 날이 밝으면 일하고, 해가 떨어지면 잠을 자는 등 자연에 순응하고, 하나님을 믿고 절제된 삶을 살며, 가공하지 않은 자연 그대로의 곡물과 채소로 전통적인 식사를 하며, 매일 발효식품을 먹는다는 것입니다. 또한 노인들이 대접받는 사회분위기가 삶의 활력소가 되어 정신건강이 좋다고 합니다.

① 사회적인 맛을 즐기는 지중해식 식사습관

지중해 식단은 과일과 채소가 50% 정도, 콩과 두부 등의 단백질 식품이 25%, 식물성 기름이 25%로 구성된 이상적 식단입니다. 이 식단은 심장혈관을 보호하는 항산화 효과가 있고, 섬유질이나 필수 지방산, 단백질 등이 골고루 구성되어 열량이 낮고 영양가는 풍부한 최고 식단입니다. 또한 건강음식으로 전 가족이 함께 축제처럼 즐겁게 먹고, 화학적인 맛보다는 물리적인 씹는 맛을 추구하며, 그것보다 더 좋은 것은 누구랑 먹느냐 하는 사회적인 맛으로 먹는다는 것입니다. 그리고 과일, 채소, 해산물, 치즈, 올리브오일, 돼지고기, 와인을 즐깁니다.

② 단순한 삶의 이탈리아 장수비결

유기농으로 재배한 슬로우 푸드로 느리게 비우며 단순한 삶으로 사는 것을 행복으로 여깁니다. 미래의 행복을 찾는 것이 아니라 지금 현재의 행복으로 천천히 생각하고 느끼며 산다는 것입니다. 편한 자세와 편한 마음으로 천천히 하는 생각은 전두엽 발달로, 명상하는 것과 같은 효과를 거두면서 만족과 행복을 찾게 해 줍니다. 마음으로 산책하고, 느긋하게 석양을 바라보는 시간으로 행복을 찾아 음미하는 시간을 가집니다.

③ 소식으로 장수하는 일본의 오키나와(섬)

과일, 채소, 돼지고기를 먹으며 소식한다는 것이 특징입니다. 장수지역과 일반지역은 식재료의 차이고, 장수인과 일반인의 차이는 식단의 차이입니다. 장수에 필요한 것은 영향, 운동, 관계, 참여지만 장수는 어떤 것을 먹느냐가 아니라 먹는 양이 가장 큰 문제였습니다.

④ 주로 생선을 먹는 에스키모 식단

그린란드, 덴마크에는 심장질환이 없는데, 그 이유는 오메가3 지방산이 들어있는 생선을 많이 먹는다는 것입니다.

9) 100세 장수 어른들의 습관

첫째: 규칙적인 식생활로 평생을 40분 동안 천천히 식사하고, 수십 년간 한 끼도 과식하지 않고 소박한 식사를 합니다. 맵고 짠 음식을 먹지 않고 밥, 된장국, 나물과 과일, 채소, 견과류를 즐겨 먹습니다.

둘째: 적절한 운동을 합니다. 신나게 운동을 할 때는 뼈에서 칼슘이 빠져나가지 않습니다. 육식을 하고, 술을 먹고, 운동을 하지 않으면 골다공증이 생깁니다. 운동을 하는 사람은 규칙적인 생활을 합니다.

셋째: 낙천적인 생활을 합니다. 술, 담배를 하지 않고 세상의 모두를 스승으로 여기니 내가 배워야 합니다. 자신의 삶에 최선을 다하고 존재를 확인시켜 주는 것이 중요합니다. 매일 집안청소를 하면서도 흥얼거리며 장난을 좋아합니다. 자식에게 의존하지 않고, 약을 많이 먹지 않습니다.

넷째: 삶의 규칙적인 리듬을 갖습니다. 기상 시간과 취침 시간이 일정하고, 이른 새벽에 산책을 합니다. 다른 사람들 일어나기 전에 일어나 동네 한 바퀴를 돌거나 해안가에서 명상의 시간을 가집니다. 세수는 비누칠을 하지 않고 뽀득뽀득 씻으며 목욕은 매일하고, 실내온도 및 습도를 조절하고 자주 환기시킵니다.

사.
노년! 삶의 목표 정해 시간을 아끼자

옛날에는 회갑(回甲)만 넘기면 어른 대우를 받아 동네 경로당에도 가곤 했지만, 요즘은 70세가 넘어도 경로당에서는 제일 막내 취급을 받아 60대는 아예 오지를 않습니다. 적어도 팔순은 넘어야 어른 대접을 해 주니까요. 요즘 공무원이나 대기업도 정년 연령이 늘어나 60 중반에 사회로 나오지만, 전반적인 추세가 수명이 길어져서 짧게는 20년, 길게는 30~40년을 더 살아야 하는데, 많이 벌어 놓지 못한 노인들은 그래서 고민이 많아지는 것입니다.

그래서 영특한 젊은이들은 일찍부터 노후를 준비한다고 하는데, 정년이 코앞에 닥친 사람들은 서둘러 사적 연금이나 노후 보장용 보험 등을 많이 들어 놓고 사회에 나옵니다. 하지만 자식들이 결혼을 늦게 하다 보니 부모님들은 70대에 들어 자식들의 결혼자금과 집 장만에 필요한 돈을 써야 하는 등, 정년퇴임을 해서도 돈에 쪼들리고 불안한 노후를 걱정하시는 분들이 의외로 많음을 볼 수 있습니다. 그래서 늦게나마 써 먹을 수 있는 국가기술자격증에 도전하는 사람들을 많이 보게 되는데 예로, 건축, 토목, 설비, 전기, 통신, 소방, 조경감리사, 공인중개사, 주택관리사, 사회복지사, 중장비기사 등등입니다. 늙은 나이에 자격증을 따서 제2의 직업으로 착실히 돈도 벌고, 시간도 잘 활용하면서 인생 2막을 즐기는 사람이 있는가 하면, 할 만큼 일해서 자식들 다 키워 놓았다며, 이제 쉬면서 편안한 노후를 즐겨야 하지 않겠느냐고 하는 사람들도 있습니다.

그러나 고액 연금을 받는 소수의 사람들을 제외하고 나머지는 몇십 년을 살 세월이 너무 길고, 그 안에 일어날 변수가 다양하기 때문에 한 살이라도 덜 먹었을 때 어떤 자격증이라도 취득, 인생 제2막에서 할 일을 찾아야 시간도 잘 갈 뿐 아니라 쓸데없는 망상이나 유혹에 빠질 염려가 없어 좋은 것 같습니다. 또 여유가 있으면 복지차원에서 제공하는 각종 프로그램에 참여하는 것도 권해 봅니다. 노인을 위한 강좌가 참으로 많이 있는데 컴퓨터 배우기, 사진, 붓글씨, 외국어, 댄스, 악기 연주 등과 체력단련을 위한 탁구, 정구, 당구, 그라운드골프, 게이트볼 등이 있어 땀을 흘리며 새로운 친구들을 사귀게 되면 돈도 절약되고 치매도 예방되는 등 일석이조가 아닐까 생각합니다.

목표도 없이 그저 놀기만 좋아하는 사람들은 또 그런 사람들끼리 만나

시간이나 때우자며 화투, 장기, 마작 등으로 내기를 하다 판이 커져 돈 잃고 화가 난다고 폭주하다 병이 나서 몸을 상하고, 누군가와 원수가 되어 인심마저 잃게 되니 소중한 말년을 그렇게 보내서야 되겠습니까?

그러면 나머지 몇십 년을 어떻게 사는 것이 바람직할까요? '보생와사(步生臥死)'라고 걸으면 살고 누우면 죽는다는 말처럼, 늙은 몸은 움직이지 않으면 팍팍 늙어가니 걷거나 체조, 등산 등을 꾸준히 해야 하고, 가족을 위해 헌신하며 사회를 위해 봉사하는 것이 인생 막판의 보람된 삶이 아닐까 생각합니다. 그래서 성경에도 인생 말년에 시간을 아껴 천국 가는 공부를 열심히 하라 했고, 술에 취해 헤롱헤롱하지 말라고 했습니다. 정해진 시간은 잘도 갑니다. 이제 한정된 시간을 낭비하지 말고, 새로운 목표를 설정해 착실히 실천해 나간다면 심심할 여지가 없을 것이고, 허황된 꿈이나 남의 꾐에 빠질 염려도 없을 것입니다.

언젠가 저는 한 복지관을 탐방했는데, 오전 10시부터 동네 어르신들이 나오더니 자기가 하고 싶은(탁구, 당구, 게이트볼) 곳을 찾아가고, 듣고 싶은(영어, 일어, 중국어) 강좌를 들으러 갔다가 11시 30분이 되니 식당으로 오셔서 천원으로 식권을 산 후 점심을 맛있게 드시고서는 커피도 한 잔 마시며 동료들과 정담을 나누시더라고요. 그리고 오후 1시가 되니 또 다른 취미 반에 들어가 꽃꽂이, 도자기 만들기, 그림 그리기, 악기 연주 등을 하다가 오후 4시에 마치시고 각자 집으로 돌아가시던데, 참으로 노인 천국다운 곳이었습니다.

이렇게 국가에서 노인 복지를 위해 신경을 많이 써 주는 나라는 일본과 한국이 최고일 것 같은데, 이런 시절에 일찍 죽는 것은 억울하지 않겠습니까? '전분세락(轉糞世樂)'이라고 '개똥밭에 굴러도 저승보다 이승이 좋다'라는 뜻인데, 자기 건강은 자기가 잘 관리하여 이승에서 좀 더 오래오래 사시기를 빕니다.

노인 여러분! 여러분의 장수를 기원하는 의미에서 "노병은 죽지 않는다. 다만 사라질 뿐"이라는 유명한 명언을 남기신 '맥아더' 장군이 평상시 애송하였다는 '사무엘 울만(S. Ullman) 씨의 시 〈청춘〉 일부를 여기 소개해 봅니다.

청춘(靑春)이란 인생의 어떤 한 시기가 아니라

마음가짐을 뜻하나니,

장밋빛 볼, 붉은 입술, 부드러운 무릎이 아니라

풍부한 상상력과 왕성한 감수성과 의지력, 그리고

인생의 깊은 샘에서 솟아나는 신선함을 뜻하나니,

청춘이란 두려움을 물리치고 용기, 안이함을 뿌리치는 모험심,

그 탁월한 정신력을 뜻하나니,

때로는 스무 살 청년보다 예순 살 노인이 더 청춘일 수 있네.

나이는 숫자에 불과하다고 다들 말하지 않습니까? 살아 있는 동안은 언제나 청춘입니다. 마음이 청춘이면 외모나 나이는 하등 문제될 것이 없습니다. 그리고 움직일 수 있는 동안은 인생의 정년이란 있을 수 없습니다. 마음이 움직이지 않고 열정이 없을 그때가 바로 정년이 아닐까 생각합니다.

오르는 삶

꿈을 가진 사람은 나이를 초월합니다. '테니슨'은 80세 때 〈죽음을 향해〉

라는 시를 썼고, '파블로 피카소'는 92세의 나이로 세상을 떠나기 직전까지 붓을 놓지 않았습니다. '괴테'는 81세 때 〈파우스트〉를 완성했으며, 곤충학자 '장 앙리 파블로'는 85세에 〈곤충기〉 10권을 완성했습니다. 최근 95세인 '엘리자베스 2세' 영국 여왕은 인스타그램 계정을 만들고 SNS 활동을 열심히 하고 계십니다. 1930년생인 '클린트 이스트우드'는 아직도 영화의 주인공 겸 감독을 하고 있습니다.

이렇게 열정이 넘치는 사람들은 지치지 않습니다. 꾸준히 자신의 길을 따라 목표를 향해 올라갑니다. 아직 나이가 많지 않는데도 열정이 식어가고 있지는 않습니까? 혹은 타성에 젖어 조금씩 뒷걸음질 치지는 않습니까? 베스트셀러 작가 '스펜서 존슨'은 그의 저서 〈선물〉을 통해 미래를 향한 원칙을 제시합니다.

우리가 원하는 미래의 모습은 무엇인가? 그것을 달성하기 위한 우리의 계획은 무엇인가? 그렇게 하기 위해 오늘 우리가 해야 할 일은 무엇인가? 최선을 다한 오늘이 모여 미래의 모습을 만듭니다. 인생에 내려갈 때란 없습니다. 포기하지 않는다면 우리는 매일 오를 수 있습니다.

아.
노인의료 돌봄 개인 문제 아니다

한국의 고령화는 전 세계에서 유례를 찾아볼 수 없을 정도로 가장 빠르게 진행되고 있습니다. 현재 우리나라의 고령화 속도를 보면 2013년 기준으로 65세 이상의 노인인구가 12.2%를 차지해 고령화사회로 진입했고, 2018년

14.46%(14%가 넘으면 고령사회임)로 고령사회가 되었으며, 2026년에는 노인인구가 천만 명에 이를 것으로 추측되어 초고령사회가 될 것이라 합니다. 일본이 고령사회에서 초고령사회로 진입하는 데 12년이 걸렸고, 프랑스는 40년, 영국은 53년이 걸렸지만 한국은 8년으로 예상됩니다.

전문가들은 세계 최저수준의 출산율과 맞물려 세계 최고의 고령화 속도를 보이는 것으로 진단하고 있습니다. 우리나라의 고령화가 앞당겨진 데에는 지속적인 출산율의 감소도 큰 몫을 차지하고 있습니다. 지난 20년간 꾸준히 감소 추세였던 출산율은 2020년 합계 출산율이 0.84명으로 세계 최저수준을 기록했습니다. 초고령사회인 일본보다 낮은 수준입니다.

저 출산율은 곧 우리의 경제전망을 어둡게 하는 지표입니다. 인구 증가 자체가 불가능해짐은 물론 생산가능 인구 또한 줄어든다는 것을 의미하기 때문입니다. 생산가능 인구가 줄고 부양할 노인인구가 늘어난다는 사실은 개인은 물론이고 사회 전체가 심각한 사태에 직면할 수 있음을 제시하고 있습니다. 그렇기 때문에 노인문제는 가족만의 문제가 아니라 사회적 문제이며, 사회적 책임이라는 것을 부정할 수 없습니다.

또한 노인문제는 부모세대만의 문제가 아니라 부모를 부양하는 주체이자 미래의 잠재적 노인인 자식세대까지 이어지는 우리 모두의 문제라는 현실적 자각이 더욱 중요해졌습니다. 따라서 고령화를 대비하여 개인은 물론 국가에서 다양한 분야에서 제도적, 실질적 준비를 해야 함은 당연한 일인 것입니다. 노인문제는 남의 문제가 아니라 나 자신, 나아가 우리 모두의 미래의 문제이기도 하며, 그 나라 국민의 미래의 삶이 존중되고 보장되는 사회가 국민에게 희망을 줌으로써 건강하고 행복한 국가가 될 수 있기 때문입니다.

그리고 또 하나, 우리나라 고령화사회에 이슈가 되고 있는 심각한 문제로 노인 자살률입니다. 2013년 현재 우리나라 65세 이상 노인 자살률은 10만 명당 81.8명으로 OECD 회원국 중 가장 높습니다. 65세 이상 노인의 공적연금 수급률이 32%에 불과하고, 전체 노인의 67%에게 지급되고 있는 기초노령연금은 1인당 8~9만 원 정도로 최저생활 보장 수준에도 미치지 못하고 있습니다. 노인 빈곤율(중위가구 소득의 50%에 못 미치는 가구 비율)은 2011년 기준 약 45%로 OECD 국가 중 부끄러운 1위를 차지하고 있고, 독거노인의 수도 2020년 167만 명으로 이 중 50만 명의 노인이 사회적 돌봄이 시급한 상태에 놓여 있습니다.

평균 수명의 연장이 재앙이 아니라 축복이 되기 위해서는 노인문제에 대한 올바른 인식과 정부나 지자체의 노력이 지속적으로 이루어져야 합니다. 특히 고령노인들 중 독거노인들의 증가는 우리 모두 주목해야 할 문제입니다. 독거노인은 동거자가 있는 노인에 비해 사회적 고립에 쉽게 빠지고, 그로 인해 여러 가지 어려움에 처하게 되기 때문입니다. 특히 빈곤문제는 노년층의 복지 차원에서만이 아니라 생존차원에서 주목해야 하는 중요한 문제입니다. 빈곤이 곧 의료혜택을 받지 못하는 문제로 이어지기 때문입니다.

나이가 들수록 건강에 이상이 생기는 것은 당연한 일입니다. 하지만 퇴직 등으로 일자리를 잃게 되면서 수입은 현저히 줄어들고, 새로운 경제활동을 하려고 해도 기회를 얻기가 매우 힘든 것이 현실입니다. 더구나 교육이나 의식주 등 다른 비용은 상황에 맞춰 어느 정도 줄일 수 있지만, 의료비는 계획대로 조절하기가 불가능하기 때문에 더 큰 문제가 아닐 수 없습니다. 특히 나이가 들수록 중증질환에 걸릴 확률이 높아지는데, 이 경우 치료를 중단하게 되면 죽음과 직결될 수 있기 때문입니다.

이처럼 고령화가 지속되면서 새롭게 발생한 빈곤층이 바로 '의료 빈민'입니다. 다른 말로 '메디컬푸어(Medically Poor)'라고 하는데, 암 등의 중증질환에 걸린 가족의 병원비를 대다가 재산을 날린 사람들을 일컫는 말입니다. 사회보장이 잘 갖춰진 선진국에서는 의료 빈민이 되어 거리로 내몰릴 우려가 적지만 우리나라의 현실은 그렇지 못합니다. 일단 중증질환의 진단에서부터 치료까지 본인이 부담해야 할 돈이 적지 않기 때문입니다. 평소 각 질환에 대한 여러 개의 사설보험을 들어 놓지 않았다면 중산층에서 빈민으로 전락하는 것은 순식간의 일입니다.

하지만 팍팍한 살림살이에 매달 보험료까지 지불할 여력이 없어 불안해하면서도 대비를 못하고 있다가 당하는 사람들이 많습니다. 2015년 1월 보험개발원이 발표한 보험통계 분석 결과에 의하면, 우리나라 고령층의 실손의료보험 가입률은 17%에 불과한 것으로 나타났습니다. 사망, 장해, 요양, 간병 등을 담보하는 생명. 장기보험의 경우에도 각각 45.7%와 24.5%에 그쳤으며, 연금보험 보유 비중 역시 10.8%에 불과했습니다. 그만큼 노인들의 노후대책이 마련되어 있지 않다는 뜻입니다.생계도 어려운 상황에서 질병 치료를 위한 병원비 지출은 불가능하며, 편안해야 할 노후가 고통스러울 확률이 높아진다는 뜻입니다. 현재 우리나라는 관절염, 요통, 고혈압, 당뇨 등 적어도 한 가지 이상 만성질환을 앓고 있는 노인들이 과반을 넘고 있습니다. 또한 치매를 비롯한 정신건강의 악화와 노인성 우울증도 점점 더 심각해지는 실정입니다. 간단히 말해 너도나도 '100세 시대'라지만 누구나 수명

연장의 기쁨을 맛보기란 어렵다는 이야기입니다. 돈 걱정, 건강 걱정에 우울함이 가중될 수밖에 없습니다. 경제적 빈곤으로 인해 필요한 의료혜택을 받지 못하는 경우는 개인의 불행이자 사회의 불행입니다. 평생을 가족과 사회를 위해 열심히 일한 노인들이 나이가 들어 정신적, 육체적 고통에 시달려 암울한 삶을 살아야 한다면 그 사회는 우울한 사회일 뿐만 아니라 미래에 대한 전망도 밝을 수 없기 때문입니다. 그러므로 노인의료 서비스에 대한 사회적 준비와 실천이 시급합니다.

그런데 이를 뒷받침해줄 만한 제도적 장치는 현실을 제대로 반영하지 못해 미흡한 수준입니다. 특히 건강보험의 재정 전망은 그리 밝지 않습니다. 여기에 국민연금 역시 노후를 보장하지 못하는 것이 현실입니다. 따라서 그 부담이 각 가정의 몫으로 돌아가 가계비 지출 중 의료비가 급격히 늘어남으로써 큰 부담이 될 것으로 예상됩니다. 그 과정에서 의료 불평등 현상이 심각해질 수 있습니다.

노인의료에 대한 충분한 사회적 제도와 대책이 마련되지 않으면 우리의 미래가 흔들릴 수밖에 없습니다. 이제 노인의료를 한 개인의 문제로 바라보는 관점을 하루빨리 교정해야 합니다. 이렇게 중요한 노인의료 문제를 해결하는 데 있어 요양병원의 역할은 매우 중요합니다. 그런데 요양병원에 대한 정책과 제도가 안고 있는 폐단 때문에 요양병원의 순기능이 약화되고 오히려 질 낮은 요양병원 양산 등의 부작용이 발생하고 있습니다. 그리고 그 책임은 고스란히 요양병원이 떠안고 있고, 요양병원에 대한 사회적 인식에 부정적 영향을 끼침으로써 노인문제를 더 심각하게 만들고 있습니다. 빠른 속도로 진행되는 고령화는 요양병원에 대한 수요로 이어졌고, 그에 대한 대책으로 정부는 2000년 초반기에 자금지원 및 진입장벽을 낮추어 일정량의 노인 요양병원을 확충하려고 했습니다.

하지만 정책적인 실패로 인해 예상병상보다 5배 이상이 증가했습니다. 실제 노인 요양병원의 현실을 제대로 반영하지 못한 제도 탓에 너도나도 요양병원을 짓게 됨으로써 시설이나 의료인 등 인력을 제대로 갖추지 못한 요양병원들도 늘어나 요양병원의 역할을 제대로 하지 못하고 전체 요양병원의 질만 떨어뜨리는 결과를 가져오게 되었습니다. 그런 일부 요양병원으로 인한 폐해가 언론에 오르내리면서 당연하게 요구되는 시대적 필요성에도 불구하고 사회적 인식은 부정적인 면이 없지 않았습니다. 물론 제도를 악용하여 영리적 목적만을 추구하는 요양병원들의 책임은 피할 수 없습니다. 하지만 요양병원에 대한 제도의 수정과 보완 없이는 그러한 요양병원을 막을 도리가 없고, 그 피해가 국민들에게 간다는 것을 알아야 합니다.

지금까지는 요양병원의 양적인 성장이 이루어졌지만 이제는 질적인 성장이 필요한 시기입니다. 이를 위해서는 요양병원을 운영하는 사람들이 노인의료에 대한 올바른 가치관을 가져야 함은 물론이고 현실적인 제도의 뒷받침이 반드시 필요합니다. 요양병원이 한국 고령화 사회에서 큰 역할을 담당해 오고 있는 것은 누구도 부인할 수 없을 것입니다. 앞으로 점점 더 요양병원이 노인의료와 복지를 담당하는 데 큰 역할을 할 것입니다. 지금은 과도기적 시기라 부정적인 부분도 있지만 국민들로부터 신뢰받는 요양병원으로 거듭나기 위해 노력을 하고 있다는 것을 알고 격려하면서 지켜봐 주셔야 합니다.

또한 정부도 요양병원과의 원활한 소통을 통해 국민들을 위한 현실적이고 합리적인 정책을 마련해야 합니다. 노인의료 및 노인복지는 우리 모두의 과제입니다. 진정한 노인복지가 완성될 때 우리의 행복한 미래가 약속될 것입니다. 노인들이 사회적으로 고립되지 않고 다양한 생활지원을 받으면서 정신적으로, 육체적으로 건강한 삶을 영위할 수 있는 복지실현은 반드시 이뤄져야 합니다.노인을 위한 복지는 곧 현재 열심히 일하는 세대에게 희망을 줄 수 있는 사회의 필수 조건 중 하나이기 때문입니다.

자.
환경오염과 인간 삶

1) 환경오염과 조기 사망

환경오염으로 인해 조기 사망한 사람이 900만 명이나 된다고 합니다. 전 세계 사망자 6명 중 1명이 환경오염 때문에 조기 사망하는 셈입니다(2015년 국제의학학술지 '란셋' 제공). 900만 명 중 650만 명이 미세먼지, 180만 명이 수질오염, 80만 명이 공장 등의 환경에서 나오는 오염원이 원인이 되어 사망한 것으로 집계되었습니다. 이는 에이즈와 말라리아, 결핵으로 죽은 사람들을 모두 합한 것보다 3배 이상 많은 수치입니다. 전 세계의 모든 전쟁이나 폭력으로 희생되는 사람보다 15배 이상 더 많습니다. 이 보고서를 작성한 한 연구원은 "환경오염이 생명권, 건강, 안전한 근무환경, 아동과 취약 계층 보호 등 인간의 기본권을 위협하고 있다."고 경고했습니다. 전 세계 사망원인별 사망자수를 보면 전체 환경오염 900만 명, 흡연 700만 명, 에이즈, 말라리아, 결핵 합계 300만 명, 음주 230만 명, 전쟁과 폭력 41만 명 순입니다(세계 질병부담 연구기관(홍) 보고서 발췌).

저희 가정은 자식 삼 남매 모두 서울에 살고, 우리 두 늙은이만 부산에 살고 있습니다. 오래전부터 메주콩을 구입해 메주를 띄워 직접 장을 담그고, 생멸치도 구입해 멸치 젓국도 만들어 먹고 있습니다. 그리고 김장철이면 배추 백여 포기, 무 오십여 개, 파, 갓 등 부속물들을 준비해 김치를 담갔다가 서울 올라갈 때 차에 싣고 삼남매 집에 골고루 나눠준다거나, 가끔은 우체국에 가서 탁송으로 붙여주기도 했습니다.

한 이십여 년 전쯤인가, 김치를 담그고 난 뒤에 배추, 무, 파, 갓 등의 쓰레기가 30여 킬로그램 생겨서 두 박스에 나누어 넣고 서울 가는 길에 싣고 가다 휴게소에 들릴 때 뒷산에 뿌리면 들짐승도 먹고 나무 생장에 좋은 거름도 되겠다 싶어 산으로 가져갔는데, 청소하는 분이 절대 안 된다며 완강히 거부하기에 이곳에서는 안 되겠다 싶어 간이정류장에 들러 근처 논두렁에 쏟아 버린 적이 있었습니다.

그때는 지금처럼 분리배출 제도가 없었습니다. 당시 제가 사는 아파트의 긴 복도 중간중간에 쓰레기 버리는 구멍이 나 있어서 봉투에 넣은 쓰레기를 위에서 던지면 지하에 그냥 쌓였다가 쓰레기차가 와서 싣고 나가곤 해서, 주부들은 쓰레기 버리는 것에 신경을 쓰지 않아도 됐던 시절이었습니다. 그러던 것이 요즘은 환경오염이 심각해져서 '병에 붙은 라벨도 떼라, 색깔별로 버려라, 비닐과 플라스틱을 구분해서 버려라'고 까다롭게 굴며, 음식물 쓰레기는 무게를 달아서 버린 양만큼 돈을 더 내야 하고 헌 침대, 장롱, 화장대, 가전제품 등 덩치가 큰 것은 관리사무소에 신고 후 처리 비용을 물어야 치워주니, 식구 많은 집이나 명절 때는 쓰레기 처리 때문에 주부들 고민이 많아질 수밖에 없을 것입니다.

매년 명절이 지나고 나서 고속도로를 달리다 보면 도로 주변에 시꺼먼 비닐 봉투에 무언가 담겨 내버려진 것들을 많이 볼 수 있고, 가끔 폐기된 전자제품 등도 보여서 옛날 제가 했던 일이 떠올라 양심이 찔리는 심정을 느낍니다. 그런데 요즘 휴게소에는 아예 "집안 쓰레기 가져오지 마세요."란 큼직한 입간판을 붙여놔서 시대가 많이 변했음을 실감케 합니다.

2) 태평양상에 쓰레기 섬이 있는 것을 아십니까?

'GPGP (Great Pacific Garbage Patch)'는 '거대한 태평양 쓰레기 더미'란 뜻으로 '태평양 쓰레기 섬'을 지칭합니다. 1997년 '찰스 무어'라는 요트선수가 LA에서 하와이까지 요트로 태평양을 횡단하다가 발견했다는 '쓰레기 섬'을 말합니다. 발견 당시 태평양 쓰레기 섬 크기가 한반도의 7배 정도였는데. 해마다 밀려드는 해양쓰레기로 그 면적이 불어나서 2018년에는 14배로 늘어났다고 하며, 국가로 인정해 달라는 청원을 UN에 냈다고 합니다. 이 쓰레기 섬의 90%를 차지하고 있는 것이 비닐과 플라스틱이라고 합니다. 이 같은 쓰레기 섬이 태평양뿐만 아니라 북대서양에서도 발견되었다고 합니다. 그 크기 또한 한반도의 5배에 달한다고 합니다.

플라스틱 쓰레기들은 파도에 부딪쳐 쪼개지고 태양빛을 받아 부서지면서 미세 플라스틱(5mm이하)이 되고, 나노 플라스틱(0.001mm)으로 분해, 침전되거나 부유해 떠다니게 됩니다. 이것을 어패류나 물고기들이 먹으면 먹이사슬을 따라 우리 식탁으로 올라와 먹게 되는데, 인체의 세포막까지 침투해 세포기능을 망가뜨릴 수 있다고 하며, 그 이후 어떤 치명적인 피해를 줄지 아무도 예측하지 못한다는 것입니다. 더구나 플라스틱 입자가 바다를 통해 극지방까지 도달한다는 것은 이미 알려졌지만, 바람을 통해서 이동한다는 사실도 최근 연구결과로 확인되었습니다. 프랑스와 영국 공동연구진은 2019년 4월 국제 학술지 '네이처 지구 과학지'에 미세 플라스틱이 바람을 타고 100km를 날아 사람의 발길이 드문 산악지역까지 도달했다고 발표했습니다. 또 세계에서 가장 깊은 바다인 '마리아나 해구(최대 수심 11,000m)'에 사는 심해 새우에서도 미세 플라스틱이 발견됐다고 했습니다.

3) 서울 남산타워에 4색 조명등이 있는 것을 아십니까?

서울의 대표적 명소인 남산타워를 밤에 유심히 살펴보면 조명의 색깔이 변하는데 빨강, 초록, 파랑색 등이 켜졌다 꺼졌다 합니다. 시각적 아름다움을 위해 그렇게 만들어 놨다고 생각하면 큰 오산입니다. 미세먼지의 농도에 따라 조명색이 달라지는데 빨강색이면 매우 나쁨, 주황색이면 나쁨, 초록색이면 보통, 파랑색이면 좋음을 나타냅니다. 초미세먼지 농도가 '매우 나쁨'일 때 1시간 야외활동을 하면 담배연기를 1시간 20분 동안 맡는 것과 같으며, 2000cc 기준 디젤차 매연을 3시간 40분 동안 마신 것과 같다는 보고가 있습니다. 미세먼지는 태양광 발전량도 최대 28%까지 떨어뜨린다고 합니다. 대기오염은 이제 고혈압, 암과 당뇨, 비만과 같은 정도의 건강 위험 요인이 되었고, 일본 원전사고의 방사능보다 더 위험한 존재가 되었습니다.

아주대 '김순태' 교수 연구팀은 "국내 미세먼지에서 중국과 국내 요인이 40%대 40%로 반반이라고 보며, 나머지 잘 모르는 20% 중 10%대를 북한 요인이 차지하는 셈"이라고 발표했습니다. 북한의 에너지 소비량은 우리나라의 25분의 1에 불과하지만, 초미세먼지 배출량은 28만 톤으로 우리나라의 2.7배나 되는데, 석탄 화력이나 장작 등을 많이 쓰고 있기 때문이라고 했습니다. 경제협력개발기구(OECD)에서는 지금과 같은 대기 수준이 지속될 경우 오는 2060년 한국에서는 미세먼지와 오존으로 인한 조기 사망자가 인구 100만 명당 1,109명에 달할 것으로 전망하면서, 이는 OECD 회원국 중 가장 높은 수치일 것이라고 했습니다. 2018년 세계 대기질보고서에 의하면, 2017년 우리나라 초미세먼지(PM 2.5) 농도가 세계 27위로 OECD 회원국 가운데서 칠레에 이어 두 번째로 높다고 했습니다. 원인은 대기 정체 등 기후 변화의 영향이 가장 큰데, 수도권 미세먼지 비상 저감 조치가 내려질 정도의 고농도 미세먼지 일수가 날로 증가하고 있어 어른보다 어린이들의 건강에 치명적인 영향을 줄 수 있다고 했습니다.

세계보건기구(WHO)가 2017년 3월 발간한 보고서에 따르면, OECD 34개 회원국 가운데 한국 어린이가 처한 환경 상태가 하위권이라고 했습니다. 국내 환경오염 탓에 사망하는 5세 이하 어린이가 인구 10만 명당 13.1명(세계 31위)으로 1위 아이슬란드(2.71명), 노르웨이(5.12명), 스웨덴(5.93명)보다 훨씬 많습니다. 국내 어린이 인구(생후 59개월 이하) 223만여 명 중에서 연간 290여 명이 대기오염으로 인해 사망하고 있습니다. 또 이 보고서에 따르면 전 세계적으로 5세 이하 어린이 중에서 매년 590만 명이 사망하고 있는데, 29%에 해당하는 170만 명이 환경오염(대기, 수질, 화학 물질 노출 등) 탓으로 사망하고 있습니다.

환경오염은 또 선천성 장애인 증가로도 이어지고 있습니다. 보건복지부 자료에 따르면 2014년 국내에서 태어난 선천성 장애인은 모두 44,896명으로 전체 신생아의 10.3%를 차지하고 있습니다. 2009년 5.1%에 비해 5년 사이 선천성 장애인 발생률이 두 배 늘었습니다. 전문가들은 산모의 고령화와 함께 환경오염을 그 대표적인 원인으로 꼽고 있습니다. 자라나는 다음 세대의 건강과 안전까지 위협하고 있어 매우 심각한 일이 아닐 수 없습니다.

환경을 살리는 사소한 실천 6가지를 제시해 봅니다.

① 대기오염 대부분은 자동차 배기가스가 주원인입니다. 대중교통을 이용합시다.

② 일회용 컵 대신 개인 컵이나 텀블러를 사용합시다.

③ 세탁소에서 1회용 비닐커버를 받지 맙시다.

④ 장을 볼 땐 1회용 비닐봉투 대신 장바구니를 사용합시다.

⑤ 배달음식을 시킬 때 일회용품을 받지 맙시다.

⑥ 선물할 때 마음은 최대한, 포장지는 최소한으로 합시다.

특히 2.5 마이크로미터(1um는 100만분의 1m) 이하의 초미세먼지(PM2.5)는 혈관을 타고 온몸으로 퍼질 수 있어 사람과 동물의 내분비 계통을 망가뜨린다는 연구 결과는 오래전부터 나와 있었지만, 브라질 상파울루 대학의 '이레인 코스타' 연구진의 새로운 발표에 의하면, 미세먼지가 호흡기 질환과 암을 유발하고, 아동의 성장을 저해하는 것뿐만 아니라 인간의 생식 자체에도 악 영향을 줄 수 있다며 정자의 질과 양을 모두 저하시킨다고 발표했습니다.

4) 지금 시급한 것은 온실가스 배출량 줄이기

지구변화에 관한 정부 간 협의체(IPCC)가 2018년 발표한 '1.5℃ 특별 보고서에 따르면, 2006~2015년의 10년간 관측된 전 지구 평균 표면온도는 1850~1900년의 평균온도보다 0.87도 높은 것으로 나타났습니다. 현재 지구 곳곳에서 온난화 현상이 나타나고 있으며, 북극에서는 2~3배 더 크게 그런 현상이 나타나고 있습니다. 지구 표면온도가 지금보다 0.5℃ 높아지면 해수면 상승과 염수 침입, 홍수, 이상기온, 생태계 파괴, 기반시설 피해, 동식물 멸종, 열에 의한 질병 창궐 및 사망, 식량감소 등 지구촌 피해는 이루 나열할 수가 없습니다. 보고서는 2030~2052년 사이 1.5℃에 도달할 가능성이 높을 것으로 예측하고 있습니다.

2016년 세계 여러 나라에서 발생한 지카 바이러스는 뇌신경계 질환, 특히 신생아 소두증을 유발해 임신부들을 공포에 떨게 했습니다. 열대지방에 서식하는 이집트 숲 모기에 의해 전파되는데, 중남미나 동남아시아에 환자가 많은 이유이기도 합니다. 하지만 한국도 안심할 수 없습니다. 갈수록 더워지는 날씨 탓에 2050년경 이집트 숲 모기를 비롯해 뎅기열을 유발하는 흰줄 숲 모기가 한반도에 토착화할 것으로 보입니다. 그만큼 한반도의 온난화 속도가 빠르게 변화하고 있기 때문입니다.

환경부와 기상청이 펴낸 '한국 기후변화 평가보고서 2020'에 따르면 한반도 기온 상승폭은 지구 전체 평균의 2배 수준입니다. 1880~2012년 지구 평균기온이 0.85도 상승한 반면, 비슷한 시기(1912~2017년)의 한반도는 약 1.8도 올랐습니다. 지구 해수면 온도는 1968~2016년 0.47도 올랐지만 같은 기간 한반도 해수면 온도는 1.23도 상승했습니다. 이런 결과 한반도 곳곳에서 대벌레와 매미나방, 노래기 등 다양한 벌레 발생이 늘고 있습니다. 평균 기온이 1도 오르면 모기발생이 27% 늘어난다는 연구결과도 있습니다. 살모

넬라균과 장염 비브리오균에 의한 식중독도 각각 47.8%,와 19.2% 증가합니다. 온열 질환 등으로 인한 사망률은 기온이 1도 오를 때마다 5% 가량 늘어납니다.

농업도 변화를 피할 수 없어, 사과와 배는 실종될 것이고 대신 망고, 바나나 같은 열대과일이 판을 칠 것입니다. 어업도 김양식이 어려울 것이며 돔, 방어 등 아열대성 어종이 주력 품종이 될 것으로 보입니다. 만일 온실가스 배출을 줄이지 않고 현재 수준의 경제활동을 유지하면 21세기말 한반도 평균 기온은 4.7도 오르고 해수면은 65cm 올라갈 것입니다. 일일 최고기온이 33도를 넘기는 폭염은 현재(연평균 10.3일)보다 3배 이상(35.5일) 지속될 것입니다.

세계기상기구(WMC)는 2015~2018년이 전 세계적으로 기상관측 사상 가장 더웠던 해라고 발표했습니다. '안토니오 구테흐스' 유엔 사무총장은 성명서를 내고 "WMC가 발표한 최근 데이터는 기후변화에 대한 행동에 나서는 것이 시급한 과제라는 것을 재확인시켜 주었다."며 "국제기후변화협약의 목표치를 더 높여야 한다."라고 밝혔습니다.

해수면 상승으로 가라앉을 위기에 처한 남태평양의 섬나라들이나, 빙하가 녹으면서 서식처가 줄어드는 북극곰들에게는 먼 나라 이야기가 아니라고 했습니다. 국제기후변화협약은 금세기 말까지 지구의 평균기온 상승폭을 산업화 이전(1850~1900년) 대비 1.5~2도 오르는 것으로 제한하는 목표를 세계 각국이 모여 목표 설정을 선언한 협약인 것입니다. 지난해 지구표면 평균온도는 산업화 이전 시기와 비교해서 1도가량 상승한 것으로 조사됐습니다. 앞으로 기후변화에 대응하기 위해서는 녹색산업을 활성화해야 한다는 목소리가 나오는 까닭입니다.

5) 미세먼지가 흡연하는 것보다 더 나쁘다.

이제 미세먼지가 가장 위험한 환경재해로 자리 잡았습니다. 세계보건기구(WHO)는 연간 700만 명(독일 연구진은 880만 명)이 미세먼지로 숨지고, 흡연으로 730만 명이 숨진다고 발표했습니다. 미세먼지는 전 세계 인구 1명당 기대수명을 1.8년 단축시키고, 흡연은 1.6년, 음주와 약물중독은 11개월, 에이즈는 4개월씩 단축시키므로 술, 담배, 에이즈보다 더 해롭다는 것입니다. 과거엔 흙먼지 수준이었지만, 지금은 각종 중금속과 발암물질이 뒤섞여 독성도 더 강해졌다는 것입니다.

미세먼지는 보통 코와 입으로 호흡할 때 공기와 함께 몸속으로 들어오는데, 입자가 워낙 작아 코 점막에서 걸러지지 않고 폐포(기도 끝에 달린 공기주머니)까지 침투합니다. 그리고 모세혈관을 통해 온몸 혈관으로 퍼져 점차 신체의 모든 장기와 세포로 퍼져 나갑니다. 또 피부를 뚫고 바로 들어오기도 합니다. 정말로 위험해지는 건 체내에 들어간 미세먼지는 직접 또는 혈관을 타고 뇌까지 올라가 뇌졸중이나 치매를 유발한다는 연구결과로 이어지고 있습니다. 폐로 들어가면 폐 손상을 가져와 심하면 폐암을 유발시키고, 혈관을 타고 돌아다니면서 부정맥이나 심근경색을 일으키기도 합니다. 아이들은 성인보다 미세먼지에 대한 면역력이 약하기 때문에, 미세먼지가 많은 환경에서 자란 아동은 그렇지 않은 아동보다 키가 작고 왜소하다는 연구보고서가 있고, 미세먼지에 노출된 아동은 1년 동안 기억력이 4.6% 떨어진다는 연구 결과도 있습니다.

온몸을 공격해 각종 질환을 유발하는 미세먼지는,

① 머리: 모공에 붙어 탈모

② 뇌: 코나 혈관을 타고 들어가 뇌졸중, 치매

③ 눈: 점막 자극을 통한 알레르기성 결막염

④ 코: 따끔따끔한 점막 자극 증상

⑤ 귀: 중이염

⑥ 목: 기침, 호흡곤란, 호흡기 질환

⑦ 피부: 피부자극으로 인한 가려움증, 피부트러블(아토피 악화 등)

⑧ 폐: 폐로 손상 및 만성 폐질환 발병, 폐암

⑨ 심장: 혈관을 타고 들어가 부정맥, 심근경색

⑩ 몸: 혈관을 타고 돌면서 만성염증, 혈액순환 장애

⑪ 생식기: 태아에 직접 전달되거나 산소, 영양공급 방해해 발달장애

6) 미세먼지 어떻게 피할까?

미세먼지는 공장의 매연, 자동차 배기가스에 의해 주로 발생하고 중국, 북한 등 주변국에 영향을 받으므로 개인의 노력만으로 미세먼지를 갑자기 없애는 것은 어렵습니다. 따라서 미세먼지가 많은 날에는 미세먼지를 피하려는 노력이 중요합니다.

① 외출을 자제하고, 대기오염 심한 곳 피하고, 보건용 마스크 꼭 써야 함.

식품의약품안전처에서 인증한 보건용 마스크 포장에는 '의약외품' 문구와 'KF80, KF94, KF99'가 표시되어 있는데, KF문자 뒤에 붙은 숫자가 클수

록 미세입자 차단효과가 크지만, 숨 쉬기가 어렵거나 불편할 수 있어 마스크 착용 후 호흡곤란, 두통 등이 느껴지면 숫자가 낮은 것을 사용한다던지 벗어야 합니다. 외출하고 돌아오면 곧바로 손, 얼굴, 귀 등을 깨끗이 씻어야 합니다. 황사나 미세먼지에 붙은 화학물질은 피부를 통해서도 흡수가 되기 때문입니다. 미세먼지는 한번 몸 안에 들어가면 잘 배출되지 않습니다. 그 때문에 특효약은 없지만 물을 충분히 마시면 혈액이 희석되고 대사가 빨라져 미세먼지 배출에 도움이 될 수 있습니다. 또 비타민 C 같은 항산화 영양소는 미세먼지로 발생한 염증 등을 완화시키는 효과가 있습니다.

② 요리를 마친 뒤에도 후드 30분간 작동시켜야.

미세먼지는 가정에서 가스레인지, 전기그릴, 오븐 등을 이용해 요리를 할 때도 많이 발생합니다. 기름을 사용해 굽거나 튀김요리 시 삶을 때보다 미세먼지가 많이 발생됩니다. 환경부 자료에 따르면 조리 전 미세먼지 농도가 60ug/m3였는데 식품을 삶자 농도가 119ug/m3로 증가했고, 튀기자 269ug/m3, 굽자 878ug/m3로 미세먼지 농도가 급증했습니다.

이화여대 의대 '하은희' 교수는 "어류, 육류 등 모든 단백질 식품은 탈 때 다환 방향족 탄화수소(PAH) 같은 발암물질이 발생하므로 식품을 태워 먹는 것은 피해야 한다."라고 말했습니다. 서울대 의대 '홍윤철' 교수는 "중간불로 타지 않게 구우면 미세먼지를 90% 이상 줄일 수 있다."라고 말했습니다. 조리 시에는 레인지 후드 같은 환기장치를 사용해야 하고, 조리를 끝낸 후에도 최소 30분간 가동해야 실내 공기 중 미세먼지를 제거할 수 있다고 했습니다.

③ 녹지 많은 곳에 사는 것이 좋다.

잎이 넓은 식물을 키우는 것도 좋습니다. 미세먼지 등의 오염물질은 식물의 잎을 통해 흡수된 뒤 대사산물로 이용돼 일부는 없어지고 일부는 뿌리로 갑니다. 공기정화에 좋은 식물로는 고무나무, 스파치 필름 등이 있습니다. 또한 녹지가 많은 곳일수록 황사나 미세먼지로부터 안전합니다.

산림청 발표에 의하면, 1ha의 숲은 연간 168kg의 미세먼지 등 대기오염물질을 흡수하고, 나무 한 그루는 연간 미세먼지 35.7g을 빨아들인다고 합니다. 나무 47그루는 경유차 1대가 발생시키는 미세먼지를 흡수한다는 연구결과도 있습니다. 이화여대 의대 '하은희' 교수는 녹지지역이 증가할수록 아토피 피부염 발생률이 줄어 들었다고 했습니다.

미국의 생물학자 '레이철 카슨' 교수는 그의 저서 〈침묵의 봄〉에서 "인류는 수정되는 순간부터 삶을 마감할 때까지 위험한 화학물질과 접촉하고 있다."라고 말했습니다. 우리를 둘러싼 화학물질은 자그마치 13만여 종이고, 그 중 세계보건기구가 1급 발암물질로 규정한 것이 109종, 발암 위험성이 있는 물질(2급)로 규정한 것이 336여 종이 있습니다. 1급 발암물질은 니켈, 크롬, 콜타르 등 대부분 산업현장과 관련된 것이 많지만 벤조피렌, 카드뮴, 수은, 벤젠, 담배, 석면 등 일상생활과 밀접한 물질도 많이 있습니다. 발암물질은 미량일 땐 몸에서 스스로 해독하지만 다량 들어오면 배출이 어렵습니다.

벤조피렌은 지방, 단백질, 탄수화물 등 탄소성분이 있는 물질이 고온(180도 이상)에서 불완전 연소될 때 생깁니다. 삼겹살 같은 경우 살코기에 비계가 붙은 경계부위가 탔을 때 벤조피렌이 가장 많이 나오고 비계, 그 다음이 살코기가 탔을 때의 순으로 많이 나옵니다. 생선, 치킨 등이 탈 때도 벤조피렌이 나오지만 고기의 종류보다 불판이 더 중요합니다. 고기는 단시간 높은 온도에 노출됐을 때 벤조피렌이 많이 생성되는데, 불판보다 숯불로 구울 때 더 많이 나오므로 호일 등을 깔고 구워먹는 것이 좋습니다.

탄수화물 함량이 높고 단백질이 적은 감자, 곡류 등을 160도 이상에서 조리할 때 아크릴 아마이드라는 물질이 나오는데, 이 성분도 암을 유발할 수 있는 물질이므로, 업계에서는 저온에서 튀기는 방법을 찾기 위해 노력하고 있습니다.

담배 속에는 60여 종의 발암물질이 들어있는데, 특히 담배를 빨아들일 때보다 담배 끝이 타는 연기에서 더 많은 발암물질이 나옵니다. 담배를 피우는 사람 주변에 있다간 벤조피렌을 과다 흡수할 수 있습니다. 술도 1급 발암물질로, 술에 들어있는 아세트 알데히드가 세포 변형을 일으켜 암을 유발할 수 있습니다. 이들 발암물질엔 섭취 또는 흡입 허용기준이 없기 때문에 사람마다 반응이 천차만별로 나타나므로 안 피우고 안 마시는 것이 상책입니다.

석면은 단열기능이 우수해 건축자재, 섬유제품, 자동차 부품 등에 많이 사용돼 왔지만, 체내에 한번 들어오면 제거되지 않고 폐암을 일으킨다는 사실이 밝혀져 1급 발암물질로 분류되고 있습니다. 단열재, 접착제, 탈취제, 방향제, 합성세제 등에도 발암물질이 포함된 경우가 많고, 페인트나 도금한 금속 등에는 카드뮴이 들어있음으로 취급 시 피부나 호흡기에 직접 닿지 않도록 주의해야 합니다. 이런 발암물질이 우리 몸에 들어오면 혈액을 타고 온몸을 돌다가 세포와 근골격계, 면역, 신경, 순환, 외분비계와 소화기계 등

각 기관에 영향을 미칩니다. 발암물질이 세포 내부로 들어오면 DNA를 손상시키고 변이를 일으킨 뒤 암으로 성장할 수 있습니다. 그러므로 독성물질이 몸 안으로 들어오면 빨리 내보내야 하는데, 그 방법 중 가장 손쉬운 것이 물을 많이 마시고 운동으로 땀을 흘려 배출시키는 것입니다.

생활방식으론 환기를 자주 시키고, 주방에서 요리를 할 땐 환풍기를 틀고, 요리가 담겨 있는 냄비의 뚜껑을 완전히 열거나 닫고 해야 합니다. 또 색소가 많이 들어있는 가공식품을 피하고, 가능하면 유기농식품을 섭취하며 식생활을 개선하는 방법도 연구해 봐야 합니다. 단백질은 간에서 독성물질을 체외로 배출하는 것을 돕는 영양소이고, 미네랄은 간의 해독작용을 돕습니다. 단백질이 풍부한 살코기 등 육류와 콩 종류를 많이 먹고, 오색채소와 과일을 듬뿍 섭취하는 것이 좋습니다.

차.
죽음에 대하여

1) 노인 고독사, 6년 새 2배 늘다.

2018년 봄 부산의 한 여관에 투숙했던 62세 남성이 숨져있는 것을 관리인이 발견했습니다. 이후 조사에서 "이 남성은 음식을 제대로 먹지 못해 아사(餓死)한 것으로 추정된다."고 했습니다. 작년 초 강원도 강릉의 한 주차장에서 66세 남성이 동사한 것을 발견했습니다. 그 당시 그곳은 영하 20도를 밑도는 강추위가 몰아쳤습니다. 그 한 달 뒤 경기도의 야산에서는 63세 남성이 숨진 채 발견됐는데 정확한 사인은 밝혀지지 않았습니다.

홀로 죽음을 맞이하거나 시신을 인수해 장례를 치러줄 가족, 친지도 없는 무연고 사망자가 늘어나고 있는 추세입니다. 보건복지부와 건강보험공단이 국회 김승희 의원에게 제출한 자료에 따르면, 지난해 무연고 사망자는 2,447명으로 집계됐습니다. 전년보다 437명이 늘어 관련통계를 집계한 2012년 이후 가장 크게 증가했습니다. 2012년 첫 집계에서는 1,021명이었는데 6년 만에 2.4배 까지 늘어났습니다.

정부는 '포용국가'를 만들고 생애 주기별로 복지를 확충한다고 하는데, 사회안전망의 가장 밑바닥에서 쓸쓸한 죽음을 맞이하는 사람들이 늘어나고 있습니다. 무연고 사망자 중 60대 이상이 1,457명으로 60% 차지하지만 50대 비율도 매년 20%가 넘습니다. 지난해 무연고 사망자 10명 중 7명은 기초생활 수급자였습니다. 남성이 여성보다 3배쯤 많았습니다. 이런 현상은 독거노인 증가 등 사회적 요인, 노후파산 등 경제적인 요인이 겹치면서 무연고 사망자가 늘어나는 상황은 계속 악화할 가능성이 높습니다.

통계청에 따르면, 독거노인 비율(전체 노인 중 홀로 사는 노인비율)이 2015년 18.4%에서 지난해 19.4%로 높아졌고, 같은 기간 혼자 사는 노인이 120만 명에서 167만 명으로 늘어났습니다. 우리나라 노인 빈곤율은 OECD 회원국 가운데 가장 높습니다. 2016년 기준 46.5%에 달합니다. 노인 절반이 중위소득(소득 순으로 나열했을 때 한 가운데 소득)의 50% 이하 소득으로 살아간다는 뜻입니다. 코로나 사태로 사적 모임은 물론 친척, 친구도 만나지 못한 채 집에만 틀어박혀 있어야 하는 노인들은 우울증에 시달려 자살 충동이 일어나는 판국에, 생활에 쪼들리다 노숙인 신세가 되면서 무연고 죽음으로 내몰리는 것입니다. 한 보건사회 연구위원은 "무연고 사망이 증가한다는 것은 복지제도의 사각지대에 놓여 제대로 도움을 받지 못하는 사람들이 많이 있다는 의미"라며 "이런 사람들을 발굴해 돕는 제도를 마련하는 것이 기존 복지제도의 혜택을 늘리는 것보다 우선시돼야 한다."라고 말했습니다.

2) Dr. Death 이야기

'닥터 데스(죽음의 신)'란 별명을 가진 의사가 있습니다. 죽음을 스스로 선택하겠다는 이들에게 안락사(安樂死)하는 도구를 쥐어주는 '필립 니슈케'(72) 박사를 지칭하는 말입니다. 호주인인 니슈케 박사는 세계 최초로 안락사를 집행한 의사입니다. 1996년 호주에서 시한부 환자 네 명에게 독극물 주사를 놓아 세계를 발칵 뒤집어 놓았습니다. 그로 인해 의사면허를 박탈당한 그는 2001년 안락사를 합법화한 네덜란드로 이주한 후 안락사를 연구하는 '엑시트 인터내셔널'이라는 기구를 설립했습니다. 그에 대해선 '살인마'라는 비난과 죽음계의 일론 머스크라는 찬사로 엇갈립니다.

네덜란드에는 매년 약 6,000명이 안락사를 선택합니다. "가족이 안락사하기로 해 휴가를 쓰겠다."라는 이도 드물지 않습니다. 벨기에서는 매년 2,000여 명이 안락사로 숨지는데 대다수는 말기암 환자입니다. 한국은 말기 환자의 연명치료를 중단하는 '존엄사법'을 시행하고 있습니다. 시행 후 3만 명이 넘는 사람이 이 법을 따랐습니다.

니슈케 박사는 "인간이 언제 죽을지를 선택하는 것은 보편적 기본 인권이어야 합니다."라고 말했습니다. 안락사 방법은 디지털 기술과 함께 진화 중입니다. 지금까지는 사코(Sarco=석관)에 질소를 주입해 실행했으나, 이제 니슈케 박사는 사코 설계도를 인터넷에 무료로 공개해서 원하는 사람은 직접 3D 프린터로 만들 수 있게 하려 한다고 했습니다. 제작비는 천만 원 안 팎입니다. 그는 수련의 시절 말기암 환자가 "차라리 죽여 달라"고 호소하는 데도 도움을 주지 못했던 경험이 지금의 자신을 만들었다고 했습니다.

"생명을 하늘의 선물이라고들 하죠. 그 선물이 짐이 됐다면요? 선물을 반납 하는 것이 죄악인가요?"

니슈케 박사는 호주 생태학자인 '데이비드 구달' 박사가 104세이던 지난해 그 선물을 반납할 때도 함께 했습니다. 구달 박사는 "품위 없이 더 살기는 싫다."며 스위스에서 베토벤의 9번 교향곡을 들으며 안락사 했습니다. 그의 마지막 말은 "이런 젠장… 끔찍하게 오래 걸리는 구먼!" 약물 주입 후 그가 세상을 뜨기까지 걸린 시간은 30초 정도였습니다.

또한 벨기에 휠체어 육상선수 '마리케 베르보트'(40)는 세상에서 가장 유명한 '안락사 예정자'입니다. 그는 수시로 통증이 오고 끝내는 온몸의 근육이 마비돼 스스로 움직이지 못하게 되는 퇴행성 척추 마비를 앓고 있습니다. 2008년 의사 3명의 동의를 얻어 안락사 절차와 장례식 준비까지 마쳤습니다. 그런 후 4년 뒤인 2012년 런던 패럴림픽에서 금, 은메달을 땄고, 2015년엔 세계육상선수권 3관왕에 올랐으며, 2016년 리우데자네이루 패럴림픽에서 은, 동메달을 딴 것을 끝으로 은퇴했습니다. 그는 당시 기자회견에서 "곧 안락사 하겠다."고 다시 한 번 공개적으로 선언하면서 다음과 같은 말을 했습니다.

"저처럼 불치의 병으로 고통 받는 분들에게 알려드리고 싶었습니다. 안락사가 오히려 지금을 살아내기 위한 하나의 선택지일 수 있습니다. 저는 원하는 순간에, 내가 원하는 방식으로 세상을 뜰 수 있다고 생각하니 오히려 살아갈 용기가 생겼습니다. 죽음은 포기가 아닌 평화로운 휴식이며, 휴식시간을 직접 정할 수 있게 되고 나서 오히려 하루하루를 알차게 살 수 있게 되었습니다. 실행 시기는 '이만하면 잘 살았다'라는 생각이 들 때 마지막 결심을 하려합니다. 안락사에 대한 반대 목소리도 있지만, 우리는 삶에 고통이 있음을 인정해야 한다고 생각합니다. 삶은 무작정 아름답다! 그건 아니라는 걸 받아들여야 합니다. 전 하루하루를 어떻게든 살아내야 합니다. 하루에 네 번씩 모르핀을 맞아야 하고 그 어디에도 가지 못합니다. 삶을 평화롭게 끝낼 기회 정도는 쥐고 있어야 살아갈 용기가 나지 않겠습니까?"

3) 연로(年老)한 장년(長年)들은 죽음을 생각하자

인간은 3가지 착각 속에서 용케도 잘 살아가는 묘한 존재인 것입니다. 첫째. 젊을 때는 언제나 청춘이어서 안 늙을 것 같은 착각이요 둘째, 건강할 때는 자신은 평생 아프지 않을 것이라 생각하고 살아가는 것이요 셋째, 자기는 영원히 살 것 같은 착각 속에 하루하루를 살아가는 것입니다.

또 죽음에 대해 분명히 알고 있는 것 3가지가 있는데 첫째, 사람은 분명히 죽는다. 둘째, 나 혼자서 죽는다. 셋째, 아무것도 가져 갈 수 없다는 것입니다.

그리고 죽음에 대해 모르는 것 3가지가 있는데 첫째, 언제 죽을지 둘째, 어디서 죽을지 셋째, 어떻게 죽을지 모른다는 것입니다. 그래서 항상 준비하고 있어야 한다는 것입니다.

〈어떤 죽음이 삶에게 말했다〉란 책을 펴낸 서울대 종양내과 '김범석' 교수는 "마지막 항암치료 후 사망까지 미국은 여섯 달, 한국은 한 달 걸린다."

라고 했습니다. 우리나라에선 최선을 다해 치료를 받다가 마지막은 제대로 준비조차 못하고 떠나보낸다는 것입니다. 대부분의 말기 암 환자들은 항암 치료를 받으며 '덜 아픈' 삶을 살다가 어느 순간 치료를 받다 갑자기 죽음을 맞이하는 경우가 많습니다. 이렇게 미처 죽음을 준비하지 못하는 사람이 태반이므로 그래서 임종을 미리 준비해야 한다고 했습니다.

서울대 사회복지학과 '하정화' 교수는 "최근 사회전반에 행복한 삶(Well-being) 못지않게 좋은 죽음(Well-dying)에 대한 관심이 높아지고 있다."고 했습니다. 여러 연구에 따르면, 좋은 죽음이란 죽음을 앞둔 사람이 자신의 죽음을 인지하고 받아들이며, 가족들에게 둘러싸여 상대적으로 덜 고통스러운 죽음을 맞이하는 것입니다. 여기에 더해서 다른 사람에게 부담을 주지 않고 주변을 잘 정리하는 것도 중요하고, 또 생애 말기 무의미한 연명치료를 중단하겠다는 본인의 의사를 반영하는 일도 중요합니다.

치료해도 회복되지 않는 환자를 대상으로 심폐소생술, 혈액투석, 항암제 투여, 인공호흡기 착용 등 특수 연명장치 4가지에 한하여 중단 등을 결정할 수 있습니다. 우리나라에서는 죽음 준비라고 하면 장례를 위한 준비를 주로 거론합니다. 상조회에 가입하고, 수의를 준비하고, 장례방식을 정하고, 묏자리를 봐 두는 것들입니다.

그러나 막상 죽음이 가까이 왔을 때 어떤 돌봄을 받고 싶은지, 내가 의식이 없다면 누가 어떤 결정을 내려주었으면 좋겠는지에 대한 이야기를 꺼내기는 쉽지 않습니다. 마치 죽기를 바란다는 기분이 들기 때문이지요. 그러나 이제 우리는 펜데믹 시대가 본격화되면서 죽음과 질병이 피부에 와 닿는 환경 속에 살고 있습니다. 한번쯤 삶과 죽음에 대한 자신의 평소 생각, 예컨대 내가 생각하는 좋은 죽음이란 어떤 것이며, 이를 위해 현재의 삶을 어떻게 살면 좋을지, 또 가족들에게는 어떤 것들을 말해 놓아야 할지 등을 정리해 보는 시간이 절실해졌습니다.

갑자기 뜻하지 않게 세상을 떠난다면 남겨진 가족들도 당황하고 사태를 추수를 정신적 여유를 갖기 어렵기 때문입니다. '사전 돌봄 계획'이란 돌봄과 관련된 중요한 결정, 예컨대 더 이상 치료가 어려우면 고통완화 위주 치료 또는 호스피스 돌봄을 받고 싶다든지, 회복은 불가능하고 생명만 연장할 뿐인 치료는 받고 싶지 않다든지, 어떤 상황이 되면 요양시설로 가고 싶다든지 하는 것들에 대해 미리 생각해보고 임종 시 돌봄을 계획해 놓는 것을 의미합니다. 즉, 생의 말에 환자 본인이 정신적으로나 육체적인 한계로 스스로 결정할 수 없게 될 때를 대비하여 앞으로 돌봄과 치료방법을 미리 계획하는 과정입니다. '사전연명의료의향서'는 이런 생각을 미리 서류로 만드는 것이며, '연명의료계획서'는 임종과정에서 의사와 논의하여 본인의 의사를 확인하거나 본인의 의식이 없을 경우 법정대리인의 동의를 거쳐 작성하는 것입니다. 이는 공식적인 준비이며 가족들이나 가까운 지인, 주치의, 주돌봄자 등 생애 말기를 함께할 사람들과 이러한 의향에 대해 이야기하는 '비공식적' 준비도 포함됩니다.

여기 미국 민간단체에서 제안한 '삶을 잘 마무리하려면 어떤 것들을 생각해 보아야 할까?'에 대한 몇 가지 소원들을 소개해 보겠습니다.

통증관리, 선호하는 돌봄 방식, 선호하는 돌봄 장소, 주변 사람들이 어떻게 나를 대해 주면 좋겠는지, 사랑하는 사람들에게 해주고 싶은 이야기와 내가 어떻게 기억되었으면 좋겠는지, 나의 장례는 어떻게 해주면 좋겠는지 등 생애 말기부터 임종까지의 많은 부분을 계획할 수 있는 질문이 포함되어 있습니다.

코로나 팬데믹 블루!

요즘같이 코로나 대유행 때 코로나에 걸렸다 하면 환자가족은 환자가 어디로 실려 가는지, 치료를 받는 것인지, 방치해 두는 것인지 통 모르고 있다가 죽었다는 소식만 전해 듣습니다. 그러면 병원을 찾아가 방호복을 입고 시체 검안실에 가서 망자 확인만 하고 나오면, 어느 날 유골 찾아가라는 것으로 그 생명은 끝나버리는 것입니다. 이렇듯 허무하게 한 세상을 마치는 사람이 이 밝은 대명천지에 횡횡하고 있으니, 입관도 보지 못하고, 꽃상여도 태워드리지 못한 유족의 슬픔은 형언할 길이 없습니다.

태어난 사람은 언젠가는 모두 죽습니다. 그런데도 젊은 날엔 설마 내가 죽으랴 생각지도 않다가 나이 들어감을 잊은 채 노년을 맞아 중병에 걸려 죽음이 코앞에 닥쳤을 때 죽음에 대한 준비도, 주변정리도 못했음을 깨달았을 때는 이미 늦은 것입니다.

특히 요양시설에 계셔서 면회 한번 제대로 못해 보고 허망하게 떠나보낸 사망자 유족은 고인을 외롭게 보냈다는 미안함, 장례에 관련된 의식을 제대로 못해 드렸다는 죄책감으로 평생을 죄인처럼 살아가야 하는 것입니다. 그러므로 젊은이들도 비명횡사할 수 있지만, 연로하신 노인들은 이런저런 상황을 대비해서 정신이 온전할 때 '사전 돌봄 계획'이나 '사전연명의료의향서', 또는 유언장 등을 격식에 맞게 미리미리 준비해 두는 것이 좋을 듯합니다.

내가 이 세상에 올 땐 나는 울었고, 내 주위의 모든 이들은 웃었습니다. 내가 이 세상을 떠나갈 땐 모든 사람들이 아쉬워 우는 가운데 나는 웃으며 홀홀히 떠나가고 싶습니다.

당신을 서서히 죽이는 20가지 음식들

1) 탄산음료: 암세포는 설탕물을 먹고 자랍니다. 그런데 탄산음료들은 그야말로 설탕 덩어리죠. 혹여나 설탕이 없는 탄산음료라도 이미 인공 카라멜 색소가 들어있기 때문에 우리 몸에 좋지 않습니다. 이 카라멜 색소는 4-메틸이미다졸(4-MI)로 암모니아와 당의 가열반응에 의해 생산되는 부산물입니다.

2) 구운 붉은색 살코기: 구운 고기는 정말 맛있습니다. 하지만 학자들은 고온에서 구운 고기의 화학성분과 분자구조의 변화가 생겨 암을 유발하는 탄화수소를 생산한다는 것을 발견했습니다.

3) 전자레인지용 팝콘: 디 아세틸이란 성분은 전자레인지용 팝콘의 맛을 내는 주요 성분입니다. 하지만 디 아세틸의 온도가 올라갔을 때 인체에 해로운 성분이 생겨납니다. 포장지의 성분도 발암물질로 이루어져 있습니다. 게다가 팝콘 생산회사들은 튀겨지는 옥수수가 유전자 변형 농산물(GMO)인지 표기하지 않아도 되기 때문에 대부분의 회사들은 이 상품을 판매합니다.

4) 캔 음식 특히 토마토: 캔 음식에는 BPA라는 화학물질이 들어있는데. 이 화학물질은 쥐의 뇌세포를 변형시키는 연구결과가 있습니다. 특히 캔 토마토는 산성으로 인하여 BPA를 더욱 활발히 토마토 안으로 흡수시켜 굉장히 좋지 않습니다.

5) 수소화된 오일: 이러한 식물 기름은 인위적인 화학 작용을 통해 추출합니다. 게다가 사람의 세포막을 변질시키는 오메가6 양이 위험할 정도로 많습니다. 이 물질에 많이 노출되면 암세포가 생길 수 있습니다.(자연적으로 추출한 카놀라유나 올리브유를 사용하세요.)

6) 양식어류 특히 연어: 자연산 연어는 몸에 좋은 단백질이 많은 걸로 알려져 있지만, 미국에서 판매되는 60%의 연어는 엄청난 살충제와 항생물질을 섭취하며 양식됩니다. 이런 물질들은 동물의 몸엔 물론이고 사람의 몸에도 축적됩니다.

7) 인공감미료: 대부분의 인공감미료는 화학공장을 통해 만들어집니다. 이것이 몸에 해로운지는 아직 확실하지는 않지만, 인공감미료가 몸에 다이케토피페라진(Diketopiperazine)이라는 독소를 축적시켜 암을 유발한다는 연구가 몇몇 있습니다.(자연산인 스테비아(Stevia) 감미료를 사용할 것)

8) 정제된 흰 밀가루: 정제된 흰 밀가루는 화학공정을 통해 영양분을 모두 잃은 후 생성됩니다. 색깔도 더욱 하얀색으로 보이기 위해 염소가스를 통해 표백 시킵니다. 게다가 암세포가 자라기 좋은 환경을 만들어주는 탄수화물이라 몸에 더욱 좋지 않습니다.

9) 무기농 과일: 과일과 야채는 보통 몸에 좋지만, 농약을 뿌려서 키운 농산 물은 그저 잡초일 뿐입니다. 예로 유럽에서는 사람 몸에 악영향을 주는 농약 사용이 금지되어 있습니다. 하지만 EWG(미국의 환경실무단체)의 조사에 따르면 유통되는 농산물의 98%에는 농약이 사용된다고 합니다.(유기농 사용)

10) 가공된 축산물: 여기에는 베이컨, 소시지, 핫도그, 조제고기도 포함됩니다. 가공될 때 엄청난 양의 나트륨이 들어갈 뿐 아니라 식품을 더 오래 보

존하기 위해 질산도 함께 추가로 들어갑니다. 고기의 맛이 더 좋아지고 유통기한이 늘어나는 편리함이 있지만 건강이 안 좋아지는 위험도 감수해야 합니다.(자연 축산물이나 가공이 덜되고 방부제가 첨가되지 않는 것 사용)

11) **감자 칩:** 감자 칩이 해로운 이유는 여러 가지가 있습니다. 첫째, 감자 칩은 트랜스 지방으로 튀겨집니다. 아까 5번 음식 기억나시나요? 둘째, 엄청난 양의 나트륨이 포함되어 있습니다. 과한 나트륨 섭취는 암 유발과 심장 질환의 원인이 됩니다. 마지막으로 대부분의 감자 칩에는 방부제와 인공 색소가 첨가됩니다.

12) **GMO(유전자 조작)식품:** GMO에 대해서 정말 많은 토론이 있습니다. 식품 제조회사들은 GMO 식품이 자연산보다 더 안전성 있게 개발되고 생산성도 뛰어나 특히 경제적으로 어려운 나라들에게 많은 도움을 준다고 주장합니다. 하지만 현재에는 GMO 식품이 장기적으로 어떤 영향을 주는지에 대해 모를 뿐만 아니라 연구 자료도 많이 부족한 실정입니다.

13) **과음:** 국립암연구소의 발표에 따르면, 알코올은 뇌암, 식도암, 간암, 유방암 그리고 대장암 유발에 관련이 있다고 합니다. 하지만 적당한 음주와 그에 따른 암 유발성에 대한 많은 토론이 있습니다.

14) **정제된 설탕:** 여기서 가장 큰 문제는 과당 옥수수시럽(HFCS)과 자연산이 아닌 당밀이 추가된 설탕입니다. 여기에는 몇몇 제조회사들이 당밀을 첨가 하여 생산하고 있는 황설탕도 포함됩니다. 정제된 설탕은 인슐린 분비의 주범이며 암세포 성장에 도움을 줍니다.

15) **트랜스 지방:** 트랜스 지방은 제조업체가 액체기름을 고체기름으로 전환시킬 때 생성됩니다. 이렇게 수소화시킨 기름은 유통기한이 훨씬 길어집

니다. 이미 아실지도 모르겠지만, 2015년도에 제조업체들이 부분적으로 수소화된 기름(PHO)을 모두 없애기 위해 3년의 기간이 주어졌습니다.(버터 같은 포화지방으로 대체 사용)

16) 훈제고기와 통구이: 우리가 좋아하는 훈제구이는 대부분 생선이나 붉은색 고기가 사용됩니다. 훈제구이는 바베큐 파티를 할 때 빠질 수 없는 요소 중 하나입니다. 하지만 훈제구이는 고기를 구울 때 필요한 발암물질인 타르가 사용됩니다. 게다가 고기에 따라 베이컨, 햄, 소시지 같은 고기들은 많은 양의 나트륨이 포함되어 있습니다. Fritz W. 교수와 Soos K. 교수에 따르면 잦은 훈제고기 섭취가 통계적으로 대장암에 걸릴 확률을 높였다고 말합니다. 영국 암 연구센터의 추측에 따르면, 훈제를 할 때 고기 겉이 타게 되면 이때 다환 방향족 탄화수소라는 발암 가능물질이 생성됩니다. 하지만 이것은 그저 추측일 뿐이므로 지금 당장 바베큐 파티를 멈추지 않아도 될 듯합니다. 하루 권장 고기 섭취량은 개개인의 칼로리 섭취량에 따라 다를 수도 있지만, 평균적으로 하루에 200g~300g 정도입니다.

17) 베이글: 베이글 빵은 정말 맛있습니다. 하지만 베이글은 혈당을 급격하게 높이는 음식 중에 하나입니다. 혈당지수가 높은 음식은 특히 백인에게 폐암에 걸릴 확률을 높인다는 주장이 미국 텍사스 주립대학 엔더스 암 연구센터에서 나왔습니다. 높은 혈당지수 음식에는 베이글, 시리얼, 쌀, 빵 등이 포함되어 있습니다.(혈당지수가 낮은 현미, 통밀 빵, 오트밀 권장)

18) 절인음식: 'Bilchik' 의사에 따르면 절인음식은 많은 양의 질산과 나트륨이 포함되어 있어 암 발병률을 높인다고 합니다. 미국의 국립암연구소에 따르면 특히 위암, 식도암이나 여성의 경우에는 갑상선암과 난소암의 발병

률도 높인다고 합니다.

19) 인공향료: 텍사스 휴스턴에 있는 'Baylor' 의과대학에 있는 'Dan L. Duncan 종합암센터 조교수인 'Maryam Nemati Shafaee'는 "FDA에 의해 최근 금지되어 있지만 오랫동안 사용되어 온 인공향료는 암을 포함한 많 은 건강 장애와 관련이 있습니다."라고 말했습니다. FDA 실험실 동물에게 암을 유발한 7가지의 특정한 합성향료 물질들을 제거하려 힘쓰고 있습니다. 이러한 물질은 일반적으로 미국 식품에서 소량 사용되므로 소비자에게 노출되는 수준과 위험성은 낮은 편입니다.

20) 나트륨 함량이 높은 음식: 미국 췌장암 액션 네트워크 최고책임자 전문의인 'Victoria Manax' 의사에 따르면, 소금이 많은 음식을 피해야 하는 몇 가지 이유가 있다고 합니다. Manax 박사에 따르면, 몸에 염분이 많아지면 고혈압이 발생하고 특히 위암, 비인두암, 갑상선암 그리고 신장암에 걸릴 확률이 높아진다고 합니다. "짠 음식으로 인해 건강 관련 문제가 발생할 위험이 가장 높은 개인은 50세 이상의 사람들과 당뇨병이 있는 사람들을 포함합니다. 이러한 모든 위험요소는 췌장암과 관련된 위험요소 중 일부에 지나지 않습니다."라고 그녀는 말했습니다. 높은 소금 섭취의 또 다른 위험요인은 심혈관질환, 골다공증 및 비만과 같은 다른 건강문제의 발병률이 높아진다는 것입니다.

인생은 바람이며 구름인 것을!

누가 날더러 청춘이 바람이냐고 묻거든 나 그렇다고 말하리라. 누가 날더러 인생도 구름이냐고 묻거든 나 또한 그렇노라고 답하리라.

왜냐고 묻거든 나 또한 말하리라.

청춘도 한 번 왔다고 아니오며 인생 또한 한 번 가면 되돌아 올 수 없으니, 이 어찌 바람이라 구름이라 말하지 않으리오.

오늘 내 몸에 안긴 가을바람도 내일이면 또 다른 바람 되어 오늘의 나를 외면하며 스쳐가리니,

지금 나의 머리 위에 무심히 떠가는 저 구름도 내일이면 또 다른 구름이 되어 무량세상 두둥실 떠가는 것을,

잘난 청춘도 못난 청춘도 스쳐가는 바람 앞에 머물지 못하며,

못난 인생도 저 잘난 인생도 흘러가는 저 구름과 같을 진데,

어느 날 세상 스쳐가다가 또 그 어느 날 홀연히 사라져 가는 생을 두고,

무엇이 청춘이고 그 무엇이 인생이라고 따로 말을 하리까.

우리네 인생도 바람과 구름과 다를 바 없는 것을....

(경허 대선사 경어집 중에서)

카.
노후 처세 명심보감

1) 노후 처세 명심보감

① 부르는 데가 있거든 무조건 달려가라. 불러도 안 나가면 다음부터는 부르지도 않는다.

② 아내와 말싸움이 되거든 무조건 져라. 여자에게는 말로 이길 수 없고 혹여 이긴다 해도 그건 소탐대실이다.

③ 일어설 수 있을 때 걸어라. 걷기를 게을리 하면 일어서지도 못하게 되는 날이 생각보다 일찍 찾아 올 것이다.

④ 남의 경조사에 나갈 때에는 제일 좋은 옷을 차려입고 나가라. 내 차림새는 나를 위한 뽐냄이 아니라 남을 위한 배려이다.

⑤ 더 나이 들기 전에 아내가 말하는 것 말고는 뭐든지 시작해 보라. 일생 중에 지금이 가장 젊은 때다.

⑥ 옷은 좋은 것부터 입고, 말은 좋은 말부터 하라. 좋은 것만 하여도 할 수 있는 날이 얼마 남지 않았다.

⑦ 누구든지 도움을 청하거든 무조건 도와주라. 나 같은 사람에게 도움을 청하는 사람이 있다는 것을 고맙게 생각하라.

⑧ 안 좋은 일을 당했을 때에는 '이만하길 다행이다' 하고, 믿었던 사람에게 배신당했다면 '오죽하면 그랬을까' 하고, 젊은 사람에게 무시당했다면 그러려니 하고 살라.

⑨ 범사에 감사하며 살자. 적어도 세 가지는 감사해야 한다.

　가) 나를 낳아서 키워준 부모님에게.

　나) 이날까지 밥 먹고 살게 해준 직장에게.

　다) 한평생 내조하느라 고행한 아내에게 감사하라.

　　이 세 가지에 감사함을 모른다면 사람의 도리가 아니다.

⑩ 나이 들어도 인기를 바란다면,

　가) 입은 닫고 지갑을 열어라. 손자, 손녀 만나면 용돈을 주고,

　나) 후배들에게 가끔 한턱을 쏘고,

　다) 아내와는 외식을 자주하라.

⑪ 어떤 경우에라도 즐겁게 살라.

⑫ 보고 싶은 사람은 미루지 말고 연락을 해서 만나라. 내일 죽는다고 생각하자. 만나서 술 한 잔, 밥 한 끼라도 맛있게 먹어라.

2) 우리 나이가 어떤 나이냐? 미움 받을 나이지.

① 노년은 그동안 모은 돈을 즐겨 쓰는 시기이다. 돈을 축적하거나 신규 투자하는 시기가 절대 아니다. 자식들에게 휘둘리지 말고 평화롭고 조용한 삶을 찾아라.

② 자손들의 재정 상태는 그들의 문제이다. 부모가 개의치 말라. 지금까지 키우고 돌봐준 것으로 할 일은 다한 것이다.

③ 건강관리에 최선을 다하라. 건강이 최고다. 건강하게 사는 게 점점 어려워지는 나이니 건강을 지키는 걸 최우선으로 하라.

④ 평생의 반려자를 위해서는 언제나 최상의 가장 좋은 고급품을 사라.

⑤ 사소한 일에 스트레스 받지 마라. 과거의 나쁜 기억은 잊고 좋은 일만을 생각하라. 현재가 중요하다.

⑥ 내적, 외적인 몸치장을 철저하게 잘하고 자신만만하게 당당하게 살라. 몸과 마음을 잘 가꾸는 데 신경 써라.

⑦ 어울리지도 않는 유행을 따르려하지 말고 자신의 나이에 걸 맞는 패션을 추구하라.

⑧ 항시 최신의 시대흐름에 뒤지지 말라. 이메일이나 SNS를 멀리하지 말고 항상 세상 뉴스를 듣고 보고 얘기하라.

⑨ 젊은 세대를 존중하고 그들의 견해를 존중하라. 조언하되 비평하지는

말라. 미래를 열 사람은 젊은이들이다.

⑩ '옛날 그 시절에'라는 과거적인 표현을 절대 사용하지 말라. 당신도 이 시대를 사는 사람이다.

⑪ 긍정적인 사람들, 명랑한 사람들과 어울려라. 쓰고 힘든 날들을 얘기하는 사람들과 어울리기에는 인생은 너무 짧다.

⑫ 가족들과 자주 어울려 살 되 혼자 살 재력이 있다면 자손들과 함께 살려는 유혹에 빠지지 말라.

⑬ 자신의 취미를 살려서 활용하라. 취미가 없다면 더 늦기전에 새로운 취미를 만들어라. 봉사활동을 하더라도….

⑭ 모임, 회식, 세례식, 결혼식 초대에 적극 참여하라. 그렇다고 초대를 못받는다고 화내지 말라. 중요한 건 집 밖을 나서서 세상살이를 몸으로 접하는 것이다.

⑮ 말은 적게 하고, 남의 말을 잘 경청하는 사람이 되라. 듣지 않고 자기 얘기만 떠들어대면 주위사람들이 떠난다. 불평, 불만, 비판의 말이 아니다. 남이 듣기 좋은 대화의 소재를 찾아라.

⑯ 노쇠에 따르는 불편함과 고통을 고통으로 생각하지 말고, 당연한 것으로 자연스럽게 수용하라. 늙는 건 당신 잘못이 아니다. 세월 탓이다.

⑰ 타인의 잘못에는 관대하게 용서하고, 자신의 실수에는 빨리 사과하라. 남의 옳고 그름을 따지면 따질수록 당신의 마음이 먼저 불편해지고 옹졸해진다.

⑱ 자신의 신앙적 신념을 남에게 강요하지 말라. 남에게 자신의 가치를 설교하거나 선교하려 하지 말고 자신의 신념에 따라 살면서 모범을

보여라.

⑲ 웃어라. 많이 웃어라. 모든 것에 웃어라. 살면서 유머를 잃지 말라.

⑳ 남이 나에 대해 한 말이나 나를 어떻게 생각할 것인지에 신경 쓰지 말라. 휴식하며 평화롭고 행복한 시간을 가질 때마다, 그리고 좋은 건 뒤로 미루며 먼저 나쁜 포도주를 마시기에는 인생은 너무나 짧다. 삶을 즐겨라. 소중한 인생은 매순간 속에 있다.

3) 건강한 장수비결 10가지

① 나를 알자.

나이 들고도 건강하게 지내려면 우선 스스로에 대해 전문가가 되어야 한다. 혈압, 혈당, 콜레스테롤과 비타민 D 수치를 확인하라. 체지방 지수는 물론 허리둘레와 엉덩이 둘레의 비율을 적어두는 것도 잊지 말 것. 부모님을 비롯한 직계 조상이 노년에 어떤 병을 앓았는지, 언제 돌아가셨으며, 사인은 무엇인지에 대해서도 최대한 알아두자.

② 빨리 움직여라.

걷기는 누구에게나 좋은 운동, 중요한건 속도다. 숨이 가쁘고 땀이 날 정도로 빨리 걸어라. 하루 30분이면 몸은 물론 두뇌를 최선의 상태로 유지할 수 있다. 밖에서 햇볕을 받으며 걷는다면 금상첨화. 기분이 밝아지고 비타민 D도 생겨날 것이다.

③ 하루 10시간 단식하라.

계속 먹을 게 들어가면 위가 쉴 틈이 없어진다. 소화기관도 휴식이 필요하다는 사실을 잊지 말 것. 밤9시 이후에는 아무것도 먹지말자. 그것만 지켜도 매일 10시간 단식이 가능하다. 저녁을 최대한 일찍 먹고, 아침은 느지막이 먹는 식으로 공복을 14시간, 16시간 까지 늘릴 수 있다면 더 좋다.

④ 숲으로 가라.

나무그늘에 있으면 머리가 맑아지는 기분이 들지 않는가? 과학적으로 근거가 있다. 피톤치드가 스트레스와 혈압은 낮추고, 면역력은 높이는 것. 또 숲속 흙에 사는 미생물은 우리 몸의 미생물군 유전체를 건강하게 유지하는 데 기여한다.

⑤ 근육을 단련하라.

마흔이 넘으면 1년에 1%꼴로 근육이 사라진다. 그 결과 심장병, 뇌졸중, 골다공증에 걸릴 위험도 커진다. 적어도 일주일에 두 번은 근력운동을 할 것. TV앞에 아령을 두고 짬짬이 들어 버릇하는 것만도 크게 도움이 된다.

⑥ 독서하라.

독서는 대개 앉아서, 또 혼자하기 마련인데도 불구하고 장수에 도움이 된다. 미국 예일대학교 연구진은 50대 이상 3,600여 명을 조사한 연구에서 독서를 많이 하는 이들이 그렇지 않은 이들보다 2년 이상 오래 산다는 사실을 발견했다. 하루에 30분 정도 책을 읽는 건 숙면에도 기여한다.

⑦ 낮잠을 자라.

짧은 낮잠은 주의력, 집중력, 기억력을 높인다. 특이하지만 낮잠을 자는 사람들이 밤에 더 잘 잔다는 연구도 있다. 단 낮잠은 30분을 넘기면 안 된다. 시간이 늦었다면 다시 생각할 것. 늦은 오후에 낮잠을 잤다 간 밤잠을 설칠 수 있다.

⑧ 점프하라.

뼈를 건강하게 유지하려면, 자꾸 뼈를 써야한다. 즉 운동을 해야 한다. 관절만 버텨준다면 가장 효과적인 건 점프다. 하루에 10회~20회 정도 점프하라. 한 번하고 30초 쉬는 식으로 반복하면 좋다. 달리기, 줄넘기 역시 골밀도를 건강하게 유지하는 데 걸 맞는 운동이다.

⑨ 눈을 아껴라.

눈을 보호하는 방법 중 최선의 방법은 담배를 끊는 것. 그리고 눈에 좋은 음식을 섭취해야 한다. 마흔이 넘어가면 시력이 빠르게 변하기 때문이다. TV, 컴퓨터 모니터, 스마트폰 등을 너무 오래 보지 않도록 하고, 햇볕이 강할 땐 여름에는 물론 겨울에도 선글라스를 쓰도록 하자.

⑩ 어울려라.

외로움은 노인의 적. 당뇨병만큼이나 위험하다. 사람들과 좋은 관계를 맺을 것. 꼭 친구가 아니어도 누군가를 돕고 다독이는 일이 우리를 살게 만든다. 개를 키우는 것도 좋다. 개를 먹이고 산책시키다 보면 규칙적인 생활이

가능해진다. 무엇보다 개는 친구와 마찬가지로 정서적 위안을 준다.

4) 나이 들어서도 행복하게 잘 사는 법

① 분노를 참아라.

건강에 백해무익하기 때문이다. 나이가 들수록 곱게 늙어간다는 소리를 들어야 친구들이나 지인들로부터 대접을 받는다.

② 만족해야 한다.

없는 것에 매달리지 말고 현재 가진 것에 만족해야 한다. 이제 더 많이 가진다고 행복지수가 비례적으로 더 올라가지 않기 때문에 소유한 만큼만 만족하며 살면 된다. 오히려 소유에 대한 경쟁적인 집착 때문에 몸과 마음을 피곤하게 만들고 행복감을 떨어뜨릴 수 있기 때문이다.

③ 자연을 사랑하라.

나이가 들면 게을러져서 안방으로부터 벗어나지 못한다. 그래서 집에 들어오면 TV만 켜놓고 소파에 앉아 꼼짝도 하지 않는 사람들이 의외로 많다. 방에만 있지 말고 신선한 공기를 마시며 자연을 벗 삼아 조깅이나 자전거 타기 등 밖에서 운동을 해야 건강한 삶을 유지할 수 있다.

④ 자신의 몸을 학대하지 말라.

나이 들어 건강을 잃으면 그것만큼 불행한 일이 없는 것이다. 그런데 사고나 질병이 아니라 스스로 몸을 해치는 나쁜 습관을 줄이지 않고 계속적으로 하는 사람들을 주위에서 많이 본다. 대표적인 예가 흡연과 과음인데, 이 것들은 나이 들어 갈수록 끊거나 줄여야 하는 영순위인 것이다.

⑤ **좋은 친구를 많이 만들라.**

좋은 친구가 많은 사람들은 오래 살 뿐만 아니라 행복지수도 높게 살아 간다. 한 연구에 의하면 좋은 친구를 많이 둔 사람이 그렇지 못한 사람들보 다 20% 정도 더 오래 사는 것으로 나타났다. 푸른 잎도 언젠가는 낙엽 되고 예쁜 꽃도 언젠가는 떨어진다. 이 세상에 영원한 것은 없다. 그러나 좋은 친 구들과 함께라면 아무리 먼 길이라도 즐겁게 갈 수 있다. 이별이 점점 늘어 가는 고적한 인생길에 서로 안부라도 전하며 함께 동행 하는 친구가 있어야 행복한 삶을 사는 데 활력이 될 것이다. 그러므로 좋은 친구를 많이 사귀자.

5) 아름다운 노후의 10가지 생활수칙

① **정리정돈**(Clean Up)

나이가 들면 일상에 관심과 애착을 줄이고, 몸과 집안과 환경을 깨끗이 해야 한다. 일생동안 누적된 생활습관과 잡다한 용품들을 과감히 정리하라. 서책, 골동품, 귀중품 등도 연고 있는 분에게 생시에 선물로 주면 주는 이나 받은 이가 서로 좋다. 이것이 현명한 노후관리의 제1조다.

② **몸치장**(Dress Up or Fashion Up)

언제나 몸치장을 단정히 하고 체력단련과 목욕을 일과로 하라. 체취도 없 애고 건강에도 좋다. 의복도 깨끗하고 좋은 것을 때맞추어 입어라. 옷은 날

개란다. 늙으면 추접하고 구질구질해지기 쉽다.

③ 대외활동(Move UP)

집안에 칩거하기보다 모임에 부지런히 참가하라. 세상 돌아가는 정보, 소식을 얻게 된다. 동창회, 직장모임은 물론 취미모임 등 새로운 사람들과의 만남도 신선미가 있다. 움직이지 않으면 몸도 마음도 쇠퇴하게 된다.

④ 언어절제(Shut Up)

입은 닫을수록 좋고 지갑은 열수록 환영받는다. 어디서나 꼭 할 말만 하라. 논평보다는 덕담을 많이 하라. 말하기보다 듣기를 좋아하고 박수를 많이 치면 환영받는다. 장광설은 금물이다. 짧으면서 곰삭은 지혜로운 말이나 유머 한마디는 남을 즐겁게 한다.

⑤ 자기 몫(Pay Up)

돈이든 일이든 제 몫을 다하라. 돈과 인심은 먼저 쓰는 게 존경과 환영을 받는다. 내가 하기 싫은 일을 남에게 미루지 말라. 언제나 남의 대접만 받고 무임승차하는 것은 거지근성을 스스로 만드는 것이다.

⑥ 포기와 체념(Give Up)

건강, 출세, 사업, 가족, 부부, 자식문제 등 세상만사가 내 뜻대로 안 되는 경험은 많다. 이제는 포기할 것은 과감히 포기하고 체념하는 게 현명하다. 되지도 않은 일로 속 끓이지 않는 게 여생을 편안하게 한다.

⑦ 평생학습(Learning Up)

배우는 데는 나이가 없다. 컴퓨터 앞에서 언제나 공부하는 깨어있는 사람이 되라. 새 지식, 새 정보를 제 때에 습득하지 못하면 시대에 뒤떨어져 낙오자가 된다. 안경 낀 흰머리에 책을 들고 조는 모습은 노년 아름다움의 극치이다.

⑧ 낭만과 취미(Romance Up)

각박한 삶 속에도 낭만을 가져라. 늘 꿈을 꾸고 사랑하며 감흥과 희망을 가지고 살면 늙어도 청춘이다. 산수를 즐기며 자기가 좋아하는 취미활동에 전념하는 것도 행복 삼매경에 이룰 수 있다.

⑨ 봉사(Service Up)

평생을 사회의 혜택 속에서 많은 신세를 지고 살아 왔다. 얼마 남지 않은 인생 이제 남을 위해 베풀며 살자. 내가 먼저 베푸는 것이 복을 짓는 길이다. 우리는 사회봉사의 습관이 부족하다. 하찮은 일이라도 내가 먼저 베풀고 실천하면 남에게 좋은 느낌을 주고 나 또한 보람을 느끼게 된다. 선진 시민이 되는 지름길이다.

⑩ 허심 겸손(Mind Up)

마음을 비워라. 욕심을 버리면 겸손해지고 마음을 비우면 세상이 밝게 보인다. 인생을 달관하면 인격이 돋보이고 마음의 평화와 건강을 누리게 된다. 마음은 자기 정체성을 담는 그릇이며 우주로 통하는 창문이다. 정심수도(正心修道)하고 평상심(平常心)을 간직하라. 열심히 일한 만큼 이젠 자식들에게도, 친척들에게도, 이웃에게도, 떳떳한 노년의 주인공으로 살아가기 위해서는 먼저 나 자신에게 격려와 용기와 보상의 선물을 준비하자. 무얼 부끄러워할 것 하나 없고 기죽을 것도 없다. 당당하게 어깨를 펴고 남은 인생에 대한 멋진 꿈과 설계를 펼쳐보자. 남은 인생 길 것 같아도 어느 날, 어느때 무슨 일이 생길지 그건 아무도 모르니까 건강하게 죽는 날까지 하루하루를 충실하게 오늘이 마지막이라는 마음으로 오직 한 번뿐인 인생의 노년을 소중하고 감사하는 마음으로 아름다운 황혼을 즐기자.

6) 황혼의 12도

① 언도(言道): 말은 줄이고, 소리는 낮추어야 한다.

② 행도(行道): 느리게 하되, 행실은 신중해야 한다.

③ 금도(禁道): 탐욕을 금하라. 욕심이 크면 사람이 작아 보인다.

④ 식도(食道): 가려서 잘 먹어야 한다.

⑤ 법도(法道): 삶에 규모를 갖추는 것이 풍요로운 삶보다 진실하다.

⑥ 예도(禮道): 젊은이에게 갖춰야 할 예절이 있다. 대접만 받으려 하지 말아야 한다.

⑦ 낙도(樂道): 삶을 즐기는 것은 욕망을 채우는 것에 있지 않다. 간결한 삶에 낙이 있다.

⑧ 절도(節道): 늙음이 아름다움을 잃는 것은 아니다. 절제하는 삶에 아름다움이 있다.

⑨ 심도(心道): 인생의 결실은 마음가짐에서 나타난다. 마음을 비우면 세

상이 넓어 보인다.

⑩ 인도(忍道): 노인으로 살아감에도 인내가 필요하다. 참지 못하면 망령이 된다.

⑪ 학도(學道): 노인은 경험이 풍부하고 터득한 것이 있다. 그러나 배울 것이 더 많다.

⑫ 품도(稟道): 노인은 천생으로 타고난 품성과 품위 부성(賦性)을 항상 지녀야 한다. 그것은 그간 갖추어온 기품이나 위엄, 인격적 가치의 표시이다.

7) '장자'가 말하는 늙은이의 8가지 과오

① 주착(做錯): 자기 할 일이 아닌데 덤비는 것.

② 망령(妄靈): 상대방이 청하지도 않았는데 의견을 말하는 것.

③ 아첨(阿諂): 남의 비위를 맞추려고 말하는 것.

④ 푼수(分數): 시비를 가리지 않고 마구 말을 하는 것.

⑤ 참소(讒訴): 남의 단점을 말하기 좋아하는 것.

⑥ 이간(離間): 남의 관계를 갈라놓는 것.

⑦ 간특(奸慝): 나쁜 짓을 칭찬하여 사람을 타락시킴.

⑧ 음흉(陰凶): 옳고 그름을 가리지 않고 비위를 맞춰 상대방의 속셈을 뽑아 보는 것.

2 수명(壽命)과 세대구분

가.
성경의 장수 역사

　성경의 창세기편에 의하면 '아담과 하와'가 있었는데, 아담이 130세에 셋을 낳고 930세까지 살았으며, 셋은 에노스를 105세에 낳고 905세까지 살았고, 에노스는 90세에 게난을 낳고 912세에 사망했다고 되어 있습니다. 이렇게 쭉 내려오다 라맥이 182세에 노아를 낳고 777세에 사망했으며, 노아는 500세 때 셈과 함과 야벳을 낳고 950세에 사망했다고 되어 있습니다. 이 시기에 하나님이 보시기를 땅에 죄악이 만연하여 인간을 만든 것을 한탄하시며, 당신께서 창조하신 사람들을 당신이 지상에서 쓸어버리고자 마음먹으셨습니다. 그래서 노아에게 방주(方舟)를 만들게 하시고, 인간과 가축 등 생명이 있는 각양각색의 암수 한 쌍씩을 방주에 들어가게 하신 후 사십 주야를 땅에 비를 내려 하나님이 지으신 모든 생물들을 지상에서 쓸어버렸습니다.

　이때에 여호와께서 그들의 날이 백이십 년이 되리라 하셨으므로 지금까지 보통 인간은 120살까지 살 수 있다고 되어 있습니다. 아브라함 175세, 야곱 147세, 요셉 110세 정도 살았고, 이집트에서 종살이하던 이스라엘 백성을 본향으로 이끌고 온 모세가 120살까지 살았습니다. 창세기부터 8~900년을 살았던 조상들이 모세시대부터 백세 남짓 살았는데, 왜 그렇게 되었을까요? 우리 몸의 세포가 그 옛날보다 빨리 죽어버리고, 성체 줄기세포의 활성도 형편없이 감소했고, 줄기세포수도 감소했기 때문입니다. 거기에다 육식을 많이 하고 술, 담배를 하게 되었으며, 싸움과 시기, 질투가 생기며, 온갖 걱정과 두려움이 많아지고, 영양도 맞지 않았기 때문입니다.

그럼 왜 늙을까요?

첫째: 세포돌연변이 이론이 있음; 나이가 들수록 세포돌연변이와 DNA 손상이 생김.

둘째: 텔로미어(Telomere) 소실이론이 있음; 염색체 말단에 있는 단백질 복합체로서 염색체의 완전성을 유지시키는 역할을 함. 염색체의 말단을 보호하며 안정화에 기여하는데, 세포분열에 의한 DNA 복제를 할 때마다 단축되어 50~60회의 분열로 소실됨. 텔로미어가 없어지면 정상 염색체의 행동이 방해되고, 세포주기의 진행이 정지되므로 나이가 들어가면서 몸의 조직 내에서 세포분열 능력이 감소됨.

셋째: 미토콘도리아 이론; 세포에 스트레스가 오면 미토콘도리아 DNA 변이가 계속 축적되어 노화가 옴.

넷째: 변성 단백질 이론과 노폐물 축적 이론; 우리 몸에서 단백질의 순환 효율은 손상되거나 쓸모없게 된 단백질을 제거함으로써 세포 기능을 유지하는데, 나이가 들면서 손상 받은 단백질이 세포에 축적됨으로써 백내장, 알츠하이머병, 파킨슨병 같은 노화와 관련된 질병 발생.

다섯째: 네트워크 노화이론; 한 가지 원인이 아닌 노화로 인한 쇠약, 질병

등 여러 가지 원인이 복합적으로 상호작용과 협동작용으로 노화가 된다는 것임.

나.
19세기에 장수한 중국의 이경원(李慶遠)

중국의 이경원(1677~1933)은 무려 256년을 산 사람으로 청나라 말기에서부터 중화민국 초기까지 한의사로 산 세계적으로 유명한 장수 인물입니다. 평생 24명의 부인을 맞이하였고 180명의 자손을 두었다고 합니다. 그는 청나라 강희(康熙)16년인 1677년부터 가경, 도광, 함풍, 동치, 광서, 선통의 황제 9명을 거쳐서 중화민국 건국 초기까지 살았다고 합니다. "늘 평정한 심태를 유지하고, 거북이처럼 앉으며, 참새와 같이 행동하고, 개처럼 잠을 자라." 라는 장수비결을 후세에 남겼다고 합니다. 음식은 주로 밥과 소량의 포도주를 마셨으며, 자기 장수원인을 다음 세 가지에 있다고 했습니다.

첫째 장기간의 채식, 둘째 마음이 평정함과 명랑함, 셋째 일 년 내내 연잎, 결명자, 나한과 구기자를 달여 마셨다고 했습니다. 또 사람은 혈통(血通), 요통(尿通), 변통(便通)의 3통을 잘 유지해야 한다고 했는데, 이는 혈액과 소변, 대변이 잘 통해야 한다는 뜻입니다. 또 사람의 수명에는 장단이 있는데, 이는 원기(元氣)가 주재하는 것입니다. 원기는 원기(原氣)라고도 하는데, 선천적으로 받아 후천적으로 길러서 생긴다고 했습니다. 이것은 신(腎)에서 발원하여 단전(丹田)에 보존되고 삼초(三焦)를 빌려 전신에 이른다고 합니다. 그래서 오장육부 등 일체의 장기조직을 활동하게 하는 것이며, 동력의 원천이 되는 것이라 했습니다.

　그는 원기를 아끼는 것을 생동감 있게 촛불과 비유해서 설명했습니다. "만일 촛불을 등롱 안에 놓아둔다면 불타는 시간이 길어질 것이지만, 비바람이 몰아치는데 놔두면 수명이 짧아지거나 바로 꺼지고 말 것이다. 양생술(養生術)도 이와 마찬가지"라고 했습니다.

　이경원은 '노자'의 "그대의 형(形)을 힘들게 하지 말고, 그대의 정(精)을 흔들지 말며, 그대의 생각을 복잡하게 하지 말라. 적게 생각함으로써 신(神)을 기르고, 적게 욕심냄으로써 정(精)을 기르며, 적게 말함으로써 기(氣)를 길러라."는 말씀과 더불어, 청나라 학자인 '육룡기(陸龍基)'의 "땔감이 충분하고 쌀이 충분하면 걱정할 일이 없다. 일찌감치 관청의 녹봉을 먹지 않으니 놀랄 일도 욕볼 일도 없다. 다른 사람에게 빚을 지지 않았으니 이자 갚을 일도 없고, 전당포 문 앞을 드나들 일도 없다. 이것이 양생의 요결이고 장수의 집안이다. 이 이치를 터득하면 장수할 수 있으니 양약을 찾아다닐 필요가 없고 금단을 만들 필요도 없다."라고 말한 것을 아주 좋아했습니다. 또 그는 "현인들의 양생이론에 따라 특별히 양생을 잘하는 자(慈), 검(儉), 화(和), 정(静)의 네 가지를 근본으로 해야 한다."라고 했습니다.

　이경원은 자신의 양생경험을 말하며 "먹을 때 배부르게 먹지마라. 위가 상하게 된다. 잠잘 때 지나치게 자지마라. 너무 자면 정기가 손상된다."라고 했습니다. 그리고 "배고픔, 추위, 고통과 간지러움은 부모가 대신할 수 없고 쇠약해지고, 늙고, 병들고, 죽는 것은 처자가 대신할 수 없다. 그저 스스로를 아끼고 스스로 보전하는 길이 양생의 법칙이고 관건이다."라고 했습니다.

　또 "자질구레한 일에 조급해하지 마라. 그렇게 하면 몸이 상하고, 춥고 더운데 조심하지 않거나, 발걸음을 빨리하거나, 술과 음탕한 일에 빠지는 것은 모두 몸을 상하게 한다. 손상이 커지면 죽게 된다."라고도 했습니다. "그러므로 현인들의 양생술에 따라, 걸을 때도 빠르게 걷지 말고, 눈으로 오래 보지 말고, 귀로는 끝까지 듣지 말며, 앉을 때는 피곤할 때까지 앉아있지 말고, 누워있을 때도 끝까지 누워있지 말라. 추워지기 전에 먼저 옷을 입고, 더워지기 전에 먼저 옷을 벗고, 목마르기 전에 먼저 물을 마시고, 배고프기 전에 먼저 먹어라. 식사는 여러 번 나눠 하되 적게 먹고, 한꺼번에 많이 먹지 말라."라고 했습니다. 특히 무병 장수하려면 다음 다섯 가지를 꼭 지키라고 당부했습니다. 쾌식(快食), 쾌변(快便), 쾌면(快眠), 쾌보(快步), 쾌소(快笑).

다.
<u>백세 시대</u>

우리나라는 1970년 기대수명이 62.2세였는데, 2020년엔 83.3세로 20년 이상 늘어났습니다. WHO와 OECD의 보고서에 따르면 2030년, 한국여성의 기대수명이 90.82년, 남성은 84.07년이 될 것이라고 예측했습니다. 2015년에 미국 시사주간지 'TIME'은 그해 태어난 아이들은 142세까지 살 수 있을 것이라고 했습니다.

이제 '백세시대(Homo Hundred)'라는 말이 낯설지 않게 되었습니다. 그러나 병상 위의 100세인지, 팔팔 뛰는 100세인지는 생각해봐야 합니다. 가장 빨리 늙어가는 한국, 저 출산 고령화로 인한 노동인구 감소를 우려해 이민자 수용이 해결책이라느니, 노인들의 지혜를 재활용해야 한다느니 등 새로운 문제 제기로 논란이 분분합니다. 아무튼 아프지 않고 건강한 모습으로 오래 살고 싶어 하는 욕망은 전 세계의 누구에게나 있는 공통된 것이 되어 연구에 몰두하고 있지만, 누군가에게는 축복이, 다른 누군가에게는 고통일 수밖에 없는 빛과 그림자 사이인 것입니다.

세계 각국은 인간 세포에 들어 있는 DNA의 염기서열 전체를 풀어내는 것을 목표로 1990년부터 인간 게놈 프로젝트를 앞 다퉈 시행하고 있는데, 영국은 십만 명을 마치고 500만 명을 목표로 확대 시행 중에 있으며, 미국은 삼십만 명, 한국은 만 명을 완성하고 3년 내에 10만 명을 해독 목표로 정해 매진 중에 있습니다. 인간 게놈 프로젝트를 완성한 울산과기원(UNIST) '박종화' 교수는 "게놈 분석을 통한 암 정복과 극(克)노화가 주된 연구의 방향"이라면서 2042년쯤 되면 노화를 멈출 수 있을 것이라고도 했습니다. 그는 덧붙여 "지금까지의 프로젝트가 게놈을 해독해 DNA 돌연변이를 잡아내고, 진단과 치료를 하는 1.0 단계라면, DNA를 넘어서 RNA, epiDNA 단백질까지 조절할 수 있는게 2.0 단계일 것이다. 노화극복의 열쇠가 여기에 있다."라고 말했습니다.

어찌됐든 의학적 인과 관계를 따지지 않더라도 향후 50년 이내에 우리의 기대수명은 100세 언저리를 오르내릴 것으로 예상되어집니다. 그래서 100세까지 산다고 하면 60세 전후 퇴직해서 40여 년을 어떻게 살 것인가를 생각해서 일본의 모회사는 정년을 80세로 연장했는가 하면, 전 세계 일부 정치 지도자들은 80세에도 정권을 휘어잡고 있습니다.

미국의 '조 바이든' 대통령이 한국 나이로 80세에 당선되었으며, 미국 40대 대통령을 지낸 '로널드 레이건'은 70세에 당선된 후 8년을 권좌에 있었습니다. '벤자민 프랭클린(Benjamin Franklin)'은 70세에 미국 독립선언문을 만들었고, 미국의 우주비행사 존 글렌(John Glenn)은 77세에 우주비행을 했습니다.문호 '괴테(Johann Wolfgang Goethe)'는 82세에 〈파우스트〉를 썼고, '미켈란젤로(Mcchelangelo)'는 88세에 산타마리아 데글리안젤리 교회당 건축을 설계했고, '베르디(Giuseppe Verdi)'는 85세에 〈아베마리아〉를 작곡했고, '알버트 슈바이처(Albert Schweitzer)' 박사는 89세에 아프리카에 있는 병원을 운영했습니다.

저는 78세에 요양보호사 자격증을 취득했고, 80세에 사회복지사 자격증을 따 요양시설에서 봉사하고 있습니다. 스스로 나이가 많다고, 또는 하기 싫다고 해서 도전하지 않으면 그때부터 멍청해지고 우울증에 시달리며, 어떻게 시간을 보낼지 몰라 몸의 균형이 깨짐과 동시에 쇠락의 길로 떨어질 수밖에 없습니다.

잘 타고 다니던 자동차도, 잘 돌아가던 공장 기계도 1, 2년 멈추면 녹슬어 못쓰게 되는 것처럼, 비록 나이 들었다 해도 걸을 수만 있다면 문화원, 복지센터, 노인복지관 등에 나가서 신지식을 배우고, 많은 사람들과 어울려 지내다보면 고독과 외로움을 느낄 여지가 없을 것입니다.

저는 요양 일을 먹고살기 위해 하는 것이 아니라, 병상에 누워있는 분들의 고통을 통해 내가 위로 받으며, 나로 인해 그들이 용기를 가져주었으면 하는 측은지심에서 무료 봉사를 하고 있는 것입니다. 그렇다고 시간이 남아서 하는 것은 더 더욱 아니고, 색소폰 봉사 공연도 다니지만 회사 일도 보면서 쉼 없이 무엇엔가 빠져보면, 세상에 진 빚을 조금이라도 갚겠다고 하는 마음에서 종종 걸음을 치고 다니는 것입니다. 그래서 요즘 팔순노인은 노인도 아니라고 외쳐보면서, 신 중년(新中年: Active Senior)이라고 정의하며 몇 가지 특징을 말해 보고자 합니다.

1) 신중년층(新中年層: Active Senior) 세대

오늘의 노인은 어제의 노인이 아니며, 보기에도 좋고 건강해 보입니다. 미국 시카고 대학의 저명한 심리학 교수인 '버니스 뉴가튼(Bernice Neugarten)'은 80세까지는 아직 노인이 아니라고 주장하고 있습니다. 신감각 고령자(新感覺 高齡者), 즉 남의 돌봄이 필요 없는 건강한 연장자(年長者)라는 의미입니다.

2) 0.8 곱하기 인생 세대

세계 최장수 국가 일본에는 장수시대의 실상을 반영하여 '0.8 곱하기 인생'이라는 나이 계산법이 있다고 합니다. 현재의 나이에 0.8을 곱하면 그동안 우리에게 익숙한 인생의 나이가 된다는 것입니다. 예를 들어 현재 80세인 사람은 과거의 64세인 사람과 비슷하게 건강하다는 것입니다. 좀 더 진취적인 사람들은 현재 나이에 0.7을 곱해야 옛날 우리에게 익숙한 나이 세대가 된다고 주장하는 사람들도 있다 합니다.

3) 보호받을 대상이 아닌 세대

미국과 일본에서는 80세에서 병이나 허약체질, 소위 노인병으로 일상생활을 할 수 없는 사람은 5% 미만이라고 합니다. 이는 우리나라도 크게 다르지 않아 70세 이후의 사람들을 보호해야 할 대상으로 생각해서는 안 된다는 것입니다.

4) 미래의 재 주역(再主役)이 될 세대

우리나라도 이제 장수 국가 대열에 진입했습니다. 75세 이상의 노인이 150여만 명이 넘고 100세 노인도 1만여 명에 이른다고 합니다. 물론 일본은 100세 이상 노인이 5만 명이 넘는다고 합니다. 요즘 우리나라 거리에는 젊고 건강한 노인들로 넘쳐나고 있습니다. 반면, 새로 수혈되는 인구는 급격히 줄어 여성 1명당 출산율이 0.84명 밑으로 떨어져 세계 최하위를 기록하고 있습니다. 노인들이 다시 생산현장에 복귀하거나, 근무 연한을 연장할 때라고 하며, 구매를 담당하는 패턴이 노년세대로 기울어 엄청난 동력을 얻게 될 것이라 해서, 침체에 빠진 한국경제를 살리는 힘은 노인세대의 구매력에 달려 있을 것이라고 말합니다. 그러므로 늙었다고 포기할 것이 아니라 신문명을 받아들이고 신지식을 익혀서 젊은 세대와 공존하는 법을 배우고, 그들 세대를 이해하기 위해 세대를 구분해 보는 것을 알아야 합니다.

① 베이비 부머(Baby Boomers) 세대

1950년 6.25 한국전쟁이 일어나던 해 이후에 태어난 세대로서 1960년 4.19. 1961년 5.16을 비롯해 새마을운동 등을 경험했고, 1997년 IMF, 2008년에 국제적인 금융위기를 겪었습니다. 이 세대는 허리띠를 졸라매면서도 부모를 끝까지 봉양하려 애쓰고, 가난을 대물림시키지 않으려고 온갖 궂은일을 다하며 자식들을 공부시키려 노력했으며, IMF 국제 금융위기를 맞아 강퇴, 명퇴를 당하면서 현재의 70세 이상의 노년층을 대변하고 있습니다.

② 386 세대

1960~1970년 사이에 태어난 세대로, 1990년 당시 30대, 80학번, 60년대 출생해서 이들을 386세대라 칭합니다. 이들은 5.18 광주민주화운동, 6.10 민주항쟁 등 반독재, 민주화 투쟁에 앞장섰던 세대입니다. 20대에 정의를 외치면서 민주주의를 향해 싸웠고, 30대에 고임금과 부동산 두 마리 토끼를 잡아 중산층에 진입하고, 40대에 경제위기 파고에도 승승장구하여 사회 중추세력이 되고. 50대에 두각을 나타내 높은 자리를 차지한 입지전적인 세대들입니다.

③ X-세대

1970년 이후에 태어난 세대로 X는 정의할 수 없다는 뜻이며, 신세대의 시초가 되는 세대입니다. 주위에서 아무리 뭐라 해도 이 눈치 저 눈치 보지 않는 개성파로 경제적 풍요 속에 성장한 것이 특징입니다. 이들은 원하는 것은 무엇이든 가질 수 있었는데, 특히 워크맨(소형 라디오)이나 삐삐(셀루러 폰 이전에 나왔던 수신만 되는 이동용 무선기기) 등 첨단의 장비들을 유감없이 사용하고, 컴퓨터의 대중화와 해외여행 자유화에 힘입어 워킹 홀리데이나 어학연수 등의 다양한 경험을 쌓기 시작한 세대입니다. 그리고 첫 수능세대로, 수능을 한 해에 두 번 본 유일한 세대이기도 합니다.

④ Y-(Millennials) 세대

1981~1996년에 태어난 세대로 베이비부머 세대의 자식세대를 일컫습니다. 이들은 밀레니엄(2000년) 시대에 대학에 입학했고, 20세기에 태어나 21세기에 성인이 되었습니다. 밀레니엄 세대는 유복하게 자랐지만 극심한 청년

실업으로 힘들어했습니다. 이들에게 대학입시가 전쟁이었다면 취업은 그야말로 지옥이었습니다. 2008년 글로벌 금융위기 이후 사회생활을 시작했기에 다른 세대보다 경제적으로 궁핍한 '88만원 세대'이기도 했습니다. 결국 연애와 결혼, 내 집 마련은커녕 현실은 크게 달라지지 않는다는 것을 알기에 욜로(YOLO: 한 번뿐인 인생이기에 현재를 즐기며 살아야 한다는 뜻), 워라벨(일과 삶의 균형이란 뜻) 등을 중요하게 생각합니다. 부모세대보다 못 사는 첫 번째 세대입니다.

⑤ Z-세대

1997년 이후에 태어난 세대로 X세대의 자녀들입니다. 이들은 태어날 때부터 스마트폰을 손에 쥐고 자랐습니다. 반면, 오프라인에서의 대면 관계는 어색하고 개인주의가 심한 세대입니다. Z세대는 유튜브와 함께 성장해서 '유튜버 세대'라고 불리기도 합니다. 그래서 직업도 전통적인 것보다 AI, VR 등의 게임을 좋아하고 유튜브라는 직업에도 관심이 많습니다. 2018년 통계 조사에 의하면, Z세대는 646만 명으로 전체인구의 12.5%를 차지하며, 이 중에서 성인은 336만 명입니다.

Z세대의 특징은 첫째가 '간단함'입니다. 길고 복잡한 것을 싫어해서 글도 서론, 본론, 결론 형식보다 짧고 요점만 설명해 주기를 바라며, 언어도 축약형을 많이 사용해서(예로 '낄끼빠빠': 낄 때 끼고 빠질 때 빠져라, '할많하않': 할 말은 많지만 하지 않겠다, 'ㅁㅊㄷ ㅁㅊㅇ': 미친다 미쳤어) 나이든 사람은 뭐라 하는지 도통 이해가 가질 않습니다.

둘째는 '재미'입니다. 이들은 쓸데없는 진지함을 멀리하고 모든 일에서 재미를 찾는 것을 좋아합니다. 뭔가 질서정연하고 클래식한 문화보다는 기존의 틀을 깨고 새로운 관점으로 바라보며, 그 속에서 재미를 찾아내는 것을 좋아합니다.

셋째는 '정직함'입니다. 디지털기기나 인터넷의 발달로 오늘날 우리가 접할 수 있는 정보량은 상상을 초월합니다. 그래서 이제는 기존에 숨겨져 있던 사회의 어두운 그림자들을 쉽게 접할 수 있게 되었습니다. 그 그림자에 대한 Z세대의 반응은 완전무결한 정직함입니다. 이들은 사회가 올바르지 못한 권력의 힘에 의해 돌아가는 것에 대해 눈 감지 않고 분노하고 대항해서 싸우려고 합니다. 뉴스에서 정직하지 못한 이야기가 나오면 그들은 분노하고 댓글로 감정을 분출합니다. Z세대에게 솔직함은 자신의 솔직함뿐만 아니라 타인의 솔직함도 포함되어 있습니다. 기업과 정부가 솔직하지 못한 것을 눈감지 않는 것이 그들이 가지고 있는 또 하나의 특징입니다.

⑥ C-세대(Generation C)

예수 탄생 이전 B.C(Before Christ)와 이후 A.D(Anno Domini)로 구분됐던 역사가 이제는 코로나 이전 B.C(Before Corona)와 질병 이후 A.D(After Disease)로 나뉠 것이라는 전망 속에 태어나는 신세대를 지칭합니다. C-세대에게는 네 가지 주요 특성이 나타날 것으로 예상됩니다.

첫째는 공유된 신뢰 상실감입니다. 코로나-19를 통해 다른 사람, 장소가 보이지 않는 위협이 될 수 있다는 점을 기정사실로 받아들입니다. 이에 따라 신뢰형성이 무엇보다 중요한 요소가 될 전망입니다.

둘째는 가상세계가 일상화될 것입니다. 교육, 근무, 거래, 소비의 소통 형태에 큰 변화가 생깁니다. 재택근무, 온라인 결재 등 비대면 경제가 평범한 생활양식이 됩니다.

셋째는 높아진 자아의식입니다. 사회적 거리두기, 공공장소 마스크 쓰기, 개인위생 관념 등에 익숙해지면서 자연스레 자신과 소속집단, 환경의 지속 가능성을 최우선시하게 될 것입니다.

넷째는 활동범위를 더 작은 둘레로 제한합니다.

코로나-19는 일종의 전쟁으로 역사에 기록될 것입니다. 따라서 자신을 중심으로 한 소집단 속에서 생존에 대한 두려움을 해소하려는 현상이 나타날 것입니다. C-세대의 아이러니는 코로나-19가 창궐하는 시기 또는 그 전후에 태어나 A.D 세상을 당연시하고 B.C는 아예 기억하지 못하리라는 사실입니다. 그런 점에서 C-세대는 대공황 후에 태어난 '침묵세대'처럼 숙명론에 기울어 안정을 최우선으로 하는 인생관과 가치관을 갖게 될 것이라는 예측이 나옵니다.

라.
현대에 장수하는 사람들

1) 평생을 침과 뜸의 대중화에 매진했던 '침구계의 큰 별' 구당 김남수 옹이 2020년 향년 105세로 별세하셨습니다. 1915년 5월 전남 광산군 하남면에서 태어난 구당은 의생(醫生) 집안 자손이던 부친 김서중 씨에게 11세 무렵부터 뜸과 침을 배웠습니다. 28세이던 1943년 침사(鍼士) 자격증을 따고 구사(灸士)자격 없이 서울 동대문구 청량리동에서 '남수침술원'을 열어 본격

적인 활동을 시작했습니다.

2) 국가 무형문화재 제67호 탕건장 명예 보유자 김공춘 옹이 2019년 향년 101세로 별세하셨습니다. 고인은 1980년 탕건장이 무형문화재로 신규 지정될 때 초대 보유자로 인정받았습니다. 탕건은 조선시대 사대부들이 쓰던 모자의 하나인데. 상투를 틀고 망건으로 머리를 간추린 뒤 그 위에 탕건을 쓰고 다시 갓을 썼습니다. 탕건장은 가느다란 말총을 한 올 한 올 엮어 탕건을 제작하는 장인입니다.

3) 1920년 평남 대동군에서 태어나 월남하셨고, 연세대 명예교수로 계시는 철학자 김형석 씨는 조선일보, 중앙일보에 칼럼을 쓰시고 〈백세일기〉도 펴내셨으며 여러 곳에 강연도 많이 다니시고 계십니다. 책 때문에 나이가 밝혀져 주위 여자들이 다 떠났다고도 했으며, 비행기 탈 때 자기 나이가 한 살로 돼 있어 탑승이 허용되지 않아 기가 막혔다는 에피소드도 있습니다.

4) 1921년생인 권도원 박사는 한의학의 8체질이론을 창시하시고, 재단법인 동틴암연구소장을 겸임하시면서 한의학 발전에 크게 기여하고 계십니다.

5) 화가 한묵선생은 1990년 서울 현대화랑에서 한묵 개인전을 열었고, 2012년 서울 갤러리 현대에서 한묵의 백수(白壽)전을 열었습니다. 한묵선생은 2016년 103세를 일기로 파리에서 돌아가셨습니다.

6) 1920년생인 영국의 2차대전 참전용사 톰 무어 경이 미국 남성잡지 지큐(GQ) 2021년 1, 2월호 표지모델이 되었습니다. 무어 경은 지난 봄 코로나로 악전고투하는 영국 국민 보건서비스를 위해 자택 뒷마당을 100바퀴 돌며 3,890만 파운드의 후원금을 모았습니다. 그 공로로 엘리자베스 2세 여왕으로부터 기사작위를 받았고, 영국 참모총장은 예비역 대위였던 그를 명예대령으로 진급시켰습니다.

7) 1939년 영화 〈바람과 함께 사라지다〉에서 멜라니 역으로 출연했던 배우 '올리비아 드 해빌랜드'(105세) 씨가 프랑스 파리 자택에서 별세했습니다. 1946년과 1949년 두 차례 아카데미 여우주연상을 받았습니다.

8) 1918년에 태어난 브라질의 은퇴 농부 하이문두 레오나르두 지 올리베이 씨는 1918년 창궐한 스페인 독감에 걸렸었고, 이번 코로나-19에도 감염됐다가 회복함으로써 화제가 되고 있습니다.

9) 로널드 레이건 전 대통령 시절(1981~1989) 미국의 안보사령탑이었던 조지 슐츠 전 국무장관이 2021년 백세 생일을 맞았습니다. 미국무부 232년 역사상 처음으로 100세까지 생존한 전직 장관이 되었습니다.

10) 1925년 6월 1일 결혼식을 올려 세계 최장수 결혼생활 기록보유자로 기네스북에 오른 영국인 퍼스 애로 스미스(106세) 씨 부부가 있어 화제입니다.

노년 예찬

희수(喜壽), 미수(米壽), 백수(白壽)를 맞는 어르신님! 이 나이가 아직 인생의 말년이 아니라고 말하고 싶습니다. 몇 년을 더 살지 생각 말고, 여전히 일을 더 할 수 있을지를 생각해 보세요. 무언가 할 일이 있는 것, 그것이 곧 삶입니다. 사람들은 나이 들면서 노년을 걱정하며 건강하고 우아하게 늙고 싶은 것이 한결 같은 바람이지요. 그래서 노년기를 우아하게 보내려면 다음과 같은 3가지를 유의해야 합니다.

첫째는 영혼의 문제를 생각해야 합니다.
둘째는 무슨 일에나 함부로 참견하는 습관을 버려야 합니다.
셋째는 같은 말을 반복하고 남을 헐뜯는 일을 삼가야 합니다.

한편, 사람을 흉물스런 늙은이로 만드는 5가지 '독약'이 있습니다. '불결, 의심, 절망, 경쟁, 공포'입니다. 이 다섯 가지 독약이 많을수록 노인의 얼굴은 심하게 일그러집니다. 반대로 사람을 우아하게 늙도록 만드는 5가지 '묘약'이 있습니다. '사랑, 여유, 용서, 아량, 부드러움'입니다. 인생에 연장전은 없습니다. 하루하루가 처음이고 또 끝입니다. 오늘 최선을 다해야 하는 이유가 여기 있습니다.

이제 얼마 남지 않은 종착역을 앞두고 독약도 피해야 하고, 묘약도 챙겨야 하겠지만, 그래도 무엇보다 더 중요한 건 건강입니다. 육체보다 마음에 녹이 쓸지 않도록 노력하며 사는 것이 장수의 비결입니다. 고목에 더 좋은 열매가 열리고, 해질녘의 저녁노을이 가장 아름다운 법입니다.

2부

노인성 질병과
전염병

1 일반치매(一般癡呆)

치매란 정상적이던 사람이 나이가 들어가면서 뇌에 발생한 여러 가지 질환으로 인하여 인지기능(認知機能: 기억, 인식, 추리, 판단, 시간, 장소, 사람을 인식하는 능력)을 상실하여 일상생활을 수행할 수 없게 되는 병을 말하는데, 크게 보면 일반적인 치매와 알츠하이머병 치매로 나눌 수 있습니다.

가.
치매의 발생원인

1) 대뇌의 기질적 병변: 우울증, 약물 및 알코올 중독, 갑상선 기능저하 등의 대사성 질환, 비타민 B12 또는 엽산 결핍 등의 결핍성 질환, 뇌종양 등으로 발생합니다.

2) 노인성 치매인 알츠하이머(Alzheimer's)병: 뇌에 베타아밀로이드(Beta Amyloid) 단백질이 침착되어 생긴 노인성 신경반(Senile Plaque)과 타우 단백질(Tau Protein)이 과인산화되면서 서로 결합한 신경섬유다발 (Neurofibrillary Tangle)로 불리는 비정상 물질이 뇌에 축적되어 세포의 기능을 마비시킴으로써 생깁니다.

3) 혈관성 치매: 심장질환, 비만증, 당뇨 같은 만성질환이 몸의 혈관에 잘못된 화학물질을 공급 또는 잘못된 물질대사 등에 의해 유발되는 것처럼 뇌의 혈관에도 그러한 문제가 생깁니다. 가령 고 콜레스테롤, 고혈당, 고혈압 등으로 뇌혈관이 막히거나 상처, 염증 등이 생길 때 뇌혈관들은 산소가 충분한 혈액을 뇌세포들에 공급해 줄 수 없습니다. 때로는 작은 혈청들이 뇌세포에 전달되는 혈액 공급을 완전히 막아버리면 그 지역의 뇌세포가 뇌사를 일으킵니다. 뇌세포를 많이 잃을수록 그만큼 인지력을 포함한 여러 뇌기능에 방해, 저하 등이 일어나며 치매가 초래되는 것입니다. 혈관성 치매는 혈관을 막고 상처를 내는 콜레스테롤, 혈중지질, 혈당, 혈압, 코르티솔, 염증이 과해서 발생합니다.

4) 난청이 있으면 우울, 불안감이 높아지고 균형 감각 감퇴로 낙상위험이 따르며, 경도인지 장애 위험이 높아지다 결국은 치매에 이르게 됩니다.

5) 수면부족은 심혈관질환, 우울증, 면역력에도 직접 영향을 주며, 수면장애가 지속되면 뇌의 크기가 줄어들면서 노인성 치매의 발병위험을 높입니다. 캐나다 연구팀에 의하면 3개월 이상 수면제를 복용했더니 치매 발생이 51% 증가했다고 했습니다. 수면부족은 고혈압, 당뇨, 뇌졸중, 급성심근경색 등 심장 질환에 걸릴 위험이 커지고 비만의 원인이 되기고 하며, 우울증과 불안장애 등이 발생할 가능성이 큽니다. 또한 수면의 질 저하가 치매 발생에도 영향을 미칩니다. 수면은 뇌 속의 노폐물이 빠져나가도록 하는 기능을 하는데, 제대로 수면하지 못하면 노폐물이 축적돼 알츠하이머병 치매와 같

은 퇴행성 질환 발병 위험이 커집니다.

6) 우울증도 치매를 일으킵니다.

미국 존스홉킨스 공중 보건대 연구팀에 따르면, 불면증이 악화된 노인은 그렇지 않은 노인보다 우울증 위험이 28.6배나 높다고 발표했습니다. 자생 한방병원 척추관절연구소는 우울증이 생애주기에 있어 치매 발병과 상당한 관계가 있음을 확인했습니다. 연구소는 우울증과 치매의 연관성을 확인했고, 우울증군이 대조군보다 45~64세가 2.72배로 가장 높았고, 44세 미만 세대도 1.88배, 65세 이상은 2.06배로 모든 연령대에서 우울증이 치매 발생 위험을 높였습니다.

7) HDL 콜레스테롤이 낮으면 치매에 걸릴 확률이 높아지며 운동부족, 인지활동이 낮아져도 치매 위험이 높아집니다. 운동을 하면 '이리신'이란 호르몬이 방출돼 치매환자의 뇌세포 재생을 돕습니다. 특히 노년기에 근육량이 급격히 감소하는 근 감소증이 나타나면 낙상, 골절의 위험과 치매 발병 위험이 증가합니다.

8) 항 콜린성 약물(감기, 알레르기, 우울증, 요실금, 파킨슨병, 전립선비대증 약제 등)을 오래 먹으면 치매 발생 위험이 높아집니다.

나.
치매의 증상

1) 인지장애

① 기억력이 저하되어 약속을 잊고, 물건을 잃어버리는 경우가 많습니다.

② 대부분 수일 전 혹은 수주일 전의 단기 기억력의 저하가 먼저 생기고, 병이 심해지면서 수년전의 장기 기억저하가 동반됩니다.

③ 언어 구사능력이 저하되어 대화중 적절한 단어가 떠오르지 않아 말문이 자주 막히고 말수가 현저하게 감소됩니다.

④ 말은 짧고 자주 끊어지며 내용이 빈약해져 갑니다.

⑤ 때로는 앞뒤가 맞지 않아 이해할 수 없는 경우도 있습니다.

⑥ 타인의 이야기를 이해할 수 있는 능력이 저하되어 엉뚱하게 이해하거나 전혀 이해하지 못하는 경우도 있습니다.

⑦ 지남력 저하(시간 개념이 떨어져 연도, 날짜, 요일, 시간을 자주 착각하고 실수합니다.)

⑧ 심하면 낮과 밤을 구분하는 데 어려움을 겪습니다.

⑨ 오랫동안 지내던 집도 자신의 집이 아니라고 부인하고, 자녀의 얼굴을 보고도 알아보지 못하는 등의 증상을 보일 수 있습니다.

⑩ 시공간 파악능력 저하(공간개념이 떨어지면 자주 다니던 곳에서도 길을 잃어 헤매게 되고, 때로는 집안에서도 화장실과 안방을 구분하지 못하는 경우도 있습니다.)

⑪ 실행기능 저하(가장 초기에는 옷차림에서 무언가가 그전과 달라진 것을 느낄 수 있습니다. 자신의 옷차림에 대한 관심이 줄어들어 옷매무새가 흐트러져 지저분한 인상을

⑫ 자신의 위생 상태에 대한 관심도 없어지고 이전에 하던 집안일을 하지 못하게 됩니다.

⑬ 옷을 혼자서 입을 수 없어 속옷을 머리에 쓰거나 바지 위에 속옷을 입는 등 상식을 벗어난 행동을 하게 됩니다.

'김형석' 연세대 명예교수는 〈백세일기〉에서 "말을 잊어버리는 데도 순서가 있다. 고유명사, 보통명사, 형용사, 부사, 동사 순으로 기억이 나질 않는다. 이름이나 전화번호를 먼저 잊어버린다. 형용사를 잊기 때문에 문장표현이 줄어든다. 동사는 끝까지 잊어버리지 않는다. 배가 고프다든지, 머리가 아프다는 말은 죽을 때까지 뒤 따른다."라고 했습니다.

2) 정신행동 증상

① 우울증

Ⓐ 말수가 줄고 의욕이 없으며 우울한 기분을 표현합니다.

Ⓑ 식욕이 감소하며 수면 양상이 변화합니다.

Ⓒ 자살에 대한 생각이 증가되며, 극단적인 경우에는 자살시도를 할 수 있습니다.

② 정신증

Ⓐ 대표적인 정신병적 증상은 망상, 환청, 환시를 들 수 있습니다. 망상으로 비현실적인 믿음을 고집하는 경향을 보입니다.

Ⓑ 다른 사람이 자신의 것을 훔쳐갔다고 주장하는 등 각종 의심이 증

가하며, 이미 돌아가신 부모님이 집 밖에 와 계시다는 등 착각 증세를 보입니다.

ⓒ 환청이나 환시는 실제로 없는 소리나 사물을 실제 듣고 보는 것입니다. 방 안에서 혼자 누군가와 대화를 나누거나 손짓을 하기도 합니다.

ⓓ 매우 당황하고 불안하거나 공포에 휩싸여 예기치 못한 행동을 보일 수 있습니다.

③ 초조 및 공격성

ⓐ 쉽게 불안해하거나 이유 없이 자꾸 서성거리고 한자리에 오래 앉아 있지 못하며 초조한 것처럼 행동합니다.

ⓑ 고집스럽고 이기적이며 논쟁적이고 자주 화를 내기도 합니다. 한번 화를 내면 걷잡을 수 없이 폭발적으로 나타나며 잠시 후에는 아무 일 없었다는 듯이 조용해집니다.

④ 수면장애

ⓐ 얕은 잠을 자고 자주 깹니다.

ⓑ 밤에 제대로 잠을 안자고 돌아다니기도 해서 그 여파로 낮잠을 지나치게 자며, 이로 인해 낮과 밤이 뒤바뀌는 경우가 많습니다.

다.
<u>치매의 등급</u>

1) 초기(최경도, 경도) 치매

가족이나 동료들이 문제를 알아차리기 시작하나 혼자서 지낼 수 있음.

① 물건을 둔 장소를 기억하지 못하며 자주 잃어버립니다.

② 전화통화 후 내용을 기억하지 못하고 반복해서 질문합니다.

③ 자신의 물건을 잃어버리고는 '남이 훔쳐갔다'고 의심합니다.

④ 공휴일, 납세일 등 연, 월, 일을 잊어버립니다.

⑤ 요리, 빨래, 청소, 은행가기, 병원방문 등 하던 일의 수행기능이 뚜렷이 저하됩니다.

2) 중기(중등도) 치매

최근의 기억과 더불어 먼 과거 기억의 부분적 상실, 시간 및 장소 지남력 장애, 언어이해 및 표현력 장애, 판단력 및 수행기능 저하, 각종 정신 행동 증상이 빈번히 나타나며 도움 없이는 혼자지낼 수 없는 수준.

① 주소, 전화번호, 가까운 가족의 이름 등을 잊어버립니다.

② 낯익은 집 주변에서도 길을 잃거나 월, 요일에 대한 시간개념이 저하됩니다.

③ 엉뚱한 대답을 하거나 말수가 줄어듭니다.

④ 옷을 입거나 외모를 가꾸는 위생 상태를 유지하지 못합니다.

⑤ 쓸모없는 물건을 모아두거나 쌌다 풀었다하며 배회행동과 안절부

절 못하는 모습을 보입니다.

⑥ 혼자서는 집안일은 물론 혼자 외출도 못합니다.

3) 말기(중증) 치매

독립적인 생활이 불가능한 수준.

① 의사소통이 거의 불가능해지고 판단을 하거나 지시를 따르지 못합니다.

② 소리를 지르거나 심하게 화를 내는 등의 증세와 대변을 만지는 등의 심한 행동 문제가 나타납니다.

③ 보행 장애와 대소변 실금, 욕창, 낙상 등이 반복되면서 와상(臥牀 : 누워 지내는) 상태가 됩니다.

라.
합병증

1) **섬망**(갑작스런 행동 변화나 불면증, 환시, 주의력 장애 등을 보일 경우는 일단 섬 망을 의심해 보는 것이 좋습니다.)

2) **낙상 및 골절, 요실금, 변실금, 영양실조, 경련**(말기엔 간질 발작을 보이는 경우가 적지 않습니다.)

3) **약물부작용**(인지기능 감퇴, 기립성 저혈압, 안절부절함, 변비 발생 등.)

마.
<u>치료 및 예방</u>

1) 치료
① 약물 요법

ⓐ 인지기능 개선제, 아세틸콜린 분해효소 억제 약물로 치료합니다.

ⓑ 우울증, 망상, 배회, 수면장애 등의 정신 행동증상은 항정신병 약물, 항우울병 약물, 항 불안병 약물, 항 경련 약물로 치료합니다.

② 비 약물 요법

ⓐ 환경개선(가급적 단순하고 구조화되어 있으며 안정적인 환경 제공.)

ⓑ 행동개입(행동수정을 위해 설득 강화, 필요시 격리, 억제 등의 방법 사용.)

ⓒ 인지 및 활동자극(수공예, 간단한 물건 만들기, 원예, 독서, 그림 그리기, 음악을 듣거나 노래 부르기 등을 시켜서 인지기능을 더 악화되지 않도록 함.)

ⓓ 이상 지질혈증, 고혈압, 당뇨병, 심장병 등 성인병을 철저히 관리함.

ⓔ 소량의 균형 잡힌 식사를 섭취하되 채소와 어류를 통해 항산화 영양소를 섭취토록 함.

ⓕ 적절한 운동과 독서 등 개인적인 취미활동을 꾸준히 하게 함.

ⓖ 사교활동 등의 사회적인 활동을 통해 활발한 두뇌활동을 지속케함.

ⓗ 기억력장애를 보이는 경우 치매 조기검진을 받도록 권유함.

ⓘ 뇌 건강에 좋은 영양성분인 PS(포스파티딜세린)를 꾸준히 섭취하게 하는 것이 인지기능 유지 개선에 도움을 줌.

③ 피해야 하는 음식물

    Ⓐ 술, 담배, 포화지방, 트랜스지방.

    Ⓑ 중금속이 들어간 것.

        구리(일일 권장량: 0.9밀리그램)

        철. 아연(일일 권장량 남성: 10밀리그램, 여성: 0.8밀리그램)

        알루미늄. 수은(참치 과다 섭취 피할 것.)

2) 예방법(고혈압 낮추기)

2019년 한 해 동안 치매로 진료 받은 사람은 약 80만 명인데, 이 중 10%는 45~65세 미만에서 발병했습니다. 영국 옥스퍼드 연구진은 혈압이 상승하면 인지기능과 관련된 뇌손상 범위가 커진다는 사실을 밝혀냈는데, 수축기 혈압이 정상범위 120mmHG에서 10mmHG 높아질 때마다 뇌 백질의 손상부위가 약 13% 늘어나고, 이완기 혈압이 5mmHG 높아질 때마다 손상부위가 약 11% 늘어나는 사실을 확인했습니다. 특히 50세 이전의 경우 이완기 혈압의 상승이 뇌손상과 큰 관련이 있었다고 했습니다. 연구팀은 "전 단계 고혈압이라고 할지라도 노년의 뇌손상을 최소화하기 위해서는 50세 이전에는 이완기 혈압을, 50세 이후에는 수축기 혈압을 관리할 필요가 있다."라고 했습니다.

한편 호주연구진에서는 중년의 수축기 혈압이 140mmHG 이상이었던 사람들의 노년기 알츠하이머 발병 위험이 18% 높았는데, 160mmHG 이상이었던 사람들의 발병 위험은 25%로 높아졌습니다. 그래서 고혈압 예방을 위해 '고밀도 지단백질(HDL) 콜레스테롤'을 많이 만들어 내는 것이 가장 중요한 요소가 되었습니다. HDL 콜레스테롤이 가진 항산화-항염증 기능을 통해 혈관 손상을 줄임으로써 혈압조절과 독성 단백질 제거로 치매예방에도 큰 도움이 되는 것입니다.

서울대 수의과대 '라성찬' 교수가 지은 〈치매 희망 있습니다〉에서 "머지않은 장래에 환자 본인의 지방줄기 세포를 배양하여 안전하게 정맥 혈관 내로 주사하면 신경 손상 질환(치매, 뇌성마비, 파킨슨병 등)을 치료하게 될 것입니다."라고 했습니다. 한편 줄기세포로 개선될 가능성 높은 질병은 버거씨병, 퇴행성관절염, 뇌성마비, 치매, 파킨슨병, 다발성 경화증, 류마티스, 베제트병, 루프스 등 1,000종이 넘을 것이라고 했습니다.

바.
치매의 조기진단

1) 일본 츠쿠바의대 '카주히코 우치다' 교수는 치매 전단계인 '경도인지장애'를 혈액검사로 조기 발견했다고 발표했습니다. 베타아밀로이드 축적을 억제하는 혈액 속 바이오마커(단백질 대사물질 등을 이용해 몸 속 변화를 알아내는 지표) 농도를 측정하고 계산식에 넣어서 경도 인지장애 여부를 확인할 수 있는데, 정확도는 80%라고 했습니다.(경도인지장애는 1년에 10~15%씩 치매로 진행됩니다.)

2) 미국 듀크대 안과병원의 '새런 페크라트' 박사 연구진은 국제학술지

'망막 안과학 저널'에 발표한 논문에서 "망막혈관의 변화를 감지해 알츠하이머 치매를 진단할 수 있음을 증명했다."고 밝혔습니다. 이어 "망막은 중추신경계의 일부로 뇌의 연장"이라면서 "치매로 인한 뇌의 미세혈관 변화가 망막에 그대로 반영된다."고 설명했습니다.

경도 인지장애 체크 리스트(출처: 국립중앙 치매센터)

① 며칠 전에 한 약속을 기억하기 어렵다. ☐

② 물건을 둔 곳을 기억하기 어렵다. ☐

③ 이전에 비해 물건을 자주 잃어버린다. ☐

④ 며칠 전에 나눈 대화 내용을 기억하기 어렵다. ☐

⑤ 가게에서 두세 가지 물건을 사려고 할 때 물건이름을
   종종 기억하기 힘들다. ☐

⑥ 자주 사용하는 전화번호나 친한 사람 이름을 기억하기 힘들다. ☐

⑦ 자신의 기억력에 문제가 있다고 생각한다. ☐

⑧ 자신의 기억력이 10년 전에 비해 나빠졌다고 생각한다. ☐

⑨ 가스불이나 전깃불을 끄는 것을 기억하기 어렵다. ☐

⑩ 자신의 기억력이 또래보다 나쁘다고 생각한다. ☐

⑪ 기억력 저하로 일상생활에 곤란한 적이 있다. ☐

⑫ 집 근처에서 길을 잃어버린 적이 있다. ☐

예 = 1점, 아니오 = 0점

☐ *총점 5점 이상은 바로 인지력 관리가 필요함.

사.
치매에 관한 법원 판결문

1) 치매 노인 재산 매매한 변호사 영장(2008년 판례): 한의사로 부를 축적한 79세 임모 할머니가 치매로 요양원에 입원했는데, 변호사 차모 씨가 20억 원 상당의 건물을 팔아준다고 하면서 계약금 7억 원을 가로챈 사건입니다.

2) 인지장애 상태에서 한 유언 효력 없다: 2009년 법원은 인지능력장애와 기억력 감퇴 등의 증세를 보이는 상태에서 한 유언은 효력이 없다고 판결했습니다.

3) 노인성 치매 환자의 공증행위는 무효 판결: 알츠하이머 치매에 걸린 사람이 공증을 받아 약속어음을 발행했다 하더라도 이는 법적으로 무효라고 판결했습니다.

일본 '마쓰바라 에이타' 지음 〈치매의 싹을 뽑아라〉 중에서

① 같은 질문이나 이야기를 반복하는 일이 늘었다.

② 물건을 둔 장소나 문단속을 깜박하는 일이 부쩍 늘었다.

③ 사물의 이름 대신 '그거'로 대신하는 '그거 증후군'이나, '얼굴은 기억나는데 이름이 떠오르지 않는일이' 부쩍 늘었다.

④ 일에 통 '의욕'이 생기지 않으며, 취미생활도 금방 실증을 내거나 관심을 갖지 않는다.

⑤ 예전과는 달리 치장에 관심이 사라졌다. 혹은 의상이나 액세서리 등 패션에 무감각해졌다.

⑥ 대충대충 치우거나 하다가 마는 일이 잦다.

⑦ 두 가지 일을 동시에 진행하면 한쪽은 반드시 실수한다.

⑧ 이전보다 자주 화를 낸다.

⑨ 젓가락질이 서툴러지거나 음식물을 흘리는 일이 늘었다.

⑩ 식탁에 앉으면 아무 말 없이 바로 먹기 시작한다.

이상 10가지 항목에 대해 해당되는 숫자로 다음처럼 판단한다.

-3가지 이하: 아직은 안심

-4~7개: '평소와 달라' 증후군

-8개 이상: 곧바로 전문의사와 상의해야 한다.

치매 단계별 일상생활 지침(출처: 대한치매학회)

단계	지침
0.5 치매 고위험군	뇌 건강에 좋은 음식을 먹는다. 저녁에 하루 동안 있었던 일에 대해 기록하는 습관을 기른다. 매일 한 시간씩 빠른 걸음으로 걷는 운동을 한다. 미술, 노래, 외국어, 수학 등 새로운 공부를 한다. (초등학교 3, 4학년 수준부터 시작하는 것이 좋다.) 대화할 때 정확한 단어를 사용하도록 노력한다.
1. 초기 치매	스스로 좋아하는 음식, 옷, 음악 등을 선택한다. 익숙한 생활환경에서 잘 아는 가족의 사진이나 자신의 사진을 이용해 기억을 자극한다. 간단한 요리, 청소, 물건구입 등 익숙한 집안일은 스스로 하도록 돕는다. 행복했던 일이나 사건을 자주 이야기해 행복, 긍정, 신경망을 강화한다. 그림을 이용해 일상생활의 순서와 필요한 도구에 대해 반복 설명해 기억을 지켜준다.
2. 중등도 치매	실제로 하는 집안일을 메모지에 적어준다. 자주 사용하는 물건을 어떻게 사용하는지 알려준다. 현실 상황을 굳이 가르쳐 주지 않는다. 물건을 분류하고 알아보는 활동을 반복한다. "오늘 어떤 옷이 좋으세요?" 혹은 "파란색 셔츠와 빨간색 셔츠 중 어떤 것을 입으시고 싶으세요?" 처럼 선택해야 하는 질문은 하지 않는다.
3. 중증 치매	통증이나 몸이 불편할 때 말할 수 있도록 신체명칭을 알려준다. 청소, 설거지 등 집안일을 잘 하지 못해도 할 수 있는 일은 계속하도록 격려한다. 익숙한 활동을 이용해 단어 찾기 기억 언어훈련을 반복한다. 몸짓, 손짓으로 필요한 것이나 바라는 것을 표현토록 유도한다.
4. 말기 치매	후각, 청각, 촉각을 이용해 뇌를 자극한다(숙면과 집중력 향상에 도움을 준다). 환자가 가장 좋아하거나 행복했던 사진을 보여준다. 발성과 집중력을 키워준다.

1-2 알츠하이머 병

가.
알츠하이머병 발생기전

뇌는 머릿속을 채우고 있는 두부처럼 부드러운 달걀모양의 기관입니다. 무게는 평균적으로 남성은 약 1390g, 여성은 약 1250g 정도입니다. 뇌에는 약 800억 개에서 1,000억 개 정도의 방대한 신경세포가 있어 이들이 복잡한 정보처리 장치를 구성하고 있습니다. 뇌가 정보 전달계의 기능을 발휘하는 데 있어 주역은 바로 신경세포입니다. 다만 수적인 면에서 본다면 신경세포는 뇌세포의 10% 정도에 지나지 않고, 나머지 90%는 글리아 세포(Glia Cell)가 차지합니다. 신경세포는 핵이나 미토콘드리아 등을 포함하는 세포체와 길게 뻗은 돌기모양으로 되어 있는 것이 특징입니다. 이 돌기를 매개로 해서 정보가 이 세포에서 저 세포로 전달됩니다.

신경세포 돌기에는 두 종류가 있습니다. 하나는 굵고 여러 개의 가지로 나누어 진 나뭇가지 모양으로 표면에 가시(Spine)가 있는 수상돌기입니다. 또 하나는 갈라져 나온 가지의 수가 적으면서 가늘고 긴 축삭돌기입니다. 수상돌기는 표면에 나 있는 가시를 받침접시로 해서 다른 신경세포의 정보를 받으며, 이 정보를 축삭돌기를 통해 다음 신경세포로 전달합니다. 가시는 뇌의 흥분성 정보를 받아들이는 입구입니다. 알츠하이머병은 해마 가운데 치상회(齒狀回)의 과립세포층을 구성하는 신경세포의 가짓수가 먼저 줄어들기 시작합니다. 그 결과로 뇌의 외부에서 들어오는 정보를 수집하는 해마의 기능이 초기단계에서 곤란해집니다.

신경세포가 정보를 받아들이면 활동전위라는 것이 발생합니다. 그러면 그 활동전위는 신경세포의 섬유를 전달받아 종말에서 신경전달 물질을 방출합니다. 신경세포의 종말은 다음 신경세포와 시냅스라는 구조를 매개로 접촉하고 있습니다. 방출된 신경전달 물질은 다음 신경세포의 표면에 있는 수용체와 결합해 시냅스 전위를 발생시키고, 2차 메신저 등이 그 정보를 세포 내로 전달합니다. 이렇게 해서 시냅스는 정보 처리장이 됩니다. 신경세포 하나가 가지고 있는 시냅스의 수는 세포에 따라 차이가 있는데, 적게는 1,000개부터 많게는 수만 개에 이릅니다. 이렇게 보면 뇌는 복잡한 전기회로라고 생각할 수 있습니다.

해마는 알츠하이머병에서 가장 이른 시기에 가장 강력하게 침범당하는 곳으로 알려져 있습니다. 해마는 기억, 내분비 기능의 조정, 편도체를 비롯한 변연계와 대뇌 연합야(聯合野)와의 긴밀한 연계, 평생 동안의 신경세포 신생 등 폭넓은 범위에 걸쳐 중요한 기능을 담당하고 있습니다. 해마는 장기 기억 저장고에 정보를 전송하거나 그곳에서 정보를 꺼내는 역할을 합니다. 그렇기 때문에 해마가 파괴되면 옛날 기억은 저장고에 저장되어 있어도 생각해내기가 힘들어집니다. 나이가 들면서 그동안 알고 지내던 사람들의 이름을 그 자리에서 기억해내지 못하고 나중에야 생각해내는 경우가 종종 있는데, 이것은 해마의 노화현상이라고 볼 수 있습니다.

뇌는 쉽게 손상되는 장기입니다. 해마 등에서는 평생 동안 신경의 신생이 이루어지지만 간 등과는 달리 재생이 힘든 장기입니다. 그러므로 소중히 다루지 않으면 안 됩니다. 산소 부족에 대한 저항력도 약하고, 허혈로 인해 쉽게 신경세포의 죽음이 일어납니다. 덧붙이면 뇌는 다른 어떤 장기보다도 많은 에너지를 필요로 합니다. 하루에 120g이나 되는 포도당을 소비하는 대식가입니다. 뇌가 긴급히 포도당을 필요로 할 때에 설탕은 속효성을 나타냅니다. 포도당이 부족하기 쉬운 아침에 식사를 거르면 건강에 좋지 않다는 사실을 이미 잘 아실 것입니다. 약물 치료 중인 당뇨병 환자에게 때때로 나타나는 저혈당 발작은 매번 뇌에 상흔(傷痕)을 남깁니다. 그렇다고 당의 과잉 섭취는 한편으로는 고 인슐린 혈중을 일으켜 뇌장애로 이어집니다. 넘치는 당은 지방세포에 잡아먹혀 중성지방으로 변하기도 합니다.

뇌는 당 부족 현상이 일어나기 쉬운 동시에 당 과잉으로 피해를 입기도 합니다. 또한 뇌는 알코올에도 매우 민감합니다. 산술적으로 맥주를 한 잔 마시면 약 500개의 뇌신경세포의 죽음이 일어납니다. 특정 원인이 없어도 20세 이후에는 매일 10만~20만 개의 뇌신경세포가 자연 경과로 탈락합니다. 또한 유전자에 의해 프로그램화된 신경세포의 죽음도 있습니다. 신경세포는 대뇌에만 140억 개가 있다고 추정됩니다. 뇌 전체에서는 1,000억 개 정도가 있다고 합니다. 뇌에는 역할 분담에 의한 기능구역이 나뉘어져 있기 때문에 부위에 따라서 신경세포 탈락이 증상으로서 잘 나타나는 곳과 그렇지 않는 곳이 정해져 있습니다. 증상이 잘 나타나지 않는 것을 침묵야(Silent area)라고 합니다. 신경세포 손상이 증상으로 나타나는 '질병'은 뇌의 기능을 국소별로 이해한다면 도움이 됩니다.

그러나 이 경우에도 뇌혈관 장애나 뇌종양 등과 같이 비교적 단기간에 넓게 파괴되는 경우가 아니라면 신경세포 사멸 진행과 증상 발현과의 사이에는 긴 시간차가 있게 됩니다. 이것은 숙취나 전신마취 등으로 인해 그때마다 100만 개의 신경세포 또는 시냅스를 잃더라도, 또는 '기억의 지우개'라는 알코올을 매일 쉬지 않고 마시더라도 당장에 증상이 나타나지 않는 것과 같습니다. 뇌세포에는 방대한 비축량이 마련되어 있기 때문입니다. 그러나 일단 남아 있는 뇌신경세포의 수가 임계점 이하로 줄어들면 장애가 눈에 띄게 나타납니다. 알츠하이머병은 가족 또는 본인이 약간 건망증이 생겼구나 하는 생각이 들기 15~20년 전부터 이미 발생하고 있었습니다.

나.
<u>인지증은 몇 가지 질병을 포함하는 포괄적인 명칭입니다.</u>

알츠하이머병이 50%를 약간 넘고, 뇌혈관성 인지증이 약 30%, 알츠하이머병과 뇌혈관 인지증의 합병증이 12%를 차지하며, 나머지로는 인지증을 동반한 파킨슨병, 전두 측두형 인지증, 헌팅턴병, HIV 관련 인지증, 매독 관련 인지증, 갑상선 기능저하 등등이 있습니다.

알츠하이머병은 뇌혈관성 장애와 합병되어 나타나는 경우가 많아 뇌혈관성 장애는 알츠하이머병의 중대한 위험인자가 됩니다. 그러나 알츠하이머병의 최대 위험인자는 다름 아닌 당뇨병입니다. 그 밖의 위험인자로 거론되고 있는 것은 가족력, 특정 유전인자, 흡연, 지나친 알코올 섭취, 고혈압, 지질 이상증, 부적절한 혈압강하제 사용, 난청 등입니다. 부모 중 어느 한 명이 알츠하이머병 환자이면 발병 위험이 10%에서 30%로 상승합니다. 대부분의 알츠하이머병은 70세를 넘어 발병하지만, 드물게는 40대에서 50대에 발병해 신속하게 진행되는 젊은 연령대의 유전성 알츠하이머병도 있습니다.

아포지방단백의 유전자에 의해 발병되기도 하는데, 이 유전자는 콜레스테롤 대사와 운반에 관여하는 단백질로써 아미노산 배열이 단 하나씩 달라짐에 따라 2형, 3형, 4형의 구별이 있으며, 노화 외에 가장 강력한 알츠하이머병 위험 인자입니다. APOE 4 유전자 한 개를 가지고 있으면 발병 위험이 4~6배, 두 개를 가지고 있으면 10~12배 높아집니다.

소리와 빛 등에 의한 감각자극을 지나치게 받는 것도 노화진행을 촉진해 이 병의 원인 인자가 됩니다. 70세 이상 인구의 3분의 2가 난청문제로 고통을 받고 있다고 합니다. 미국국립노화연구소(NIA)의 연구결과에 따르면, 60세 이상의 알츠하이머병 위험도에서 36%가 난청과 관련이 있으며, 청력이 10데시벨 떨어질 때마다 알츠하이머병 발병 위험이 20%씩 증가한다고 합니다. 아시아는 세계적으로 보더라도 특히 노인성 난청이 많은 지역입니다. 그 원인으로 아시아 지역에서는 거리의 여기저기서 들려오는 소음이 많고, 게다가 음량이 크다는 점을 들 수 있습니다. 최근에는 사람들이 통근 길이나 일상생활 속에서 이어폰을 끼고 음악을 즐기는 경향이 눈에 띄는데, 이런 현상은 앞으로 노인성 난청인구, 더 나아가 알츠하이머병 인구를 크게 증가시킬 가능성이 있습니다.청각신경이나 작은 소리를 듣는 작용을 하는 고막 안쪽에 있는 유모세포의 노화는 평소 음량이 크면 클수록 빨리 진행됩니다. 또한 이 유모세포는 한번 탈락하면 재생되지 않습니다. 따라서 갈수록 더 큰 음량을 필요로 하게 되고, 이런 악순환에 빠지는 것도 노화에 박차를 가하는 한 가지 원인으로 지목됩니다.

최근 급증하는 노인병으로 눈 망막세포의 노화로 인한 황반변성증이 있습니다. 이 질환의 발병 위험도는 일상생활에서 흡수하는 빛의 양이 크면 클수록 상승한다는 점을 알게 되었습니다. 감각신경의 기본적인 성격을 보면 기능적으로 청각신경은 소리를 듣고, 망막은 빛을 흡수하도록 되어 있지만, 이러한 감각 자극들이 지나치면 노화가 빨리 진행됩니다.

다.
알츠하이머병과 당뇨병은 나란히 증가하고 있습니다.

'키토 쇼조' 씨와 '신고 아키라코' 씨의 저서에 의하면 '알츠하이머병은 뇌의 당뇨병'이라고 했습니다. 알츠하이머병은 실제 2형 당뇨병과 유사한 점이 매우 많은 생활습관 병으로 두 가지 모두 고령화가 근본적인 원인입니다. 알츠하이머병은 가족 또는 본인이 건망증을 의식하는 시점에서 15~20년 정도 전부터 사실상 발병하고 있다고 보아야 합니다. 당뇨병도 역시 발병하더라도 자각증상이 전혀 없는 채로 10년, 15년을 경과하는 경우가 많은 질병입니다. 당뇨병에 걸린 사람이 알츠하이머병에도 잘 걸린다는 사실은 최근 국내외 연구에서 수없이 보고되었으며, 지금은 보편적으로 알려진 사실입니다. 당뇨병인 사람은 고혈당, 고혈압, 지질이상증 등으로 동맥경화의 진행이 빠르고, 결과적으로 여러 형태의 뇌혈관 장애를 일으킬 위험이 높습니다. 특히 뇌 내에 열공성 뇌경색이라고 하는 지름 15mm 이하, 대부분

3~5mm인 작은 경색 병소가 수없이 생깁니다. 이는 뇌 속에 분포하는 관통동맥가지라는 100um 정도의 가는 혈관의 동맥경화가 당뇨병, 고혈압, 흡연 등의 영향으로 진행되기 때문입니다. 증상으로는 가벼운 언어장애, 손발 저림, 마비, 안구운동 장애 등이 있습니다. 이것은 자각하지 못하는 사이에 발병하는 경우가 많아 보통 '숨은 뇌경색'이라고 부르기도 합니다. 열공성 뇌경색이 많이 발생하는 것 자체가 인지증을 유발하지만, 당뇨병에 의해 생기는 이러한 뇌혈관장애들이 알츠하이머병의 중대한 위험인자라고 생각됩니다. 결과적으로 뇌혈관성 인지장애와 알츠하이머병에 의한 인지장애가 합병해 동시에 나타나는 것이 특징입니다.

당뇨병으로 인해 혈액 중의 포도당 농도가 비정상적으로 높아지면 몸을 구성하는 세포조직 속의 단백질에 당이 결합하고, 체온으로 따뜻해집니다. 이 현상을 '단백질 당화'라고 부르는데, 단백질이 당화되어도 바로 혈당치가 떨어지면 정상적인 단백질로 돌아갑니다. 그러나 고혈당 상태가 지속되면 종말당화산물(AGE)이라는 강한 독성을 지닌 물질로 바뀝니다. 그 결과 노화가 진행되고 알츠하이머병에 걸릴 위험이 높아진다고 봅니다.

당뇨병의 주인공은 췌장의 '링게르 한스섬' 안의 베타세포에서 분비되는 인슐린이라는 호르몬입니다. 알츠하이머병에서 초기에 가장 심하게 침해받는 병변의 주인공은 뇌에 있는 해마의 신경세포인데, 실제 췌장의 베타세포와 뇌 속 해마의 신경세포는 쌍둥이 같은 존재입니다. 무슨 말인가 하면, 뇌 속의 해마에서도 췌장에서처럼 동일한 인슐린이 만들어진다는 것입니다. 그러므로 이 두 질병의 근본적인 원인이 같다는 것입니다. 그리고 그 열쇠를 쥐고 있는 것은 뇌 속의 인슐린이라는 호르몬의 작용입니다.

라.
<u>인슐린은 기억물질이기도 합니다.</u>

췌장에서 분비돼 혈당치를 조절하는 것으로 유명한 인슐린이 뇌에 작용해 기억물질로 중요한 역할을 한다는 점은 의외로 잘 알려져 있지 않습니다. 인슐린이 뇌의 해마에서도 생산된다는 사실은 앞에서도 말했지만, 건강한 사람은 췌장에서 분비된 인슐린도 뇌 속의 해마에 들어가 작용합니다. 포도당은 거의 모든 세포의 대사에서 빼놓을 수 없는데, 뇌에서는 특히 그 필요성이 높습니다.포도당이 세포막을 통과하기 위해서는 포도당 트랜스포터(GLUT)라는 특별한 막 운송 단백질을 필요로 합니다. 인슐린은 해마에 작용해 이 포도당 트랜스포터를 거쳐 포도당이 해마에 흡수되도록 도와줍니다. 이것이 뇌에서의 인슐린의 기능입니다. 좀 더 구체적으로 말하면 평소에는 세포 속에 가라앉아 있던 포도당 트랜스포터가 인슐린이 오면 세포막 상에 떠올라 포도당을 받아들이는 것입니다. 트랜스 로케이션(Trans Location)이라고 하는 이러한 현상들이 기억력을 높여줍니다.

인슐린 같은 호르몬이 세포에 작용하는 데는 세포 표면에 있는 각각의 호르몬에 특이적인 수용체 단백질과 결합해야 합니다. 열쇠와 열쇠구멍의 관계입니다. 다만 호르몬이라는 열쇠를 수용체라는 열쇠구멍에 넣어서 세포 표면의 문을 열고 세포 깊숙이 정보를 전달하기 위해서는 정보전달의 화학적 릴레이가 몇 차례 더 필요합니다.

이 경우 릴레이 주자는 역시 각각의 유용체에 특유한 단백질입니다. 단백질에 인산기가 결합해 인산화가 이루어지면 릴레이 주자는 달리고 다음 주자에 바통을 넘겨주는 일이 가능하게 됩니다. 이것을 캐스케이드 반응이라고 합니다. 이런 정보전달이 제대로 이루어지지 않으면 인슐린이 충분해도 작용하기 어려워집니다. 이처럼 인슐린 작용이 힘들어지는 상태를 인슐린 저항성이라고 합니다.

당뇨병 초기단계에서는 췌장의 베타세포가 어떻게든지 혈당치를 정상으로 유지하려고 노력하는 결과로, 혈중 인슐린 농도가 비정상적으로 높아져고 인슐린 상태가 되는데, 이것이 바로 인슐린 저항성인 것입니다. 건강한 상태에서는 췌장에서 생성된 인슐린은 뇌 관문이라고 하는 혈류와 뇌 사이에 있는 관문을 쉽게 통과해 뇌에서 작용할 수 있습니다. 그런데 인슐린 저항성이 되면 인슐린은 혈액 뇌 관문을 통과해 뇌 속으로 침투하기가 어려워지고, 따라서 기억물질로서 작용하기도 힘들어집니다. 당뇨병에 걸린 사람이 알츠하이머병에 걸릴 확률이 높은 원인 중 하나가 바로 이러한 기전 때문입니다.

인슐린 농도가 높으면 뇌 속으로 침투하기가 쉬울 것 같지만 실제로는 그와 반대입니다. 또한 당뇨병이 아니더라도 뇌의 해마에서 생성되는 인슐린의 양이 부족하거나, 인슐린이 인슐린 수용체라는 열쇠구멍에 들어간 다음의 정보전달 릴레이가 제대로 이루어지지 않으면 뇌 내는 인슐린 저항성이 되어 결국 인슐린 작용이 부족해지게 됩니다. 사람은 나이를 먹어 가면서 몸 전체에서, 그리고 뇌 내에서도 인슐린 저항성이 높아집니다. 따라서 당뇨병이나 알츠하이머병의 발병 위험이 커지고 불안이나 우울상태에 빠지기 쉽습니다.

마.
<u>왜 인슐린이 작동하지 않으면 알츠하이머병이 생기는가?</u>

당뇨병에 걸리면 인슐린 분해효소(IDE)의 활성이 저하됩니다. 인슐린 분해효소는 인슐린뿐만 아니라 알츠하이머병의 원인 물질인 베타아밀로이드 단백질을 분해하는 작용도 합니다. 그런데 인슐린 저항성에 의한 고 인슐린 혈증에서는 인슐린 분해 효소가 인슐린을 분해하는 데 대량으로 소비되기 때문에 베타아밀로이드 단백질까지 분해할 여유가 없어지게 됩니다. 이러한 점 역시 알츠하이머병의 발병을 가속화하는 원인이 됩니다.

신경세포에서 신경세포로 정보를 전달하는 신경 전달물질들 중 아세틸콜린이 있습니다. 이 물질은 뇌에서의 기억, 학습, 수면, 각성 등과 깊은 관계를 가지고 있습니다. 뇌에서 아세틸콜린이 부족해지면서 기억장애가 일어나는데, 알츠하이머병의 뇌에서도 아세틸콜린의 농도가 낮아져 있다는 사실을 알게 되었습니다. 뇌에서의 아세틸콜린은 포도당에서 만들어집니다. 뇌 내의 인슐린 정보전달에 장애가 생기면 당대사가 이상을 일으켜 아세틸콜린 생성이 힘들어집니다. 알츠하이머병의 뇌에서 아세틸콜린 양이 적은 이유 중의 하나는 이 때문입니다. 여기서 이유 중의 하나라고 한 것은 알츠하이머병으로 인해 신경세포가 사멸하면서 그 결과로 아세틸콜린이 감소하는 경우도 있기 때문입니다. 이러한 사실은 알츠하이머병의 근본적인 원인이 뇌 속에서의 인슐린 정보전달 장애라는 것을 나타냅니다. 인슐린 자체가 뇌 속에서 기억물질로 작용하므로 인슐린 정보전달에 장애가 생기면 뇌에서의 당 이용저하로 이어져 결과적으로 알츠하이머병이 발생하게 되는 것입니다.

반복해 말하지만 인슐린은 뇌 속에서 신경세포의 생존, 회복을 유지하고 기억을 만들어 내며, 베타아밀로이드 단백을 분해하는 작용을 하고 있습니다. 뇌에서의 인슐린이 제대로 작용하지 않으면 베타아밀로이드 단백이 축적되기 시작합니다. 덧붙이면 축적된 베타아밀로이드 단백은 뇌 내의 마이크로 글리아(Micro Glia)라는 소교세포를 자극해 사이토카인 등의 염증성 물질 분비를 항진시켜 인슐린 정보전달을 더욱 더 악화시키는 악순환을 야기합니다. 이는 결국 알츠하이머병을 진행시키게 만듭니다. 결론은 알츠하이머병의 근본적인 원인은 뇌 내에서의 인슐린 저항성의 존재 때문이라고 생각되는 것입니다. 의학적으로 그리고 사회적으로 큰 문제가 되고 있는 알츠하이머병의 근본적 치료를 위해서는 이러한 메커니즘에 근거한 대책이야말로 진정으로 필요하다고 할 것입니다.

바.
알츠하이머병 예방은 당뇨병 예방과 같습니다.

1) 환자가 하지 말아야 할 일
① 운동요법, 식사요법을 실행하지 않고 약만 복용하기
② 흡연
③ 음주
④ 아침식사 거르기.
⑤ 간식(다만 우유, 과일은 식후가 아닌 식간에 먹기)

2) 알츠하이머병의 약제들

① 도네페질(상품명: 아리셉트(Aricept)

② 갈란타민(Galanta Mine)(상품명: 레미닐)

③ 리바스 티그민(상품명: 엑셀론 캡슐, 리바스 패취)

④ 메만틴

⑤ 아두카누맙(미국FDA가 2021년 7월, 임상실험에서 인지능력 감소 속도를 늦추는 효

　과를 입증하여 판매 승인을 했음. 생명공학기업 '바이오젠'은 이 약을 '에드유헬름'이라

　명명함)

⑥ 라자딘

⑦ 나멘다

⑧ 도나네맙(임상 시험 중임)

⑨ PM012(한국, 임상 시험 중임)

⑩ ID1201(한국, 임상 시험 중임)

사.
기억력 회복시키는 데 음악치료 효과적임

　대체적으로 치매환자가 복용하는 약제는 치매 억제제인 도네페질과 아세틸콜린 분해효소 억제제인 NMDA 수용체 길항제가 있습니다. 그러나 치매환자의 47%가 부적절한 약물처방으로 치매가 더 악화되기도 하고, 중추신경계의 기능을 감소시켜 인지기능을 더 떨어뜨리거나, 졸리고 기운이 빠지게 하는 부작용을 일으키거나, 장기간 복용하게 되면 체중감소, 서맥, 저

혈압, 부정맥이 올 수 있으며 심할 경우 실신하기도 합니다.

그런데 치매환자의 기억력을 회복시키는 데 '음악치료'가 효과적이라는 연구 결과가 있습니다. 노래는 언어로 표현하기 힘든 고통과 분노, 두려움, 우울, 좌절 등을 해소시켜 카타르시스를 느끼게 해줍니다. 그래서 사람들이 갖고 있는 부정적인 감정을 긍정적인 감정으로 바꿔주고, 주의 집중력과 자아 존중감을 향상시켜 줍니다. 그러므로 환자가 노래를 부르면 그 노래가 유행했던 시대를 떠올리게 하여 그 시대에 환자가 살았던 집, 가족 등 옛 기억을 회상시켜서 오래 기억하는 장기기억을 촉진시키는 치료효과가 있다고 합니다. 음악치료 방법 중 노래 만들기는 자신의 생각과 감정을 언어로 만드는 기회를 제공해 줍니다.

노래 만들기 방법은 노랫말 채워 넣기, 가사 바꾸기, 가사 만들기, 가사토의 방법 등을 생각할 수 있을 것입니다.

가.
치매 현황

전체 치매환자의 반 이상을 차지하는 알츠하이머병 환자는 일본 600만 명, 미국 540만 명, 한국도 80여만 명으로, 65세 이상 인구의 10.3%나 되며, 전 세계적으로는 5,000만 명 수준인데 2050년에는 1억5,000만 명으로 늘어날 것으로 예상됩니다. 우리나라의 65세 이상에서는 10명 중 1명이 치매환자이며, 65세 미만도 2만여 명이나 됩니다. 다가올 2024년엔 103만 명, 2039년엔 207만 명, 2050년엔 271만 명이 발병한다고 예측하고 있습니다. 국가는 이들을 관리하기 위해 간병, 보조물품 구입비 등으로 연간 약 14조 6,000억 원을 쓰는데, 2050년엔 43조 2,000억 원이 소요되리라 예상합니다. 65세 이상 치매환자 전체 연간 진료비만 2조 3,000억 원을 지출합니다.

치매환자 1인당 연간 진료비는 약 344만원, 연간 관리비용으로 약 2,100만 원 드는데, 2050년엔 3,900만 원으로 상승할 것이라 예측하고 있습니다. 중앙치매센터의 자료에 의하면 치매 유병자 중에서 69%는 치료를 받고 있고, 나머지 31%인 23만여 명은 자신이 치매에 걸렸는지도 모르거나 알아도 적절한 진단이나 치료 없이 방치되고 있다 합니다. 치매에 걸려 진료를 받은 환자는 8년 후 20%만 요양시설로 가지만, 치료를 받지 않은 환자는 8년 후 90%가 요양시설로 갑니다. 그러므로 치매도 조기진단과 꾸준한 진료로 병의 진행속도를 많이 늦출 수 있는 것입니다. 또 한 해에만 11,500명 넘는 치매환자들이 실종 된다고 합니다. 그리고 백여 명 정도는 집으로 돌아오지 못하고 밖에서 헤매다 객사하는데, 일본에선 한 해 1만 6,000명이 실종된다고 합니다. 이런 실종예방을 위해서 경찰서에 지문등록을 해두고, 가족들의 연락처, 본인 이름, 전화번호, 주소 등을 비닐봉투 같은 곳에 넣어 코팅하거나 옷에 꿰매 달아주고, 보건소에서 만든 치매환자용 실링도 옷에 붙여놓아 주어야 합니다. 또 배회 감지기도 손목에 채워주면 더욱 안심이 되겠습니다.

그러므로 치매관리는 예방과 조기진단이 중요해서, 네덜란드에서는 치매 캠페인을 전담하는 장관을 둬 예방에 힘쓰고 있다고 합니다. 치매는 유독한 환경과 스트레스가 주요 원인이라는 연구 결과도 있습니다. 스트레스를 관리하고 생활습관을 바꿔 치매에 노출되지 않는 환경을 만드는 게 급선무입니다. 이를 위해 중앙치매센터에서 권장하는 치매예방 333을 건강할 때부터 실천해야 합니다. '3권'은 규칙적인 식사와 걷기 등의 유산소운동을 주 3회, 30분 이상하며, 신문이나 책읽기, 외국어 공부하기, 그림그리기, 악기연주 등으로 두뇌가 녹슬지 않도록 해야 합니다. '3금'은 과음과 과식, 흡연, 머리외상 피하기를 실천해야 합니다. '3행'은 고혈압, 당뇨병, 고지혈증 관리와 우울증 치료, 치매 조기검진과 가족 및 친구를 비롯한 인간관계를 잘 유지하도록 노력해야 합니다. 치매 역학조사 결과에 의하면 치매의 위험인자가 9가지로 압축되었는데 흡연, 외로움, 여성, 두부외상, 저학력, 고령, 우울증, 고혈압, 알코올입니다. 그 중 대부분은 앞에서 보았던 '치매예방 333'에 모두 포함되어 있으며 여성, 고령이 문제입니다. 여성 치매환자가 남성보다 2배나 높은 이유는 남성보다 긴 수명과 여성호르몬의 감소 때문이라고 합니다. 고령은 어떻게 할 수 없는 사항이므로 미리 예방하는 방법 외에는 답이 없습니다.

관리를 하며 치료를 받고 있는 치매환자는 60세 이상 환자의 52.1%에 불과합니다. 우리나라에서는 치매증상을 인식하고 병원을 찾기까지 평균 2.7년 걸리는 데 비해 외국은 1.2년 정도로 우리의 절반 정도로 빨리 찾습니다. 빨리 발견해서 관리하는 것이 중요함에도 우리의 정서는 인지기능 저하를 노화의 하나로 여기는 경향이 있으며, 또한 치매에 대한 부정적인 인식으로 인해 가족에게도 증상을 감추다 보니 치료를 시작해야 할 시점이 늦어집니다. 치매는 다른 질병과 마찬가지로 누구에게나 찾아올 수 있는 질환이므로 빨리 인정하고 치료하고자 하는 인식전환이 시급합니다. 최근에는 유전, 과도한 음주, 흡연, 스트레스, 과도한 스마트폰 사용 등 사회적 환경 요인의 영향으로 '초로기 치매'(Young+Alzheimer: 영츠하이머)를 앓는 30~50대 젊은 환자도 늘어나는 추세입니다. 그러므로 젊다고 그냥 지나치지 말고 정기적인 정신과 검진도 필요한 시점이라고 봅니다.

이제 한국사회도 고령사회를 맞아 65세 이상 노인 10명 중 1명이 치매환자이므로 그 심각성을 정부에서 깨닫고, 전국 256개 '치매안심센터'를 설치해서 치매 간이검사를 무료로 해주고 있으며, 여유 있는 지자체에서는 만 60세 이상 또는 기억력 저하가 걱정되는 60세 미만 누구에게나 무료로 치매 선별 기초검사를 해주고 있습니다. 1차 기초검사에서 이상소견이 있을 시 그 대상자를 2차 정밀 진단검사까지 무료로 해주고 있습니다. 2차 정밀 검사에서 치매관리가 필요한 대상자에게는 그 지자체와 협약된 병원을 알선해 주고 있으며. 그때부터는 무료에서 유료로 전환됨과 동시에 주소지 보건소에 등록하고 치매관리비를 신청할 수도 있습니다.

정부에서 세운 치매전문병원도 몇 군데 있는데, 기초생활수급자는 무료이고 저소득층에게는 일부 지원도 해주고 있습니다. 이런 검사를 받고 싶으면 보건소에 문의하던지, 인터넷을 검색하여 지자체에서 운영하는 '치매안심센터'가 있는지 유무를 확인한 후 방문일정을 조율하고 찾아가면 됩니다. 치매 기초검진 신청서를 쓸 때 본인의 신체에 대한 구체적인 사항을 기록하는 난이 있는데, 예로 키, 몸무게, 혈압, 혈당치, 음주 및 흡연여부, 운동여부, 과거병력 등에다 인지에 관한사항도 묻고 있으므로 미리 알고 가는 것이 좋습니다. 담당관에게 서류를 제출하면 문진표를 보면서 손, 발 운동능력 테스트부터 날짜, 시간, 요일, 주소 등등을 묻고 간단한 그림, 도형그리기, 덧셈 뺄셈 등의 산수, 간단한 역사 등을 물어보면서 점수를 매깁니다. 보통 30점 만점인데 24점 이상이면 치매 아님, 23~20점이면 가벼운 치매, 19~15점이면 중간단계의 치매, 14~0점이면 심각한 치매 상태인 것입니다. 이것은 그 사람의 정확한 인지를 측정하기 위한 것이므로 지자체마다 또 담당관마다 조금씩 다를 수 있으므로 굳이 외울 필요도, 남의 말을 들을 필요도 없는 것입니다. 초기에 치매 유무를 발견해서 빨리 치료하면 말기로 가는 시간을 늦출 수 있으므로 나이 드신 분들은 주저하지 마시고 보건소나 치매안심센터를 아무 때나 이용해 보시면 좋겠습니다. 한편 코로나로 노인들의 일상생활에 제약을 많이 받으므로 이런 상황을 이겨내게 하기 위해 대한치매학회

가 발표한 대응 방법을 열거해 보면,

1) 시간표를 짜서 일정한 일과를 유지하도록 노력하고,

2) 평소 활동량을 고려해 적절한 신체활동을 유지하며,

3) 평소 관심사를 고려해 정기적인 인지활동을 유지하고,

4) 가까운 사람과 화상통화나 전화 등을 이용해 정기적으로 연락을 유지하며,

5) 코로나19 관련 뉴스는 하루 1~2번 이내로 제한하고,

6) 지나치게 부정적인 마음에 휩싸이지 않도록 대화를 자주하는 등의 노력이 필요하다고 했습니다.

나.
치매환자를 도와주는 일

'배윤주' 씨가 지은 〈세 살배기 남편 그래도 사랑해〉는 젊은 나이(60세)에 알츠하이머병 치매 진단을 받은 남편을 돌보며 6년을 보낸 저자가 남긴 기록입니다. 남편이 2박 3일간 실종된 사건에서부터 이상한 행동들이 나타나게 된 과정, 점점 사라지는 신체적 능력을 지켜봐야만 하는 괴로움과 결국 떠나보내야 했던 아픔 등이 드라마처럼 펼쳐져 있습니다. 저자는 6년여의 간병기간을 자신이 남편을 얼마나 사랑하고 있는지 새롭게 깨닫게 된 시간들이었다고 고백하고 있습니다. 나아가 치매가 '재앙'이 아닌 가족들이 더욱 합심하고 사랑이 깊어지게 만드는 계기로 된 과정을 감동적으로 그려냈습니다.

한국판 간이 정신상태 검사(MMSE-K)

1. 오늘은 ☐☐☐☐년 ☐월 ☐일 ☐요일 ☐☐계절　　　☐ 5
2. 당신의 주소는 　　　시 　　　군(구) 　　　면,(리, 동)　　　☐ 4
    여기는 어떤 곳입니까?
3. 여기는 무엇을 하는 곳입니까?　　　☐ 1
    (예: 거실, 주택, 가정집, 아파트, 노인정 등)
4. 물건 이름 세 가지 대기 (예: 나무, 자동차, 모자)　　　☐ 3
5. 3~5분 뒤에 위의 물건 이름들을 회상　　　☐ 3
6. 100 - 7= 　　　-7= 　　　-7= 　　　-7= 　　　-7=　　　☐ 5
7. 물건 이름 맞히기 　　　연필 ☐☐, 시계 ☐☐　　　☐ 2
8. 3단계 명령 -
    오른손으로 종이를 접어서/ 반으로 접어/ 무릎 위에 놓기　　　☐ 3
9. 오각형 두 개를 겹쳐 그리기　　　☐ 1
10. "간장 공장 공장장"을 따라하기　　　☐ 1
11. "옷을 왜 빨아서 입습니까?"라고 질문　　　☐ 1
12. "길에서 남의 주민등록증을 주웠을 때 어떻게 하면
    쉽게 주인에게 되돌려 줄 수 있겠습니까?"라고 질문　　　☐ 1

총점　　**30점**

교육을 받지 못한 사람의 경우 1문항에 1점, 6문항에 2점, 7문항에 1점을 가산한다, 단, 각 문항에 해당된 점수의 범위를 넘지 않게 한다.(예: 6문항에서 3점 이하인 경우에는 2점, 4점인 경우에는 1점을 가산하고 5점인 경우에는 가산점을 주지 않음.)

*평가: 기록된 점수를 합한다.
*결과: 30~24점 치매가 아님　　　23~20점 가벼운 치매
　　　 19~15점 중간 단계의 치매　　14~0점 심각한 치매

'백세시대'가 현실화되면서 치매(Dementia)는 이제 누구도 예외일 수 없는 노년의 두려운 불청객이 되었습니다. 가족 중 누군가 이상한 행동을 시작하며 치매증상을 보이게 되면 온 집안에 비상이 걸립니다. 대부분은 대처방법을 몰라 당황하기 마련입니다. 어떤 가족은 환자를 요양원에 맡길 생각부터 하는가 하면, 반대로 맞서 싸우자고 의지를 다지는 가족도 있습니다. 둘 다 틀렸습니다. 정답은 환자를 인정하고 받아들이는 것입니다. 어린 아기와 싸우는 부모가 없는 것처럼, 치매환자를 이해하고 존중하는 마음이 환자와 가족 모두가 행복하게 살 수 있는 유일한 길입니다. 그래서 우리는 그들의 처지를 이해하고, 그들을 대하는 방식도 바꾸어야 해서 여기 그들을 대하는 기본 자세편을 우리나라와 외국 사례를 들어보았습니다.

1) 치매환자를 대하는 기본자세와 착한 치매 만드는 법

① 따뜻한 눈빛으로 일정거리를 두고 잠시 지켜본다.

② 여유를 갖고 자연스러운 미소로 응대한다.

③ 말을 걸때 여러 사람이 있으면 공포감을 느끼므로 혼자서 말을 건다.

④ 갑작스럽게 말을 걸지 말며, 특히 등 뒤에서 큰소리로 말을 걸지 말자.

⑤ 상대와 시선을 맞추고 부드럽고 확실한 말투로 말을 건네자.

⑥ 상대방의 말에 귀를 기울이고, 재촉하지 말며, 동시에 여러 개의 질문을 피하고 천천히 응대한다.

　치매라도 '나쁜 치매', '착한 치매'가 있으므로 '착한 치매'로 유도하기 위해서는,

① 치매환자의 엉뚱한 질문에는 '재미있게 설명해 주기 위해' '어린아이처럼' 대해 주어야 한다.

② 환자의 돌발 행동에 대해 심하게 꾸짖거나 반응하지 말고 이해하는 노력이 필요하다.

③ 사소한 일이라도 진심으로 칭찬을 많이 해주는 '일상예찬'의 실천이 중요하다.

④ 정에 목말라 있기 때문에 손잡기, 포옹 등 애정표현을 많이 해 준다.

⑤ 환자라고 집에만 있게 하면 외로움을 느껴 불안감, 우울증이 커지므로 동아리, 환우회 등에 참여하게 하여야 한다.

2)치매환자를 돕는 일(일본 편)

일본 '마치다' 시에 비영리단체 데이즈 BLG(치매활동가 마에다 다카유끼 씨)를 설립해 경증 치매환자들에게 일거리를 연결해 주는 사무소에 25명의 환자들이 오전에 모이면 사무소장은 각자에게 "오늘은 무슨 일을 하고 싶으십니까?"라고 묻습니다. 그리고 나서 환자들이 "어제 하던 세차 일이나 전단지를 나눠주고 싶다."고 답하면 그곳으로 보내고, 새로운 일감인 야채 다듬기와 야채 배달 일에 나머지 인원을 투입해 4~5시간 정도 일하게 하고 일당을 지급합니다. 세차를 하기 위해 걸레를 쓰지 않고 큰 장갑을 끼고 비눗물에 담갔다 꺼내서 2인 1조로 작업하는데, 정신이 깜박깜박하다 보니 닦은 곳을 또 닦기도 해서 한 시간 동안 다섯 대 정도 간신히 해 냈지만 힘 들지는 않다고 했습니다. 밖에 나와 몸을 움직이니 자신들도 평범한 사회인인 것 같아 좋기만 하다고 했습니다.

다카유끼 씨는 20년 전 요양병원에서 근무하는 동안 치매환자들의 실상을 알고 "그들이 요양병원에만 안주하면 일본의 미래는 없다."라고 생각해 뜻을 같이 하는 사람들을 모아 치매어르신과 일자리를 연결하는 지금의 일을 시작했다고 하며 후회는 하지 않는다고 했습니다. 40, 50대의 젊은층에서도 치매환자가 많이 발생하고 있으며, 노령인구가 폭발적으로 늘어나는 우리나라에서도 대규모 시설을 지어 막대한 의료비를 지출하는 현실을 감안해서, 경중 치매환자들을 돌보는 사회사업가에게 전폭적인 지원을 해주어 위와 같은 사업을 장려해 보는 것도 좋은 일이라고 생각됩니다.

3) 치매환자를 돕는 일(네덜란드 편)

네덜란드 동부 소도시 '헹엘로'에서 버스로 20여분 달리면 들판 한 가운데에 붉은 벽돌로 쌓아올린 농가 세 채가 보입니다. 1912년에 문을 연 에르베 니퍼트 케어 팜(Care Farm: 돌봄농장)입니다. 복지시설(요양원이나 요양병원)에 갇혀 여생을 보내야 하는 치매노인들이 자기 집에 머무는 것처럼 농사를 짓고 요리도 합니다. 그러면서 신체적, 정신적 치유를 얻는 대안 복지 모델입니다. 케어 팜 연구소 소장은 "농업국가인 네덜란드엔 1,000곳이 넘는 케어 팜이 있다."고 말했습니다. 농장주인 마르가 브로키스(58세) 씨가 치매환자 롭(65세)과 나란히 걸어와 방문자를 반기는데, 누가 농장주이고 환자인지 겉만 봐선 알 수 없었습니다. 전직 간호사인 브로키스 씨는 2006년부터 치매노인들을 위한 '낮 케어 팜'을 운영하고 있습니다. 자동차로 1~2시간 거리이내에 사는 노인들이 해가 떠 있는 동안에만 농장에 머무는 형태입니다. 의료진과 복지사들이 방문횟수를 정해 주면 노인들은 원하는 케어 팜에서 허가받은 시간만큼 지냅니다.

롭은 이틀에 한 번씩 오는데 "20년 전 치매판정을 받은 후 회사에 나가 업무를 볼 수가 없어 하루아침에 직업을 잃고 많이 울었소. 그래서 케어 팜에 오게 됐는데 여기 오면 일을 할 수 있고, 다양한 사람들과 만날 수 있어 바빠진다오. 나는 그게 정말 좋소."라고 말했습니다. 개개인이 부담하는 이용료는 일괄적으로 한 달에 17.80유로(약 2만 원)이고 나머지는 정부가 부담합니다.

다음은 남부 에인트호번에서 차로 20분 떨어진 아우더랜드 고트 그루텐 아우트 케어 팜 이야기입니다. 이곳은 5ha의 너른 부지에 2층짜리 건물 여섯 동이 서있는 '거주형 케어 팜'입니다. 치매노인 50명이 일상을 영위하는 곳입니다. 농장주인 프렌시안 반데어벤(50세) 씨는 "안전한 환경, 즐거운 순간(Happy Moment)이 우리의 목표"라며 활짝 웃었습니다.

"치매를 앓는 이들은 삶의 목표가 없어요. 우린 그걸 갖도록 이끕니다."

이곳 노인들은 오전 11시에 출근해 오후 7시에 퇴근하는데, "중요한 건 오후 4~7시 사이의 저녁시간을 노인들이 함께 보내는 것"이라고 강조한 반데어벤 씨는 "일몰 증후군이 나타나는 때이기 때문이죠."라고 덧붙였습니다. 치매환자에게 흔한 일몰증후군이란, 낮엔 아무렇지 않다가도 일몰 때부턴 불안해하면서 과민 반응을 보이는 증상입니다. 그러나 여럿이 모여 수다를 떨다 보면 우울감은 금세 사라지고 혼자가 아니란 안도감이 든다고 했습니다. 또 보통 요양원에선 환자의 80%가 휠체어를 타는데, 여기선 전체 50명 중 4명만 그것도 아플 때만 탄다는 것입니다.

"일은 곧 움직임이고, 움직임은 활력을 줍니다. 끊임없이 움직이게 만들죠. 핵심은 '스스로 하는 것.' 커피를 내리고 설거지를 하면서 '내 삶의 주인은 나'라는 평범한 진리를 몸에 새기는 것"이라고 했습니다.

다.
치매 예방 특효 5가지

1) 뇌에 영양을 주는 식품을 골고루 섭취하라.

멸치, 등푸른 생선, 호두, 잣, 토마토, 녹차, 우유와 뇌혈관을 세척하는 블루베리와 브로콜리, 다시마, 카레, 두부, 청국장등 콩류를 많이 먹습니다.

2) 짜증을 내지 말고 명상을 생활화하라.

화내고 흥분할 때마다 수십만 개의 뇌세포가 파괴됩니다. 체질을 산성으로 바꾸는 극심한 스트레스는 만병의 근원입니다. 스트레스 순위는 자식의 죽음(100), 배우자의 죽음(99), 생명을 위협하는 질병(95), 감옥 수감(80) 순입니다. 치매환자 중에는 스님과 가수는 없다고들 합니다. 명상으로 평상심을 유지하고 틈나는 대로 즐겁게 노래하며, 과거에 집착하지 말고 미래의 희망을 설계합니다.

3) 햇살 좋은날은 집에 있지 말고 운동을 하던지 산책을 나가라.

치매는 운동을 싫어합니다. 운동을 하지 않는 사람은 평균 75세에 치매에 걸렸지만, 운동을 한 사람은 평균 90세 때에 치매에 걸렸습니다. 비타민 D가 부족한 사람들이 치매 및 알츠하이머병에 걸릴 확률이 정상적인 수준의 사람에 비해 53% 높은 것으로 나타났습니다. 삶의 상징인 눈부신 햇살은 공짜로 건강을 제공해 줍니다.

4) 책을 큰 소리로 읽고 쓰기를 하루 1시간씩 꼭 실천하라.

뇌에는 수백억 개의 신경세포가 서로 연결되어 있는데, 나이가 들면 세포 증식이 느려지고 신경자극이 줄어들게 됩니다. 이때 뇌의 노화가 진행되는데, 신경세포 사이인 시냅스에서 신호전달이 느려져 인지장애, 기억력 감퇴 등의 현상이 나타나게 됩니다. 계속 자극과 인지능력을 깨우쳐서 뇌 운동을 활성화해야 합니다.

5) 달리기를 꾸준히 하면 뇌 노화를 5배 늦춘다.

가장 적극적이고 성과가 높은 치매 예방수칙은 달리기 운동입니다. 달리기 운동을 시작한 지 3일이 지나면 뇌 성장호르몬이 30% 더 분비되고, 꾸준히 하면 뇌의 노화가 5배 늦어진다는 연구결과가 나왔습니다. 혈액순환이 원활해지면 산소와 포도당이 신경세포에 충분히 공급돼 뇌세포의 증식과 신경물질 분비를 활성화하기 때문입니다. 3일간 매일 30분씩 쳇바퀴를 돌린 쥐의 뇌 성장호르몬(BDNF)을 측정한 결과 실험 전에 비해 30%가량 증가했습니다. 뇌 성장호르몬은 뇌의 신경세포의 성장과 분할을 돕는 물질로 양이 늘어날수록 기억력이 높아지게 됩니다. 추가 연구에서는 20개월 이상의 생쥐(사람 나이 60세)에게 하루에 3번 5분씩 쳇바퀴를 돌게 한 결과, 염증을 일으키는 활성화 산소가 운동 전에 비해 절반으로 줄어들었다는 것을 확인했습니다.

최근 65세 이상 노인이 매일 30분씩 자전거를 타면 치매 발병률이 30% 낮아진다는 연구결과가 나왔습니다. 이에 연구진은 운동이 뇌와 중추신경에 미치는 영향을 규명하고자 했습니다. 캐나다 서니브룩 뇌 과학연구소 로라 베치오 교수팀은 "이번 연구는 운동이 뇌의 노화를 막는 과정을 밝힌 최초의 논문"이라며 "1주일만 운동해도 노화와 관련된 신경학적 결손이 완화되므로 하루라도 빨리 운동을 시작하는 것이 좋다."라고 조언했습니다.

결론은 즐겁고 신나는 마음으로 건강에 좋은 음식 섭취하고, 햇살 좋은날에는 1시간씩 산책과 달리기를 적당히 번갈아 하면 뇌의 노화를 최대한 더디게 진행시킬 수 있고, 각종 나쁜 병으로부터 자유로울 수 있다는 얘기가 되겠습니다. 말보다 실천이 중요한 때입니다.

라.
치매를 예방하는 생활습관 25가지

1) 아침에 일어나면 힘차게 맨손 체조를 하라. 혈액순환이 잘 돼서 만병이 통치된다.

2) 계란은 완전식품이다. 콜레스테롤 따위 신경 쓰지 말고 먹어라.

3) 치아가 손상되면 바로 고쳐라. 이가 없으면 신체기능이 저하되어 치매도 빨리 온다.

4) 호두를 주머니에 넣고 다니며 굴리기를 하라. 악력에 도움이 된다.

5) 화가에게는 치매가 없다. 손으로 창조의 기쁨을 맛보기 때문이다.

6) 지휘자는 모두 장수한다. 손은 몸 밖에 있는 뇌수다.

7) 뜨개질을 하라. 머리와 손을 열심히 사용하면 놀라운 활력이 생긴다.

8) 손을 뜨거워질 때까지 비벼라. 그 손으로 온몸을 마찰하라.

9) 집 앞을 쓸어라. 골프 치는 것만큼 치매예방에 도움이 된다.

10) 뜨겁게 사랑하라. 사랑이 뜨거우면 치매도 도망간다.

11) 남을 미워하지 말라. 미움은 피를 독성물질로 만든다.

12) 잔소리 하지 말라. 하는 자나 듣는 자나 다 같이 기가 소진된다.

13) 두한족열(頭寒足熱). 머리는 차게, 발은 따뜻하게 하면 의사가 필요 없다.

14) 겨울 외출 시에는 방한모와 장갑을 꼭 지참하라. 보온은 건강의 지름 길이다.

15) 정수리를 10분씩 두드려라. 뇌에 좋은 자극이 된다.

16) 취미생활은 삶의 윤활유다. 적극적으로 취미 활동을 하라.

17) 대화상대를 만들어라. 외로움은 가장 큰 형벌이다.

18) 노래방기기를 장만하라. 노래와 춤은 치매예방의 가정교사다.

19) 글쓰기, 일기쓰기를 생활화하라. 뇌 운동에는 그만이다.

20) 낙천적인 사람은 치매에 걸리지 않는다. 성격을 개조하라.

21) 봉사하는 사람 너나없이 건강하다. 베푸는 마음이 뇌에 영향을 준다.

22) 박장대소, 포복절도, 요절복통의 달인이 되라. 큰 웃음은 치매가 두려 워한다.

23) 억지로 참으면 뇌세포에 손상이 온다. 해소하는 방법을 생활화하라.

24) 명상과 호흡을 배워라. 여유있는 마음이 몸의 노화를 방지한다.

25) 깊은 신앙을 가져라. 신앙의 힘이 기적을 만든다.

마.
일상에서 기억력을 증진하는 방법 15가지

1) 운동, 정신력은 체력에서 나옴

2) 꾸준한 학습. 뭔가를 배우는 사람이 치매 적어

3) 깊은 밤 수면. 잠은 산만한 기억 정보를 정리

4) 채식과 단백질 위주 지중해식. 비타민 B와 D 섭취

5) 절주와 금연

6) 적절한 체중유지. 비만은 인지 장애와도 연관

7) 활발한 사회활동과 교제. 하루 통화 횟수가 기억력 지수

8) 스트레스 관리. 긴장과 흥분은 정보 입력 효율 감소시켜

9) 명상 또는 요가처럼 몸과 마음 동시 수련

10) 만성질환 관리. 당뇨병, 고혈압 등은 인지기능 떨어뜨림

11) 정기적 청력-시력 검진. 입력 정보량과 질 감소를 방지

12) 갑상선 호르몬 체크. 기능 항진은 혼돈감, 저하는 우울감 유발

13) 먹는 약 가운데 기억력 떨어뜨리는 게 있는지 점검해 대체물로 교체

14) 우울증 치료. 기억력 장애와 치매 위험 증가 막아

15) 헬멧, 안전띠, 과속 방지 등 사고당할 때 머리 다치지 않게 보호

(미국 국립정신건강연구소와 미국 치매협회 자료임.)

2 파킨슨병

　제가 50대 후반쯤 동문모임에 갔을 때 6년 선배를 만났는데, 그분은 덩치도 컸고 주먹도 있어 학창시절 서울 마포 일대에서 한 가닥 하셨다는데, 후배들에겐 아주 자상한 분이셨습니다. 그런데 그날은 구부정한 모습에 머리도 흔드는 것이었습니다. 동기들 말씀이 파킨슨병에 걸렸다 하더군요. 그 다음해 모임에 갔더니 또 뵐 수는 있었으나 더 수척해지셨고 앉았다 일어났다 할 때 누군가의 부축이 있어야 가능했고 말수도 없었습니다. 안타깝게도 다음해에 돌아가셨다는 연락이 오더군요.

　그때쯤 제가 사는 아파트 단지에 고교 동기 한 분이 이사를 왔고, 같은 동에 사는 동갑내기가 부동산 중개업소를 열어 자주 놀러가다 보니 모두 친하게 지냈습니다. 그런데 지금 생각해보니 둘 다 60 중반에 파킨슨병이 찾아온 것 같았습니다. 엉뚱한 이야기도 했지만, 몸을 자주 떨고 어디를 가려고 하면 종종걸음에 제가 못 따라갈 정도였습니다. 병세가 나빠져서 부동산 중개업소를 접고 한동안 볼 수가 없더니 일 년 후에 나타났는데, 치매까지 생겨서 아파트 단지를 막 휘젓고 다니더군요. 부인이 감당할 수가 없어서 요양병원에 입원시킨지 1년 만에 돌아가셨다고 하네요.

　한편 동기생은 경치 좋은 곳 찾아간다고 해운대로 이사를 간 후 치료를 받는다고 이 병원 저 병원 다녀봤지만 더 이상 치료약이 없다고 한다며 불평이 대단합니다. 집에서조차 거동을 못해 휠체어를 타고 있어서, 간병하는 부인의 어려움이 어떠할지 짐작할 수 있습니다.

파킨슨병은 보통 발병에서 죽음까지 10년에서 15년 정도 걸리는 걸 봐서 본인은 말할 것 없고 가족, 주변에 큰 고통을 안겨주니 참으로 무서운 병이 아닐 수 없습니다. 이렇게 파킨슨병은 몸을 움직일 수 있도록 돕는 신경 전달물질인 도파민(Dopamine)의 분비가 감소하면서 몸이 의도하는 대로 움직이지 않는 질환인데, 주로 60세 이상에서 나타나며 뇌졸중, 치매와 함께 대표적인 퇴행성 질환으로 분류됩니다. 파킨슨병의 대표적인 증상은 비자발적인 손발 떨림인 진전, 근육의 경직, 느린 행동, 자세 불안정으로 요약됩니다. 대개는 뇌신경이 60% 소실된 후에야 증상이 겉으로 명확하게 드러나기 시작합니다. 초기엔 전신 피로와 권태감, 팔다리 통증이 함께 나타나 관절염이나 오십견, 우울증, 초기치매 등으로 오인되기 쉬워 치료시기를 놓치기도 합니다.

파킨슨병은 뇌졸중과는 달리 편마비가 2년 정도 지난 후 다른 쪽에서도 비슷한 증상이 나타납니다. 뇌졸중은 힘이 떨어지며 운동장애를 보이는 반면에 파킨슨병은 운동속도가 느려질 뿐 힘은 정상적으로 유지된다는 점에서 차이가 있습니다. 치매는 인지능력과 운동능력이 함께 감소하지만, 파킨슨병은 말이 어눌해지지만 인지능력, 기억력 감퇴는 보이지 않습니다. 물론 파킨슨병이 진행되면 치매가 동반되기도 하지만, 초기 파킨슨병은 치매증상과 확연히 차이를 보입니다.

한국인 파킨슨병 환자의 경우 피부암 위험이 높고, 심근경색 등 심혈관계 질환에도 충분히 대비해야 한다는 대규모 연구결과가 나와 있습니다. 파킨슨병은 진행될수록 근육, 뼈가 약해지면서 폐렴, 골절 등 합병증 위험도 커집니다. 2010~2015년 한국에서 발병한 파킨슨병 환자를 분석한 결과, 여성이 남성보다 60% 더 많았고, 특히 2013년 이후로 여성 환자 증가폭이 두드러졌다고 연구팀은 밝혔습니다. 한국인 파킨슨병 환자의 암 위험은 전체적으로 일반인보다 크게 낮았습니다. 위암을 비롯해 간암, 췌장암, 폐암 등 거의 모든 암이 최대 절반까지 발병위험이 낮은 것으로 파악되었습니다. 구체적으로 파킨슨병 환자는 심근경색의 발병위험이 43%, 뇌졸중 발병위험은 42% 증가했습니다. 울혈성 심부전 위험은 65%나 증가했습니다.

한편 한방체질의학에서 이 병은 잘못된 식습관에서 기인한다고 했습니다. 특히 태양인=금음체질은 육고기, 우유, 요구르트, 유산균 등의 동물성 단백질을 장기간 섭취한 결과 뇌에 문제를 일으켜서 오는 전형적인 체질병으로 파악하고 있습니다. 육고기를 먹어선 안 되는 초식동물인 소에게 동물성 사료를 오래 먹인 결과, 소뇌가 문제를 일으켜 발생하는 광우병과 같은 이치입니다. 제세한의원 '하한출' 원장은 "정확한 한방 체질검사로 태양인=금양-금음체질로 진단을 받은 파킨슨병 환자라면 우선 육고기, 우유, 유산균, 요구르트 섭취를 즉시 중단하는 것이 바람직하다."고 권고했습니다. 만약 변비가 심해 유산균 제재나 요구르트를 먹고 있던 경우라면 매일 밤 잠들기 전 키위를 서너 개 먹는 게 좋다고 했습니다. 식단은 평상시 면역을 높일 수 있도록 엽산이 많은 푸른 잎채소, 흰살 생선 위주로 바꾸고, 하루 40분 정도의 걷기 운동을 꾸준히 해 근력을 강화시켜야 한다고 했습니다. 혹여 걷기가 부담된다면 강도를 높인 실내체조를 추천합니다. 항상 몸을 시원하게 해서 땀을 흘리지 않도록 하고, 수영이나 냉수욕도 도움이 되며, 메밀

차를 자주 마시는 것도 좋다고 했습니다.

오수혈을 자극하는 체질침도 파킨슨병 환자에게는 큰 도움이 됩니다. 침 치료를 받으면 눈빛이 맑아지고 움직임이 부드러워져, 몸이 한쪽으로 쏠리는 현상이 줄어들고 보폭이 한결 길어짐을 확인할 수 있습니다. 파킨슨병에 으뜸가는 약재는 오가피인데, 맛이 맵고 쓰며 독이 있습니다. 동의보감에는 오가피를 위벽, 즉 하지의 마비 혹은 저림 등의 기능저하가 있을 때 골격과 근육을 단단하게 하는 효능을 가진 것으로 설명하고 있습니다. 태양인=금양-금음체질 외 다른 체질도 파킨슨병이 올 수 있습니다. 소양인=토양-토음체질은 닭고기, 사과, 인삼, 홍삼을 금하고 현삼과의 지황을 쪄서 말린 숙지황을 주재료로 숙지황청뇌탕을 처방합니다. 태음인=목양-목음체질의 파킨슨병 환자는 해산물을 멀리하도록 하고 녹용청뇌탕을, 소음인=수양-수음체질은 돼지고기를 금하고 홍삼청뇌탕을 처방하면 증상의 개선을 기대할 수 있습니다.

'하한출' 원장은 "파킨슨병으로 진단을 받은 환자의 경우 병원에서 처방받은 도파민 효능 제재를 복용하면서 섭생을 바로 잡고, 한방 체질치료를 병행하게 되면 증상이 확연하게 개선된다."며 만성질환이지만 적극적으로 치료받기를 당부했습니다.

가. 파킨슨병에 대한 책을 쓰신 '박병준' 씨의 논문을 참고해 보겠습니다.

1) 파킨슨병은 내부 진전(떨림)부터 시작됩니다.

① 진전(振顫) : 움직일 때보다 안정 시나 긴장 시 더 많이 떱니다.

② 서동(徐動): 일상생활에서 동작이 적어지고 느려집니다.

③ 강직(强直): 어깨, 무릎 등이 딱딱하게 굳어져 움직임이 자연스럽지 않습니다.

④ 자세 불안정: 몸의 균형 잡기가 힘들어지고, 자세가 구부정해집니다.

⑤ 한쪽의 증상이 점차 양쪽에서 나타납니다.

⑥ 초기 증상 이후 진행됨에 따라 자세불안정 증상이 심해지면서 자세 반사 장애, 보행 장애, 자율신경 장애가 나타납니다.

⑦ 파킨슨병의 발생 원인을 정확히 모릅니다. 뇌의 겉 표면인 피질에 이상이 오면 뇌경색, 뇌출혈, 치매, 건망증, 운동, 감각, 언어기능에 문제가 발생합니다. 만약 깊은 중뇌부분에 문제가 있을 경우 파킨슨병이 발병하게 됩니다. 중뇌 흑질은 감각기관을 통하여 들어온 정보를 정리하여 다시 피질을 통하여 해당하는 근육신경에 신호를 전달하는 역할을 하는데, 이러한 신호전달은 신경과 신경 사이에 신경 전달물질을 통하며 이루어지게 됩니다.

중뇌흑질은 10년에 자연적으로 5%씩 사멸해 가므로 만약 100세까지 산다면 80세 때 40%가 감소되어 그 결과 도파민을 포함한 신경 전달물질을 분비하는 데 어려움이 생겨 파킨슨병의 증상이 나타나기 시작하는 것입니다. 그러나 만약 어떠한 이유로 흑질의 도파민성 세포가 빠르게 사멸하게 되면, 나이에 무관하게 파킨슨병 증상이 나타나게 되는 것입니다. 현재까지의 가설적 원인으로는 유전적, 환경적 요인이 복합적으로 작용한다고 보고 있는 것입니다.

2) 파킨슨병은 5단계로 진행됩니다.

① 1단계: 증상이 왼쪽 또는 오른쪽 중 한쪽에서만 나타납니다.

② 2단계: 떨림을 비롯한 증상들이 양쪽에서 나타나면서 근육들이 굳어지고 구부정한 자세로 균형 잡기가 불편해집니다.

③ 3단계: 보행 장애, 종종걸음, 가속보행과 돌진현상으로 인한 낙상의 우려가 있는 한편, 동작이 눈에 띄게 느려지면서 목소리가 작아지고 삶의 질이 급격히 저하됩니다.

④ 4단계: 홀로 보행이 거의 불가능하고 휠체어를 사용하게 됩니다.

⑤ 5단계: 독립적으로 활동이 거의 불가능해지고 모든 행동에 도움이 필요하게 되며, 주로 침상에서 생활하게 됩니다.

나.
불편한 증상에 어떻게 대처해야 합니까?

1) 괴로운 떨림 현상 이렇게 합시다.

초기 파킨슨병은 약물 복용으로 어느 정도 떨림에 대한 효과를 볼 수 있습니다. 그러나 2단계 이상으로 진행이 되면, 양측에서 증상이 나타나면서 떨림을 효과적으로 제어하기가 어렵게 됩니다. 이런 경우는 억제되었던 파킨슨병이 다소 진행이 되기 때문에 발생하며, 근원적인 치료제가 아니기 때문에 약효가 떨어지게 됩니다. 약을 증량하면 증량초기엔 조금 진정이 될 수 있겠지만, 향후 진행과 증량이라는 악순환이 반복되므로 좋은 방법만은 아니라 하겠습니다. 파킨슨병 환자의 70~80%에서 떨림이 나타납니다.

그러나 떨림이 많은 환자들은 향후 보행 장애가 오는 확률이 적은 편입니다. 보행 장애는 떨림보다 훨씬 심각한 문제를 일으키게 되므로 희망을 가지고 이겨내는 편이 중요합니다. 파킨슨병의 떨림과 구분하여 몸 전체 또는 상체나 머리 등이 큰 동작으로 흔들리는 증상은 약의 장기복용에 의하여 나타나는 이상 운동증으로 떨림과는 본질적으로 다릅니다. 레보도파(Levodopa) 합제 하루 용량을 600mg 이상 초과하여 장기 복용 시 이러한 증상이 출현하게 됩니다. 오히려 파킨슨병의 떨림보다 불편을 초래할 수도 있습니다. 이상 운동증의 괴로움은 반드시 의료진과 상의하면서 약물의 용량을 조절하도록 해야 합니다.

2) 발이 떨어지지 않아 괴롭습니다.

첫 걸음이 잘 떨어지지 않는 현상은 파킨슨병 3기 전후로 자주 나타납니다. 이를 '동결현상'이라 하는데, 이 또한 약물의 장기복용과 관련성이 있습니다. 첫발을 내디디려 해도 의지와는 반대로 걸음이 떨어지지 않고 초조해지며, 더 움직이기 어려워지게 됩니다. 이런 상황이 반복되면 자신감이 결여되어 외출을 꺼리게 됩니다. 파킨슨병 초기에는 거의 나타나지 않으며, 진행이 되면서 항 파킨슨 제재에 대한 효율이 감소하면서 나타납니다. 약물을 증량하거나 다른 약물을 병행하면 어느 정도 개선될 수도 있으나 증량 초기에만 효과가 있을 뿐 근본적 개선이 되는 것은 아니므로 의료진과 충분한 상담이 필요합니다.

3) 약효가 이전 같지 않습니다.

도파민제를 오래 복용하면 복용 후 1~2시간은 몸이 정상처럼 편하고 가벼운데, 그 후 몸이 무겁고 움직임이 둔해집니다. 또한 이전보다 약효의 지속시간이 점점 짧아지면서 이전보다 불편함을 느끼게 됩니다. 이러한 현상을 약효 소실현상이라 하며, 약물 복용 후 5년이 지나면 나타나게 됩니다. 이러한 현상은 파킨슨병이 진행되는 질환이고, 상용되는 레보도파제의 짧은 반감기 등이 원인으로 지목되고 있습니다. 종종 의료진의 의견을 무시한 채 고용량으로 레보도파제를 복용하게 되면 초기에 효과가 매우 좋아 증상이 개선되는 것 같아 보이지만, 다른 환자보다 빨리 이런 현상이 출현하여 당황하게 됩니다.

레보도파제 하루 최고 용량을 600mg 이하로 억제하면, 약효 소실현상의 조기출현을 어느 정도 지연시킬 수 있습니다. 보통 복약 후 1시간이 지나면 약효가 나타나면서 4~6시간 지속되지만, 고용량 투여를 하게 되면 약효가 나타나자마자 바로 효과가 떨어지게 됩니다.

4) 느려지는 동작은 이렇게 대처합시다.

서동 또는 운동 완만은 파킨슨병의 3대 증상입니다. 이전보다 단추를 꿰는 데 시간이 더 걸리고, 출근하는 데 준비시간이 부족해지고, 컴퓨터 자판 작업에서 오타가 많이 나거나 같은 키를 지속적으로 누르게 됩니다. 목소리는 작아지고 눈의 깜박임이 적어져 주위에서 화가 난 사람처럼 오해를 받기도 합니다. 침의 양은 적어졌는데, 가끔 침을 흘리게 되기도 하고 입안에 침이 고이기도 합니다. 움직임의 시작과 실행이 느려지는 전형적 현상입니다. 서동증은 환자가 말로 표현하기 가장 어려운 증상으로 지속적이면서 만성적 피로감, 발한 과다로 이어지기도 합니다. 그러나 서동증이 발생하는 환자는 가장 불편한 떨림 증상 빈도가 상대적으로 낮은 편입니다.

5) 변비치료의 핵심은 식이섬유

변비는 파킨슨병에서 매우 흔한 질환입니다. 서동증과 더불어 위, 장관의 운동저하로 50세 이상의 환자에서 변비가 나타납니다. 파킨슨병의 진단 지표인 루이소체(Lewy Body)가 뇌의 흑질(Substance Nigra)과 장의 신경세포, 제3천추 분절에서 관찰되는 것으로 보아 변비는 파킨슨병과 많은 상관관계가 있는 것으로 보입니다. 변비가 있으면 치루 항문열상, 일시적 혈압상승, 운동능력 저하의 주원인으로 작용할 수 있기 때문에 주치의와 상의해서 적극적으로 대처해야 합니다.

6) 빈뇨와 긴급뇨, 야간 다뇨는 도구를 활용합시다.

비뇨기계 이상은 파킨슨병 환자 60~70%에서 나타납니다. 밤에 소변을 자주 보는 것이 첫 증상입니다. 증상이 더 심해짐에 따라 낮에도 소변을 더 자주 보게 되고 소변을 잘 참지 못하게 됩니다. 그러다 갑작스런 요의로 실수를 하는 긴급뇨로 발전하게 됩니다. 중요한 것은 증상의 원인이 비뇨기계의 이상인지 먼저 감별하도록 해야 합니다. 비뇨기계 이상이 아닌 경우, 요도괄약근의 약화와 낮은 도파민 농도로 인한 배뇨근 반사항진이 원인이므로 주치의와 약물에 대한 상담을 해야 합니다. 특히 항 콜린제는 배뇨에 이상을 줄 수 있기 때문에 반드시 체크해야 합니다. 야간 빈뇨는 수면장애를 유발하고, 주간의 무력감으로 이어져 진행에 영향을 미칠 수 있으므로 현명히 대처해야 합니다.

7) 불면증이 시작되면 낮 졸음부터 극복합시다.

파킨슨병 환자의 수면문제를 발생시키는 요인은 다양합니다. 빠른 안구운동 행동장애, 즉 수면불안증, 하지불안증후군, 수면무호흡증. 통증진전으로 인한 몸체의 불안, 약효의 지속시간 등이 영향을 줍니다. RBD(Rem Behavior Disorder)는 수면 중에 소리 지르기, 돌아다니기, 대화하듯 중얼거림 등의 증상으로 진단 전부터 출현하기도 합니다. 하지불안증후군은 20%의 파킨슨병 환자들에게서 나타납니다. 수면 중 다리가 거북하고, 벌레가 기어다니거나 스물 거리는 듯한 불쾌감을 호소하기도 합니다. 수면장애들은 진행과 더불어 오는 자율신경계 이상으로 인한 각성기전의 이상을 원인으로 보고 있습니다. 기면증은 불면증, 복용중인 약물, 수면장애에서 발생하므로 문제가 되는 원인 파악과 이에 대한 현명한 대처가 필요합니다.

8) 우울증이라 생각되면 밖으로 나갑시다.

파킨슨병 진단 후 환자들은 혼란스러워 합니다. 보편적으로 잘 알려진 질환도 아니고, 주변에 앓고 있는 사람도 많지 않아 누구와 상의해 볼 수도 없습니다. 그런데 평생을 앓으면서 가야 한다는 부담감, 진단의 정확성에 대한 의구심, 경제적인 문제, 직장과 가족과의 관계 등으로 말하기 힘든 고통을 겪게 됩니다. 그래서 환자의 40~50%에서 우울증을 경험하게 됩니다. 우울증의 원인은 진단 후 변화되는 상황과 흑질 신경세포의 사멸과 더불어 세로토닌(Serotonine)의 분비저하가 원인입니다. 우울증이 있는 파킨슨병 환자들에게는 세로토닌의 주요대사 산물인 뇌척수액 5-HIAA의 수준이 낮게 나타납니다. 즉, 뇌 내부의 내인성과 외부환경에 대한 외인성의 양측이 모두 원인으로 작용한다는 것입니다. 항 우울제는 파킨슨병과 연관된 우울증에 비교적 양호한 효과를 나타냅니다.

9) 참기 힘든 이상 운동증, ON-OFF 증상은 이해의 폭을 넓혀야 합니다.

초기 파킨슨병 환자와 도파민과의 만남은 밀월의 시기와 비슷합니다. 증상완화에 한정된 대증요법의 특성상 레보도파민 요법은 최선의 표준 치료로 생각됩니다. 그러나 진행되는 뇌 신경계의 질환이어서 약물의 증량이 이루어져야 한다는 점, 뇌에서 분비되는 도파민 외 수 많은 신경 전달물질의 일부만 보충할 수밖에 없는 한계점, 도파민 분해 과정 중 나타나는 독소, 레보도파의 짧은 반감기 등은 필연적으로 부작용이 수반됩니다. 그 대표적 증상이 이상 운동증과 ON-OFF 증상입니다.

복용 후 3~5년이 지나면 복용 후 증상이 유지되는 ON시기와 약효가 없어지는 OFF 시기를 경험하게 됩니다. 이상 운동증은 크게 두 부류로 분류됩니다. 최고용량 이상 운동증과 최저용량 이상 운동증인데, 이상 운동의 발현 시기가 도파민의 체내 함량의 최고점, 최저점에서 나타납니다. 최고용량 이상 운동증이 더 빈발하는데 사지, 몸통, 머리 등이 흔들리고, 뒤틀리고, 의자에서 몸을 회전하는 등의 여러 양상을 나타냅니다. 이 증상들은 용량을 감량하면 줄어들 수 있습니다. 그러나 온몸이 무력감이 심해지는 불편함이 초래되어 이 둘 사이의 적정선을 찾아야 합니다. 최저용량 이상 운동증은 주로 이른 아침이나 한 밤중에 발생합니다. 근육이 수축되고, 발바닥이 구부러지고, 발이 안쪽으로 꼬여드는데, 간혹 장딴지의 통증으로 잠을 깨기도 합니다.

10) 부종에는 적극적으로 대처해야 합니다.

운동신경의 퇴화와 더불어 자율신경도 영향을 받기 시작하면 자율신경 장애가 나타나는데, 가장 중요하게 관리해야 할 증상이 부종입니다. 부종은 모세혈관의 움직임이 저하되면서 주로 3기 이상에서 보행 장애와 더불어 나타납니다. 손발의 시림, 동상, 혈관돌출도 같은 부류의 문제 증상입니다. 간혹 아만타딘의 부작용으로 나타나기도 하므로 원인에 대한 관찰이 필요합니다. 평소 고혈압이나 신장, 심장의 문제가 있다면 이 부분부터 체크해 보아야 합니다. 다른 한 측면은 움직임과 활동성의 저하입니다. 신장에서 걸러낼 수 있는 혈액의 양은 한정되어 있는데, 적은 움직임으로 독소가 너무 방대하면 이러한 독소는 그대로 혈액에 남아 하지로 몰려들어 부종을 발생시킵니다. 만약 이러한 독소가 심장이나 폐에 영향을 미친다면 심장마비, 폐부종의 원인이 되어 치명적인 문제를 발생시킬 수 있으므로 특별히 관심을 가져야 합니다.

11) 파킨슨병 외의 다른 병이 파킨슨병을 악화시킵니다.

파킨슨병의 국내 평균 발병 연령은 64.1세입니다. 2020년 대한민국 기대 수명은 83.3세로 보고되어 있습니다. 이를 감안한다면 진단 후 약 20년 동안을 파킨슨병을 관리하면서 살아가야 한다는 것입니다. 자연스럽게 성인병, 근 골계질환, 순환계질환들이 드나들면서 일부 병은 지병으로, 일부 병은 낮게 되는 과정을 반복하게 되는 것입니다.

그렇지만 우리 몸은 전일체입니다. 뇌의 병, 허리의 병이 그 부위에 한정되는 것이 아니라 상호 주고 받게 되는 것입니다. 그래서 예상치도 못한 증상이 나타나기도 합니다. 이때 "파킨슨병과 관계없겠지." "말하면 주위사람에게 걱정을 끼칠 텐데."라고 하는 것은 좋지 않습니다. "부부관계를 하는 것은 해로울 거야." "운전은 나에게 사치일 거야."라는 사소한 걱정도 상담해보는 것이 좋을 것입니다. 주치의나 담당 의료진은 다양한 환자를 진료하고 있기 때문에, 충분한 경험과 해결법을 가지고 있을 것입니다. 함부로 자기만의 속단은 금물이며, 약물도 누가 좋다하면 그것으로 단일 질병은 해결될수도 있겠지만, 복용 중인 수많은 약물들의 상호작용과 예측할 수 없는 문제를 낳게 될 것입니다. 그러므로 환자와 의료진과 가족의 신뢰관계를 기반으로 하는 삼각관계가 무엇보다 중요하다고 할 수 있습니다.

12) 연하장애(삼킴 장애)**는 음식물의 점도를 조절해야 합니다.**

파킨슨병 환자들에게서 침 흘림 증상이 나타날 때가 있습니다. 대부분 환자들이 처음부터 침 흘림을 나타내지는 않습니다. 최고 2기 이상이 경과될때, 밤 시간부터 침 흘림 증상이 출현하다가 낮에도 그 증상이 나타나게 됩니다. 이러한 증상은 진행과 더불어 자율신경의 기능이 저하되고, 목 안쪽에 있는 근육의 움직임이 저하되어 나타납니다. 파킨슨병의 진단지표인 루이소체들이 연하곤란이 있는 환자들의 식도근 신경총에서 발견되는 것으로보아 침 흘림은 파킨슨병 진행성 증상에는 의심의 여지가 없습니다. 삼킴장애의 가장 큰 문제는 침 흘림보다 음식물의 기관지로의 유입입니다. 이 경우 흡입성 폐렴을 일으키게 되어 자칫 치명적 결과를 초래할 수 있기 때문에, 홀로 기거하는 환자들에게는 깊은 주의가 필요합니다. 평소 잦은 사레가 걸리는지 여부를 잘 관찰하고 의료진과 상의하여야 합니다.

13) 환시, 환청, 환각을 인정해 주어야 합니다.

환시나 환각, 환청은 파킨슨병에서 나타날 수 있는 증상 중 하나로, 보행 장애를 동반하는 3기 전후에 많이 나타납니다. "고양이나 개 등 동물들이 주위에 앉아있다." "조상이나 알지 못하는 사람이 소파에 앉아 있다." "이상한 벌레가 몸에 기어 다닌다." "음악소리가 시끄럽게 들린다." 등의 다양한 착란을 호소합니다. 환각 증상보다 조금 더 심한 경우 과대망상, 피해망상이 발현될 수 있습니다.

그러나 이런 증상이 나타나기 전 의료진은 먼저 증상에 대한 가능성을 설명할 것입니다. 만약 설명을 듣지 않았다면 바로 주치의와 상의해야합니다. 파킨슨병의 진행성 증상과 약물의 부작용이 원인이므로 적절한 조치가 필요합니다. 만약 환시의 증상이 심각해지면 복용중인 약물 중 항 콜린제나 아만타딘의 계속 복용 여부를 주치의와 상의해야 합니다. 망상증은 항 파킨슨 제재를 감량하거나 대체함으로써 증상을 개선시킬 수 있습니다. 파킨슨병 치료제인 아만타딘, 항 콜린제, 도파민 효현제, 레보도파제제 순으로 감량을 고려해 보아야 합니다.

다.
파킨슨병의 치료 현황

파킨슨병의 치료방향에는 대증요법, 진행조절요법, 완치요법이 있습니다. 대증요법에는 도파민성 약물요법과 뇌 심부 자극술로써 증상을 완화하는 치료법이 있습니다. 진행 조절요법에는 다양한 방법들이 시도되고 있어서 치료 가능성을 보이고 있으나, 완치요법은 아직 없습니다. 파킨슨병은 노화의 질환이므로 젊은 나이라면 진행을 늦추어 항 노화의 방향으로 몸을 관리하면서 신기술이 나올 때까지 기다려 보는 것입니다. 희망을 주는 연구들을 하고 있는데, 유전자요법, 다기능 줄기세포요법, 표적 바이러스요법, RNA 파장요법, 백신요법, 신경보호인자 개발 등이 있으며, 어떤 연구들은 실용화를 앞두고 있습니다. 표적 바이러스요법 효과가 있는 유전자 정보의 바이러스를 운반체로 활용하여 뇌로 보내는 방법입니다.

이를 위해 바이러스를 비활성화시키면서 증상 완화에 도움이 될 것으로 판단되는 신경 영양인자나 유전인자를 중뇌로 실어 보냄으로써 증상 개선을 유도하는 방법입니다. 그러나 상용화 단계는 미정이며 현재 임상시험 중에 있습니다. 침습적 수술법인 뇌 심부 자극술의 단점을 보완하고자 하는 뇌 초음파 자극술, 사멸되지 않는 여분의 흑질을 보호하는 신경보호 인자요법, 알파 시누클레인(Alpha Synuclein) 주사를 통한 항체 형성 후 이를 이용하는 백신요법 등은 아직 연구 초기단계이지만, 다양한 임상증상을 나타내는 파킨슨병의 특성상 여러 치료법의 출현들은 '희망' 이라는 단어를 의미 있게 해 주고 있습니다.

1) 사례1: 파킨슨병 걸린 쥐도 일어서게 한 '신경세포 돌려막기'

뇌에서 운동을 담당한 신경세포가 망가지면 몸을 제대로 가눌 수 없습니다. 뇌가 멀쩡해도 척수가 손상되면 역시 운동 신경세포가 제 기능을 하지 못해 하반신이 마비됩니다. 과학자들이 동물실험을 통해 망가진 신경세포를 정상으로 되돌리는 방법을 찾아냈습니다. 이가 없으면 잇몸으로 견디듯, 다른 세포를 신경세포로 만들어 운동 기능을 회복하는 방식입니다. 이런 '신경세포 돌려막기'가 발전하면 파킨슨병이나 척수마비 환자의 재활에 큰 도움을 줄 것으로 기대됩니다. 미국 UC 샌디에이고의 '시앙-둥 푸' 교수 연구진은 국제학술지 '네이처'에 "신경아교세포의 하나인 성상아교세포(성상세포)를 뇌신경세포로 바꿔 쥐의 파킨슨병 증세를 치료하는 데 성공했다."라고 밝혔습니다. 신경세포가 뇌의 주력군이라면 성상세포는 보급을 맡은 부대로 볼 수 있는데, 주력이 무너지는 위기상황에서 보급부대가 그 자리를 대체하는 데 성공한 셈인것입니다.

중국 신경과학연구원 과학자들은 유전자 교정기술인 크리스퍼 유전자가위로 같은 결과를 얻었다고 국제학술지 '셀'에 발표했습니다. 크리스퍼 유전자 가위는 원하는 곳에 DNA를 잘라내고 다른 DNA로 대체하는 효소 단백질입니다. 연구진은 파킨슨병을 유발한 쥐를 대상으로 뇌의 성상세포에 크리스퍼 유전자 가위를 주입했습니다. 그러자 PTB를 만드는 유전자가 차단되면서 신경세포로 바뀌면서 운동기능도 회복되었습니다. 울산과기원 '김정범' 교수연구진도 척수손상 환자의 피부세포에 유전자 두 종류, 즉 줄기세포로 만드는 유전자와 신경세포로 만드는 유전자를 주입해서 운동신경세포로 분화시켜 척수손상 생쥐를 치료하는 데 성공했다고 했습니다. 이번 결과는 유럽분자생물학회가 발간하는 국제학술지 '이라이프(elife)'에 실렸습니다.

2) 사례2: 스마트폰으로 동물의 행동을 조절할 수 있는 기술 개발됨.

스마트폰과 동물의 뇌에 심은 초소형 기기를 무선(無線)으로 연결해 뇌신경세포(뉴런)를 자극하는 원리입니다. 이 기술은 기존 전기 자극과 달리 특정 뇌신경세포만 정밀하게 자극할 수 있기 때문에 파킨슨병과 같은 신경계 질환 치료에 활용될 것으로 기대됩니다. 카이스트(한국과학기술원) '정재웅' 교수 연구진(전기 및 전자공학부)은 '미 워싱턴 대'와 공동으로 스마트폰 앱을 조작해 생쥐 뇌에서 도파민이라는 신경 전달물질 분비를 늘리거나 억제하는 데 성공했다고 밝혔습니다. 도파민은 사람을 비롯한 동물의 뇌신경세포를 자극해 특정 행동을 하도록 유발하는 물질입니다.

연구진은 좀 더 정교한 도파민 분비 조절을 위해 빛도 이용했습니다. 빛에 반응하는 단백질을 신경세포에 이식한 뒤 LED(발광다이오드) 조명을 쪼였습니다. 이 단백질은 빛과 반응해 신경세포에서 도파민 분비를 늘리거나 줄이는 기능을 합니다. 정 교수는 "약물이나 빛을 이용하면 신경세포 하나만 정확하게 자극할 수 있어 파킨슨병과 같은 난치성 신경질환 치료에 활용할 수 있다."고 설명했습니다.

3) 사례3: 환자 본인의 줄기세포 활용 방법 성공.

2020년 카이스트(한국과학기술원)는 '미 하버드 의대' '김광수'(66세) 교수가 "환자 본인의 줄기세포를 활용하는 방법으로 파킨슨병 환자 임상 치료에 성공했다.”고 밝혔습니다. 김 교수는 카이스트에서 석. 박사를 받았고, 현재 카이스트 해외초빙 석좌교수이자 총장 자문위원으로 활동 중입니다. 김 교수의 연구결과는 의학 분야 국제학술지 '뉴잉글랜드 의학저널(NEJM)'에 실렸습니다. 김 교수 연구진은 파킨슨병 환자의 피부세포를 도파민 신경세포로 변형해 뇌에 이식하는 방법으로 임상치료에 성공했습니다. 미국 식품의약국(FDA)으로부터 임상을 허가받아 두 차례에 걸쳐 파킨슨병 환자의 뇌에 도파민 신경세포를 이식하는 수술을 진행했습니다.

김 교수는 “2년여 동안 환자를 살펴본 결과, 면역체계의 거부반응 없이 수영하고 자전거를 탈 정도로 운동능력을 회복했다.”고 밝혔습니다.

김 교수 연구진은 파킨슨병 치료에 '역 분화 줄기세포' 기술을 이용했습니다. '성체 줄기세포'는 특정세포로 분화하지만 역 분화 줄기세포는 다양한 세포로 분화할 수 있습니다. 환자 본인의 세포이기 때문에 면역문제를 걱정하지 않아도 되는 장점이 있습니다. 김 교수는 “안정성과 효능입증을 위해 더 많은 환자를 대상으로 임상시험이 필요해 FDA 승인절차를 밟고 있다.”며 “맞춤형 세포 치료가 파킨슨병 치료를 위한 보편적인 방법으로 자리잡을 것”이라고 말했습니다. 학계 일부에서는 신중론도 있는데, 줄기세포를 연구하는 한 교수는 “줄기세포에서 분화한 세포가 환자의 몸에 들어가 암으로 변할 수도 있기 때문에 섣불리 성공을 단정짓기에는 조심스러운 측면이 있다'고 말했습니다.

4) 기타

Cellivery.com에 의하면 세계 최초 파킨슨병 치료신약 후보물질 icpparkin 특허를 세계 각국에 등록하였다고 하며, 연대 세브란스 병원 등과 공동연구를 통해 2021년 4월에 SCI급 국제학술지 '사이언스 어드벤스(Science Advance) 온라인 판에 게재되었다고 합니다. '셀리버리'의 icp-parkin은 뇌혈관장벽(BBB)을 통과해 퇴행성 뇌질환의 원인으로 꼽히는 손상된 미토콘드리아를 제거하고 재생성해 운동기능을 90% 이상으로 회복하는데 도움을 주는 획기적인 신약이라고 합니다. 한편, 덴마크 코펜하겐 대학에서는 파킨슨병 원인을 찾아냈다고 하며, 치료약 개발에 박차를 가하겠다고 했습니다.

3 뇌졸중(腦卒中)

　어른의 경우 뇌는 약 1400g으로 체중의 2.5% 정도지만, 심장에서 뿜어내는 전체 혈액량에서 뇌로 가는 양은 약 20%가 됩니다. 이 사실은 뇌가 혈액을 많이 필요로 하는 기관임을 의미하고, 그 만큼 많은 혈관이 있다는 것도 의미합니다. 그 많은 혈관 가운데 어느 한 곳이라도 문제가 생기면 뇌에 손상을 주는 뇌졸중이 발생하게 되는 것입니다. 뇌졸중은 뇌의 일부분에 혈액을 공급하고 있는 혈관이 막히거나 터짐으로써 그 부분의 뇌가 손상되어 나타나는 신경학적 증상을 말합니다. 뇌졸중은 뇌혈관 질환과 같은 말이며, 우리나라에선 흔히 '중풍(中風)'이라는 말로도 불리고 있습니다. 최근에는 뇌졸중에 의한 사망률은 점차 줄어들고 있으나 발병률은 여전히 높은데, 특히 뇌경색의 발생이 증가하는 추세입니다.

　뇌졸중은 통계청의 사망원인 통계자료에 따르면 사망원인 2위를 차지하고 있는 한국인의 주요 사망원인입니다. 50세 이상에서는 특히 더 중요한 사망원인입니다. 뇌는 일단 한 번 손상이 되면 완전 회복이 어려운 경우가 많습니다. 그러므로 평소에 뇌졸중에 관한 정확한 지식을 습득하고, 스스로 생활습관을 관리하여 뇌졸중 발병을 예방하는 것이 건강한 삶에 무엇보다 중요하다고 할 수 있습니다. 뇌졸중의 가장 중요한 원인은 동맥경화증입니다. 동맥경화란 혈관 내에 기름기가 침착되면서 혈관이 두꺼워지고 탄력성을 잃게 되는 것을 말합니다.

그리고 이 동맥경화가 계속 진행되면 혈액 속의 여러 세포들이 반응하여 물질을 분비하는데, 이것이 모여 혈관 내에서 죽상(粥狀)반이라는 것을 형성하여 동맥이 좁아지고 혈류가 잘 흐르지 않게 되어 여러 가지 문제를 일으킵니다. 마치 오래된 수도관 내에 녹이 슬고, 그 녹이 수도관 내에 침착되고 있는 것으로 생각하면 됩니다. 인체의 모든 병은 혈액이 원활하게 돌지 않아 발생하게 됩니다. 그래서 동맥경화증은 현대병의 원인이 되기도 합니다. 혈전(血栓)이 점차 커져서 여기를 통과하는 혈류의 양이 줄어들면 뇌에 영향을 미치게 되며, 또한 이것이 떨어져나가 색전증(塞栓症)으로 뇌경색(腦梗塞)을 유발할 수 있으며, 고혈압이나 동맥류, 혈관기형 등으로 인해 뇌 내출혈이 발생할 수 있습니다. 뇌는 좌우측 또는 각 부분마다 기능이 다르므로 뇌의 어떤 부위에 손상이 있느냐에 따라 증상이 다양하게 나타납니다. 뇌졸중은 대개 갑자기 나타나는 것이 특징이며 초기의 흔한 증상은 다음과 같습니다.

① 한쪽 방향의 얼굴, 팔 다리에 멍멍한 느낌이 들거나 저린 느낌이 온다.

② 입술이 한쪽으로 돌아간다.

③ 말이 어눌해지거나 상대방의 말이 잘 이해가 안 된다.

④ 걸음을 걷기가 불편해진다.

⑤ 갑자기 머리가 아프면서 토할 것 같다.

⑥ 한쪽 방향의 팔, 다리에 마비가 오고 힘이 빠진다.

⑦ 눈이 갑자기 보이지 않으며 어지럽다.

⑧ 하나의 물건이 두 개로 보인다.

위와 같은 증상이 수분에서 수십 분가량 있다가 저절로 사라진 경우는 일과성 뇌 허혈이라 합니다. 이것은 겉으로는 다 나은 것처럼 보여도 검사를 해보면 이미 뇌졸중이 와 있기도 하고, 조만간 심각한 뇌졸중이 올 수 있다는 경고신호이기도 하므로 반드시 병원을 찾아가야 합니다. 이러한 증상이 없다 하더라도 위험인자를 가진 분들은 질환에 대한 지속적인 관리와 함께 정기검사를 통한 예방관리를 해야 합니다.

뇌졸중의 위험인자 중에는 나이와 성별, 가족력, 뇌졸중의 과거력 등 스스로 조절할 수 없는 인자가 있고 고혈압, 고지혈증, 당뇨병, 심장병, 흡연, 과음, 비만, 운동부족, 스트레스와 생활습관병 등 조절할 수 있는 인자가 있습니다.

뇌졸중을 의심하는 증상들이 나타났을 경우, 일반인들이 구급약이라고 생각하는 약을 먹이는 행동은 바람직하지 않습니다. 뇌졸중이 발생했을 경우 많은 환자들이 삼키는 기능에 장애가 생기는데, 이 경우 약을 먹었다가 숨 쉬는 길을 막을 수 있으므로 위험합니다. 특히 의식이 나쁜 환자인 경우 집에서 약을 먹이는 행동은 매우 위험합니다. 환자 본인이 평소 먹던 혈압약을 추가로 더 먹는 경우도 있는데, 이 경우 급격한 혈압강하로 오히려 뇌졸중이 악화될 수 있습니다. 뇌졸중 초기의 혈압상승은 뇌 혈액 순환을 도우려는 자연스러운 현상이므로 당황하지 말고 빨리 가까운 병원으로 가서 적절한 조치를 받는 것이 좋습니다.

또한 흡연은 뇌혈관 손상을 가속화시킵니다. 흡연은 그 자체가 동맥경화를 일으킬 수 있을 뿐만 아니라 고혈압, 당뇨병, 심장병과 같은 뇌졸중의 원인 질환을 가지고 있는 환자의 경우 뇌혈관 손상을 가속화하여 뇌졸중 위험을 훨씬 더 증가시키는 것으로 알려져 있습니다. 또한 과음이나 폭음은 뇌졸중의 위험을 증가시키며, 특히 뇌출혈을 잘 일으킬 수 있습니다. 소량의 음주(하루 2잔 이내)는 뇌졸중 예방에 도움이 될 수 있다는 연구결과도 있으나 앞으로 더 검증이 필요합니다.

뇌졸중은 시간이 생명을 좌우합니다. 늦어도 발병 1시간 내 병원도착이 중요합니다. 한 번 죽은 뇌세포는 다시 살릴 수 없으므로 되도록 빨리 병원에 가서

원인을 밝히고 그에 맞는 치료를 시작해야 합니다. 대개 5시간 이내에 치료하지 않으면 치료 기회의 90%를 상실할 수 있습니다. 뇌졸중은 어느 날 갑자기 찾아오는 것 같지만, 눈에 보이지는 않지만 애써 외면하고 있는 생활습관들이 뇌졸중이라는 큰 사고로 이어지게 됩니다. 미리미리 생활습관을 바로잡는다면 예방이 충분히 가능한 질병입니다.

가. 환자 스스로 할 수 있는 뇌졸중 예방 치료 중 가장 중요한 것이 금연입니다. 일반적으로 담배를 피우는 사람이 담배를 피우지 않는 사람에 비해 뇌졸중 발생률이 2~3배나 높으며, 하루에 피우는 흡연량이 많을수록 더 위험해집니다. 1년 금연하면 뇌졸중 발생 위험도를 50% 감소시킬 수 있으며, 5년 이내에 그 위험도가 비흡연자와 거의 비슷한 수준으로 떨어진다는 보고가 있습니다.

나. 술 종류와 상관없이 매일 7잔 이상의 술을 마시면 뇌졸중 위험이 3배나 높아집니다. 과도하거나 만성적인 음주는 부정맥과 심근 수축 이상을 유

발할 수 있으며 혈압을 급격히 상승시킵니다. 그리고 뇌동맥 혈관에 손상을 주기 때문에 뇌출혈이나 뇌경색에 걸릴 위험이 커집니다.

다. 비만인 경우 혈중지방과 콜레스테롤 농도가 높아지면서 혈액의 흐름에 방해를 받습니다. 비만인 사람들은 그렇지 않은 사람들에 비해 2~3배 정도 뇌졸중 위험이 높습니다.

라. 규칙적인 운동은 혈압을 낮추고 비만을 예방할 뿐만 아니라 스트레스를 풀어줍니다. 1주일에 3회 이상 규칙적으로 매회 30분 이상 해주는 것이 중요하며 걷기, 수영, 에어로빅 등 산소를 많이 소모하는 운동이 도움이 됩니다.

마. 우리나라 사람은 하루 평균 15~20g의 소금을 섭취하는데, 이는 서양 사람들의 섭취량에 2~3배에 해당하는 양입니다. 소금의 과다 섭취는 혈압을 상승시킵니다. 싱겁게 먹는 식습관이 뇌졸중을 예방합니다.

바. 뇌졸중이 이미 한 번 발병했던 사람의 경우 5년 내에 4명 중 1명이 재발하는데, 특히 발병 후 첫 30일이 가장 위험합니다. 이러한 경우 재발하지 않도록 지속적인 약물치료 등 2차 예방을 위한 노력이 절실합니다.

뇌졸중은 사시사철 언제나 발생할 수 있지만 일교차가 크고 기온이 낮아지는 10월부터 다음해 1월 사이에 제일 많이 발생합니다. 뇌졸중이 발생하면 2차적으로 관절이 굳거나 어깨가 아플 뿐만 아니라 폐렴이 발생할 가능성이 높습니다. 폐렴은 음식을 삼키는 데 문제가 생겨 음식물이 위장으로 가지 않고 기도를 통해 폐로 들어가 발생하게 됩니다. 조기에 재활전문팀에게 진료를 보면서 삼킴 장애가 있지는 않는지, 어느 정도의 음식물 섭취가 안전한지에 대해 처방을 받고 삼키는 기능을 회복시키기 위한 치료를 받는 것도 중요합니다. 뇌졸중 환자는 마비뿐만 아니라 심리적으로도 우울증이 발생할 가능성이 매우 높습니다. 이들은 스스로 움직일 생각을 하지 않고 누워만 있으려고 하는데, 이것은 스스로 독을 섭취하는 것과 같습니다.

뇌졸중장애는 이뿐만 아니라 언어장애, 인지장애, 배뇨장애도 있습니다. 뇌졸중 재활에서 가장 중요한 것은 신체기능을 회복하는 것입니다. 신경과적으로 큰 문제가 없다면 72시간 이내에 재활치료를 시작하는 것이 신체기능 회복에 큰 도움이 됩니다. 정상적인 신체기능의 회복은 어려울 지라도 일상생활을 스스로 처리할 수 있도록 마비된 부분을 지속적으로 움직여주면 손상되지 않는 뇌를 사용하도록 할 수 있어 그 기능을 조금이나마 더 되찾을 수 있게 됩니다.

뇌가소성 현상은 손상 초기에 활발하게 이뤄지기 때문에 뇌졸중 발병 3개월 이내에 집중적이고 정확한 재활치료를 받으면 예후를 크게 바꿀 수 있습니다.

그래서 뇌졸중은 초기에 치료받는 것만큼 조기에 재활을 받는 것도 중요합니다.

흔히 뇌졸중은 깨어있을 때 증상이 나타난다고 하지만 '수면 중 뇌졸중'도 있습니다. 우리 몸은 수면 중에도 생체활동을 계속하기 때문에 자는 동안에도 뇌졸중이 나타날 수 있으며 새벽 6시 30분경에 가장 많이 일어난다고 합니다. '수면 중 뇌졸중'의 발생을 아침에 깨어난 후 알게 됐다고 해도 '골든타임'(효과적 치료를 위해 발생 후 4시간 30분 안에 혈전 용해술을 받는 게 좋은 시간)을 놓쳤다며 포기해서는 절대 안 됩니다. 요즘엔 막힌 동맥 부위에 직접 그물망 형태의 스텐트 또는 도관형 카테터를 삽입해 물리적으로 혈전을 제거하는 '중재적 시술'(혈관 내 시술)도 하고 있어 증상 발생 뒤 6~24시간 사이의 일부 환자에게도 이 시술을 적용하고 있기 때문입니다.

한국과학기술원연구원(KIST) 바이오닉스 연구센터 '김형민' 박사팀은 '무선초음파 뇌자극기를 이용해 뇌졸중으로 손상된 쥐의 뇌신경을 치료했다고 의공학 분야 국제저널인 'IEEE 의생명공학 처리기술' 최신호에 발표했습니다. KIST 연구진은 뇌졸중 치료를 위해 무선으로 조종할 수 있는 초소형(무게 약 20g) 뇌자극기를 개발했습니다. 초음파가 두개골을 통과해 원하는 위치에만 에너지를 전달해 신경세포를 활성화하거나 억제하는 원리입니다. 연구진은 쥐의 뇌에서 운동을 관장하는 영역에 초음파를 가했더니 재활 3일 후 초음파를 가하지 않은 쥐보다 운동능력이 유의미하게 향상되었다고 설명했습니다. 재활 7일 후에는 정상 쥐와 유사한 운동능력을 보였습니다. 이번 기술이 상용화되면 뇌자극기를 착용하고 재활치료를 할 수 있을 것으로 기대됩니다. KIST '김형민' 박사는 "2년 후 임상시험을 할 수 있도록 착용형 초음파 뇌자극기 기술 개발을 계속할 것"이라며, "가정에서 배낭을 멘 상태에서 치료하거나, 자유롭게 재활운동을 하면서 뇌 자극을 할 수 있는 시스템을 기대한다."라고 말했습니다.

'엘빈 예리넥'의 알코올 중독 유형 분류표

• 알파(α) 유형: 긴장감, 두려움, 스트레스 등을 없애기 위해 술을 마신다. 언제라도 술을 끊을 수는 있다. 그래도 습관적으로 술을 찾는다는 점에서 단순히 술을 즐기는 것과는 분명히 구분된다.

• 베타(ß) 유형: 술자리에서 다른 사람들이 술을 마시면 분위기에 휩쓸려서 함께 마신다. 아직 중독현상을 나타내지는 않는다. 하지만 언제라도 상황이 되면 완전히 취할 때까지 술을 마셔야 직성이 풀린다는 점에서 위험하다.

• 감마(γ) 유형: 몸과 마음 모두가 알코올에 의존하고 있다. 일단 술을 마시기 시작하면 정신을 잃을 때까지 마신다. 가끔은 일시적으로 술을 멀리하기도 하는데, 이처럼 술을 마시지 않는 기간을 강조하며 자신은 결코 알코올 중독자가 아니라고 주장한다. 하지만 실제로는 이미 술을 조절할 수 있는 능력을 잃었다. 술 때문에 건강을 해치고, 직장생활이나 친구 관계에도 악영향을 끼친다.

• 엡실론(ε)유형: 주기적으로 폭음을 한다. 가장 심각한 유형의 알코올 중독으로서 완전히 통제력을 상실한 상태이다.

4 암(癌)

암유전자란 말을 흔히들 하지만 암을 만들어 내는 특별한 암유전자가 존재하는 것은 아닙니다. 암유전자란 정상세포가 증식할 때 사용되는 증식 관련 유전자에 어떤 부담(스트레스)을 주면 그 세포를 암으로 바꾸게 됩니다. 정상적인 리듬으로 세포재생이 이루어지는 경우에는 문제가 없지만, 스트레스를 받아 재생빈도가 늘어나는 사태가 자주 일어나면 그 유전자에 과잉 부담을 주게 됩니다. 재생될 때 세포가 파괴되면 그때 발생하는 활성산소의 충격으로 유전자 이상을 일으키게 되고 조절 작용이 흐트러지는데, 이것이 암이 발생하는 구조가 됩니다.

지금까지는 유전자 이상의 도화선이 되는 물질은 모두 외부에서 비롯되었다고 믿어 왔습니다. 식품첨가물, 담배, 자외선, 배기가스 등등, 외부의 나쁜 물질들 때문에 암세포가 형성된다고 생각했던 것입니다. 실제로는 스트레스 때문에 조직재생이 지나치게 활성화하여 활성산소를 발생시키는 과립구가 증가하는 것이니 암 발생의 도화선을 제공하는 존재는 바로 자기 자신인 것입니다. 보건당국 통계에 의하면, 우리나라 국민들의 기대수명(약 83세)까지 생존할 경우 암에 걸릴 확률은 36.2%입니다. 따라서 국민 3명 중 1명은 암 환자가 된다는 것이고, 암에 걸릴 확률은 남자가 여자보다 높은 편이며, 암 치료 중이거나 완치된 암 유병 자가 200만 명을 넘어섰다는 것입니다. 2018년 기준 암에 걸릴 순위는 위암이 첫째이고, 둘째는 갑상선암, 폐암, 대장암, 유방암, 간암, 전립선암 순이며, 5년 생존율은 전립선암, 유방암, 위암, 대장암, 간암, 폐암이며, 십년 생존율은 남자 40.5%이지만 여자는 60%이라고 했습니다.

그러나 암은 사망률 1위(2위는 심장질환, 3위 폐렴, 4위 뇌혈관 질환)로 무서운 병이며, 암에 걸렸다 하면 정신적으로도 받아들이기 어려운 질병입니다. 항암치료, 방사선 치료를 받고나서 찾아오는 신체적 부작용은 몸뿐 아니라 정신적인 황폐화를 가져옵니다. 암환자 4명 중 1명은 그래서 우울증을 경험해 심리적 치료도 받아야 합니다. 암 치료의 목표는 면역기능의 활성화, 재발과 전이방지, 통증경감 등에 있습니다. 이를 위해 기존의 항암치료와 병행할 수 있는 방법으로 '하이푸(HIFU: 고강도 초음파 집속술) 시술이 있는데, 이는 종양을 태우는 치료방법입니다. 단단하게 굳어져있는 암 조직에 열로써 균열을 내고, 그 틈새로 항암제가 침투해 세포핵까지 도달케 해서 치료효과를 높이는 방식입니다. 이 시술은 주로 수술이 불가능한 간암환자 또는 대장암, 유방암, 췌장암 등이 간으로 전이된 환자를 대상으로 하고 있습니다. 하이푸 시술과 항암제 투약, 동맥 내 항암치료, 면역세포 치료를 병행해서 좋은 결과를 얻어내고 있습니다.

가.
암 가능성 20~30년 전 알아낼 수 있다.

모든 생명현상은 유전물질인 DNA가 결정합니다. DNA는 4가지 종류의 염기(A,G,C,T)라는 물질이 다양한 순서로 연결된 구조로 되어 있습니다. 연구진은 암세포의 DNA를 이루는 염기 30억 개의 순서를 완전히 해독했습니다. 연구진은 이를 정산 DNA와 비교해 암을 유발하는 돌연변이를 찾아냈습니다. 사람이 살아가는 동안 세포는 분열을 거듭하며 이때 DNA가 계속 복제되는데, 이 과정에서 복제오류가 발생해서 오류가 축적되면 암을 유발하게 됩니다. 암 유발 돌연변이의 5분의 1 이상은 암이 발생하기 수년, 심지어 수십 년 전에 발생하는 것으로 나타났습니다.

실제로 난소암 환자의 세포에서는 암세포 성장에 결정적인 역할을 하는 돌연변이가 진단을 받기 35년 전에 이미 나타났고, 신장암과 방광암, 췌장암 등은20년 전 암 유발 돌연변이가 생겼습니다. 현재 일부 암은 유전자 돌연변이를 근거로 암이 생기기 전에 대비할 수 있습니다. 2013년 할리우드 여배우인 '안젤리나 졸리'는 유방암 발생에 관여한다고 알려진 'BRCA½' 유전자를 검사해 유방암 발현 가능성이 87%라는 진단을 받고 유방암이 발생하지 않았는데도 미리 유방 절제수술을 받았습니다. 이번 연구결과를 이용하면 유방암과 관련된 돌연변이를 더 많이, 더 이른 시기에 찾아낼 수 있어 흡연, 음주 등 생활습관을 바꾸거나 약물복용을 통해 암을 미리 차단할 수 있습니다.

• 서울 한양대 암 맞춤 치료센터장 '공구' 교수는 "암을 제대로 치료하려면 유전자변이를 파악하는 게 필수"라고 하면서 "대부분의 암은 10~15개의 유전자변이에 의해 발현되기 때문이다."라고 말했습니다. 개인별 유전자변이 정도를 파악하는 게 필수며, 건강한 사람이라도 유전정보를 분석하면 향

후 발현 가능한 암을 알 수 있어 암의 조기발견이 가능해지므로 치료비용이 줄어들고 사망률도 낮출 수 있다고 강조했습니다.

• 서울 아산병원은 암환자 10명 중 1명이 수술을 받아 '암수술의 메카'로 자리 잡았습니다. 이제는 각종 데이터가 중요해졌기 때문에 '유창식' 병원장은 "이제 암 치료의 혁신은 수술이 아니라 유전자에 달렸다고 해도 과언이 아니다."고 말했습니다. 암환자의 유전체 분석 데이터와 함께 임상 데이터도 쌓여가고 있습니다. 그래서 2017년에 데이터센터를 열고, 14개 암종센터에 흩어져있던 데이터를 한 곳에 모아 플랫폼을 만들었다고 했습니다. 임상 데이터 플랫폼에 유전체 정보데이터, 생활습관 데이터를 추가해 데이터 가치를 높여나가고 있습니다. 또한 삶의 질을 높이는 수술법을 고안, 실천하고 있는데, 복강경을 이용해 위의 5%는 보존하고 95%는 절제하는 위암의 윗부분 절제술을 시행하고 있으며, 유방암도 유방을 모두 잘라내는 전절제술 뒤에 바로 유방재건 성형을 하는 '동시 복원술'을 확산시키고 있습니다. 또한 폐암수술은 가슴에 3~4cm 구멍 두세 개만 뚫어 폐를 절제하는 흉강경 수술을 실시해 5년 생존율을 기존 61%에서 72%로 향상시켰다고 했습니다.

• 한편 〈나는 삶을 고치는 암 의사입니다〉란 책을 펴낸 대암의원 '이병욱' 원장은 '암은 생활습관병'이라고 했습니다. 암의 원인은 '암(癌)'이라는 글자 안에서 찾을 수 있다며 "과음, 과식을 비롯해 맵고 짠 음식을 많이 먹는 등 평소 잘못 사용한 입(口)이 산(山)처럼 쌓이면 암이 생기는 것"이라고

말했습니다.

그는 "먹는 것뿐만 아니라 생각하고 말하는 모든 생활이 암에 영향을 끼친다."라며 "암을 국소질환이 아닌 전신질환, 생활습관 병으로 봐야 한다."고 했습니다. 암으로부터 자유로워지려면 면역력이 강한 몸 상태를 만들어야 합니다. 수술, 항암치료, 방사선치료 등 병원에서 필요하다고 하는 치료는 받되, 여기에 생활관리가 더해지지 않으면 암을 완전히 이겨내기가 어렵습니다.

암 치유에 도움이 되는 생활습관이란,

① 영양 많은 균형 잡힌 식사를 하고, ② 많이 웃고(거울보고 억지로라도 웃기), ③ 많이 울고(슬픈 영화를 보면서라도 울기), ④ 가족, 동료들과 잘 지내고, ⑤ 신앙을 갖고, ⑥ 취미생활을 하고, ⑦ 휴식을 취하고, ⑧ 봉사활동을 하는 것이라고 했습니다.

나. 모든 암은 우리 몸이 산성일 때
그리고 산소가 부족할 때 생긴다.

산소는 강력한 해독제입니다. 극심한 스트레스를 받으면 뇌에서 코르티솔이라는 독성물질이 분비되어 두통을 일으킵니다. 이때 그 독성물질을 분해하는 것이 산소입니다. 술도 알코올 1분자를 분해하려면 산소 3분자가 필요합니다. 납, 수은, 비소 등 우리 몸에 치명적인 중금속을 분해하는 것도 산소입니다. 산소가 없으면 장작이 불에 타지 않는 것처럼 우리 몸에서는 지방이 타지 않습니다. 타지 않는 지방은 그대로 몸에 쌓여 만병의 근원인 복부 비만을 일으킵니다. 산소가 없으면 단 1g의 지방도 분해할 수 없습니다. 그래서 인체의 정상세포는 산소가 충분해야만 건강하게 살아갈 수 있습니다.

그런데 산소 없이 살아갈 수 있는 것이 암세포이기 때문에 산소결핍이 암을 일으키는 것입니다. 이 사실은 1930년대에 독일의 생화학자인 '오토 바르부르크' 씨에 의해 밝혀져 그는 노벨의학상을 받았습니다. 그는 암의 원인이 산소결핍이기 때문에, 몸에 산소를 충분히 공급하면 암세포 성장이 억제된다고 단언했습니다. 요즘 코로나19로 인해 '면역'이 화두입니다. 우리 몸에 암세포가 생기거나 병원균이 침투하면 면역세포들이 즉각 이를 탐지해서 공격합니다. 실제로 우리 몸에서 매일 암세포가 5,000개씩 생겨납니다. 그럼에도 건강을 유지할 수 있는 것은 백혈구(면역세포) 덕분인데, 이 백혈구는 산소가 있어야만 에너지를 얻어 활동할 수 있습니다.

면역력을 기르는 가장 좋은 방법은 산소를 충분히 보충해 주는 것입니다. 온종일 공기를 마시니 대개 산소가 부족하리라 생각하고 있지 않습니다. 하지만 많은 사람들이 산소 부족을 겪고 있습니다. 공기 중에는 산소가 21% 들어있지만, 장소마다 조금씩 차이가 있는데 숲속은 21%, 대도시는 20%, 창문을 닫은 도시 아파트 방이나 승용차 안은 19% 정도 됩니다. 수치상으로 1~2%에 불과하지만 그 차이는 엄청납니다. 나이가 들수록 산소가 더 부족할 수밖에 없습니다. 노인은 폐기능이 떨어져 젊은 사람들보다 산소를 훨씬 적게 받아들이는데, 실제로는 몸 안에 산소가 부족해 노폐물이 제대로 분해되지 않아 쌓여 있다가 몸 밖으로 빠져나가는 것이 노인 특유의 '노인 냄새'인 것입니다. 이렇게 산소공급이 충분치 않으면 아무리 좋은 보약을 먹는다 해도 소용이 없게 되는 것입니다.

그러므로 산소가 부족하면, ① 암이 생기고, ② 노화가 촉진되고, ③ 인지력, 집중력, 기억력이 저하되고, ④ 혈액 순환이 잘 안되고, ⑤ 뇌 모세혈관이 막혀 두통이 생기고, ⑥ 만성피로와 무기력증이 생기며, ⑦ 내장비만이 생깁니다. 그래서 산소 부족을 알리는 대표적인 신호가 두통입니다. 뇌는 우리 몸에서 산소를 가장 많이 쓰는 기관이므로 몸속 산소의 3%를 씁니다. 산소는 혈액에 실려 전신으로 공급되는데, 뇌에만 하루에 혈액 2,000L가 드나들 정도입니다. 혈액순환 저하로 뇌 혈류량이 줄면 뇌에 산소가 부족해 두통, 집중력 저하 등을 유발합니다. 스트레스도 산소부족으로 인한 두통이 원인입니다. 극심한 스트레스를 받으면 뇌에서 코르티솔이란 호르몬을 분비하는데, 이 호르몬을 분해하려면 산소가 필요하게 되는 것입니다.

또 만성피로와 무기력증도 체내의 산소가 부족하다는 신호입니다. 음식을 통해 섭취한 탄수화물, 단백질, 지방 등 영양소는 연소하면서 에너지를 만드는데, 이 연소 과장에 필요한 것이 산소입니다. 산소가 부족하면 영양소가 충분히 연소하지 못해 에너지가 잘 생성되지 않게 되어 결국 피로감과 무기력증을 유발하게 됩니다. 소모되지 못한 영양소는 체지방으로 쌓여 비만으로 이어집니다. 산소 부족은 우울감으로도 나타납니다. 뇌에서 분비되는 일명 '행복 호르몬'인 세로토닌은 뇌신경을 조율해 평온한 감정을 만들어 줍니다. 그런데 세로토닌은 산소가 있어야 생성됩니다.

한편 눈이 침침한 증상도 산소 부족이 원인일 수 있습니다. 눈 세포에 산소를 공급하는 '배달원' 중 하나가 눈물입니다. 눈을 깜박일 때마다 눈물샘에서 눈물을 내보내는데, 그 눈물에 녹아든 산소가 눈 세포에 도달합니다. 눈물이 메마르면 눈 세포가 산소를 공급받지 못해 눈이 뻑뻑하고 침침해지거나 안구 건조증을 유발할 수 있습니다. 위와 같은 신호를 무시해 산소 결핍이 만성화하면 체내에서 활성산소가 다량 발생합니다. 활성산소는 신체의 각 조직을 공격하고 세포를 손상시켜 세포의 노화를 촉진시킵니다. 결국 장기간의 산소 결핍은 면역력을 떨어뜨리게 하여 병원균과 싸워야 하는 백혈구의 힘을 약화시키게 해서 암을 일으키게 만듭니다. 산소결핍을 예방하려면, 수목원을 자주 찾는다든지, 사무실이나 집안에 식물을 여럿 두는 방법이 있고, 유산소 운동을 자주한다든지, 산소를 직접 마셔서 보충하는 방법 등이 있겠습니다.

다.
자율신경이 흐트러지면 병이 생긴다.

교감신경이 과잉상태가 되면 과립구가 지나치게 증가하고, 부교감신경이 과잉상태가 되면 림프구가 지나치게 증가하는 패턴으로 질병이 생깁니다. 과립구가 지나치게 증가하면 과립구가 몸 안에 존재하는 세균을 공격하기 때문에 화농성 염증이 나타나기 쉽습니다. 과립구는 보통 때는 오래된 조직을 파괴하여 신진대사에 활력을 주지만 지나치게 증가하면 신진대사 역시 지나치게 진행되어 그다지 오래되지 않은 조직까지 공격해 버립니다. 과립구 수명은 이틀 정도입니다. 과립구가 죽을 때 그 핵이 파괴되면 세포 안에 들어있던 활성산소가 방출되어 주변조직을 산화시켜 버립니다. 그렇기 때문에 과립구가 너무 많으면 주변 세포도 모두 죽게 되고, 그때 조직이 점차 파괴되는 것입니다. 위궤양이나 십이지궤양은 바로 이런 구조 때문에 발생합니다.

　과립구와 림프구의 과잉반응을 이해하면 우리가 걸리는 질병의 90% 정도는 자율신경(교감, 부교감신경)과 백혈구(과립구와 림프구)의 과잉반응으로 생긴다는 것을 알 수 있을 것입니다. 림프구가 과잉상태가 되면 항원에 민감하게 반응하여 알레르기 질환이 발생하기 쉬워집니다. 매크로퍼지에서 과립구가 태어난 것처럼 림프구도 매크로퍼지에서 태어났습니다. 림프구에는 NK세포(자연 살해 세포), 흉선 외 T세포, T세포(Th1, Th2세포, 상해성 T세포), B세포(B-1a, B-1b, B-2세포) 등이 있는데, 이 중에서 NK세포(Natural Killer Cell)는 암세포를 공격하는 세포로 잘 알려져 있습니다. NK세포 다음으로 진화하여 태어난 것이 흉선 외 분화 T세포로 세포성 면역을 담당하는 세포입니다. 세포성 면역은 항체를 만들어 방출하는 것이 아니라 직접 세포와 함께 이물질(항원)이 있는 장소로 가서 항원과 반응하는 형태로 발생하는 면역반응입니다. T세포는 외부에서 들어오는 바이러스 등의 이물질, 즉 외래 항원에게서 우리 몸을 지켜줍니다.

　건강한 사람의 혈액 1마이크로리터(㎕) 안에는 4천 개에서 1만 개 가량의 백혈구가 있습니다. 우리 몸이 세균이나 바이러스 등에 감염되면 이 수치가 높아집니다. 반대로 이 수치가 정상 이하일 때에는 면역기능이 현저히 저하된 것으로 보면 됩니다. 그런데 백혈병으로 골수이식을 받은 환우의 경우 혈중 백혈구 수치가 50~100 정도로 떨어집니다. 심지어 이식받은 조직의 거부반응을 막기 위해 조금이나마 남아 있는 면역력을 억제하는 약물까지 투여합니다. 아무런 외부 항원에도 대항할 수 없는 상태가 되는 것입니다. 어떤 경우에는 몸에 곰팡이가 피는 끔찍한 경험을 하기도 합니다. 입속에 하얗게 핀 곰팡이를 직접 보면 마치 살아있는 시체가 된 기분이 든다고 합니다. 이렇게 끔찍하고 힘든 과정을 겪고 나서 다시 건강한 면역시스템을 서서히 구축해 갑니다. 그 길고 지루한 과정을 견디고 버티는 사람만이 불치의 병을 딛고 새 삶을 살게 되며 완치 판정의 기쁨을 누릴 수 있는 것입니다.

라.
암 치료의 3대 요법

1) **수술:** 큰 수술일수록 교감신경이 강한 자극을 받아 과립구가 급증합 니다. 원래 과립구가 너무 많은 탓에 조직 장애가 발생하여 암이 된 것인데, 수술로 과립구가 더 증가하니 큰 수술은 피하는 것이 좋습니다. 그리고 수술 후에는 생활을 개선하는 것이 가장 바람직한 일입니다.

2) **항암제:** 항암제 치료를 하면 환자는 한결 같이 바싹 야위는데, 면역시스템이 억제되기 때문입니다. 결과적으로 암은 작아지지만, 항암제 투여 후에는 암과 싸울 힘이 없어지는 것입니다. 암은 빈번하게 재생하는 조직에서 생긴다고 했습니다. 항암제는 조직의 재생을 막는데 암뿐만이 아니라 몸 안의 모든 재생 조직의 세포분열을 막습니다. 따라서 항암제를 사용하면 피부가 거칠어지고 머리카락이 빠지거나 침이 마릅니다. 또한 장기의 상피세포도 충격을 받아 설사하는 환자도 많이 나옵니다. 이런 현상들은 모두 항암제 때문에, 조직재생이 활발하게 이루어져야 하는 부분에서 세포분열이 억제되기 때문에 발생하는 부작용입니다. 한편 뇌나 신경 등 재생하지 않는

세포는 항암제의 영향을 그다지 받지 않습니다.

3) 방사선치료: 정밀도가 매우 높은 방사선을 쏜다고 하지만 한정된 부분만 조사해도 몸 전체에 면역억제현상이 발생해 방사선 치료를 받은 뒤에는 기운이 빠지고 피곤하다는 환자가 많은 이유는 면역이 억제되어 생체 전체의 활성이 떨어져 그런 것입니다. 방사선을 조사하면 암조직과 함께 정상조직도 죽고 그 자극에 의해 교감신경도 긴장상태가 되어 과립구가 생산됩니다. 나아가 골수세포나 면역조직이 상처받는 경우 림프구의 생산 자체가 억제되면서 방사선 자체가 암 발생을 촉진시키므로 적극적으로 도입해야 할 치료법이라고는 말하기 어렵습니다.

암세포를 공격하는 것은 주로 NK세포, 흉선 외 분화(胸線外分化) T세포, 상해성(傷害性) T세포, 자기 항체 생산(自己抗體生産) B세포 등 4종류입니다. 이 세포들의 백혈구 세포가 암을 공격할 때는 반드시 염증반응이 발생하여 발열, 통증, 불쾌감이 나타나며 설사를 하는 경우도 있습니다. 폐렴이라면 기침이 나고, 대장암이라면 혈변이 나오며, 방광암이라면 혈뇨가 나옵니다. 이것은 암이 치유되고 있다는 반응입니다. 암의 자연 퇴치와 연결되는 치유반응이 시작되면 일주일 정도는 누워 지낼 수밖에 없을 정도로 고통스러운 증상이 계속 이어집니다. 그 후 림프구가 증가하여 암이 퇴치되기 시작하므로 암환자이면서 면역 활성요법으로 이 병을 치유하고 싶은 사람은 이런 현상을 반드시 기억해 두어야 합니다.

마.
암 예방

1) 면역세포 활성화 요법

외부의 기온변화가 크면 몸이 일정한 체온을 유지하기 위해 피부, 근육 등 여러 신체기관이 과도한 에너지를 소비합니다. 상대적으로 면역세포에 할당되는 에너지가 줄어 면역력이 떨어지게 됩니다. 특히 고령층은 면역력 저하로 여러 질환에 걸리기 쉬워 각별한 관리가 필요합니다. 면역력은 피부, 소화기관, 호흡기 등을 통해 들어온 외부 침입자로부터 끊임없이 공격받는 몸을 보호하는 방어막이자 몸의 자연 치유력입니다. 사람은 몸속에 매일 5,000개 이상의 이형세포가 생겨납니다. 하지만 대부분 암에 걸리지 않고 건강하게 살 수 있는 건 면역세포가 이형세포를 없애 암세포로 성장하는 걸 막아주기 때문입니다. 면역세포는 외부로부터 침입하는 각종 병원균을 물리치고 수많은 세포의 재생과 회복을 돕기도 합니다. 따라서 면역기능이 떨어지면 감염성 바이러스에 취약해지고 각종 질병에 걸리게 됩니다.

유해물질이 몸에 유입되면 각종 질병의 주범인 활성산소가 과도하게 발생합니다. 활성산소는 몸의 세포막, DNA 등을 공격해 세포의 파괴나 변이를 일으킵니다. 이때 인체의 피부, 눈, 코 등에 침입한 병원균을 막기 위해 상피세포가 1차 방어막을 칩니다. 이를 통과한 바이러스는 눈과 콧속의 체액, 장속의 미생물 등에 의해 한 번 더 저지되지만, 모두는 막을 수 없습니다. 최종적으로 선천 면역세포(특정 항원에 노출된 경험이 없는데도 비정상 세포에 직접 반응해 파괴하는 자연 면역기능)가 활동하면서 항체를 생성할 준비를 하게 됩니다. 선천 면역세포 중 '자연 살해세포'로 불리는 NK세포는 바이러스에 감염된 세포나 종양세포, 각종 세균이나 비정상 세포를 직접 공격해 없앱니다. NK세포는 숫자가 많다고 좋은 것은 아니고, 비정상 세포를 공격하는 활성도가 높아야 합니다. 하지만 체내 NK세포의 활성은 일반적으로 20세에 최고에 달하며, 나이가 들수록 계속 떨어져 60세엔 절반, 80세엔 3분의 1로 떨어집니다. 따라서 나이가 들면 몸의 기력이 떨어져 노화가 촉진되고 여러 질병이 많이 생기게 됩니다. 그 중에서도 제일 먼저 발병되는 것이 '대상포진'인데, 피부에 발진과 물집 등이 생기며, 눈 주변에 생긴 대상포진은 홍채염, 각막염 등의 합병증을 동반하기도 합니다. 면역력이 떨어진 것을 알 수 있는 몇 가지 신호가 있습니다. 감기에 잘 걸리고 잘 안 낫는다거나 몸 여기저기에 염증이 생기고, 위장 관으로 들어온 세균을 제거하는 기능이 떨어져 배탈이 자주 나는 것 등입니다. 면역력을 강화키 위해선 충분히 숙면하고 스트레스를 줄이는 것이 중요합니다.

호흡기 면역력을 유지하기 위해 실내습도는 40~50%로 유지하는 것이 효과적입니다. 위장에 부담을 주는 찬 음식은 피하고, 몸을 따뜻하게 하는 발효음식을 먹는 것이 좋습니다. 김치는 몸속 유해균의 활동을 억제하고, 된장과 청국장은 혈액을 맑게 하며 백혈구의 양을 늘려 면역을 증강시켜 줍니다. 조금 따뜻한 물에 반신욕이나 좌욕을 하면 혈액 속 노폐물을 없애줘 면역력을 높여줍니다.

2) 질병에 걸리지 않는 건강한 생활방식

몸 안을 돌아다니는 백혈구도 자율신경의 지배를 받습니다. 이런 시스템이 갖추어진 목적은 우리의 행동에 맞는 체질을 만들기 위해서입니다. 대부분의 생체반응은 몸에 도움이 되는 반응이며, 생체가 자연스럽게 일으키는 반응은 불쾌한 증상이 나타난다 해도 실제로는 생체의 상태를 조정하기 위한 것이지 결코 질병을 만들기 위한 시스템이 아닙니다.

곤란한 상황이나 도전이라는 스트레스를 받을 기회가 많은 상황에 놓였을 때 인간은 그런 상황을 헤쳐 나오기 위해 무리를 합니다. 물론 어느 정도까지는 견딜 수 있겠지만 한계도 있는 것입니다. 따라서 자신의 몸에 이상이 생기지 않게 하려면 어느 정도까지 무리해도 좋은지 그 한계를 깨닫고 미리 예방하는 것이 건강을 지키는 비결입니다. 육체적인 무리뿐만 아니라 심리적인 무리, 스트레스도 마찬가지입니다. 슬픈 일, 괴로운 일, 참기 어려운 일을 가슴에 품고 있으면 그것이 교감신경을 긴장시켜 내부에서 조직파괴가 일어납니다. 그야말로 스트레스가 몸을 망치게 하는 것입니다. 생활방식에서 생활과 관련 있는 행동뿐만 아니라 인생에 대해 어떤 마음을 가지고 있느냐 도 중요합니다. 건강하게 살고 싶다면 심리적 스트레스를 없애는 것이 중요합니다.

그럼 편안하게 지내기만 하면 아무런 문제가 없을까요? 그렇지 않습니다. 지나치게 편해도 건강에 해가 됩니다. 그럴 경우 다른 의미에서 스트레스를 받기 때문입니다. 즉 운동부족과 비만인데, 비만은 어떤 수준까지는 부교감신경이 우위에 놓이는 안정된 컨디션을 만들어주지만, 지나치면 비만 그 자체가 스트레스로 작용하여 숨쉬기가 힘들다거나 조금만 움직여도 쉽게 지치는 현상이 나타납니다. 컨디션은 안정되지만 약간만 부담을 느껴도 곧바로 교감신경이 우위를 차지하는 체질이 되어 질병을 일으킵니다. 그러므로 지나친 안정 때문에 림프구가 증가하여 과민체질이 되어 버리는 경우도 있습니다. 과민체질이 되면 약간의 스트레스만 받아도 알레르기 증상이 나타납니다.

또 너무 편안하면 부교감신경의 작용으로 혈관이 확장되어 몸이 붓는 순환장애가 발생합니다. 그러므로 건강을 유지하려면 자신의 성격과 경향을 파악해서 극단적인 상태가 되지 않게 노력해야 합니다. 그것이 개인이 할 수 있는 예방책이며 당연히 해야 할 예방책입니다. 또 심호흡하는 습관을 들이고 규칙적인 운동을 하되 될 수 있는 대로 다리운동 특히 걷는 운동에 중점을 둡시다. 수많은 질병은 혈액순환 때문에 발생하는데, 혈액순환은 안정을 담당하는 신경인 부교감신경의 지배를 받기 때문에 몸을 차지 않게 하기 위해 자주 움직이는 것이 중요합니다. 차가운 음료나 음식을 먹지 않고, 찬 공기에 너무 오래 노출되지 않도록 신경 써서 몸을 따뜻하게 해야 합니다. 그러므로 최고의 건강을 유지하려면 자연의 순리, 리듬을 깨뜨리지 말고 순응하는데 있을 것입니다.

식물성, 동물성 단백질을 골고루 먹으면 좋은 점

① 체내 단백질 합성 증가

② 9종의 필수아미노산 모두 섭취

③ 열량 섭취 감소로 체중 조절

④ 혈중 콜레스테롤 감소로 심혈관질환 예방

⑤ 불포화지방산, 식이섬유 등 보충

식품 속 단백질 함유량(100g당)

① 식물성: 대두: 34g, 호박씨: 29g, 땅콩: 26g, 아몬드: 23g, 두부: 8g.

② 동물성: 닭 가슴살: 35g, 소등심:21g, 연어: 20g, 오리고기:18g, 달걀: 11g.

국민 암 예방수칙 10가지

① 담배를 피우지 말고, 남이 피우는 담배연기를 피하자.

② 채소와 과일을 충분히 먹고, 다채로운 식단으로 균형 잡힌 식사를 하자.

③ 음식을 짜지 않게 먹고, 탄 음식은 먹지 말자.

④ 하루 한두 잔의 소량 음주도 하지 말자.

⑤ 주 5회 이상, 하루 30분 이상, 땀이 날 정도로 걷거나 운동을 하자.

⑥ 자신의 체격에 맞는 건강 체중을 유지하자.

⑦ 예방접종 지침에 따라 B형 간염과 자궁경부암 예방 접종을 받자.

⑧ 성매매 감염병에 걸리지 않도록 안전한 성 생활을 유지하자.

⑨ 발암성 물질에 노출되지 않도록 작업장에서 안전보건 수칙을 지키자.

⑩ 암 조기검진 지침에 따라 검진을 빠짐없이 받도록 하자.

4-2 암을 이겨내는 자연치료법

한의사인 '김동석' 씨가 지은 〈암을 이겨내는 자연치료 법〉에서는 모든 질병의 원인을 크게 3가지로 나누었습니다. 즉 외인(外因), 내인(內因), 불내외인(不內外因)입니다.

　가. 외인(조건): **환경요인**(공해, 새집증후군, 기후변화-폭염, 혹한, 이사 후유증), **직업병**(주위 동료가 비슷한 증상이면 의심), 바이러스나 세균, 과식, 과로, 스트레스 등.

　나. 내인(근거): **유전요인**(정기허약, 체질허약), 면역기능 저하, 개인적 체질.

　다. 불내외인: 교통사고, 외상, 동상, 화상 등.

암세포에는 텔로머라아제(Telomerase)라는 노화진행을 억제하는 효소가 숨어있기 때문에 끊임없이 복제가 가능한 돌연변이 세포입니다. 암세포는 각종 발암물질과 잘못된 생활방식, 반복된 스트레스에 의해 정상세포가 유전자의 변형을 일으킨 상태로 세포의 크기가 정상세포에 비해 크며 형태는 원형, 계란형, 다각형 또는 방추형 등 매우 불규칙한 것이 특징입니다. 암세포가 정상세포보다 크기 때문에 세포핵 또한 엄청나게 큰 한 개의 다형성 핵을 가지고 있거나 두 개 또는 그 이상의 핵을 가지고 있습니다. 조직 검사상 핵을 많이 지닌 암세포일수록 악성도가 높습니다. 암세포도 정상세포처럼 영양분을 공급받아야 하는데, 이때 도움을 주는 것이 호르몬과 혈액이기 때문에 암세포 주위에는 거미줄 같은 모세혈관들이 수 없이 많이 존재합니다. 암 중에는 갑상선암이나 유방암, 자궁암, 전립선암, 난소암과 같은 성호르몬과 관계된 암의 성장은 호르몬에 의존하기 때문에 이들 암 치료에 호르몬 요법이 이용되고 있습니다. 암 치료 때문에 항암제를 쓰면 자기 몸속의 유전자 작용으로 항암제를 무력화시키는 반 항암제 유전자가 생겨나 그 약효를 무력화시켜 항암제 투여 후 환자의 몸에는 항암제의 부작용만 남게 되므로 '항암제 자체가 강력한 발암물질'이 되는 것입니다. 암환자의 80%가 항암제로 인한 부작용으로 면역저하나 영양실조로 죽는다고 합니다.

항생제를 오남용하면 내성이 생기듯이 항암제를 투여하면 초기엔 암세포가 줄어들지만 오히려 내성을 가진 더 강력한 암을 키운다고 미국암연구소에서 발표했습니다. 일본의 암 전문가 '곤도 마코토' 씨도 그의 저서 〈암과 싸우지 말라〉에서 "항암제는 생명을 단축시킨다. 항암제는 암의 90%에는 효과가 없다. 항암제 치료를 해서 좋은 점은 하나도 없으며, 수명 단축 효과만 발생하게 된다."라고 했습니다.

항암제로 쓰이는 블레오마이신은 부작용으로 폐 섬유증을 일으키는데, 어느 날 갑자기 호흡곤란이 발생해 죽기도 합니다. 우리 몸은 스스로 외부에서 오는 바이러스의 공격을 방어하거나 내부에서 발생하는 암세포를 제거할 능력을 갖추고 있지만, 어떠한 이유에서 이러한 시스템에 문제가 발생할 경우 질병과 암이 발생합니다. 결국 어떤 난치병 질병에 걸렸다 할지라도 신체 시스템의 복원이 이루어진다면 치료되어서 다시 정상적인 상태로 되돌릴 수 있는 것입니다. 잃어버린 우리 몸의 자연 치유능력을 되돌리는 가장 효과적인 방법은 긍정적인 마음으로 자연과 어우러져 사는 것입니다. 삶의 질을 송두리째 앗아가는 통상적이고 무리한 치료보다 각자에게 맞는 만족도 높은 생활을 통해 자신의 자연치유 능역을 키우는 것이 환자 자신에게도 주위 사람에게도 훨씬 이로울 것입니다.

1) 대표적인 발암물질

(각종 공해물질과 화학물질: 자동차, 공장 등에서 나오는 환경 오염물질 등)

① **방향족 탄화수소:** (벤조피렌이 대표적): 배기가스, 매연, 담배연기

② **방향족 아민류:** (아미노 바이페닐, 나프틸아민, 벤지딘: 방광암 원인물질): 색소와 염료

③ **방향족 아조화합물:** (간암 유발물질): 착색료에 존재

④ **그 외 화합물:** (헤테로고리 화합물): 합성방부제.(식품첨가물)

⑤ **N-나이트로소 화합물:** 생활환경에 다양하게 존재하는 물질로 동물실험에서 발암효과가 크게 나타남: 요 관찰

⑥ **N-나이트로소 화합물을 제외한 지방족 화합물:** 둘신(인공감미료)은 혈액독이 있으며, 실험용 쥐에 투여한 결과 간암이 발생, 우레탄은 이 계열에서 가장 강력한 발암물질로 폐암, 림프종, 간암, 악성 흑색종, 혈관종, 피부암 등을 일으킴.

⑦ **무기화합물:** 비소, 카드뮴, 크롬, 니켈, 납, 베릴륨, 석면 등.

⑧ **유기 할로젠 화합물:** 살충제, 공업용 화합물(간암 유발물질).

⑨ **천연물질:** 아플라 톡신류(식품의 곰팡이 오염).

악티노마이신, 도노 마이신 등(항생제 물질, 사카린, 타닌산).

⑩ **방사선 동위원소와 방사선:** X선, 라듐, 코발트, 아스타틴, 요오드, 세슘
등.

⑪ **물리적 발암물질:** 자외선, 플라스틱, 우주선 등(주로 피부암을 유발).

2) 암의 원인은 크게 4가지

암의 원인은 첫 번째 발암물질입니다. 석면, 타르, 다이옥신, 아닐린, 기타 화학물질은 세포의 유전정보에 영향을 미쳐 암을 유발하는 것입니다. 두 번째는 스트레스와 식습관입니다. 스트레스에 노출되면 교감신경이 반응하고, 이때 발생하는 아드레날린이나 스트레스 호르몬은 면역시스템을 붕괴시켜 약간의 발암물질에도 견디지 못하며, 유전적 요인을 자극하여 암의 유전스위치를 켜고 맙니다. 세 번째는 유전적 원인입니다. 암의 역학연구에 의하면 암 발병률이 유난히 높은 가족이 있습니다. 그러나 유전적 요인이 어느 정도 영향을 미치지만. 암을 촉발시킬 수 있는 자극을 피하고 좋은 생화습관을 갖는다면 암은 발생하지 않습니다. 네 번째는 방사선입니다. 방사선에 노출되면 세포는 돌연변이를 일으켜 암을 발생시킵니다. 오존층의 파괴로 우주방사선의 노출은 피부암 발생을 높이며, 진단용 X-ray 또한 원인이 될 수도 있습니다. 결론적으로는 한 요인만으로 암이 발생하지 않습니다. 각각의 원인이 우리 몸의 면역시스템을 깨트리는 요인이 되며, 결국 암을 발생시킨다는 것입니다.

① 유전자 변형이 질병의 원인입니다.

우리 몸은 복잡한 것 같지만 결국 세포들로 이루어져 있으며, 세포들 또한 복잡한 것 같지만 결국은 46개의 염색체로 구성되어 있습니다. 46개의 염색체도 자세히 살펴보면 인과 당, 염기(A,T,G,C)로 이루어져 있으며, 이들의 배열 순서에 따라 인체가 구성됩니다. 어떤 원인에 의해 염기들의 배열에 변화가 생겨 유전자의 변이가 발생하면 각종 질환이 생기는데, 이러한 유전자들의 서열을 분석한 것이 유전자 지도, 즉 게놈 지도입니다. 이 지도에 의하면 대장암은 2번 염색체의 이상으로 발생하며 폐암은 3번, 당뇨는 7번, 동맥경화는 19번, 췌장암은 18번, 유방암은 19번 염색체의 변이와 관련이 있습니다. 이외의 모든 질환도 유전자의 변형과 관련이 있습니다.

이렇게 암이란 스트레스와 방사선을 비롯한 각종 발암물질에 의해 정상세포가 유전자 변형을 일으켜 정상세포와 달리 무한 복제되는 질환입니다. 방사성 물질이 인체에 노출되면 백내장, 골수세포 감소, 피부홍반, 탈모 등의 증상이 나타나며, 만성적으로는 각종 암이나 백혈병을 초래할 수 있습니다. 평소 간과하는 것 중 병원에서 무심코 검사하는 CT나 X-ray 검사도 발암의 원인이 됨을 상기하고 전문의와 상의 없이 남용하는 것을 자제해야 합니다.

암세포를 제거하는 NK세포 강화시키는 방법

Ⓐ 버섯을 많이 먹는다.　　Ⓑ 많이 웃는다.

Ⓒ 명상을 한다.　　Ⓓ 현미를 먹는다.

Ⓔ 숙면을 취한다.　　Ⓕ 숲을 가까이 한다.

② 저체온이 암을 만듭니다.

　체온은 기초 대사량과 관련이 깊습니다. 체온이 내려가는 것은 부교감신경이 우위에 있는 경우인데, 요즘 아이들의 평균 체온이 내려가고 있다고 합니다. 이는 운동량은 줄고 책상에 앉아 있는 시간이 늘어난 데다 과잉보호를 받으며 자라기 때문입니다. 체온이 내려가면 면역력이 떨어지는데, 요즘 아이들에게 면역질환인 아토피나 알러지 질환이 증가하게 된 이유입니다. 당뇨병은 여름철보다 겨울철에 심해지고, 추운지방으로 갈수록 1형 당뇨 환자가 늘어납니다.

　기온이 내려갈수록 혈당에 민감해지고 염증반응을 일으키기 쉬운 상태가 되는 것입니다. 그래서 대부분의 질환은 저체온 상태일 때 발생합니다. 실제로 암환자의 체온은 정상인보다 1~2도 낮습니다.

　우리 몸을 지켜주는 면역체계는 체온과 밀접한 관련이 있습니다. 체온이 1도 떨어지면 면역력은 30% 떨어지고, 반대로 1도 올라가면 면역력은 5배 증가합니다. 그래서 한방에서는 체온을 올리는 방법으로 온열요법이 있는데, 그 중에서도 비파 왕뜸과 황토 찜질을 추천하고 있습니다. 특히 황토찜질은 발한요법으로 온열-고열 자극효과와 더불어 땀을 통해 노폐물을 배출하는 해독기능을 동시에 갖춘 요법입니다.

　특히 황토가 가진 여러 효능 중에 우리 몸의 독소를 해독해 주는 작용은 그 어떤 온열요법보다 효능이 뛰어납니다. 인체 깊숙이 열을 전달함으로써 체온 38~40도로 유지하게 하면 근육과 혈관을 자극해 혈액순환과 림프순환을 촉진하여, 결국 대사 작용이 원활하게 이루어져 인체의 자연치유력을 증진시켜 주게 되는 것입니다.

③설탕은 암의 주식입니다.

실제로 설탕에 편중된 식사는 공격적 성향과 무관심, 전신피로, 신경쇠약, 정신분열, 우울증, 불면증, 편두통, 기억력 상실, 무기력감 등의 증세를 동반합니다. 스트레스와 같은 정신적인 문제가 암의 80%의 원인이 된다는 사실과 설탕 섭취가 정신적인 질환을 야기한다는 사실의 상관성은 시사하는 바가 큽니다. 설탕은 또 피부노화도 촉진시킵니다. 설탕은 피부조직을 이루는 주요 단백질인 콜라겐과 엘라스틴의 퇴화를 촉진시킵니다. 그래서 설탕을 먹지 않는 효과가 미용시술보다 훨씬 싸고 오래갑니다. 콜라겐이 피부 판이라면 에라스틴은 그것을 똘똘 감고 있는 고리와 같은데, 설탕분자는 이 조직을 공격해서 탄력을 떨어뜨려 파괴시킵니다. 또한 설탕을 많이 먹는 사람과 당뇨병 환자들은 암에 걸릴 확률이 높습니다. 혈당 수치가 높은 여성은 유방암 발병률이 정상인에 비해 7배가 높고, 전립선암에 걸릴 확률은 9배가 높습니다.

3) 신념과 의지가 있어야 암을 이긴다.

암 방사선학자이며 캘리포니아 암센터에서 심리치료를 담당하고 있는 '칼 사이먼' 씨는 "마음이 병을 만들고 마음이 병을 고친다."라고 했습니다. 심상치료와 방사선 치료를 병행했을 때 훨씬 좋은 결과를 얻을 수 있다고도 했습니다.플라시보 효과란 약이 아닌 것을 약으로 속이고 치료효과를 내는 것을 말합니다. 우리말로는 위약(僞藥) 효과, 즉 가짜 약 효과라는 뜻입니다. 플라시보 효과처럼 질병이 나을 수 있다는 신념, 즉 정신적, 심리적 믿음이 의학적으로 증명된 그 어떤 훌륭한 치료법보다 훨씬 뛰어난 효과를 가져 올 수 있다는 사실을 잊어서는 안 됩니다. 말기암 환자 중 10년 이상 생존한 그룹의 환자들에겐 태도의 변화와 생활습관의 변화, 적극적이고 긍정적인 힘 그리고 된다는 확신과 실천이 있었다는 사실을 기억하기 바랍니다.

최근의 암 치료는 공격적으로 하기보다 고혈압이나 당뇨병처럼 만성질환으로 간주하고 꾸준히 관리해야 하는 질병이란 인식이 널리 퍼져가고 있습니다. 즉, 암 휴면요법은 눈에 보이는 암은 피해를 감수하더라도 모두 깨끗이 제거한다는 기존의 개념을 암이 인체에 미치는 영향을 최소화하여 건강한 삶을 살아갈 수 있다면 조금 천천히 암을 줄여나가거나, 크기는 줄지 않더라도 치명적인 부작용이 없다면 암과 함께 살아나간다는 개념으로 바뀌어가고 있는 것입니다. 암환자의 궁극적인 목표는 오래 사는 것입니다. 오래 살기 위해서 가장 중요한 문제는 암의 전이 억제와 재발 방지입니다. 암의 성장과 전이를 억제하는 다양한 치료법이 시도되고 있는 이유입니다.

4) 암 예방

①암을 예방하려면 편식하지 말고 균형 잡힌 영양을 섭취해야 합니다.

면역력을 높일 수 있는 식사의 가장 기본은 균형 잡힌 영양을 섭취하는 것입니다. 우리 몸의 세포는 끊임없는 세포분열과 소멸을 반복합니다. 이러한 힘의 원천은 우리가 먹는 음식입니다. 요즘 우리가 먹는 음식은 칼로리가 부족하기보다는 인체에 필요한 비타민과 각종 미네랄, 식이섬유가 부족한 것이 문제가 되는 경우가 많아 음식을 골고루 먹어야 하는 것입니다.

②녹황색 채소에는 암 억제인자가 많이 들어있습니다.

녹황색 채소에는 종양성장 억제인자가 많이 들어있습니다. 각종 비타민이나 미네랄이 많아 혈액을 깨끗이 하고 면역력을 강화시키는 역할을 합니다. 채소를 꾸준히 섭취하기가 번거롭고 힘들다면 녹즙의 형태가 가장 좋습니다. 채소를 가열 조리해서 섭취하면 파괴되는 영양소가 있으며, 항암효과도 절반이하로 감소합니다. 녹즙으로 섭취하면 영양소 파괴를 막으면서도 비교적 간편하게 즐길 수 있습니다. 일반적으로 종양의 녹즙재료는 감자이며, 만성간염이나 간경화에도 효과가 있습니다. 간질환에는 민들레를 넣고, 신장질환에는 오이를 넣습니다. 몸이 차면 쑥, 대장이 안 좋으면 무를 넣는데 신물, 트림, 구역감이 있을 때는 빼서 사용합니다.

③녹차를 하루 한두 잔

녹차는 커피, 코코아와 함께 세계 3대 음료로 세계 각지에서 즐기고 있습니다. 차는 처음 전래될 때부터 만병통치약으로 알려진 만큼 건강에 이로운 성분입니다. 녹차의 떫은맛을 내는 타닌 속의 카테킨은 콜레스테롤 억제뿐만 아니라 배설을 촉진하며, 혈압상승을 억제하는 작용을 하여 고혈압을 예방하는 데 효과적이라는 사실이 밝혀졌습니다. 또한 녹차는 해독작용이 강해서 독성이 있는 음식이나 술을 많이 마실 경우에 녹차를 함께 마시면 숙취가 해소됩니다. 그리고 카테킨은 담배의 발암물질을 억제하는 작용도 하고 환경호르몬과 맹독성 물질인 다이옥신의 배설을 촉진하는 효과도 있습니다.

또한 최근 연구에 의하면 녹차에 함유된 다당체 성분이 인슐린 합성을 촉진하고, 카테킨 성분은 당질의 소화흡수를 지연하는 작용을 하여 혈당상승을 억제하는 것으로 밝혀졌습니다. 이외에도 녹차는 강력한 살균효과까지 있어 여름철 부패하기 쉬운 어패류 등의 식품을 냉장고에 보관하기 전에 녹차로 헹궈두면 훨씬 오랜 시간 신선함을 유지할 수 있으며, 음식에 녹차를 함께 마시면 식중독을 예방할 수 있습니다.

④해조류는 암세포를 자연사시킵니다.

"미역은 성질이 차고 맛이 짜며 독이 없고 몸을 따뜻하게 하며 답답한 것을 없애고 기(氣)가 뭉친 것을 풀어주며 오줌을 잘 나가게 한다."라고 동의보감에 기록되어 있습니다. 해조류에 들어 있는 미끌미끌한 다당류를 후코이단이라고 하며, 거친 바다에서 자랄 때 생기는 상처를 보호하고 치료하는 기능을 합니다. 후코이단은 3대 항암효과를 가지고 있는데, 특히 항암작용과 혈관신생 억제작용이 뛰어난 것으로 나타났습니다.

암세포의 혈관신생을 막아버림으로써 암세포가 더 이상 성장할 수 없게 만들 뿐만 아니라, 암세포를 자살로 유도함으로써 암세포들이 스스로 없어지도록 하는 것입니다. 이렇게 후코이단은 암의 아포토시스(자살) 유도작용과 면역력 향상, 혈관신생 억제작용 등이 입증되었으며, 요즘은 다양한 건강식품으로 제조되어 큰 인기를 끌고 있습니다. 미역, 다시마 등 각각의 갈조류마다 후코이단의 분자구조나 성분이 다르고 효과도 다릅니다. 아직까지도 전문가들 사이에 연구가 진행되고 있어 밝혀지지 않은 효능이 더 있을 가능성이 많이 있습니다.

⑤천일염은 오래된 것일수록 좋습니다.

천일염은 바닷물을 그대로 증발시킨 것이므로 천연상태의 미네랄과 각종 무기물을 함유하고 있습니다. 그렇지만 정제된 소금에 들어 있는 나트륨은 교감신경을 자극하여 혈관을 수축시키고 마음을 흥분시키는 작용을 합니다. 소금도 정제하지 않은 천일염에는 부교감신경을 자극해 면역력을 키우는 칼륨이나 마그네슘, 칼슘과 같은 미네랄이 들어있습니다. 그러므로 반드시 싱겁게 만 먹어야 한다는 강박관념에서 벗어날 필요가 있습니다.

그러면 천일염 중에서도 죽염에 대해 알아보겠습니다. 죽염은 목화토금수의 오행(五行)이 다 들어있으니 한의학적으로 약성의 기운이 완벽합니다. 소금은 물에서 기원하니 수(水)에 해당하고, 바닷물을 햇빛으로 증발시켜 고체로 만드니 물속의 불(火)이란 이런 과정을 의미합니다. 그 고체를 성질이 차가운 대나무(木)에 넣고 그 입구를 황토(土)로 막고 다시 열을 가해 9번 구워 가장 뜨거운 물질(火)로 만듭니다. 마지막 9번째 구울 때는 쇠솥(金)에서 1,400도의 온도로 구워낸 것이 아홉 번 구운 죽염인 것입니다. 그래서 죽염은 단순한 소금이 아니라 치료제로 사용하기도 합니다. 죽염은 파이토케미컬이 함유된 채소나 과일보다 몇 배가 강한 환원력을 가지고 있음이 과학적으로 증명되었습니다. 환원력이 강한 죽염이 인체에 들어가면 오염된 체액, 즉 산화된 체액이 정화되어 환원력을 지닌 체액으로 개선되는 것입니다.

면역력을 높이는 4가지 방법

1) 스트레스를 부르는 생활습관을 바로잡는다.

잘못된 생활습관을 바로잡고 과로나 대인관계로 인한 고민에서 벗어난다. 평소 진통제나 해열제 등을 자주 복용해 왔다면 끊어야 한다.

2) 적극적으로 부교감신경을 자극한다.

식사, 운동, 욕조목욕은 부교감신경을 활성화하고 면역력을 높이는 지름길이다. 몸을 자주 움직이면 혈액순환이 잘 돼서 림프구가 줄어들지 않는다.

3) 면역기능을 억제하는 치료를 받지 않는다.

암으로 확진되면 의사가 수술이나 항암제 투여, 방사선 치료의 3대 암 치료를 권유하는 경우가 많다. 그러나 이 치료법들은 환자의 면역기능을 억제한다. 면역력을 높여서 암에 맞서려면 위의 3대 암 치료를 피하는 것이 좋다. 만약 받고 있는 중이라면 중단하는 것이 지속하는 것보다 더욱 현명한 길이다.

4) 암의 공포에서 벗어난다.

암은 결코 불치병이 아니다. 암의 공포 속에서 절망하고 낙심하면 교감신경이 계속 긴장하게 된다. 이런 상태가 지속되면 면역력은 더 이상 강해지지 않는다. 암은 우리 몸에 있는 자연치유력인 면역력을 기름으로써 치료할 수 있다. 그 사실을 알고 암을 극복할 수 있다는 믿음과 의지로 밝고 긍정적으로 생활하자. 낙관적인 사람은 비관적인 사람보다 스트레스를 더 쉽게 이겨낼 수 있다. 그런 면에서 암도 더 쉽게 이겨낼 수 있다.

암 예방, 치료 중, 치료 후 간편 보기

－암 예방

① 흰 쌀밥보다 잡곡, 현미밥, 흰 빵보다 통밀 빵이나 잡곡 빵 권장.

② 닭 가슴살, 콩류 권장.

③ 푸른잎 채소 권장(브로콜린, 양배추, 케일, 포도, 토마토 등.)

④ 항산화 물질 섭취 권장.

　　항산화 물질은 야채, 과일, 곡류, 콩류, 견과류 등에 들어 있고, 많이 알려져 있는 비타민 A(베타카로틴), C, E, 코큐텐, 셀레늄 등이 있음.

⑤ 탄 음식을 먹지 말 것.

⑥ 동물성 지방의 과다섭취가 대장암의 위험인자다.

　　야채와 식이섬유 섭취를 늘리고 동물성 지방 섭취를 줄일 것.

－암 치료 중

① 단백질, 열량 1.5배 섭취 권장.

② 소고기 등 붉은 고기 권장(찜, 국 등으로 요리).

③ 잡곡, 현미밥보다 흰 쌀밥 권장(설사증상 있으면 채소 섭취량 줄일 것).

④ 통증 관리하기.

　　암환자의 통증은 원인이 다양한데 약 70%가 종양 자체에서 유발된다. 종양에 생긴 뼈, 신경, 혈관, 내장 등에서 통증이 생긴다. 약 20%는 외과적인 수술이나 방사선 치료에 의한 조직손상에서 발생한다. 항암제의 화학적 공격으로 인한 점막염, 말초신경병증, 정맥염 등도 포함된다. 통증은 상태에 따라 역동적으로 변하기 때문에 수시로 체크하는 것이 필요하며 약 85%는 약물치료로 적절한 통증관리가 이루어질 수 있다.

–암 치료 후

① 체중 줄어든 상태라면 고열량식 유지.

② 항암 치료 후에 식욕저하와 소화불량을 호소하는 환자 많음.

③ 암환자에게는 고단백식, 저염식, 당뇨식, 위절제식에 맞는 치료식이 제공되어야 함.

 Ⓐ 위암: 오심과 구토, 설사 등 덤핑 증후군 나타남.

  세 끼를 5~6끼로 나눠먹기 권장.

  침 치료와 복부 온열요법을 통해 증상을 완화시킴.

 Ⓑ 위절제: 덤핑 증후군 나타남.

  작아진 위가 섭취한 음식을 정상적으로 소화 못해 소장으로 급격히 유입되는 현상 일어날 수 있음.

 Ⓒ 장수술: 규칙적으로 식사하고 소량씩 천천히 씹어 먹는다.

  빠른 회복 위해 단백질 섭취량 늘려야 함(살코기, 생선, 계란, 두부 등).

 Ⓓ 식도암: 상태에 따라 죽이나 밥을 이틀 간격으로 조금씩 늘려간다. 잠잘 때 머리를 20도 정도 올린 자세 유지해 역류한 음식이 폐로 흡입되지 않도록 해야 한다.

  Ⓔ 췌장암: 소화액 분비장애가 있는 것을 감안해 소량씩 자주 먹는다. 인슐린 분비가 줄어들어 당뇨가 나타날 수 있기 때문에 단순 당분이 농축된 음식(과일통조림, 케익 등)은 피해야 한다.

5 당뇨병(糖尿病)

가.
당뇨병이란 무엇인가?

당뇨병은 전 세계에서 10초마다 3명의 환자가 발생하는 대표적인 성인 질환 중 하나입니다. 2019년 국제당뇨연맹(IDF)에서 발표한 자료에 의하면, 전 세계 당뇨병 환자는 4억 6,300만 명에 달합니다. 대한당뇨병학회 조사결과 2016년 기준 국내 당뇨병 환자수 역시 500만 명이 넘습니다. 30대 이상 성인의 유병율은 13.8%(7명 중 1명)로 전해졌습니다. 당뇨병은 크게 제1형과 제2형으로 나누는데, 제1형은 우리 몸이 인슐린을 제대로 생산하지 못해 발생하고, 제2형은 가족력뿐만 아니라 체중, 혈압, 콜레스테롤과 중성지방 수치 등 생활습관과 밀접한 연관이 있습니다. 특히 비만인 경우 혈당을 조절하는 인슐린 호르몬이 우리 몸에서 제대로 작용하지 못하는 '인슐린 저항성'이 발생할 수 있는데, 이 상태가 지속되면 계속해서 인슐린을 만들어 내더라도 충분한 인슐린을 공급할 수 없는 상태에 이르게 돼 당뇨병이 발생할 수 있습니다. 이 과정은 서서히 진행되기 때문에 약한 고혈당 상태에서는 대부분 증상을 느끼지 못하거나 증상이 모호해 알아차리기가 어렵습니다.

전문가들은 당뇨병이 그 자체로는 환자의 일상생활에 극단적인 문제를 유발하지 않지만, 내버려둘 경우 다양한 문제를 일으킨다고 말하고 있습니다. 우선 혈액이 끈적끈적해지면서 혈액순환을 방해하고, 몸속 혈관이나 장기가 손상돼 전신에 합병증을 유발합니다. 심한 경우 다리를 절단하거나 실명으로 이어질 수 있으며 사망까지 이를 수 있습니다. 최악의 상황을 막기 위해 당뇨병환자는 평소 혈당조절을 위한 치료와 함께 꾸준한 식이조절과 운동을 필수적으로 시행해야 합니다. 식이를 통한 혈당조절은 당뇨병을 예방하고 관리하는 핵심 요소로 꼽힙니다. 당뇨병 식이요법은 과도한 탄수화물과 단순 당, 콜레스테롤 및 포화지방, 소금섭취를 제한하고 식이섬유와 불포화지방산을 충분히 섭취하는 것이 기본원칙입니다. 다만 필수 영양 성분이 다양하기 때문에 환자 개인이 스스로 식단을 챙기기에 한계를 느낄 수 있습니다. 계획적인 식이요법으로 당을 관리하고 싶다면 당뇨환자를 위해 설계돼 있고 간편하게 섭취할 수 있는 당뇨 영양식이 대안이 될 수 있습니다.

이처럼 당뇨병환자가 급증하고 있는 때에는 여러 가지 원인이 있을 수 있습니다. 1980년대 이후 경제발전에 따른 생활양식의 급격한 변화, 그 가운데서도 식생활 문화가 서구화되면서 과체중에 의한 비만인구가 늘어난 것이 주요 원인이 되고 있습니다. 다음으로 기계와 교통의 발달로 운동량이 줄어들어 당뇨병의 발생 원인이 크게 늘어났다는 것입니다. 거기에다 의학의 발달로 조기 발견이 많아져 유병율은 더욱 높아졌습니다. 그리고 당뇨병의 치료법이 개선되어 환자의 수명이 연장되고, 그들의 자손이 많아짐에 따라 당뇨병에 쉽게 걸릴 수 있는 유전적인 소질을 가지고 태어난 인구가 증가된 사실 또한 중요한 원인의 하나입니다.

당뇨병은 예부터 소갈병(消渴病)이라 했는데 그 증상을 보면,

① 소변이 잦다(특히 밤에). ② 항상 피로하고 체중이 줄어 든다. ③ 갈증이 심하다. ④ 공복감이 심하다.

　우리 몸의 정상적인 혈당값은 100mg인데, 이는 100cc의 혈액 가운데 0.1g의 포도당이 함유된 상태를 말합니다. 건강한 사람이라도 식후에는 점점 혈당값이 높아집니다. 그렇지만 160mg을 넘지 않는 160mg/dl 상태이며, 식후 2~3시간이 지나면 도로 내려 110mg/dl 이하인 상태가 됩니다. 혈당이 아무리 높아도 200mg/dl를 넘지 않습니다. 그러나 당뇨병에 걸린 사람은 식후 2~3시간이 지나도 혈당값이 내려가지 않습니다. 보통 공복일 때 혈당 값이 140mg/dl 이상이거나 식후 2시간 뒤 200mg/dl 이상이면 당뇨병으로 진단합니다. 당뇨병의 상태를 판단하는 데는 혈당값도 중요하지만, 몸무게를 정기적으로 체크하여 언제나 이 두 가지를 함께 비교하여 살펴야 한다는 점을 잊지 말아야 합니다.

　고혈당은 인슐린 부족으로 생기는데, 인슐린은 췌장에서 만들어집니다. 어떤 이유로 인슐린이 몸 안에 있는 당질을 활성화시키는데, 필요한 양 만큼 만들어지지 않든가, 가끔은 전혀 만들어지지 않는 경우도 있는데, 그렇게 되면 우리 몸에는 이상이 발생하게 됩니다. 즉, 포도당이 근육세포로 들어가는 속도가 더뎌지고, 그에 따라 근육세포는 포도당을 소비시키지 못하게 됩니다. 그 결과 당질은 혈액 속에 그냥 쌓이기만 해서 우리 몸은 고혈당 상태가 됩니다. 그렇게 되면 우리 몸은 필요한 에너지를 보충하기 위해 당질 대신 지방질을 소비하게 되고, 그 결과 몸이 여위는 등의 전신증상이 일어납니다. 그러므로 당뇨병은 인슐린 부족에 의한 만성 대사질환으로 혈당이 높을 뿐만 아니라 단백질과 지방 등 전체 영양소의 대사가 잘되지 않는 병입니다. 그 결과 대사 장애로 감염증에 걸린다거나 만성합병증을 일으키기도 합니다.

인슐린을 만드는 췌장은 위장의 아래 십이지장 뒤쪽에 있는 길이 15cm쯤 되고, 무게 70g정도 되는 길쭉하게 생긴 소화기관의 하나입니다. 이자라고도 하는 췌장은 많은 소화세포들로 이루어져 있습니다. 췌장이 하는 일은 크게 두 가지가 있는데, 한 가지는 췌액(膵液)이란 소화액을 만들어 십이지장으로 보내는 일과 인슐린이란 호르몬을 분비하여 혈액 속으로 내 보내는 일입니다. 췌장에는 '랑게르한스섬(島)'이란 많은 세포들이 있는데, 바로 여기서 인슐린이 만들어집니다. 그런데 지금까지 알려진 인슐린 분비 기능장애 원인으로 다음 다섯 가지를 들 수 있습니다.

첫째: 생산기능 부족으로 랑게르한스 섬에서 아예 인슐린을 만들어 내지 못합니다. 이러한 경우는 그리 흔하지 않으며, 선천적으로 장애요인을 가지고 태어나는 유전성으로 짐작되고 있습니다.

둘째: 인슐린은 충분히 만들어지지만 제때에 혈액으로까지 방출되지 못합니다.

셋째: 근육세포 등의 흡수 부족으로 인슐린의 생산기능이나 방출력에는 아무 이상이 없으나 당질의 연소기관인 근육세포 또는 지방세포에서 이를 흡수하지 못합니다.

넷째: 인슐린의 활동을 방해하는 물질이 있어 일어납니다. 인슐린의 생산이나 방출이 정상적으로 이루어져도 혈액 속에 이러한 물질이 있으면 인슐린이 부족한 경우와 같은 현상이 일어납니다.

다섯째: 비활성형 인슐린의 경우입니다. 이 경우에는 생산 방출된 인슐린이 혈액 속의 특수한 단백질과 결합하여 본래의 기능을 저버리고 비활성형으로 변질됩니다.

여섯째: 2차적으로 인슐린의 생산능력이 떨어지거나, 다른 호르몬의 질환으로 인하여 일어나는 경우입니다.

수술로 췌장을 제거했을 때, 만성 췌장염 등으로 췌장의 기능이 떨어졌을 때, 췌장 질환으로 인해 2차적으로 인슐린 생산이 안 될 때, 뇌하수체 전엽(前葉)의 과잉활동으로 말단비대증이 나타났을 때, 부신피질 및 수질(髓質) 종양으로 호르몬이 과잉 분비될 때, 그리고 갑상선 기능이 항진되었을 때 등입니다. 이런 여러 조건들로 인한 기능장애가 인슐린 부족현상을 일으키고, 인슐린의 부족이 당뇨병을 발생시킵니다. 현대로 넘어와서는 영양과잉과 비만증, 운동부족과 스트레스 증가, 인스턴트 식품의 증가, 약물남용, 수명연장에 의한 고령화, 수술, 감염 등으로 인한 외적 요인에 의해서도 더 많이 발생하며, 임신기간 동안 정상적으로 많이 생산되어 분비되는 호르몬들도 인슐린 작용을 방해합니다.

나.
당뇨병의 종류와 증상

당뇨병이 발생하는 원인에 따라 1형과 2형으로 나눌 수 있습니다. 제1형 당뇨병의 특징은 20세 이하의 발육기에 있는 젊은이에게 발생하며, 그 수는 비교적 적습니다. 성인 당뇨병보다 급격하게 진행되고 병세도 중합니다. 제

2형 당뇨병의 특징은 주로 어른이 된 뒤 발병하는 것을 말하는데, 인슐린을 분비하는 랑게르한스섬의 결함이 아닌 다른 원인에 의해 발생한 당뇨병을 말합니다. 그래서 당뇨병하면 제2형이 압도적으로 많기 때문에 주로 이 병을 말하지만, 젊은이에게도 발생될 수 있으므로 반드시 나이에 따라 규정지을 수만은 없습니다.

또 혈당조절의 반응에 따라 안정형과 불안정형 당뇨병으로 나뉘고, 공복일 때 혈당값의 정도에 따라 중증 또는 경증으로 나누기도 합니다. 제1형 당뇨병환자의 증상은 성인형과는 다른 점이 많습니다. 제1형의 경우 대부분은 당뇨병에 걸린 사실조차 모르고 있다가 어린이가 갑자기 당뇨병 혼수를 일으켜 병원을 찾은 후에야 알게 된다고 합니다. 그 특징으론 첫째, 일반적으로 병세의 악화가 빠른 급성이며 둘째, 마른 편인 어린이에게 유병율이 높습니다. 셋째, 당뇨병 혼수를 잘 일으키며 넷째, 특별한 원인도 없는데 혈당값 또는 요당량이 격심하게 동요합니다. 다섯째, 합병증으로 신(腎) 질환을 일으키며 여섯째, 약물요법으로는 효험이 별로 없고 일곱째, 치료과정에서 인슐린 주사를 이용하는 인슐린 요법이 중요합니다.

제1형 당뇨병 증상으론 첫째, 장상적인 상태에 비해 필요 이상으로 물을 찾으므로 주의해 살펴보면 증상을 일찍 발견할 수 있으며 둘째, 소변을 많이 그리고 자주 봅니다. 셋째, 야뇨증을 갖기 쉽고 넷째, 키가 크는 것도 아닌데 몸무게가 줄고 마릅니다. 다섯째, 식욕이 없는 듯 잘 먹으려 하지 않으며 여섯째, 체하지도 않았는데 구역질이나 구토를 자주합니다. 일곱째, 피부에 윤기가 없고 가려움을 호소하며, 부스럼이 많이 나고 잘 곪습니다. 여덟째, 얼굴이 벌겋게 자주 열이 오르고 아홉째, 쉽게 지치며 잠도 잘 못자고 열째, 자주 배가 아프며 변비 또는 설사를 합니다. 제1형 당뇨병의 원인은 아직 확실하게 규명되지는 않았으나, 유전적인 요인에 그 원인을 찾는 견해가 지배적입니다.

제1형 당뇨병을 유발하는 질병에는 다음과 같은 것이 있습니다.

첫째: 성장발육의 장애가 있어 남성다움, 여성다움을 나타내는 성징이 더디게 나타납니다.

둘째: 감염증으로 피부의 화농성질환입니다. 젖먹이 아기일 때부터 습진이나 농피증이 잘 생깁니다.

셋째: 요로감염이 있습니다.

넷째: 호흡기 질환이 있습니다.

다섯째: 간 비대증이 있습니다.

제1형 당뇨병의 치료는 자라는 어린이기 때문에 당질이나 칼로리는 어느 정도 줄여 주지 않으면 안 됩니다. 단백질 식사가 주를 이루어야 하며, 그와 함께 성장에 필요한 갖가지 영양분이 고루 섭취될 수 있도록 주의를 기울여야 합니다. 물론 비타민이나 미네랄의 공급도 충분하게 해 주어야 합니다. 특히 과식을 못하게 하고 규칙적인 식사 버릇을 가르쳐 주어야 합니다.

노인의 당뇨병은 40~50대에는 전혀 나타나지 않다가 60세가 넘으면 그 증세가 나타나는 경우가 많습니다. 노인 당뇨병은 제1형이나 청년형 또는 제2형 당뇨병에 비하여 상대적으로 증상이 가볍고 혈당값도 그다지 높지 않습니다. 병세가 진행되는 과정도 비교적 완만하고, 당뇨병의 주요 증세의 하나인 케톤산 혈증의 증세도 나타나지 않습니다. 인슐린에 대한 감수성도 둔한 편이어서 투여할 때는 효력이 더디며 약하다는 점을 충분하게 고려해야 합니다. 노인의 당뇨병에서는 혈관장애, 고혈압 같은 예후가 나쁘고 사망률도 높은 합병증 발생빈도가 높아 특히 이 점에 신경을 많이 써야 합니다. 노인 당뇨병의 합병증으로 발생하는 동맥경화증에서도 심장을 둘러싸고 있는 관상동맥에 경화증이 가장 많이 나타납니다. 발생빈도가 높을 뿐만 아니라 관상 동맥경화증은 심근경색과 협심증을 유발할 수도 있어 매우 위험합니다. 관상동맥 다음으로 뇌동맥과 사지동맥, 신(腎)동맥에도 경화현상이 많이 나타나는 편입니다. 특히 뇌동맥경화에는 뇌경색의 위험성이 있으므로 주의해야 합니다. 동맥경화의 촉진과 함께 고혈압도 병발합니다.

또 노인 당뇨병의 합병증으로 신경계의 장애가 특히 많습니다. 건반사(腱反射)의 감퇴 및 소실현상, 피부에 지각작용 이상 또는 감각작용의 감퇴현상, 근 무력감, 양쪽다리의 좌골신경통, 신경성 방광장애, 중증의 당뇨병일 때는 족부질환, 즉 발 부위에 괴저(壞疽) 등이 나나날 수 있습니다. 또한 당뇨병성 안과질환은 동맥경화와도 관계가 있는 것으로서, 망막 증세와 백내장 등이 많이 발생합니다. 노인 당뇨병 치료는 일반 당뇨병의 치료와 다를 것이 없지만, 혈관장애의 원인이 되는 콜레스테롤 값이 낮은 음식을 섭취하도록 하며, 살이 찌는 것을 막기 위해 적당한 운동을 지속적으로 해야 합니다. 세계보건기구의 분류법에 의하면, 인슐린 의존형(제1형)과 인슐린 비의존형(제2형)으로 나누기도 하는데, 우리나라 사람들이 많이 걸리는 당뇨병은 식생활, 생활습관 등으로 인슐린 비의존형인 제2형 당뇨병에 걸리는 환자가 무려 90% 이상을 차지합니다. 영양 실조형(1.5형)은 열대지역의 개발도상국에서 많이 발생합니다. 영양부족 특히 성장기의 단백질 결핍이 발병에 중요한 역할을 하는 것으로 알려져 있습니다. 1970년대까지는 인슐린 의존형, 비의존형으로 구분했으나 1985년 세계보건기구 당뇨병 전문위원회에서 영양실조형 당뇨병을 추가했습니다.

다.
당뇨병의 증세

최초의 당뇨병 자각증상은 다음(多飮), 다뇨(多尿), 다식(多食) 등의 3다 증상입니다. 초기 당뇨병환자에게서는 밤중에 자다가도 목이 말라 눈을 뜨는 등 목마름 증상이 심합니다. 건강한 사람이 소변으로 하루 1,000~1,500cc 정도로 배설하는 데 비해, 당뇨병환자는 2,000~5,000cc로 2~5배나 되는 다뇨증상을 보입니다. 그리고 음식을 먹어도 허기증이 있어 자꾸만 먹게 되는 다식증상이 나타납니다. 모든 당뇨병환자의 약 60%에서 이 3다 증상이 나타납니다. 초기 당뇨병환자는 잘 먹고 잘 마시다 보니 몸무게가 늘다가 차츰 병이 진행되면서 몸무게가 줄어듭니다. 정상인의 2~5배에 이르는 배설로 인한 탈수현상에, 포도당 대신 지방분이 소모되어 몸무게는 눈에 띌 정도로 심하게 줄어듭니다.

또 당뇨병의 초기증상 중에 하나가 피로와 무력감입니다. 격한 일을 한 것도 아니면서, 그리고 지속적으로 운동을 한 것도 아닌데 몸이 피로하고 나른해지면서 모든 일이 귀찮기만한 무력감에 사로잡히게 됩니다. 이런 피로와 무력감은 혈액 속에 포도당이 상승하기 때문에 나타나는 증상입니다.

또 당뇨병에는 여러 가지 신경증이 나타나는데, 신경증이란 신경에 이상이 생기는 것을 말합니다. 손발이 저리는 증상이나 팔다리의 통증 및 하지에 일어나는 경련, 장딴지에 나는 쥐 따위가 있습니다. 그뿐만 아니라 좌골신경통과 비슷한 통증을 일으키는 수도 있으며, 자율신경 계통에도 장애가 오기도 합니다. 자율신경 계통의 장애로는 땀을 많이 흘리거나 손바닥이 붉어지는 증상, 위장이 나빠져서 자주 변비나 설사가 일어나는 증상 등을 들수 있습니다. 당뇨병으로 인한 신경증은 눈의 운동신경에까지 나타납니다. 즉, 눈의 운동신경에 마비증세가 나타나 하나의 물건이 두 개로 보인다거나, 한쪽 눈꺼풀이 내려앉는 등의 증상이 나타납니다. 시력장애가 발생해 안과를 찾았다가 당뇨병임을 알게 되기도 하고, 망막혈관의 이상으로 안저에 백반이 생기거나 출혈을 일으켜 망막증이 생기기도 합니다. 망막증이 발생하면 시력이 떨어지며, 심한 경우엔 망막박리가 생겨 실명할 수도 있습니다. 주로 중년기 이후에 많이 발생하는 당뇨병으로 인한 눈의 증세를 나이 탓으로 돌리는 경우가 많은데, 젊은이에게도 발생하는 백내장이 있습니다. 한번 그 증세가 발생하면 진행속도가 빠르며, 망막증이 있는 사람은 수술을 하여 효과 있는 치료를 받더라도 그 예후가 좋지 않습니다. 당뇨병성 안질환에는 이 밖에도 홍채염, 안근마비, 시신경 이상 등의 안과 질환이 나타나는 수가 있습니다.

당뇨병환자는 높은 혈당으로 인해 세균이 잘 자라고, 균을 죽이는 힘이 약화되어 부스럼이 잘 생기고, 조그만 상처가 나도 곪기를 잘합니다. 세균에 약해진 저항력으로 감염증에 대한 저항력까지 약해졌기 때문입니다. 정상인보다 피부염이나 무좀 같은 것에도 잘 걸리고, 피부 가려움증이 나타나며, 여성의 경우에는 음부가 가려운 증상이 생기기도 합니다. 또 잇몸에 염증도 자주 생겨 잇몸에서 피가 나며, 이가 흔들리다가 빠지기도 하는 치조농후 증세가 나타나기도 합니다. 치조농후가 생기면 이가 빠진 뒤 잇몸 뼈 부위가 부어 새로 이를 해서 끼워도 잘 고정되지 않고, 심한 경우에는 턱이 삐뚤어지기까지 합니다.

당뇨병이 원인이 되어 뇌졸중이 발생하는 때도 있습니다. 뇌졸중에는 뇌의 혈관이 터지는 뇌출혈과 뇌혈관이 막히는 뇌경색이 있습니다. 그런데 당뇨병으로 인한 경우에는 뇌경색에 의한 뇌졸중이 많습니다. 심근경색증도 당뇨병에 의하여 유발되기 쉬운 질환입니다. 만일 젊은 나이에 심근경색증을 앓게 되었다면, 반드시 한 번쯤은 당뇨병의 발생을 의심해 봐야 합니다. 이 밖에도 폐결핵을 악화시키고, 감염증을 일으키기 쉬운 질병으로 폐렴, 신우염, 담낭염 등이 있습니다.

당뇨병 증상으로 가장 무서운 것은 무증상이 거의 20%를 차지한다는 것입니다. 그러므로 발병초기의 무증상으로 많은 사람들이 병세가 상당히 진행된 뒤에야 자신이 환자임을 발견하고 치료에 한층 어려움을 겪곤 합니다. 그래서 조기발견이 중요한데, 임상사례를 분석해 봤더니 갈증을 느낀 경우가 제일 많았고 전신권태, 체중감소, 다뇨, 다식 순이었습니다. 그리고 신경통, 시력장애, 가려움증 등의 자각증상을 느낀 경우가 있었습니다. 그러므로 당뇨병 검사를 해 보아야 할 환경요인으로는 다음과 같은 몇 가지 경우가 있습니다.

① 가까운 친척 또는 가족가운데 당뇨병환자가 있을 때.

② 비만증이 있을 때.

③ 당뇨병증상이나 합병증증상이 나타날 때.

④ 고혈압증, 간질환, 부신질환, 갑상선질환 등 당뇨병의 합병증으로 자주 나타나는 질환을 앓고 있을 때.

⑤ 스테로이드제, 이뇨제 등 당뇨병증세와 관련되는 약물을 오랫동안 복용하고 있을 때.

⑥ 여성으로서 되풀이되는 사산 또는 유산, 거대아 출산 등의 경험이 있을 때.

이러한 경우에는 스스로 요당측정과 혈당측정을 해 보아야 합니다. 건강한 사람은 원칙적으로 음성(-)입니다. 식후에도 요당이 나오지 않으면 이상적입니다.

요당검사 결과만으로 당뇨병 유무를 판정하는 것은 극히 위험한 일입니다. 당뇨병의 발병사실을 알아내기 위한 확실한 진단은 혈당검사를 해야만 합니다. 요당검사와 혈당검사를 자가 측정하는 외에 병원에서는 헤모글로빈 AIC검사와 요단백검사, 혈중지질검사, 안저검사 등을 해야 합니다. 일반적으로 소변에 당이 섞여 나오면 소변의 비중은 무거워지고, 새콤한 냄새가 나며 끈적거리는 느낌이 있습니다. 그리고 마르면 하얀 가루 같은 것이 남아 있어 육안으로도 알아볼 수 있습니다.

그러나 더 정확히 알아보기 위해 요당검사를 해야 하는데, 식사를 하되 1~2시간 지났을 때 하며, 이때 검사에 영향을 주는 비타민 C는 먹지를 말아야 합니다. 또 시약을 바른 시험지를 가지고 스스로 요당검사를 할 수도 있습니다. 요당검출용 시험지인 테스-테이프를 소변에 담그거나 테이프 위에 소변 몇 방울을 떨어뜨려 1분쯤 지난 뒤 나타나는 반응으로 당의 배출여부를 알 수 있는 방법입니다. 당이 배출되고 있으면 테이프는 당의 농도에 따라 초록색 또는 푸른색으로 농도가 다르게 변합니다. 이는 첨부된 색조표를 이용하면 요당의 양을 알 수 있습니다. 당이 나오지 않으면 1분이 지나도 테이프의 빛은 변하지 않습니다.

혈당검사는 당뇨병 진단의 결정적 수단입니다. 당뇨병인가 아닌가를 확실하게 진단하고, 당뇨병임이 알려졌을 때는 증세가 중증인가 경증인가를 진단하는 결정적인 수단으로 혈당검사가 있습니다. 우리 혈액 중의 포도당, 곧 혈당값은 건강한 사람의 경우 공복일 때 100mg/㎗입니다. 이 경우 '공복일 때'란 식후 10시간 동안 전혀 음식물을 먹지 않은 아침 상태를 말합니다. 공복일 때와는 달리 식후에는 일시적으로 혈당값이 높아지지만 160mg/㎗을 넘는 일은 거의 없습니다. 당뇨병에 걸리지 않는 건강한 사람이라면 식후 2시간이 지난 후 다시 정상상태가 됩니다. 그러나 당뇨병환자의 경우에는 혈당값이 높습니다. 그리고 식후 높아졌던 혈당값은 대부분 시간이 지나도 내려가지 않고 그대로입니다. 공복일 때 혈당값이 140mg/㎗ 이상으로 높을 때나 임의의 시간에 측정한 혈당이 200mg/㎗ 이상일 때 당뇨병으로 진단할 수 있습니다.

공복일 때 혈당값이 정상으로 나오면, 식후 2시간이 지난 뒤의 혈당을 측정하여 당뇨병 발병상태에 대한 진단을 합니다. 혈당값이 정상적인 사람의 절반 이하로 떨어져 있는 경우에는 저혈당증이 됩니다. 혈당값이 일정 치에 미달하는 50mg/㎗인 가벼운 저혈당증의 상태에서는 혈당의 활동이 불충분해져 심한 공복감을 느끼고, 구역질 등의 증세가 나타납니다. 혈당값이

40mg/dl인 때는 온몸이 떨리고 식은땀이 나며, 얼굴이 하얗게 질리면서 물체가 이중으로 보이는 증상이 나타납니다. 혈당값이 30mg/dl인 심한 상태에서는 서있기도 힘들며 이상 행동을 하게 되고, 경련을 일으키다 혼수에 이르러 의식을 잃게 됩니다. 이렇게 저혈당으로 혼수가 일어났을 때는 몹시 위험한 상태로, 자칫 생명까지 위태로운 경우가 발생하기도 합니다. 당뇨병에 대한 의심이 조금이라도 있는 다음과 같은 경우의 사람들은 반드시 혈당 검사를 받도록 해야 합니다.

① 학교나 회사 등의 신체검사 또는 집단검진에서 당뇨가 발견된 사람.
② 다른 질병을 치료받기 위해 진찰을 받는 도중 당뇨가 발견된 사람.
③ 당뇨병 가계력을 지닌 가족의 일원으로서 비만증이 있고, 당뇨병의 다른 증상은 없으나 당뇨가 나오는 사람.
④ 임신부의 정기검진이나 일반인의 정기적인 검진 등에서 당뇨가 발견된 사람.

다음은 발병사실을 처음 알게 된 환자가 받아야 할 일반적인 검사들을 나열해봅니다.
① 내과 진찰
② 흉부 X-선 촬영
③ 심전도검사 및 혈압측정
④ 시력, 망막, 백내장 등의 안과검사
⑤ 요 단백 등의 신장 기능검사
⑥ 혈중 콜레스테롤, 트리글리세라이드 등의 혈중 지질검사

⑦ 24시간 요당 배설량 측정

⑧ 당화 혈색소량 측정

⑨ 신경검사

⑩ 필요한 기타 다른 전문검사

라.
당뇨병의 치료

당뇨병은 불치병은 아니지만 완치되는 병은 더군다나 아닙니다. 한 번 걸리면 일생 동안 치료를 계속해야 하므로 여전히 위협적이고 무서운 병입니다. 이 무서운 난치병을 좀 더 쉽게 치료하기 위해서는 무엇보다 조기발견이 중요하고, 전문의의 권고에 따른 지속적인 조절이 대단히 중요합니다. 단순히 소변에 당이 나오지 않고 혈당값이 정상범위로 돌아오는 것만으로는 부족하고, 당뇨병 진행과 함께 몸 안의 모든 대사조절이 정상을 유지해야 하며, 합병증에 대한 대책이 잘 되어 있어야만 합니다. 당뇨병 조절기준을 대사조절 기준과 대사 이외의 판정기준으로 나누어 살펴보고자 합니다. 대사조절을 나타내는 가장 중요한 지표는 역시 '혈당값'입니다. 이 혈당값은 환자에 따라 또는 조건에 따라 잘 변하므로 요즘에는 공복 혈당값 측정과 함께 식전, 식후 2시간, 취침 전, 새벽 3시경 등 하루 여러 차례 측정하여 혈당 조절상태를 판정하기도 합니다.

혈당값에 이어 대사조절의 기준으로 중요한 것에는 '당화혈색소(糖化血色素)'가 있습니다. 당뇨병환자의 몇 달 전 혈당상태를 알기 위해 당화혈색소를 검사하는데, 전에 혈당이 높았을 때는 이 혈색소의 양도 증가됩니다. 당화혈색소는 7% 이하로 줄이는 것이 좋으며, 정기적으로 검사함으로써 장기적인 혈당조절상태를 판정할 수 있습니다.

당뇨병 조절기준의 지표로는 당화혈색소와 함께 프록토사민이라고 하는 '당화단백'의 측정값도 중요합니다. 고혈당 상태가 오래 지속되면 단백이 당화한 당화 단백량이 증가하는데, 이 측정값 역시 당뇨병 조절기준의 지표로 이용합니다. 또한 당뇨병 조절에서 표준체중을 유지하는 것은 매우 중요하며, 그래서 몸무게의 변화 상태를 조절지표로 삼습니다. 당뇨병 조절이 좋지 않을 때는 여러 가지 합병증이 발생합니다. 합병증으로 생긴 질환이 악화되거나 새로운 합병증이 생겼을 때는 당뇨병 조절이 좋지 않다는 말이기도 합니다. 말하자면 갑자기 시력이 나빠진다든지, 피부에 염증이 자주 생긴다든가 하는 증상을 보일 때는 특히 주의해야 합니다.

현재 당뇨병 치료의 목표는 첫째, 고혈당 등의 이상대사(異常代謝) 상태를 정상화시키고 둘째, 표준체중을 유지하며 셋째, 합병증을 예방하고 이미 발생한 합병증의 진행을 막는 데 있습니다. 이러한 목표를 이루기 위한 당뇨병의 치료법에는 흔히 3대요법이라고 하는 '식이요법', '운동요법', '약물요법(경구혈당 강하제요법과 인슐린요법)'이 있습니다.

그리고 이들 3대 치료법 외에 '인공 췌장기요법', '췌도 세포 및 췌장 이식요법', '당뇨병 교육', '합병증에 대한 요법' 등이 있습니다. 이들 치료법 가운데 어떤 방식을 택하느냐는 환자 각자의 증세에 따라 달라져야 하며, 그 선택은 반드시 전문의의 지시에 따라야 합니다. 그리고 어떤 치료법을 택하든 좋은 치료를 위해 환자는 당뇨병 및 치료 전반에 대해 거의 의사의 경지에

이를 만큼 잘 알아야 합니다. 그래서 당뇨병에 대한 교육은 기본적 치료법이 됩니다. 당뇨병을 치료하는 데는 약물요법인 경구혈당 강하제요법 또는 인슐린요법 가운데 어떤 요법을 택하든 운동과 식사요법은 중단 없이 계속되어져야 합니다.

마.
당뇨병환자와 운동

운동부족은 복잡한 사회로부터 빚어지는 스트레스의 증가와 더불어 체력을 저하시킵니다. 운동부족으로 과잉 섭취된 열량은 소비되지 못한 채 잉여 에너지를 축적해 비만증으로 나타나면서 질병의 발생을 초래합니다. 운동부족에 의한 질병 가운데서도 인슐린 비의존형 당뇨병은 대표적인 운동부족병으로 알려져 있습니다. 그러므로 당뇨병에서 운동요법은 식사요법과 더불어 질병상태의 예방과 치료에 유용합니다. 그 이유는 다음과 같습니다.

첫째, 운동을 함으로써 혈관이나 근육의 노화를 방지합니다.

둘째, 생산과 분비의 부족으로 당뇨병을 유발하는 인슐린의 기능을 활발하게 하고, 당뇨병에 걸리기 쉬운 조건이 되는 비만증을 막아줍니다.

운동이 우리 몸에 미치는 영향으로는 호흡기능, 순환기능, 대사기능의 향상과 확대에 도움을 주며, 그 외에 근력, 근지구력, 체력 및 운동능력에 미치는 영향, 뇌신경의 기능에 미치는 영향 또한 지대합니다.

운동이 체력 및 운동능력에 미치는 영향을 살피기 전에 먼저 체력과 운동능력에 대해 살펴보겠습니다. 체력이란 우리 몸이 운동에 대한 적응 능력이라고 할 수 있습니다. 이 체력은 운동의 강도, 운동량, 운동시간 등을 지표로 하여 측정합니다. 운동에 의해 체력을 증가시키려고 할 때는 첫째, 일정한 수준 이상의 자극이 있어야 합니다. 둘째, 적응력에 맞춰 차츰 복잡성을 띠게 해야 합니다. 셋째, 운동에 의한 기능의 개선을 위해 주기적으로 반복함으로써 계속성이 유지되어야 합니다. 넷째, 운동하는 목적의식이 있어야 합니다. 다섯째, 운동 적성에서 발견되는 개인차에 따라 운동의 종류를 정해야 합니다. 운동능력을 향상시키기 위해서는 근력, 근지구력, 유연성, 조정력 등의 향상이 먼저 이루어져야 합니다. 기본적으로는 걷고, 뛰고, 달리며, 몸의 굴신운동을 함으로써 운동능력의 향상을 기할 수 있습니다.

운동이 뇌신경 기능에 미치는 영향으로는, 스트레스 해소와 두뇌에 활력을 주며 사고력을 높여주는 뇌신경계의 부활작용을 들 수 있습니다. 즉, 적당한 운동은 정신기능을 구성하는 지적인 기능 감정, 의지 등에 커다란 영향을 미치고 있습니다. 전문의들은 쉽게 시작할 수 있는 가벼운 산책 또는 걷기운동부터 시작해 보라고 하는데 바른 자세, 즐거운 마음, 빠른 걸음으로 하루 5,000~10,000보를 걷는 것이 효과적이라고 합니다. 만보기를 휴대하여 측정해 보는 것이 좋으며, 측정할 수 없을 때는 오전, 오후 일정한 시간대를 정해 놓고 각각 20~30분씩 빠르게 걷기를 권장합니다. 그러나 다음과 같은 사람들에게는 운동요법이 역효과를 낼 수도 있음을 간과해서는 안 됩니다.

① 나이가 많은 노년층 환자.

② 비만증이 있는 인슐린 비의존형 환자.

③ 대사 이상이 심한 인슐린 의존형 및 인슐린 비의존형 환자.

④ 당뇨병성 신경병증, 단순성 망막증, 초기 당뇨변성 신증, 가벼운 고혈압증, 동맥경화증 등의 합병증이 있을 때.

⑤ 인슐린 주사 및 경구약제를 투여할 때.

⑥ 식사를 규칙적으로 하지 못하는 때.

다음은 운동요법을 실시해서는 안 되는 경우입니다.

① 케톤산혈증과 같은 급성합병증이 발생 했을 때.

② 급성 감염증이 있을 때.

③ 신부전이나 출혈성 망막증 등과 같은 심한 혈관합병증이 있을 때.

운동에 대한 장애를 방지하고 안전한 운동을 지속적으로 하기 위해서는 매일 점검과 준비운동, 정리운동을 반드시 실시해야 합니다. 운동을 시작하기 전에 점검해야 할 사항은 자각증상, 맥박수, 식사량, 운동시간대 등입니다. 두통, 복통, 설사, 발열, 수면부족, 숙취 등의 증상으로 신체조건이 좋지 않을 경우에는 무리한 운동은 피하는 것이 좋습니다. 특히 건강상태를 반영하는 맥박수는 운동 전에 반드시 측정하여 정상적인지 점검하도록 해야 합니다. 운동을 하는 중에 이상증상이 나타나면 즉시 운동을 중지하고 곧바로 주치의에게 보고해 운동요법에 대한 점검을 하도록 합니다.

운동을 중지해야 할 이상증상은 두통, 식은땀, 안면 창백, 강한 심장의 고동, 심한 호흡곤란, 구토증, 근 무력감, 근육 또는 관절의 통증 등입니다. 운동을 끝낸 후 점검해야 할 사항은 맥박 측정입니다. 운동 후의 정해진 맥박수를 유지하고 있는지, 부정맥은 없는지 살펴봅니다. 그리고 운동 시작 전의 맥박수로 돌아오는 시간을 측정합니다. 맥박수는 3~5분 이내에 정상화 되어야 합니다. 운동을 할 때 식사, 인슐린 사이의 균형을 맞추어야 합니다.

① 평소보다 많은 양의 운동을 하게 되는 경우에는 균형을 맞추기 위해 식사량을 좀 더 늘려야합니다.

② 계획보다 많은 양의 식사를 하게 되는 날은 좀 더 많은 양의 인슐린을 주사하거나 운동량을 늘려서 균형을 맞추어야 합니다.

③ 체중이 늘고 있다면 혈당조절을 위해서 원래보다 늘어난 체중에 해당하는 인슐린을 추가하거나, 음식조절 또는 운동량의 증가 등의 방법으로 체중을 감량해야 합니다. 단, 성장기의 어린이일 경우는 정상적인 체중증가를 고려해서 의사가 인슐린의 양을 조정하게 됩니다.

④ 평소 필요한 양의 인슐린 이상으로 투여했을 때에는 균형을 맞추기 위해서 좀 더 많은 양의 식사를 할 필요가 있습니다. 특히 이런 경우에는 혈당검사를 두세 시간 간격으로 하고, 식사량이 부족하다고 판정될 때는 간식 등으로 보충해야 합니다.

안전한 운동을 위해 주의해야 할 사항은 다음과 같습니다.

① 위급한 때를 대비해 다른 사람과 함께 운동합니다.

② 운동 중 또는 운동 후 통증이 있으면 중지합니다.

③ 다음날까지 피로하지 않도록 합니다.

④ 운동의 강도를 급속하게 높이지 않습니다.

⑤ 일주일에 2회는 운동을 쉬도록 합니다.

⑥ 여름철에 장시간 운동할 때는 수분을 충분히 공급합니다.

⑦ 추운 날에는 몸을 따뜻하게 합니다.

⑧ 영양섭취와 수면시간에 주의합니다.

⑨ 몸의 컨디션이 좋지 않을 때에는 쉽니다.

운동요법을 적절하게 시행했을 때 다음과 같은 효과가 나타납니다.

① 자각증상이 개선되므로 정신적인 효과를 기대할 수 있습니다.

② 당뇨병 조절이 전체적으로 양호해집니다. 즉, 몸 안의 인슐린량과 당화혈색소
량이 감소돼 인슐린 감수성은 높아지고 혈당값이 개선됩니다.

③ 운동능력과 체력이 향상됩니다.

④ 혈액 중 중성지방의 감소로 몸무게 조절이 이루어집니다.

⑤ 운동부하에 따라 혈압 상승도가 개선됩니다.

장기간에 걸친 운동요법의 결과를 살펴보면 그 효과를 발견할 수 있습니다. 당뇨병 치료 중 흔히 발생하기 쉬운 혈관 합병증이 나타나지 않거나 이미 발생한 경우 그 악화가 방지되는 등의 효과를 찾아볼 수 있습니다.

바.
약물요법

1) 경구혈당강하제

경구혈당강하제(Sulfonylurea: 설포닐 요소제)가 개발된 것은 1930년인데, 혈당 강하작용이 밝혀진 것은 1955년입니다. 우리나라에서는 의사처방 없이 약

국에서 쉽게 구할 수 있지만 그 부작용을 생각해야 합니다. 이 약은 식사요법만으로 잘 안될 때 그 보조수단으로서 사용합니다. 그런데 인슐린 의존형 당뇨병에서 먹는 약은 치료에 아무런 효험이 없고, 제1형의 경우는 오로지 인슐린 요법에 의존할 수밖에 없습니다. 이 약의 사용으로 효과가 좋은 경우는 다음과 같습니다.

① 당뇨병의 증세가 40세 이후에 나타났을 때.

② 당뇨병의 치료기간이 5년 이내일 때.

③ 표준형 또는 비만증이 있는 사람의 경우.

④ 인슐린 요법을 받지 않았거나 하루 인슐린이 40단위 이내로 혈당이 조절될 때.

⑤젊은 나이에 인슐린 비의존형 당뇨병을 앓게 되었을 때.

다음과 같은 경우에는 설포닐 요소계통의 약재는 반드시 그 사용을 피해야 합니다.

① 인슐린 의존형 당뇨병, 췌장질환에 의한 당뇨병에서처럼 체내에서 인슐린의 분비가 전혀 되지 않을 때.

② 임신한 여성 및 출산 후 모유를 먹이는 여성.

③ 다른 질병으로 수술을 받았을 때.

④ 급성 폐렴 등의 심한 감염증이 있을 때.

⑤ 심한 스트레스를 받고 있을 때.

⑥ 설포닐 요소계통의 약재 사용으로 부작용이 있을 때.

⑦ 간이나 신장에 질환이 있을 때.

이 약의 부작용으로, 나이가 많은 연령층이거나 영양상태가 좋지 않을 때, 합병증이 있을 때, 또는 다른 약제와 함께 사용할 때는 주의를 요하는데, 특히 지속되는 저혈당 효과에 주의를 해야 합니다.

① 소화기 관련: 오심(惡心), 구토, 소화불량, 간 장애, 황달 등.

② 피부 관련: 발진, 가려움증, 피부염, 광선과민증 등.

③ 혈액 관련: 빈혈과 용혈(溶血) 증상.

④ 신장 관련: 항 이뇨작용과 신 기능장애.

⑤ 심혈관 관련: 혈관염.

⑥ 임신부 관련: 기형아 출산과 사산(死産).

2) 비구아나이드제(Biguanide 劑)

1957년 개발된 비구아나이드제는 혈당강하 작용이 비교적 미약한 편입니다. 유산 혈증을 자주 일으키는 부작용이 있어 미국에서는 1977년에 사용이 금지되었다가 최근에는 다시 사용하고 있습니다. 반면 유럽과 아시아 등의 지역에서는 널리 사용되고 있습니다. 작용은 말초에서의 당 이용 촉진, 간의 새로운 당 생성 억제, 식사 후 장의 당 흡수 억제 등의 작용을 하고 있는 것으로 알려져 있습니다. 이 약은 다음과 같은 경우에는 반드시 주치의와 상담한 후 그 지시에 따라 사용하도록 해야 합니다.

① 비만증을 가진 당뇨병환자가 식사요법이나, 설포닐 요소제를 이용한 치료에 실패했을 때나 부작용이 심할 때.

② 인슐린 요법을 받을 때 저혈당 증상이 자주 일어났을 때.

③ 설포닐 요소제의 최고 양을 사용했는데도 효과가 없을 때.

비구아나이드 계통 약제 가운데 가장 널리 쓰이는 약으로 메트포르민이 있고 대개 다음과 같은 때에 씁니다.

① 설포닐 요소계통의 약에 알레르기를 나타내는 환자에게 사용합니다.

② 설포닐 요소의 최대 투여량에도 반응하지 않는 제2형 당뇨병환자에게 설포닐 요소와 함께 사용합니다.

③ 인슐린 단독으로는 자주 저혈당을 일으키는 환자에게 사용합니다. 메트포르민과 함께 사용하면 인슐린량을 낮출 수 있고 또 조절도 쉬워집니다. 그러나 전혀 효과가 없는 경우도 있습니다.

④ 식사요법과 설포닐 요소에 의한 치료로는 효과가 없고 인슐린을 사용하기에는 부적합한 과식하는 비만형 당뇨병환자에게 사용합니다.

비구아나이드제는 혈관계통이 허한 상태에 있거나 저산소혈증이 있을 때 케톤산 혈증, 급성감염, 간 장애, 신장장애, 임신 중, 수술 후 등에는 사용해서는 안 됩니다. 그리고 약물복용으로 심한 위장장애가 있을 때나 저혈압, 심근경색과 같은 병이 있을 때도 이 약을 쓸 수 없습니다. 비구아나이드제의 가장 치명적인 부작용은 유산 혈증입니다. 이 약은 지나치게 유산을 생성하여 심한 조직 산소 결핍이 일어날 가능성이 있습니다. 이때 메트포르민을 투여하면 유산 혈증을 일으켜 사망하는 예까지 있습니다.

3) 인슐린 요법

인슐린은 소, 돼지에서 만들어지며, 최근에는 동물에서 순도 높은 인슐린이 만들어져 공급되고 있으며, 유전공학적인 방법으로 인간 인슐린이 개발되어 1986년부터 임상적으로 사용되고 있습니다. 인간 인슐린에는 두 종류가 있습니다. 유전공학을 이용한 인간 인슐린과, 돼지 인슐린의 아미노산 구조를 인간 인슐린과 같은 구조로 한 반 합성 인슐린이 그것입니다. 인슐린은 혈액 속의 포도당, 즉 혈당을 세포 속에서 연소시키는 활동을 합니다. 인슐린이 부족하면 혈액 속에 포도당은 많은데도 연소시켜 에너지로 만들 수가 없습니다. 당뇨병 초기에 나타나는 피곤한 증상은 인슐린의 부족으로 에너지를 공급받지 못하기 때문에 일어납니다. 당분이 너무 많이 섭취되면 인슐린은 이를 다 연소시키지 못하고 여분의 포도당을 글리코겐으로 바꾸어 간장 속에 저장하며, 공복 등의 상태가 되면 글리코겐을 포도당으로 바꾸어 온몸에 공급합니다.

그런데 인슐린이 부족하면 글리코겐으로 저장하는 기능이 떨어져 혈당값이 올라가게 되는 것입니다. 당뇨병에 걸린 사람은 필요한 양의 인슐린을 만들어내지 못하기 때문에 인슐린 주사 등으로 바깥에서 인슐린을 공급해 주어야 합니다. 인슐린 주사액은 소나 돼지, 고래 같은 포유동물의 췌장에서 추출해 만든 호르몬제의 일종으로 당질을 이용하는 데 가장 필요한 호르몬입니다. 인슐린 당질대사 외에도 지질대사, 단백질대사, 무기질대사 등에도 영향을 미칩니다. 인슐린 치료를 지속적으로 받아야 하는 경우는 다음과 같습니다.

① 인슐린 의존형 당뇨병환자.

② 인슐린 비의존형 당뇨병환자 가운데 만성 간질환이나 신 질환환자.

③ 인슐린 비의존형 당뇨병환자 가운데 망막증, 신경증, 신증 등의 심한 당뇨병성 합병증이 있는 환자.

④ 인슐린 비의존형 당뇨병환자 가운데 식사요법이나 경구 혈당강하제 치료로 실패한 환자.

⑤ 인슐린 비의존형 당뇨병환자 가운데 식사요법으로 잘 조절되다가 증상이 악화되면서 심한 혈당상승을 보이는 환자.

⑥ 수술, 약물 등으로 췌장을 제거했거나 또는 파괴된 환자.

위의 경우와 달리 단기간의 인슐린 치료를 받아야 할 경우는 다음과 같습니다.

① 인슐린 비의존형 당뇨병환자 가운데 당뇨병성 혼수나 비케톤성 혼수와 같은 급성합병증이 있는 환자.

② 인슐린 비의존형 당뇨병환자 가운데 감염증 질환이 합병된 자.

③ 인슐린 비의존형 당뇨병환자 가운데 인슐린 분비능력의 저하가 심한 환자.

④ 인슐린 비의존형 당뇨병환자 가운데 수술을 받으려하거나 또는 받은 환자.

⑤ 임신 중 당뇨병 조절이 식사요법으로 잘 되지 않은 환자.

인슐린은 작용시간에 따라 속효 형(최대 작용시간 2~8시간), 중간형(최대 작용시간 4~12시간), 지속형(최대 작용시간 12~24시간)이 있습니다. 인슐린 요법의 부작용으로 저혈당 증세가 있는데, 정상치의 혈당은 100mg/dl인데 이 수치의 반 이하가 되면 의식을 잃을 정도의 심한 저혈당 증상이 나타납니다. 인슐린 치료를 하는 과정에서 쉽게 볼 수 있는 현상으로, 공복일 때 심한 허기와 온몸의 힘이 빠지는 듯한 탈력감, 땀이 나며, 몸이 떨리고, 맥이 빨라지고, 정신이 멍해지고, 신경이 과민해지고, 얼굴이 창백해지고, 두통이 납니다.

심할 때는 온몸에 경련이 일어나면서 의식을 잃고 쓰러지며, 경우에 따라서는 목숨을 잃을 때도 있습니다. 이런 저혈당증을 예방하기 위해서는,

① 인슐린이나 경구혈당 강하제요법을 시행할 때는 반드시 그 양과 투여 시간을 지켜야 합니다.

② 경구혈당 강하제는 음식을 먹지 않고는 복용하지 않습니다.

③ 공복일 때에는 운동을 하지 않습니다.

④ 외출할 때는 언제나 저혈당 대비용으로 알사탕 몇 개를 휴대합니다.

사.
식사요법

1) 식사요법의 중요성

당뇨병의 치료에는 식사요법, 운동요법, 약물요법이 있는데, 운동요법과 식사요법만으로도 70~80%의 환자들이 성공적으로 혈당조절을 할 수 있으며, 식사요법 한 가지만이라도 잘 지키면 일평생 당뇨병을 완전하게 조절할 수 있으므로 가장 중요하게 다루어야 합니다. 즉, 자연스러운 치유를 위한 과정에서 인슐린의 쓰임새를 절약하는 방법으로, 음식물 중에서 인슐린의 힘을 빌리지 않고는 연소되지 않는 것을 제한하는 것이 첫째 방법이고, 둘째는 살이 찌는 비만증을 막는 것입니다. 그러므로 당뇨병 치료에서 식사요법의 목적은 다음과 같습니다.

① 식사 후 지나친 혈당증가와 그에 따른 증상을 예방합니다.

② 인슐린요법을 하고 있을 때는 저혈당 증세를 예방합니다.

③ 이상적인 몸무게를 유지토록 노력합니다.

④ 콜레스테롤 등의 혈중지질 농도를 정상으로 유지합니다.

⑤ 당뇨병 합병증에 의한 동맥경화증을 예방합니다.

식사요법의 계획을 세울 때 일반적으로 의사는 환자의 나이, 성별, 키, 몸무게, 활동량, 직업 그리고 환자의 병세와 합병증의 유무에 따라 각기 다른 식사요법을 처방하게 됩니다. 그러나 다음의 4개 기본원칙이 고려됩니다.

① 환자에게 적당한 하루의 칼로리양을 산출하고 이를 섭취하도록 합니다.

② 병세에 따라 당질량을 제한합니다.

③ 당질, 단백질, 지질 등 3대 영양소를 알맞게 배분해 균형을 지킵니다.

④ 비타민과 무기질 그리고 미네랄을 적당량 보급합니다.

우리 몸에 필요한 3대 영양소인 당질, 단백질, 지질은 직접적인 에너지원이며, 비타민과 무기질은 에너지 이용을 돕습니다.

-당질(쌀, 보리, 밀, 감자, 콩, 팥 등): 탄수화물이라고도 하며, 우리 몸의 체온 유지와 활동을 위한 에너지원임.

-지질(동, 식물성 지방, 베이컨, 햄과 소시지, 달걀, 우유, 치즈 등): 당질과 역할은 비슷하나 2배 이상의 열량 있음.

-단백질(쇠고기 등 육류, 닭고기, 생선, 조개, 달걀, 우유, 치즈 등):근육, 피부, 혈액 등 우리 몸의 조직을 새롭게 함.

-비타민: 열량소모, 뼈의 조성과 우리 몸의 기능 조절함.

-무기질(미네랄은 광물질 또는 무기질이라고 함): 우리 몸 조직의 구성 성분으로

체내의 중요 조절 작용함.

2) 당뇨병의 식생활 요령은 다음과 같습니다.

① 식품은 눈대중이 생길 때까지 저울이나 계량스푼으로 달아서 사용합니다.

② 식품은 조리하지 않은 상태에서 무게를 달아야 합니다.

③ 식품의 양은 먹는 부분(가식부)의 무게를 나타낸 것입니다.

④ 식품은 만복감이 있는 것으로 선택하고(해조류, 곤약 등), 채소군을 섞어서 조리합니다.

⑤ 자극성 있는 것을 피하고, 조리를 싱겁게 하며, 국과 반찬을 먼저 섭취해야 합니다.

⑥ 되도록 섬유질이 많은 식품을 섭취하도록 합니다.(시레기, 취나물, 더덕 등)

⑦ 외식할 때에는 기름, 설탕을 많이 사용한 음식은 피하고 식품 종류가 골고루 포함된 것을 선택하도록 합니다.(비빔밥 등)

식품교환 표는 환자가 주치의로부터 지시받은 총칼로리와 영양소의 분배를 지키면서, 같은 열량과 영양가를 지니면서도 각 지방에 따라 또는 계절에 따라 다를 수 있는 식품을 개인의 식습관과 기호에 따라 지시 한도 안에서 자유롭게 선택하도록 하기 위해 식품을 6개 군으로 분류해 만든 것입니다.

1군: 곡류군: 쌀밥, 보리밥, 떡, 식빵, 국수, 감자 등의 식품으로 1단위에 100Kcal로 정하고 있습니다.

2군: 어육류군: 어류, 육류, 난류, 콩류가 포함되는데, 이는 다시 지방의 함유량에 따라 저지방군, 중지방군, 고지방군으로 구분합니다.

저지방군에는 조기, 생굴, 쇠고기, 닭고기, 동태, 잔멸치 등이 있으며, 1단위 50Kcal입니다.

중지방군에는 달걀, 두부, 검정콩, 순두부, 햄 등이 있으며, 1단위 75Kcal입니다.

고지방군에는 소갈비, 유부, 소시지, 뱀장어 등이 있고 1단위 100Kcal입니다.

3군: 지방군: 식용유, 땅콩, 버터, 잣 등으로 1단위 45Kcal입니다.

4군: 우유군: 목장우유, 전지분유, 두유 등으로 1단위 125Kcal입니다.

5군: 과일군: 사과, 배, 귤, 감, 오렌지 등으로 1단위 50Kcal입니다.

6군: 채소군: 무, 호박, 시금치, 당근, 상치, 오이, 콩나물 등의 식품으로 1단위 20Kcal입니다.

이렇게 만들어진 식품교환 표를 사용하는 목적은 다음과 같습니다.

① 식품의 영양 상태를 쉽게 파악할 수 있습니다.

② 균형 있고 변화 있는 식단을 꾸미는 데 도움이 큽니다.

③ 6개 식품군별로 교환을 위한 1단위의 눈대중 량과 열량이 나와 있어 필요한 식품의 분량이나 칼로리를 계산하는 데 매우 편리합니다.

④ 많은 식품이 특징에 따라 구분되어 있기 때문에 식품선택과 식단 작성이 용이해 누구나 이용할 수 있습니다.

식사의 횟수는 인슐린 비의존형은 아침식사 20%, 점심식사 40%, 저녁식사 40%로 하고, 인슐린 주사를 맞는 당뇨병환자의 경우는 아침 20%, 간식

10%, 점심 30%와 간식 10%, 저녁 20%와 간식 10% 정도로 합니다. 식사요법을 성공적으로 진행하기 위해서는 백설탕, 꿀, 엿, 포도당의 설탕류나 포도주, 맥주, 청주, 막걸리 등의 술이나 콜라, 사이다 등의 음료수, 잘 익은 과일, 감자, 고구마 등처럼 당질을 과다하게 함유하고 있는 식품, 과일 통조림, 가공우유, 쨈, 초콜릿, 파이와 같은 가공식품 등은 가능한 피해야 합니다.

음식을 조리하는데 기름 사용을 줄이고, 튀기거나 볶기보다 데치거나 구이, 찜으로 하는 것이 좋으며, 달고 짜고 매운맛보다 담백하게 하는 것이 좋습니다. 초기 공복감을 달래기 위해서 칼로리는 그대로 둔 채 음식의 분량을 늘리고, 눈으로 보기에 풍성해 보이게 하며 수분이 많은 식사를 함으로써 만복감을 느끼게 할 수 있습니다. 힘든 고비는 2주 정도이며, 한 달이 지나면 감량된 식사량에 자연스럽게 적응 될 것입니다.

3) 합병증에 따른 식사요법

당뇨병환자로서 동맥경화와 고혈압의 증세가 나타났을 때의 식사요법은 다음과 같습니다.

① 칼로리 제한과 적당한 운동, 이 두 가지 가운데 어느 것이라도 그르치면 비만증이 생기고 비만증이 당뇨병의 최대 위험 신호입니다.

② 동물성 지방을 금하고, 동물성 단백질에 주의해야 합니다.

③ 소금은 염소와 나트륨으로 되어 있는데, 나트륨은 혈압을 높이는 작용을 하므로 제한해야 합니다.(하루 7~8g)

④ 설탕은 적당히 섭취합니다.(하루 10g)

⑤ 자극성 있는 조미료는 피해야 합니다.

⑥ 술은 적당히 마시되, 담배는 끊는 게 좋습니다.

당뇨병환자로서 신장병이 있을 때 단백요가 나오기도 하는데, 이런 때에는 식사요법과 함께 안정요법, 약물요법 등을 시행합니다. 식사요법은 주로 소금, 물, 단백질을 제한하며, 증세에 따라 강한 향신료나 고기의 엑기스 따위를 제한 또는 금지해야 합니다. 당뇨병이 있더라도 임신을 하면 식사량을 늘리고 비타민, 철, 칼슘 등이 부족하지 않도록 하며, 유색야채나 과일, 생선을 많이 먹어야 합니다. 식사로 이런 영양소 공급이 불충분하면 시판되고 있는 약제로 보충해야 합니다.

아.
당뇨병의 합병증

당뇨병환자의 효과 있는 요양생활을 해치는 주된 원인은 눈, 신장, 혈관 등의 점진적인 손상으로 나타나는 증세인데, 여기에는 급성과 만성 합병증이 있습니다.

1) 급성 합병증

① 저혈당 혼수로 사망에 이를 수도 있는데, 제1형 당뇨병환자에게 일어나기 쉽고, 경구혈당 강하제를 복용하는 노인 당뇨병환자에게서도 가끔 발생합니다. 인슐린요법을 시행하는 경우 주사량을 갑자기 늘렸을 때라든지, 심한 운동을 한 후 식사를 거르거나 설사를 하면서 인슐린 투여량을 줄이지 않는 경우 발생합니다.

② 당뇨병 혼수라고 하면 이 케톤산 혈증에 의한 혼수를 말합니다. 진단 받지 않은 당뇨병환자가 악화되었을 때 또는 치료받던 환자가 갑자기 중단했을 때 일어납니다. 즉, 소변에 케톤체가 나오는 것인데 산중독 때문입니다. 당뇨병의 기본증상인 목이 마르고, 소변이 많이 나오고, 심한 무력증 탈수로 인한 체중감소, 피부의 건조증상이 더 심해지면 탈수와 케톤산 혈증이 악화되어 혈압이 떨어지고, 의식이 흐릿해져 혼수상태에 빠지게 됩니다.

③ 비 케톤성 고 삼투압성 혼수상태가 노년형 당뇨병환자에게 자주 일어 납니다. 원인은 요로감염이나 폐렴 등의 감염증, 부신피질 호르몬 사용 또는 고혈압 치료제 티아자이드 이뇨제의 사용 등이 있습니다. 이 유형 혼수의 증상은 심한 탈수로 인해 몸무게가 줄고 혈압이 떨어집니다.

2) 만성 합병증

당뇨병의 3대 만성합병증으로는 당뇨병성 망막증, 당뇨병성 신증, 당뇨병성 신경병증이 있습니다. 눈에 발병하는 당뇨병의 합병증으로는 망막증, 백내장, 녹내장, 안근마비 등이 있습니다.

① 당뇨병성 망막증

당뇨병성 망막증은 40세 이후에 오는 실명의 가장 큰 원인입니다. 망막증은 인슐린 의존 형에서는 30~35% 정도 나타나며, 인슐린 비의존형에서는 10% 정도 나타납니다. 앓고 있는 기간이 15년 이상인 환자의 경우 유병률은 70%에 이릅니다. 반드시 염증이 아니라도 망막에 혼탁이나 백반, 출혈 등이 생겨 기능장애를 일으키는 색소변성(色素變性)이 나타나면 이것 역시 망막염이라고 합니다. 망막증의 원인은 당뇨병에 흔히 나타나는 혈관장애의 하나이며 고혈압, 고혈당, 당화혈색소 증가, 비만, 임신, 감염, 신장장애 등이 작용해 혈관장애를 악화시킨다고 알려져 있습니다. 망막증의 치료법으로는 내과적, 외과적, 물리적 치료 등 여러 방법이 있지만 근원적인 치료법은 없습니다.

② 백내장

눈의 수정체가 회백색으로 뿌옇게 변하고, 시력이 떨어지는데, 노인에게는 노화현상의 하나로 수정체 혼탁이 생기는 것을 노인성 백내장이라 하고, 당뇨병으로 발병한 것을 당뇨병성 백내장이라고 합니다. 백내장의 치료는 오직 안과적인 수술만이 유일한 방법이고 수술 후에도 시력은 떨어지고, 선천성 백내장 수술은 빠를수록 좋고, 오래되면 약시 증상이 나타나서 수술해도 시력회복이 어려울 수 있습니다.

③ 녹내장

통계적으로 당뇨병 환자의 5% 정도가 녹내장을 앓고 있습니다. 녹내장은 안압이 높은(22mmHg 이상) 안질환으로 높은 안압은 시신경에 손상을 주어 시력이 나빠집니다. 그 증상으로는 눈이 부시며, 통증이 심할 때도 있습니다. 이때는 안과적 치료로 안압을 정상으로 내려야 합니다.

④ 안근장애

안구를 움직이는 동안근의 마비로 안구의 움직임이 균형을 잃고 마비되는 증세입니다. 이 증세는 당뇨병으로 이들 동안근을 지배하는 제3, 4, 6 중추신경의 마비에 의해 나타납니다. 한쪽 안구가 돌아가 사팔 눈이 되면서 물건이 둘로 보이는 복시 현상이 일어나며, 눈꺼풀이 아래로 처지거나 통증을 느끼기도 합니다. 이는 혈당이 갑자기 오를 때 나타나기 쉬운 증상으로 안저에는 아무런 증상도 없습니다.

기타 당뇨병성 신장질환에는 신증(腎症), 신염(腎炎), 신우신염(腎盂腎炎), 요로감염증 등이 있습니다. 당뇨병성 신경병증에는 운동신경의 장애, 척수의 장애, 중추신경의 장애, 말초신경의 장애, 자율신경의 장애, 뇌신경의 장애 등이 있습니다.

3) 당뇨병과 다른 질병과의 상관관계

① 당뇨병과 고혈압

당뇨병이 있으면 동맥경화를 촉진시키고, 동맥경화가 있으면 거의 틀림없이 고혈압이 발생됩니다. 고혈압 원인의 하나가 호르몬 실조에 있고, 당뇨병도 호르몬의 균형이 무너져 일어나는 병입니다. 본태성 고혈압환자나 나이 들어 동맥이 굳어져서 생긴 고혈압은 혈당강하제를 복용하면 혈압이 내려가나 약을 먹다 중단하면 혈압은 다시 올라갑니다. 당뇨병으로 고혈압이 생긴 경우는 당뇨병이 조절되면 저절로 회복됩니다.

② 당뇨병과 동맥경화증

동맥경화 증상은 나이가 들면 정도의 차이는 있지만, 누구에게나 나타나는 노화현상의 하나입니다. 당뇨병 진행과정에는 동맥경화 현상을 촉발시키는 특수한 작용이 있어 보통사람보다 10년 빨리 동맥경화 현상이 나타나고, 병세도 급속히 진행됩니다. 나이가 젊은 사람에게 발생하는 제1형 당뇨병에서도 드물지 않게 동맥경화증이 나타나고, 그 예후도 나빠 사망률이 높습니다. 특히 심장의 관상동맥이나 뇌혈관에 경화증이 오면 가장 커다란 사망의 원인이 됩니다. 관상동맥 다음으로 뇌동맥과 사지동맥, 신(腎)동맥에도 경화현상이 나타나는 편입니다. 특히 뇌동맥경화에는 뇌출혈의 위험이 있으므로 주의해야 합니다. 당뇨병의 합병증으로 발생한 고혈압, 동맥경화와 함께 뇌혈관계에는 다음과 같은 장애들이 일어납니다.

Ⓐ 뇌졸중 발작을 일으켜 의식장애를 초래하거나 반신불수가 됩니다. 뇌혈관이 터지거나 혈관 속에서 피가 흐르다가 막히는 뇌혈전이 생길 때 이러한 사태가 일어납니다.

Ⓑ 뇌동맥경화나 뇌혈관에 어떤 이유로 경련이 일어나면 일과성의 혈류장애가 생기며 빈혈과 같은 증상을 일으킵니다.

Ⓒ 일과성 뇌장애가 계속되면 뇌조직에까지 그 영향이 미쳐 뇌연화 상태가 됩니다. 뇌연화증이 되면 의식장애, 뇌성 신경마비 등이 발생합니다.

Ⓓ 뇌장애는 당뇨병성 혼수의 원인이 되기고 합니다. 특히 케톤체가 쌓여 일어나는 혼수가 많습니다. 그리고 잘못된 치료로 혈당이 몹시 줄어 저혈당성 혼수를 일으킬 때도 있습니다. 드문 일이지만 혈

액 중 유산이 증가되어 일어나는 혼수도 있습니다.

③ 당뇨병과 심장질환

당뇨병에 합병하는 심장질환에는 다음과 같은 것이 있습니다.

Ⓐ 협심증과 심근경색은 심장병 중에서도 가장 위험한 것들입니다. 갑자기 가슴이 아프면서 하품이 나며, 구역질이 나고 식은땀이 흐르며, 얼굴이 창백해지는 병이 협심증입니다. 심근경색은 갑자기 심장이 아파서 꼼짝도 못하고 아프다는 말 한마디 할 겨를도 없이 심한 경우에는 사망까지 하는 병입니다. 협심증과 심근경색증은 심장을 둘러싸고 있는 관상동맥이 좁아지든가 막히든가 하여 빈혈상태가 되고, 충분한 영양공급을 받지 못한 심장 근육세포에 괴사현상이 나타나는 병입니다. 당뇨병이 있을 때 발생하는 이들 심장병은 자각증상이 적고 또 그 진행이 급성이라는 특징이 있습니다.

Ⓑ 이들 심장질환이 만성적으로 나타날 때도 있습니다. 이때에는 심장을 싸고 있는 동맥혈관이 점차 굳어지면서, 심장이 커지는 심장비대증이 나타납니다. 그 결과 심부전, 호흡곤란 따위의 증세가 나타납니다.

Ⓒ 심장의 규칙적 움직임에 이상이 생기는 자극전도 장애현상이 나타납니다. 그 결과 맥박이 불규칙하게 뛰는 부정맥 같은 질환이 생깁니다.

④ 당뇨병과 소화기 질환

당뇨병환자의 상당수가 위 운동의 장애를 보이며, 위 마비 증세에다 장염, 급성 충수 돌기염, 췌장염, 담낭염, 간장 장애를 앓고 있습니다.

⑤ 당뇨병과 내분비 질환

당뇨병에 영향을 주는 내분비 질환 가운데 중요한 것으로는 뇌하수체질환, 갑상선질환, 부신질환 등이 있습니다.

⑥ 당뇨병과 감염증

당뇨병 조절이 잘 되지 않아 혈당이 높은 상태에서는 몸의 저항력이 떨어져 감기나 폐렴, 폐결핵 또는 열병 등 세균으로 인해 발생하는 여러 가지 질병에 걸리기 쉽습니다. 특히 간염, 췌장염, 담석증 등의 질환을 앓고 있을 때 당뇨병 유발의 가능성이 높습니다.

⑦ 당뇨병과 피부병

당뇨병환자에게는 여러 가지 피부질환이 있습니다. 당뇨병의 일반적인 가려움증이나, 당뇨병성 알레르기 체질로 인한 습진, 농피증, 피부농양, 신진대사의 장애에 의한 황색종, 대상포진, 피부 칸디다증 등이 있고, 손끝이나 발끝이 썩어들어 가는 괴저(壞疽)가 있습니다.

⑧ 당뇨병성 족부질환으로 족부괴저가 있고, 잇몸과 입안의 병으로 치조농루가 있으며 구강, 입술의 병이 있습니다.

4) 임신성 당뇨병 및 당뇨병 여성의 임신

당뇨병 발병의 유인으로는 비만증, 감염증, 정신적인 스트레스, 내분비 질환 등이 있으나, 임신도 당뇨병 발병의 한 중요한 유인이 되고 있습니다. 임신 자체가 하나의 생명을 모체 안에서 키우는 것이기 때문에, 새 생명의 탄생에 필요한 여러 호르몬의 역할이 요구되는 것은 당연한 생리적 현상입니다. 그에 따라 임신과 함께 뇌하수체나 태반, 난소 그리고 부신 등 각종 내분비 생산기관이 특히 활발한 움직임을 보이게 됩니다. 그런데 이러한 호르몬 가운데 어떤 것은 인슐린의 작용을 악화시키고 그로 말미암아 혈당이 올라가면서 당뇨병을 유발시키기도 합니다. 특히 부신피질 호르몬이나 성장호르몬은 인슐린에는 상극으로, 이들 호르몬은 혈액 속에서 인슐린의 기능을 저지하고 약화시키는 작용을 합니다.

태반에서 나오는 에스트로겐, 프로게스테론 등의 호르몬과 부신에서 나오는 코티솔 등은 인슐린 기능에 대한 반작용을 하고 있는 것으로 알려져 있습니다. 유전적으로 당뇨병 소질을 물려받은 여성이 임신했을 때는 임신이 유인되어 당뇨병이 발병될 우려가 있습니다. 그런데 당뇨병을 앓고 있는 여성이 임신했을 때는 유산, 임신중독, 양수과다증, 자궁 내 태아 사망 등의 우려가 있고, 그로 인해 당뇨병이 악화되어 모체의 건강을 위협하기도 합니다. 이런 위험을 방지하기 위해서는 철저한 당뇨병의 조절이 필요합니다.

먼저 식사조절로 고단백질의 섭취에 주력하여 적어도 몸무게 1Kg에 2g 이상의 단백질 섭취를, 그리고 몸무게 1Kg에 30Kcal의 열량섭취를 확보해야 합니다. 물론 그 밖의 영양소로 칼슘과 철의 섭취도 빠뜨려서는 안 됩니다. 부종을 막고 양수과다증을 예방하기 위하여 짜지 않게 먹고, 이뇨제를 복용하는 것도 좋습니다. 임신을 위한 조절뿐만 아니라 분만시기의 조절도 매우 중요합니다. 모체의 당뇨병 상태가 나빠지면 출산시기를 앞당겨 조기에 분만하지 않으면 안 됩니다.모체에 혈관합병증이 발생했을 때는 36주 만에 출산시켜야 합니다. 그러므로 임신 전후 및 임신 중인 여성은 정기적으로 당뇨병 검사를 받아야 하는데, 먼저 소변검사를 해서 요당이 검출되면 곧바로 혈액검사를 받아 혈당의 상태를 파악해야 합니다.

5) 다른 질병의 치료와 수술

① 당뇨병에 영향을 주는 약제

Ⓐ 신경통이나 류머티즘, 천식 등에 사용하는 부신피질 호르몬이 있는데, 부신피질 호르몬의 작용은 인슐린과는 반대되는 것으로, 이 때문에 장기복용하면 당뇨병에 좋지 않는 영향을 줍니다.

Ⓑ 고혈압, 동맥경화 등에 사용하는 이뇨제 티아지드제 등을 오래 사용하면 당뇨병을 유발하거나 악화시킬 수 있습니다.

Ⓒ 위궤양이나 미숙아, 또는 병후 회복을 위해 단백동화(蛋白同化) 스테로이드를 오래 사용한다든가, 갑상선 호르몬제 등의 약제를 사용하게 되면 당뇨병을 유발하거나 악화시킬 수 있습니다.

② 당뇨병환자의 수술

Ⓐ 당뇨병환자의 합병증으로서 수술이 필요한 병으로는 급성 화농성 편도선염과 담낭염, 절종, 등창, 맹장염, 항문 주위 농양, 탈저, 욕창

과 요로 수술을 해야만 하는 병들이 있습니다.

Ⓑ 먼저 며칠 동안 입원해 수술에 필요한 조치를 합니다. 즉 혈당조절, 영양상태 개선 및 수술 전 이상상태를 바로 잡습니다. 그리고 심혈관계와 폐 기능, 뇌혈관, 신장 등에 대한 종합적인 검사를 하여 마취와 수술을 하는 데 참조할 수 있도록 합니다.

Ⓒ 당뇨병환자의 수술은 그 경과와 예후가 좋지 않은 경우가 많습니다. 탈저의 절단수술, 급성 복막염의 개복수술 같은 경우에는 위험률이 특히 높습니다. 당뇨병환자의 수술은 철저하고도 정밀한 검사를 거쳐 주치의와 집도의가 충분하게 협조한 뒤 시행되어야 합니다.

Ⓓ 위의 절제수술을 받은 뒤에는 저혈당의 위험성을 염두에 두고, 위 절제수술 후에는 반드시 혈당의 변화를 주의 깊게 관찰하도록 해야 합니다.

Ⓔ 괴저는 우리 몸의 동맥이 어떤 장애로 막혀 피가 흐르지 못해 일어나는 현상으로, 혈액순환 장애를 일으켜 손이나 발이 썩어 들어가는 것을 말합니다. 이렇게 썩기 시작한 부분은 수술을 해 잘라내야 합니다. 혈관이 막히는 증상은 어떤 때는 갑자기 또는 천천히 나타나며, 이 증상이 노인성인 때는 동맥경화나 당뇨병, 매독 등이 원인이 되어 발생합니다. 괴저나 급성 화농성 질병, 복부의 질병 등이 발생한 경우 당뇨병환자라고 해서 수술을 연기할 수는 없고 가능한 빠른 응급처치와 함께 수술을 해야만 합니다. 당뇨병환자는 수술 후 매일 혈당검사를 하면서 혈당조절에 주의해야 하고, 내과적 요법과 함께 식사요법을 철저하게 해야 합니다.

자.
당뇨병 치료의 전망

〈당뇨병 알아야 이긴다〉라는 책을 펴낸 '김영설' 박사는 "현재 세계 여러 나라에서는 췌장이식에 대한 연구와 함께 인슐린을 만드는 베타(β)세포에 대한 연구가 활발하게 이루어지고 있어, 이런 상황이라면 난치병인 당뇨병도 머지않은 장래에 '완전히 정복할 수 있는 병'이 될 것으로 전망되어 당뇨병 치료에 대한 미래는 밝다."고 하였습니다. 그러면서 당뇨병을 이기기 위해서는 다음 사항을 꼭 지키라고 당부했습니다.

① 정기적으로 혈당검사를 한다.

② 하루 열량이 얼마인지 정확하게 숫자화해 불필요한 열량섭취를 피함으로써 비만증을 방지한다.

③ 먹고 싶은 것이 아니라, 필요한 음식으로 하루 필요 열량에 맞추어 균형 있는 영양상태가 되도록 음식물을 골고루 섭취한다.

④ 날마다 일정시간 운동을 하고 술과 담배를 끊는다.

⑤ 몸무게와 혈압 등을 정기적으로 측정하고 기록해 자기 관리 노트를 만든다.

⑥ 당뇨병성 합병증을 정기적으로 점검한다.

⑦ 날마다 발 관리를 한다.

⑧ 식사 후에는 반드시 칫솔질을 한다.

⑨ 운동 전후에는 물을 충분히 마신다.

⑩ 일상생활을 친구들과 함께 한다.

6 감염병(感染病)

가.
감염병 역사

재앙(災殃)은 홀로 또 예측(豫測) 없이 찾아옵니다. 지난 시대에 사회 전체를 뒤흔든 위기는 대개 전쟁, 기근, 질병의 세 가지 모습으로 대변할 수 있을 것입니다. 이 세 가지는 사실 내적으로 서로 얽혀 있다고 봐야 할 것입니다. 전쟁은 농사의 기반을 파괴해 기근을 낳고, 군대가 이동하면서 전염병을 퍼뜨리고, 다른 한편으로 기근은 정치적 불안을 초래하여 전쟁의 원인이 되는 동시에 사람들의 신체를 허약하게 만들어 병을 더 잘 키우고 옮기게 만들기도 합니다. 현대로 들어와서는 인간의 과도한 욕망과 환경파괴로 인해 숨겨져 있던 괴질(怪疾)들이 나타나고, 이들은 교통수단의 발달로 어느 한 곳에서 발생하면 순식간에 전 세계로 퍼져 전 지구촌을 공포의 도가니에 몰아넣고 있습니다. 역사를 돌이켜 봤을 때 무서운 전염병에서 벗어나면 또 다른 새로운 전염병의 위협 앞에 다시 놓이곤 했습니다.

세계적으로 가장 많은 인명을 앗아간 병은 '결핵'인데 지난 200년 동안 무려 10억 명에 이릅니다. 오늘날에도 매년 800만 명의 결핵환자가 발생하여 연간 백만 명 이상이 이 병으로 죽어갑니다. 반면 '페스트(림프절이 부어오르는 선(腺)페스트, 폐(肺)페스트, 폐혈성 페스트)'는 가장 공포스러운 전염병으로 쥐를 통해서 퍼지는데, 엄청난 사망자를 냈기 때문입니다. 페스트는 감염 후 살이 썩고 검어져 흑사병으로도 불리워졌습니다. 서기 1347년 발병해 1352년까지 5년 새 유럽 전체인구 30%가 목숨을 잃었는데, 대략 1,800만 명에 달합니다.또한 1817년 인도의 벵갈 지역에서 발생한 '콜레라'로 인해 인도에서만 1,500만 명이 희생되었고, 독일 대도시에서는 주민의 1%가 사망했으며, 프랑스에서는 18,000명, 영국에서는 20,000여 명이 희생됨으로써 남극을 제외한 전 대륙으로 퍼져 큰 피해를 남겼습니다.

서기 1918~1920년 발생한 '스페인 독감'은 전 세계 약 5억 명이 감염되어 적게는 2,500만 명에서 많게는 1억 명이 사망한 것으로 추정되고, 미국인은 약 67만여 명이 죽었으며, 1957~1958년 발생한 아시아 독감도 전 세계적으로 퍼져 백만 명 이상이 사망한 것으로 추정되고 있습니다.

서기 1500년 코르테스가 이끈 소수의 스페인 군대가 남미대륙에 퍼트린 '천연두'로 신대륙을 손쉽게 정복할 수 있었습니다. 이유인즉, 유럽인들이 신대륙에 들어가면서 천연두 바이러스가 '아스텍 왕국과 잉카왕국' 등에 퍼졌고, 면역체계가 없었던 원주민들은 천연두에 걸려 200만 명 이상이 숨지고, 한 세기 동안 전체인구 1억 명 이상이 죽었으리라고 추산하고 있습니다. 이런 천연두를 세계보건기구(WHO)는 1980년 5월 지구 위에서 완전히 사라지게 했다고 발표했습니다.

1980년대는 에이즈가 발병하여 전 세계를 공포로 몰아넣었습니다. 에이즈를 일으키는 HIV(인간 면역결핍 바이러스)는 1960년 이전에 사냥과 도축을 통해 침팬지에서 사람으로 우연히 전염된 것이라 예상하고 있습니다.

2003년에는 코로나바이러스에 의한 사스(SARS)가 대유행이었습니다. 특히 사스는 중국에서 시작해 슈퍼전파자와 2, 3차 후속 감염을 통해 홍콩, 대만, 싱가포르와 북미대륙으로 삽시간에 번진 유례없는 경우였습니다. 신종바이러스인 사스라는 충격적인 경험으로 2005년 국제 보건규칙이 제정되었고, 2004년 한국에서는 국립보건원 체계를 확대한 질병관리본부 체계가 출범했습니다. 사스는 박쥐에서 사향 고양이를 거쳐 사람에게로 전파되었습니다.

2015년 우리나라를 강타한 메르스(MERS)는 원래 박쥐를 감염시키는 바이러스였는데 낙타에 전염됐고, 결국 인간까지 감염시키는 인수 공통(人獸共通) 전염병이 됐는데, 이런 신종바이러스의 습격은 닫혀있던 판도라상자가 열렸기 때문이라고들 말하고 있습니다. 이런 신종바이러스의 습격은 바이러스가 퍼지는 게 아니라, 인간이 바이러스를 퍼뜨리고 있는 것이라고 감염병 학자들은 주장하고 있습니다. 즉, 바이러스는 수천, 수만 년간 야생에 나름의 필요로 존재했고, 인류와는 영역이 다르기 때문에 대부분 인간에게 큰 영향을 끼치지 않았습니다.그러나 인간이 초래한 급속한 산업화와 도시화, 지구온난화 등으로 빙하가 녹고 열대우림 지역의 산림이 황폐화되면서 잠자고 있던 각종 바이러스들이 깨어나면서 야생에 갇혀있던 것들이 환경변화에 적응하기 위해 새로운 숙주인 인간으로 옮겨 타고 있는 것이라고 했습니다.

바이러스는 통상 새로운 숙주를 만나면 더 강력히 진화하는 경향이 있습니다.그래서 바이러스성 감염병이 점점 더 자주, 더 강도 높게 인류를 휩쓸게 될 것이라고 학자들은 보고 있습니다. 야생에서 인간으로 옮겨올 수 있는 인수 공통 감염(Zoonotic) 바이러스는 학자에 따라 다르게 추산하지만, 캘리포니아 대 감염병통합연구소장인 '조나 마제트' 교수는 "약 50만 종으로 추정된다."며 "이 중 우리 연구소가 밝혀낸 것은 0.2%에 불과하다."고 했습니다.

코로나-19(COVID-19)의 진원지가 중국 윈난성의 박쥐동굴이라고 세계보건기구(WHO)의 조사관이 말했습니다. 최근 유행하는 전염병의 75% 이상이 인수공통 감염병입니다. 현재까지 알려진 인수공통 감염병은 약 250여 종입니다. 이 중에서 전파력이나 치사율이 높아 집중적으로 관심의 대상이 되는 질환은 100여 종입니다. 과거 대표적인 인수공통 감염병은 탄저병, 브루셀라증, 장출혈성 대장균, 광견병, 일본뇌염, 변이형 크로이츠 펠트야코프병, 소해면상뇌증 등입니다.

소, 양, 말과 같은 가축들을 사육하면서 사람과 동물 사이에 병원체를 공유할 수 있는 환경이 많이 조성되었습니다. 20세기 후반 이후 웨스트나일열, 니파 바이러스 감염증, 헨드라 바이러스 감염증, 에이즈, 조류인플루엔자(AI), 구제역, 중증급성호흡기증후군(SARS), 중동호흡기증후군(MERS), 신종 코로나 바이러스 감염증 등 새로운 인수공통 감염병이 추가로 보고되고 있습니다. 인수공통 감염병은 주로 동물의 배설물, 타액 등을 통한 경로나 모기. 진드기 등 곤충 매개체를 통한 경로로 감염됩니다.

우유, 고기 등 음식에 있는 전염병을 일으키는 미생물을 통해 감염되기도 합니다. 인체에 감염을 일으키는 코로나바이러스는 현재까지 확인된 것이 총 7종입니다, 코로나바이러스는 각 바이러스의 특성과 숙주에 따라서 호흡기와 소화기 등에 감염병을 일으키는 것으로 알려졌습니다. 코로나-19로 인해 일반인은 물론이고 임신부, 65세 이상의 고령 환자, 기저질환이 있는 환자들의 불안감이 더욱 커져가고 있습니다. 현재까지 국내에서 발생한 코로나-19 사망자는 대부분이 치명적인 기저질환을 동반한 것으로 확인되었습니다. 질병관리청은 심혈관 질환, 당뇨병, 고혈압, 만성호흡기 질환, 암, 만성신부전, 장기이식을 받은 환자 등을 고위험군 기저질환자로 꼽고 있습니다. 이들 기저질환을 가진 환자들이 코로나-19에 감염됐을 경우 높은 사망률을 보인다는 것입니다. 또한 이 바이러스에 감염 시 급성 심근염, 급성 심근경색, 급성 심장병이 생겨 사망위험이 올라갈 수 있다고 했습니다. 따라서 평상시에 복용하던 항 혈소판제, 고지혈증 약, 고혈압 약 등을 그대로 복용해야 한다고 했습니다. 그리고 가슴통증이나 호흡곤란 등의 증상이 발생하면 곧바로 의료기관을 방문해야 한다고 했습니다.

고위험군에 해당하는 경우에는 많은 사람이 모이는 장소를 피하고, 불가피하게 외출을 하거나 의료기관을 방문해야 할 때는 반드시 마스크를 착용해야 합니다. 기저질환자가 병원을 방문해야 할 때는 호흡기환자와 비호흡기 환자를 분리해서 진료하는 국민안심병원을 찾아가야 합니다. 손 씻기와 기침예절도 당연히 지켜야 하고, 면역력을 유지하기 위해 운동도 필수적으로 해야 합니다. 또한 기저질환이 있는 환자를 돌보는 주변의 보호자나 가족 등도 예방수칙을 철저히 지켜야 합니다. 감염병을 예방하는 것은 어느 한 국가에게만 책임을 지울 수 없고, 지구촌은 공동운명이므로 생태계 보호와 기후변화 대응은 모두가 함께해야 하는 일입니다.

나.
인간을 위협하는 감염병들

1) 에볼라 출혈열: 1976년 아프리카 수단과 콩고지방에서 발생함. 인류역사상 가장 치명적인 감염병임.

2) 조류인플루엔자(조류독감)**:** 닭이나 오리, 야생조류에 감염되는 급성 바이러스성 질병임.

3) 니파 뇌염: 1998년 말레이시아에서 니파 뇌염이 처음 발생함. 이 병은 과일박쥐에 기생하는 니파 바이러스가 돼지에게 옮아간 뒤 사람에게 옮겨지는 감염병임. 2021난 말레이시아에서 다시 발생하여 수십명이 희생되었다고 함.

4) 라임병: '제2의 에이즈'라 불리며 1973년 미국 코네티컷 주 라임지방에서 처음 발견되어 '라임병'이라 이름 붙여짐. 세균이 진드기를 전염시킨 뒤 진드기가 동물이나 사람을 물어 혈류를 통해 감염시킴. 조기에 발견하면 항생제로 치료할 수 있지만, 오래 방치하면 관절염이나 뇌막염으로 발전될 수 있음. 미국이나 유럽 등 진드기의 서식지가 많은 나라가 위험지역임.

5) 웨스트나일 바이러스 감염: 1938년 우간다의 웨스트나일 지역에서 처음 발견되었는데, 주로 모기에 의해 감염됨. 처음 발견된 뒤 50여 년간 거의 발견되지 않다가 1999년 미국에서 다시 발견됨. 그 뒤 2002년에는 4,000여 명이 감염되고 284명이 사망하여 미국을 공포로 몰아 넣고 있음.

6) **한타 바이러스 폐 증후군:** 이 병에 걸리면 치사율이 50%에 이름. 1993년 미국 애리조나, 뉴멕시코 지방에서 최초로 발생해 미국 남미지역까지 확산되었음. 들쥐나 집쥐의 배설물에 들어있는 바이러스가 사람의 호흡기나 침을 통해 전파됨. 열이 나고 기침이 나는 등 감기증세와 비슷함.

다.
COVID-19

지금 대한민국에 마스크 안 쓴 사람 어디 있나요? 마스크를 썼다고 코로나 100% 안심할 수 있습니까? 참 무서운 세상이지요. 어쩌다 밥이라도 먹으려면 마스크를 벗어야 하고, 공중목욕탕에 들어갈 때, 바다에 들어갈 때도 벗어야 하는데, 그럴 땐 코로나바이러스가 안 쫓아오나요?

가족이, 친구가, 회사 동료가, 혹은 거래 업체 직원이 걸렸어도 무증상이면 우리 무지렁이들은 어떻게 알아볼 수 있겠습니까? 그래서 강조하거니와 저는 이번에 가족 중에 한 사람이 코로나에 걸려 죽는 것을 보고 코로나-19 바이러스가 얼마나 무서운 전염병인가를 똑똑히 알게 되었습니다. 감염된 순간부터 해외 영화에서나 보았던 장면이 클로즈업되는 것 같아 두려움에 떨었습니다. 119 앰블런스에 실려 어디로 가는지도 모른 채 입원 조치되고, 그곳에서 어떻게 치료되는지도 전혀 알 수 없었을 뿐만 아니라 면회도 아예 불가능했고, 하루에 한 번 증세가 어떻다는 통보만 받았을 뿐입니다. 그렇게 지내다가 며칠 후 죽었다는 연락을 받고 대표로 한 사람만 가서 주는 방호복 껴입고 사망자 시신을 확인해 주었더니, 그 길로 국가지정 화장터로 갔고, 화장한 뒤에는 유골을 찾아가라 해서 봉인된 유골항아리 하나를 받고 보니, 그것으로 사랑하는 한 생명은 이 세상에서 흔적 없이 사라져 버렸습니다. 안전상의 이유로 입관식 참관이나 화장터로 가는 길의 배웅은 상상조차 할 수가 없었습니다. 불과 십여 일만에 벌어진 이 일에 대해 유족들은 어떤 것도, 아무것도 알 수가 없었습니다. 무엇이 어떻게 돼서 왜 죽었는지도 모릅니다. 그저 코로나바이러스 때문에 죽었다는 것으로 모든 것이 끝나 버렸습니다. 망자의 위로금이라며 1천만 원이 나온 것을 끝으로 국가가 할 일은 다했다는 것 같은데, 차라리 그 돈 안 받을 테니 한 생명 돌려 달라 떼쓰고 싶었습니다. 아무리 한 사람의 일생이 허무하기로서니 이건 너무한 것 아니겠습니까? 부디 망구님!(80~90대 어른들을 존경해 부르는 애칭임) 조심 또 조심하십시오. 이렇게 개죽음 당해서는 안 됩니다.

어제도 60대 1명, 70대 2명, 80대 3명하며 뉴스에 올랐습니다. 이렇게 노인들은 거의 매일처럼 이 숫자 이상 죽어나가고 있습니다. "살만큼 사신 분들이니 죽어도 어쩔 수 없다."라고 하신다면 할 말이 없지만, 국가에서 관리를 잘못해서 개죽음당한 거라면 아무리 나이가 들었어도 억울한 것 아니겠습니까? 사랑하는 벗님네요, 갈 때 가더라도 이건 정녕 너무 애통한 것 같습니다. 하나님이 부르시면 가야겠지만 이건 해도 해도 너무 한 것 같습니다. 백신 맞아 항체 생겨 옛날처럼 살고지고 할 때까지 부디 옥체 보존하시기를 다시 한 번 간곡히 당부드리는 바입니다.

*국가정책이 '비대면 임종과 선(先) 화장 후(後) 장례'라고 하니 코로나로 인해 사망

한 고인의 유족들은 사랑하던 사람에게 마지막 인사도 건네지 못한 채 떠나보낸 아쉬움, 가족의 죽음을 주변에 제대로 알리지 못해 그 슬픔을 위로 받을 수도 없었고, 애도의 시간마저 빼앗겨 망자에게 두고두고 미안함을 금치 못하는 속앓이를 하고 있답니다.

2021년 말 기준으로 대한민국에서 코로나-19로 사망한 사람은 2천9백여 명 정도이며, 세계보건기구(WHO)에서는 COVID-19로 인해 사망한 사람을 대략 500만여 명으로 추정하고 있으나, 각국에서 축소 발표해 정확한 숫자는 알 수가 없지만, 실제로 사망자 수는 1520만 명이 넘을 것이고 했습니다. 또한 2021년 8월 말 현재 전 세계의 확진자는 2억 명을 넘었다고 발표했습니다. 현재 진행형으로써 계절병이 될지, 아니면 독감처럼 변이를 일으키며 인간과 함께 동반하는 병이 될지 지금으로서는 예측하기 어려운 상황이 되고 있습니다. 그저 모두가 조심하는 수밖에 없겠지요?

7 한의학(韓醫學)의 8체질론(八體質論)

한의학의 8체질론을 창시한 권도원 박사의 논문을 참조해 8체질의 구성과 병리, 치료 등에 관해 알아보고자 합니다.

가.
인간의 8개 개성이 8체질

체질은 혈통이나 인종의 구분이 아니며, 형태나 인지(人智)의 구분도 아닌 개성(個性)의 구분인데, 개성이란 같은 종(種)에서 구별되게 나타나는 본성적(本性的) 구분을 말합니다. 인간의 8개성이 8체질인데 정신적인 것만도 아니고, 육체적인 것만도 아닌 전체적으로 나타나는 8가지의 개성을 인간의 8체질이라고 합니다. 문명인도, 야만인도, 백인도, 흑인도, 황인도, 남자도, 여자도 다같이 8체질로 나뉩니다. 과거에도 그러하였고, 현재도 그러하며, 미래에도 영원히 그러할 것입니다. 다시 말하면 체질은 8과 불가분의 관계를 가지며, 그것이 다른 숫자로 바뀔 수 없습니다. 그 이유는 인간의 내장기능의 강약 배열이 8개 구조로 정해져 있기 때문입니다. 내장(內臟)은 심장, 폐장, 췌장, 간장, 신장의 5장(五臟)과 위장, 대장, 소장, 담낭, 방광의 5부(五腑)로 되어 있으나 그 기능의 강약이 서로 다른데, 그것들의 강약배열이 서로 다른 8

개 구조로 되어있습니다. 따라서 인간은 누구나 그 8개 내장구조 중의 하나로 되어 있는데, 그것이 바로 8체질로 구분되는 원인인 것입니다. 그러므로 9번째 구조는 있을 수 없으며, 7개 구조만 취한다 해도 남는 하나의 구조 때문에 모든 것에서 기어가 맞지 않아 체질이 있어야 할 의미를 상실합니다.

이렇게 하여 간을 가장 큰 장기로 선두에 세우고 서로 다른 9개의 장기가 강약의 순서대로 배열하는 체질을 목양(木陽) 체질이라 하며, 담낭이 선두에 서고 다른 9개의 장기가 강약의 순서대로 배열된 체질을 목음(木陰) 체질이라고 합니다. 이런 식으로 췌장이 선두에 서는 배열을 토양(土陽) 체질, 위장이 선두에 서는 배열을 토음(土陰) 체질, 폐장이 선두에 서는 배열을 금양(金陽) 체질, 대장이 선두에 서는 배열을 금음(金陰) 체질, 신장이 선두에 서는 배열을 수양(水陽) 체질, 방광이 선두에 서는 배열을 수음(水陰) 체질이라고 부릅니다.

이 8체질 중에는 교감신경이 항상 긴장상태에 있는 체질이 금양, 금음, 수양, 수음이고, 부교감신경이 항상 긴장상태에 있는 체질이 목양, 목음, 토양, 토음의 4체질입니다. 이런 체질은 선천적인 것으로, 그 부모의 두 체질 중 한쪽을 물려받습니다.

나.
타고난 내장기능의 강약 배열의 체질

8체질이 성립되는 원리는 타고난 내장기능의 강약배열이 서로 다른 8가지 구조에서 시작됩니다. 인체에는 심장, 폐장, 간장, 췌장, 신장 등 5장과 위장, 담낭, 소장, 대장, 방광 등 5부의 10개 내장이 있으며, 그것들은 각각 독립적으로 맡은 바 임무를 수행하는 것 이외에 자기만의 독특한 생기(生氣)를 발하여 장기간(臟器間) 서로 주고받으므로 상호촉진과 견제로 생명과 생명의 균형을 이루어 나갑니다.

그러나 그 장기들의 강약배열의 8구조는 육체적, 정신적으로 보이지 않게 서로 다른 8개의 개성을 이루고 있습니다. 이것들을 목양(肝性), 목음(膽性), 토양(膵性), 토음(胃性), 금양(肺性), 금음(大腸性), 수양(腎性), 수음(膀胱性) 체질 등 8체질이라고 합니다. 이와 같은 8체질의 8개성들은 인류사회의 모든 문화와 풍토를 만들고 다양한 인류역사를 건설해 왔습니다.

이상은 8체질의 건강한 상태에서의 이야기로 8체질의 장기 강약 배열의 차이는 장기기능의 불균형을 뜻합니다. 타고난 대로의 불균형은 적불균형(適不均衡)이라고 말하며, 다만 개성적으로 다를 뿐 건강에도 이상이 없는 체질 생리 상태라고 할 수 있습니다. 그러나 이 8체질의 생리적인 적불균형 상태가 어떤 연유에서 조화가 무너져버리면 8체질의 병리가 생겨나는 것입니다. 음식뿐만 아니고 보약들도 체질을 가리지 않고 쓸 때 그런 결과를 가져오게 됩니다. 또한 모든 생활방법 운동, 목욕, 직업, 약물들은 다 체질의 구분을 무시할 때 질병을 유발하게 됩니다. 이런 때 모든 사람을 하나로 보는 대증치료만으로는 그 수수께끼가 풀릴 수 없고, 여기에 그 원인을 풀기 위한 체질병리가 요청되는 것입니다.

8체질의 특징은 인간의 모든 면에서 표현됩니다. 체형, 체취, 음성, 성품, 기호, 취미, 행동, 업적, 필적, 재능 등 어디서나 체질의 특징들을 엿볼 수 있으나 너무 산만하여 분명한 획을 긋기가 쉽지 않습니다. 그것이 바로 체질이 있으면서 없는 것 같은 이유입니다. 그러나 창조주 하나님은 인간의 동맥 곁에서 감지되는 양손의 요골동맥에 8체질의 8개 사인을 만들어 두었고, 바로 그것을 찾아낸 것입니다. 세상에서 사는 동안 음식, 운동, 습관 등 무엇인가에 의하여 강하게 타고난 장기가 지나치게 강하여지거나, 약하게 타고난 장기가 지나치게 약해져서 과불균형이 될 때, 그 치료는 바로 과강(過强)한 장기를 억제하고 과약(過弱)한 장기는 촉진하여 타고난 적불균형 상태로 돌려놓는 것입니다. 그것은 8체질 침법으로 장기구조의 과불균형으로 감소되었거나 죽어버린 면역을 다시 복구시키는 원인치료 또는 면역치료법을 사용하면 됩니다.

다.
8체질과 직업 선택

직업이 체질과 맞아야 그 일을 하는 것이 기쁘고 평화로우며 자신의 사익(私益)이 될 뿐만 아니라 모든 사람을 위한 공익(公益)이 되고 성공이 따르며 건강한 삶을 살 수 있습니다. 그러나 체질에 맞지 않는 직업을 가지게 되면 짜증나고 불만이 계속되어 건강을 해칠 뿐만 아니라, 불평은 불화를 만들고 그것은 질투, 미움, 훼방 심으로 변하여 자기와 같이 모든 사람이 망하기를 바라는 무서운 사회악의 뿌리가 되기도 합니다. 그래서 직업도 체질과 맞을 때 자신도 행복하고 남에게도 유익을 끼치게 되며, 아무리 인기 직업이라도 체질과 맞지 않는 직업은 그 사람을 병들게 하고, 망하게 하는 불행의 원인이 되는 것입니다. 그러므로 자신의 성품과 체질에 맞는 직업이 바로 자신에게 주어진 하늘의 명령(天命)임을 알아야 합니다. 그렇다면 각 체질에 맞는 직업선택은 어떻게 해야 할까요?

1) **목양체질**(Hepatonia): 목양체질은 마음이 인자하고 남의 잘못을 쉽게 용서합니다. 말로 따지는 것을 싫어하며, 툭 터진 넓은 곳에서 활동하기를 좋아하고, 계획적이기보다는 투기적이고, 창의적이기보다는 되어진 대로 적응하는 편입니다. 그러므로 이런 성격을 가진 사람 중에는 독자적인 사업을 하는 사람이 많은데, 그 중에는 사업을 크게 벌려 성공하는 사람이 많습니다. 그러므로 목양체질에는 투자사업, 기계공학 같은 모험적이고 순응적인 직업이나, 선린주의 정치가 같은 직업이 적직이라 할 수 있습니다.

반면에 세밀한 생각과 계산을 요하는 직업, 말을 많이 해야 하는 직업(체질적으로 폐가 약하므로 피곤하고 비능률적입니다.), 예술적인 직업은 재고해 볼 필요가 있습니다. 물론 이러한 것은 목양체질에 있어서의 보편적인 것이므로 개인적인 환경, 학문, 여러 여건에 따라 특례적인 경우가 없는 것은 아닙니다.

2) **목음체질**(Cholesytonia): 목음체질은 활동적이고 봉사적인 반면에 성질이 급하고 감수성이 강하며 알코올 중독에 잘 걸리는 체질이므로 직업선택에 있어서 이런 점을 고려해야 합니다. 남과 감정대립이 잦은 직업, 질투를 당하거나 남의 비판을 받을 만한 직업은 피해야 합니다. 조금만 섭섭한 말을 들어도 감정이 거슬려 불면증으로 시작하여 온몸이 차가워지고 다리가 무거워지면서 설사를 하고, 마침내는 건강을 잃게 될 우려가 있기 때문입니다.

다음으로는 술과 관계없는 직업이 좋습니다. 술에 한번 중독되면 빠져나오기 어려우므로 술을 마시지 않는 것이 좋고, 직업도 될 수 있으면 술과 먼 것을 택해야 합니다. 성품은 외향적이면서 적극성도 있고 봉사적이어서 교육계나 기계공학 쪽에서 성공하는 사람이 많습니다. 나무와 불을 취급하는 것만 빼고 뭐든지 좋은 직업이 될 수 있는 체질입니다.

3) 토양체질(Pancreotonia) : 토양체질인 사람은 매우 외향적이어서 종일 한 자리에 앉아 일하는 직업은 맞지 않습니다. 능률이 오르지도 않고 그것을 억지로 참는 것은 병을 부르는 것이나 마찬가지인 것입니다. 또 새것에 대한 호기심이 강하고 항상 마음이 바쁩니다. 그러므로 직업 선택에 있어서 각별한 주의가 필요하며, 아무렇게나 되는대로 했다가는 뒤늦게 직업을 바꾸는 경우가 생깁니다. 간혹 의료선교사로 나가는 사람 중에 토양체질인 경우가 있습니다.

하루 종일 진료실에서 환자를 대하는 일이 성격에 맞지 않으므로 전공을 살리면서 선교도 할 수 있는 자비량 선교사가 되는 것입니다. 체질에도 맞고 영혼을 구하는 귀한 일을 하게 되니 참 좋은 일인 것 같습니다. 이런 것이 바로 체질과 맞는 직업을 찾는 것인데, 결과적으로 의학만을 가지고 일생을 보내는 것보다 복음을 전하고 영혼을 구하는 귀한 열매를 맺게 되는 것입니다. 그러나 토양체질이 아닌 다른 체질이 같은 일을 감당하기 위해서는 몇 배의 인내가 따라야 합니다. 그러므로 직업선택에는 반드시 체질을 고려해야 함을 알게 됩니다. 토양체질은 특별히 시각적 감각이 있어 미술가의 거의 70%가 토양체질이며, 또 독신생활에도 적합해 신부와 수녀는 거의 토양체질이라고 할 수 있습니다. 토양체질의 뛰어난 감각과 활동성에는 외교관, 수사관도 적합한 직업인데 실제로 그 분야에 종사하는 비율도 높습니다.

4) 토음체질(Gastrotonia): 이 체질은 그 분포율이 극히 낮아 생략합니다.

5) 금양체질(Pulmotonia): 금양체질은 비현실적이고, 비노출적이며, 비사교적입니다. 그러므로 금양체질인 사람이 자신이 노출되는 사교적인 직업을 갖게 될 때 그들의 특성인 독창성은 무뎌져 버리게 됩니다. 그러므로 아무렇게나 직업선택을 해서는 안 되는데 물리학자, 의사, 작곡가, 종교인 등이 적합하다고 할 수 있습니다. 특히 이 체질의 사람은 육식을 할 경우 건강을 잃게 되므로 그들의 성공여부는 식습관에 달려있다고 하겠습니다. 만약 금양체질인 실업가가 그의 비현실성과 독창성을 발휘하여 무엇인가 한 가지에 집중한다면 크게 성공할 수 있을 것입니다.

6) 금음체질(Colonotonia): 금음체질의 특징은 세상을 꿰뚫어보는 직관력과 야심, 뛰어난 통치력으로 말미암아 위대한 정치가를 많이 배출하기도 했지만, 그들은 육식을 함으로써 폭군이 되기도 합니다. 그리고 금음체질은 특별히 "영웅은 여자를 좋아한다."라는 말을 경계해야 합니다. 또 금음체질은 창의력이 뛰어나 피카소와 같은 위대한 화가가 나오기도 했고, 쉽게 흥분되지 않는 강한 심장을 지녔으므로 세계적인 마라톤 선수가 나올 수 있는 가능성이 큽니다.

7) 수양체질(Renotonia): 수양체질은 그야말로 '돌다리도 두드려보고 건너는' 성격입니다. 모든 것을 숙고한 후에 결정하는 조직적이고 완벽 주의적이며 내향적인 성격의 소유자입니다. 그러므로 번거로운 것은 좋아하지 않고, 투기성이 있는 사업보다는 사무직과 법률직을 선호하며, 대중문학에도 소질이 많고 운동도 잘 합니다. 즉, 지나친 조심성으로 남의 말을 쉽게 받아들이지 못하고, 또 지나치게 오래 생각하는 경향 때문에 투기성이 있는 사

업에는 부적합한 것입니다. 오히려 망해 가는 사업을 정리하고 수습하여 다시 일으켜 세우는 일은 수양체질의 사람이 잘 할 수 있는 일입니다. 백화점, 호텔종사자, 일반 사무직, 공무원들 중에서 맡은 업무를 잘 수행하는 사람들이 수양체질인 경우가 많습니다. 반면에 지극히 현실주의적이라 이들 중에서 종교인을 찾아보기가 어려울 정도입니다.

8) 수음체질(Vesicotonia)**:** 수음체질은 수양체질의 회의주의적 성향과 목양체질의 투기성을 함께 지니고 있습니다. 수음체질인 사람들이 직업을 선택할 때 가장 중요하게 고려할 점은 그 약한 소화력입니다. 너무 편하고, 조용하거나 지나치게 과로하는 일도 안 되고, 소식을 하되 제때에 식사할 수 있는 직종이면서 동시에 체질적 성품에도 잘 맞는 일을 선택해야 합니다. 수음체질에 맞는 직업의 종목은 수양체질적인 것과 목양체질적인 것을 적당히 안배하여 선택할 수 있을 것입니다.

라.
8체질 각각의 특성

1) 목양체질: 간이 발달하여 나이가 들면 복부와 아랫배가 나오는 경우가 많습니다. 운동을 하면 근육이 잘 발달하여 건장한 체구를 보입니다. 운동선수 중에 이 체질이 많습니다. 건강할 경우에는 땀이 귀찮을 정도로 많이 나며, 식탐이 많아 과식을 잘 하게 됩니다. 혈압이 높은 경우가 많으나, 그런 상태가 정상입니다. 폐가 작아서 평소 말이 적고, 역시 같은 이유로 호흡이 짧아 노래를 잘 못하는 사람이 많습니다. 말을 많이 하면 피곤함을 잘 느낍

니다. 육식을 적게 하고, 채소와 생선을 많이 먹으면 만성적인 피곤에 시달리게 되고, 눈이 아프며 발이 답답하게 됩니다. 육식을 즐기고, 땀을 내는 목욕을 하면 컨디션이 좋아지고 피부가 밝아집니다. 근육질이거나 살찐 체격이 많고, 간혹 마른 체격도 있습니다.

2) **목음체질**: 대장이 짧아 평소 대변이 잦은 편이나 몸에 문제가 있는 것은 아닙니다. 채식이나 생선을 자주 섭취하면 배꼽 주위가 아프고 몸이 차지며, 다리가 무거워지고 잠을 잘 자지 못하는 경향이 있습니다. 마음이 약하고 감수성이 예민하여 조금만 섭섭한 말을 들어도 쉽게 상처를 받습니다. 성격은 급한 편이나 독하지 못하고 체격이 좋은 편입니다.

3) **토양체질**: 성격이 급한 '빨리 빨리' 체질이라 한 자리에 오래 있는 것을 싫어하고 활동하는 것을 좋아합니다. 소화력이 강해서 음식 먹는 것을 좋아해 자칫 비만해지기 쉽습니다. 흉부가 발달하여 가슴의 직경이 크기 때문에 가슴부위가 오크통처럼 원통형을 이루기도 합니다. 상대적으로 하체가 짧아 보이며 시각이 발달하여 화가가 많습니다. 성적인 면에 관심이 적어, 특히 여성 중에 독신주의자가 많습니다. 하지만 남자는 꼭 그렇지는 않습니다. 머리가 일찍 희어져 이른 나이에 백발인 경우가 종종 있습니다.

혈압은 낮은 편이 정상이며, 조금만 높아져도 괴로움을 느낍니다. 피부가 탈색되어 부분적으로 하얗게 변하는 백반증은 대부분 이 체질에 많습니다. 살이 찐 사람이 많으나 종종 마른 사람도 있습니다.

4) **토음체질**: 약에 대한 부작용이 많은데, 특히 항생제에 약한 편입니다. 체질에 맞지 않은 한약, 특히 온보지제(溫補之劑)가 주로 된 한약에 대한 부작용도 많은 편입니다. 빈도가 몇십 만 명 중 하나 있을까 말까 할 정도로 매

우 드문 체질입니다. 비교적 잔병이 없고 병원에 가는 것을 싫어합니다.

5) 금양체질: 체질 식을 지키지 않고 육식이나, 밀가루 음식, 우유, 치즈, 요구르트 등의 유제품을 많이 먹으면 알레르기성 질환이 발생합니다. 대표적인 것이 아토피성 피부염이고, 그 밖에 비염, 천식, 알레르기성 피부염도 잘 발생합니다. 체질에 맞지 않은 음식을 먹거나 스트레스 상태에서 식사를 할 경우 종종 체하는 경향이 있습니다. 모방을 싫어하고 창의적인 것을 좋아합니다. 따라서 자신의 능력을 잘 발휘할 수 있는 전문직, 연구직, 예술가 등이 적합합니다.

양약에 대한 부작용이 많아서 약 먹기를 싫어합니다. 될 수 있는 대로 약을 먹지 말고 음식이나 운동 등의 섭생으로 건강을 유지하도록 해야 합니다. 한약도 체질에 맞는 것이 아니면 잘 먹지 못합니다. 대개 마른 사람이 많으나 뚱뚱한 사람도 드물지 않습니다. 이목구비가 또렷하고 서구적으로 생긴 사람이 종종 있으나 전면에 나서는 것은 좋아하지 않습니다.

6) 금음체질: 화를 잘 내고, 크게 화를 내면 근육이 무력해져서 힘이 빠집니다. 육식을 많이 하면 파킨슨병이나 근 무력증과 같은 희귀병에 걸릴 수 있습니다. 치매로 알려진 알츠하이머병이 이 체질에 잘 발생합니다.

평소 대변이 가늘고 무르며 변 보기가 어렵습니다. 긴장하거나 체질 식을 잘 지키지 않으면 대변이 잦아지고 불쾌하게 되는 경향이 많습니다. 모든 양약이 해롭고 효과가 별로 없습니다. 일광욕이나 사우나와 같이 땀을 내는 것은 좋지 않고, 수영처럼 땀을 억제하는 운동이 좋습니다. 폐활량이 크기 때문에 가수나 마라톤과 같은 장거리 달리기를 잘 합니다. 체격은 마른편이 많습니다.

7) 수양체질: 대변을 드물게 보는 것이 특징입니다. 보통 이틀에 한 번 정도 보거나, 3일이나 그 이상, 심지어 7일 만에 한 번 보는 사람도 있습니다. 다른 체질 같으면 변비로 괴로워하겠지만, 이 체질은 이로 인해 그다지 고통을 받지 않습니다. 건강한 경우 거의 땀이 없으며, 땀이 나면 건강에 이상이 왔다는 신호입니다.

햇볕에서 오랫동안 서 있을 때 쓰러지는 일사병이 이 체질에 잘 발생합니다. 성품이 세밀하고 조직적이며, 일을 서두르지 않고 차분하게 처리합니다. 따라서 책상에 앉아 정적으로 일하는 사무직에 알맞은 스타일입니다. 의심이 많아 남의 말을 잘 믿지 않으며, 신(神)의 존재도 믿지 않으려 합니다. 땀을 내지 않는 운동인 수영이 좋습니다. 체격이 아담하고 몸매가 아름다운 편입니다.

8) 수음체질: 위가 매우 냉하고 약하게 타고나서 찬 음식을 먹거나, 돼지고기나 보리와 같은 성질이 냉한 음식을 먹으면 위장에 탈이 잘 납니다. 위무력과 위하수증은 이 체질에 가장 많이 나타납니다. 음식을 지극히 적게 먹어야 건강해집니다. 보통사람과 비슷한 양을 먹으면 이 체질은 과식이 되어 소화 장애를 일으키며, 대변이 항상 무른 편이고 설사를 하면 힘이 쭉 빠집니다.

마.
<u>체질병리는 어떻게 형성되는가?</u>

사람이 세상에 사는 동안 자기의 강하게 타고난 장기에 유익한 음식을 많이 취해서 그 장기의 기능이 더욱 강해졌다던가, 반대로 약하게 타고난 장기에 해가 되는 음식을 많이 취해서 그 장기가 더욱 약해지므로 선천적인 장기의 적불균형이 후천적인 과불균형(過不均衡)으로 변하게 됩니다. 음식뿐만 아니라 목욕, 운동, 주거 등 모든 생활들이 다 장기와 관계가 있으므로 취하기에 따라서 강하게 타고난 장기가 억제되고, 약하게 타고난 장기가 강화되는 좋은 결과가 올 수도 있고, 반대로 강한 장기가 더욱 강화되거나 약한 장기가 더욱 약화되는 결과가 올 수도 있는데, 후자가 바로 후천적인 과불균형의 원인이며 체질병리가 생기는 과정입니다.

우스운 이야기지만, 산소가 풍부한 녹음 속이나 등산도 해가 되는 체질이 있습니다. 폐를 강하게 타고난 금양, 금음체질은 강한 폐가 그 좋은 공기로 인해 더욱 강해져서 상대가 되는 길항(拮抗) 장기를 약화시켜 병을 만들고, 기거하는 방에 차 있는 공기도 그것이 어느 방향에서 온 공기냐에 따라 병이 되기도 하고 유익하게 되기도 합니다 동쪽에서 오는 바람은 땅 속에서 움을 트게 하는 힘을 가졌고, 남쪽에서 오는 바람은 식물을 우거지게 하며, 서쪽에서 오는 바람은 열매를 익게 하고, 북쪽에서 오는 바람은 잎을 떨어지게 합니다. 사람의 체질에서도 그 힘들은 서로 다르게 작용하는데, 그것은 각 방향의 공기가 인간장기와 관계가 있기 때문입니다.

이와 같은 체질병리의 형성 또한 체질에 따라 다르게 나타나는데, 위병을 예로 든다면 목양체질은 간과 췌장 간의 불균형에서 위병이 생기고, 금음체질은 폐와 심장 간의 불균형에서, 토양체질은 신장과 심장 간의 불균형에서, 수음체질은 췌장과 간과의 불균형에서 위병이 생긴다는 것입니다. 그리고 같은 음식을 먹어도 병이 생기는 사람과 오히려 병이 낫는 사람이 있는가 하면, 같은 약으로 효과를 보는 사람과 오히려 악화가 되는 사람이 있는 것은 그것들이 각 체질의 장기 배열과의 관계가 다르기 때문이며, 각 체질에는 다른 체질에서는 볼 수 없는 그 한 체질만의 특유질환도 있습니다.

예를 들면, 목양체질은 본태성 고혈압의 체질로 170/80mmHG 정도의 고혈압은 병이 아닌 그에게는 건강한 상태인 것입니다. 다른 병증이 없는데 그것만을 떨어뜨릴 때 오히려 건강을 잃고 힘이 없어 활동하기가 어렵게 되며, 나중에는 혈전 중풍으로 우측을 못 쓰고 언어장애가 오게 됩니다. 물론 이것은 목양체질만의 경우이고, 다른 체질에 있어서의 이런 혈압의 상태는 고혈압의 위험 상태인 것입니다.

목양체질도 혈압이 200mmHG을 넘으면 주의를 해야 하며, 이 체질의 뇌출혈의 경우는 왼쪽을 못 쓰게 되나 언어는 대개 괜찮습니다. 목음체질은 죽어가면서도 술만 찾는 심한 알코올 중독에 잘 걸리는 체질입니다. 다른 체질이 술을 과음하면 병이 생길 수는 있으나 목음체질 같은 중독자가 되지는 않으며, 알코홀릭(Alcoholic)은 바로 목음체질이라는 신호이기도 합니다. 금양체질의 경우, 아토피성 피부병이 이 체질밖에 다른 체질에서는 볼 수 없는 특유의 불치병으로, 낫는 방법 하나가 있는데 육식을 완전히 끊는 것입니다. 그리고 골수성 백혈병 또한 이 금양체질의 병입니다. 금음체질은 파킨슨병에 걸리는 체질입니다.

이 체질이 육식을 과하게 하므로 파킨슨병과 치매에 걸리지만, 금양체질처럼 아토피성 피부염 또는 골수성 백혈병에는 걸리지 않습니다. 토양체질의 특유 병은 백납병이며, 이유 없는 건강한 불임증도 이 체질의 경우입니다. 수양체질의 어린아이에게 흔히 보는 일사병과 그리고 건강하면서 매일

변을 못 보는 상습변비도 모두 이 수양체질의 특유증입니다. 수음체질은 위하수증과 그리고 임파구성 백혈병이 이 체질의 특유 병입니다.

바.
체질치료는 어떻게 해야 하는가?

8체질의 의학적 치료법을 한마디로 말하면 생리적인 적불균형이 병리적인 과불균형으로 된 것을 다시 적불균형으로 복귀시키는 것입니다. 각 체질이 정신적 또는 육체적 병리인자(Pretexts)를 더 많이 받으면 받을수록 강한 장기는 더욱 강해지는 경향만을 가지며, 당사자가 선천적으로 받은 그 기능 아래로 약화되지는 않습니다.

반면 약한 장기는 더욱 약해지는 방향으로만 변화를 일으키며, 선천적으로 받은 그 기능을 초과하여 강화되지는 않습니다. 그러므로 체질은 후천적으로 변화될 수 없는 것입니다. 아래 그림에서 보는 것과 같이 천칭(저울)의 양단에서 똑같은 상호관계가 강한 장기와 약한 장기 사이에 존재합니다.

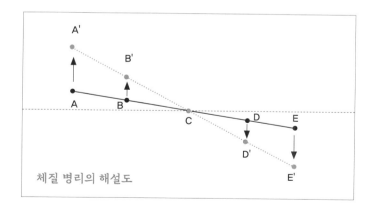

체질 병리의 해설도

그래서 강한 쪽이 더 강해지면 약한 쪽은 더욱 약해지고, 약한 쪽이 더욱 약해지면 강한 쪽은 더욱 강해집니다. 이 강한 장기가 지나치게 강화되는 것과 약한 장기가 더욱 약해지는 것, 다시 말해 과도불균형(Over-unbalance)의 상태에 이르는 것이 바로 질병입니다. 그리고 이 과도불균형의 상태를 다시 원래의 선천적 불균형의 상태로 되돌리는 것이 바로 질병의 치유입니다.

체질의 장부 구조식이 A〉B〉C〉D〉E라고 할 때, A와 B는 항상 더욱 커지려하고, D와 E는 항상 더욱 작아지려고 합니다.(C는 중앙 장부로서 그 크기의 변화를 일으키지 않습니다.) 그러므로 8체질의 치료는 대증치료가 아닌 원인치료인 것이며, 병리에서 말한 대로 같은 위병이라도 각 체질별로 그 원인이 다르므로 치료법 역시 달라야 하며, 같은 체질 안에서도 위염, 장염, 간염별로 치료법이 다르고, 보통 염증, 궤양, 세균성, 바이러스성, 경화, 종양의 치료가 다 달라 일반적인 치료 개념과는 전혀 다른 개념의 세계가 되는 것입니다.

그러나 약물로는 이 8체질 병리의 복잡성에 대응할 방법이 없으므로 대응이 가능한 전혀 새로운 새 침법을 개발한 것입니다. 인간의 장기들 중에 폐는 호흡을 맡고, 위는 소화를 맡는 등의 제1 역할 외에 폐는 폐 밖에 다른 장기가 만들 수 없고, 위는 위 밖에 다른 장기가 만들 수 없는 눈에 보이지 않는 고유한 Factor를 만들어 서로 주고받음으로써 장기간에 서로 돕는 서포터(Supporter)가 되기도 하고, 서로 견제하는 적대자(Antagonist)가 되기도 하는데, 그것을 눈에 보이지 않는 경락(經絡: Meridian)을 통하여 하는 제2 역할이 있다는 것입니다. 8체질 치료는 이 장기의 제2 역할을 조절하는 치료법으로 주관절(肘關節)에서 손끝까지, 그리고 슬관절(膝關節)에서 발끝까지의 경락에서 8체질 병리의 모든 것을 계산하여 모든 장기들의 인자(因子)들을 자유자재로 Suppress도 하고 Promote도 하여 만병을 다루는 방법으로, 체질 감별과 병리 계산이 맞으면 현저한 효과가 나타나지만, 그것이 조금만 틀려도 부작용이 따르는 5천 년 침 역사에서 처음 시행된 치료법입니다.

사.
체질 감별은 어떻게 하는가?

성격, 소질, 취미, 체능, 질병 등에 체질적인 구분이 있는 것은 사실이나, 그렇다고 그것들을 체질 감별의 수단으로 하기에는 가변성도 많아 될 수가 없었고, 체형적으로도 폐, 췌장, 간장, 신장 등의 대소가 외관상으로 구분이 가능하나 위, 대장, 소장, 담낭, 방광 등의 대소의 구분은 외관상으로 어려워 그것도 체질 구분의 방법으로는 부적절하였습니다. 그 밖에 아트로핀(Atropine), 아드레날린(Adrenalin), 아세틸콜린(Acetilcholine)과 필로카르핀(Pilocarpine) 등의 시험으로 교감신경 긴장형(Sympathicotonia)과 부교감신경 긴장형(Vagotonia)의 구분이 가능할지 모르나, 혹 된다 해도 교감신경 긴장형 중의 4체질과 부교감신경 긴장형 중의 4체질의 분별이 또한 복잡하여 그것 또한 포기할 수밖에 없는 8체질 감별법 연구는 난항이 아닐 수 없었습니다.

그러나 "8체질이 있음이 확실한 만큼 그 감별법은 꼭 있어야 한다"는 굳은 신념은 변할 수 없어 마침내 인간의 요골동맥(Radial Artery)에 감춰진 8체질의 사인(Sign)들을 찾아내고 만 것입니다. 좌우 쌍을 이루는 8쌍의 맥상(Pulse Formations)들은 선천적인 것으로, 혹 병약하거나 저혈압인 경우 좀 약할 수 있으나 평생 어떠한 경우에도 변하지 않는 자기 체질의 사인을 누구나 가지고 있는, 더없는 8체질의 감별법으로 이제는 그 기계화만이 요청되고 있는 것입니다. 그래서 체질 맥진법은 8체질을 전문으로 하는 한의사 분들에게는 대단히 중요한 기술이므로 일반인들은 의사가 실시하는 사진의 모습을 봐주시기 바랍니다.

• **준비단계:** 환자의 왼손을 의사의 양손으로 잡고 요골동맥 부위가 잘 노출되도록 가지런히 합니다. 이때 환자의 팔꿈치는 자연스럽게 살짝 굽힌 상태로 하고, 손목은 약간 뒤로 젖혀지게 잡습니다. 그리고 팔은 침상과 약간의 경사를 이루게 합니다. 요골의 경사면에 집게손가락부터 가운데손가락, 약손가락을 차례로 갖다 댑니다. 이때 세 손가락이 가지런히 일직선이 되도록 하는 것이 중요합니다. 맥은 손가락 끝에서 잡는 것이 아니라, 손가락의 제1관절과 손가락 지문 형성 부위의 사이에서 잡는 것이 좋습니다.

• **맥 잡기:** 세 손가락을 동시에 균등하게 힘껏 누릅니다. 이렇게 균등한 압력으로 누르는 것이 가장 중요한 핵심입니다. 균등하지 않으면 아무리 다른 요건을 준수해도 허사일 뿐입니다. 누를 때 요측수 근굴 근건(Flexor carpiradialis tendon)을 요골 쪽으로 당기면서 누르는 것이 중요합니다.

맥은 손가락 끝으로 잡는 것이 아니라, 끝마디 손가락뼈(Distal Phalang-es)의 제1관절과 손가락 지문부위의 사이에서 잡습니다. 이와 같이 힘껏 눌러 압력에 의해 맥의 박동이 사라지게 한 다음 5초 정도 유지하다가 살짝 힘을 빼서어느 손가락에서 먼저 맥이 뛰는지 면밀하게 살핍니다. 이때 맨 먼저 뛰는 손가락의 맥이 바로 체질 맥입니다. 환자 오른손의 맥도 동일한 요령으로 잡습니다.

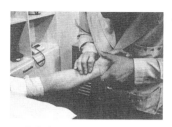
준비단계

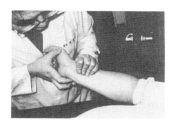
오른손 맥 잡기

8체질의 진단은 매우 중요합니다. 체질의학의 모든 치료는 이 체질의 진단으로부터 시작하기 때문입니다. 정확한 체질의 진단 하에서만이 앞의 모든 치료와 복합처방들이 의미가 있습니다. 아무리 체질의 이론에 달통하고 수많은 명 처방을 알고 있다 할지라도 그 사람의 체질을 진단하지 못하면 아무런 의미가 없습니다. 따라서 항상 체질맥진의 연습을 게을리하지 말아야 합니다. 8체질의 진단은 그 밖의 보편적인 진단 방법, 예를 들어 시진(視診), 촉진(觸診), 청진(聽診), 그리고 가장 기본적인 진단법인 문진(問診)도 동시에 진행하는 것이 좋습니다. 보거나, 만지거나, 듣거나, 물어보는 간단한 방법만으로도 쉽게 진단할 수 있는 경우가 많기 때문입니다.

아.
체질식의 원리는 무엇인가?

8체질의학은 질병에 걸리는 중요한 요인으로 잘못된 식생활과 감정의 조절을 꼽습니다. 그래서 끝장에 각 체질의 체질식단표를 첨부했습니다. 유익한 것들은 각 체질의 약한 장부들을 보강하는 것들이고, 해로운 것들은 각

체질의 강한 장부들을 더욱 강하게 하는 것들입니다. 모든 음식은 목, 토, 금, 수 중 그것이 갖고 있는 자신만의 기가 있습니다. 음식이 체내로 들어가면 그 기가 체내에서 동일한 기를 갖는 장기를 보강해 줍니다. 따라서 어느 음식이 어떤 체질에 유익하다는 것은 그 음식의 기가 해당 체질의 약한 장부의 기와 동일해서, 그 기를 통해 약한 장부를 보강해 준다는 의미를 가지고 있습니다. 반대로 해롭다는 것은 그 기가 강한 장부의 기와 동일해서 강한 장부를 더욱 강하게 한다는 것을 의미합니다.

그리고 어느 음식이 약한 장부를 강하게 한다는 것은 동시에 그와 상극지간(相剋之間)에 있는 강한 장부를 약하게 한다는 것을 의미합니다. 약한 장부와 강한 장부는 서로 상극지간의 관계에 있으므로 그렇게 동시적으로 반응이 일어나는 것입니다. 반면, 그 약한 장부와 상생지간에 있는 다른 약한 장부는 이 약한 장부가 강하게 되면 그에 동조하여 강하게 됩니다. 그래서 결국 모든 강한 장부와 약한 장부 간에는 전체적인 균형이 유지되는 것입니다. 같은 방식으로 어느 음식이 강한 장부를 더욱 강하게 한다는 것은 동시에 그와 상극지간에 있는 약한 장부를 더욱 약하게 한다는 것을 의미합니다.

그리고 그와 상생지간에 있는 강한 장부를 더욱 강하게 합니다. 결국 강한 장부들은 더욱 강해지고, 약한 장부들은 더욱 약해지는 악 순환에 빠지고 맙니다. 그래서 전체 장부들 간에는 불균형이 심화되고, 이것이 지속되면 질병에 이르게 되는 것입니다. 따라서 해로운 음식은 일차적으로 강한 장부를 강하게 하기 때문에 강한 장부에도 해롭지만, 그로 인해 이차적으로 약한 장부를 더욱 약하게 하기 때문에 약한 장부에도 해롭습니다. 물론 유익한 음식은 일차적으로 약한 장부를 강하게 하기 때문에 약한 장부에도 이롭지만, 그로 인해 이차적으로 강한 장부를 약하게 하기 때문에 강한 장부에도 이롭습니다.

결과적으로 이로운 음식이란 약한 장부는 강하게 해주고, 강한 장부는 약하게 해 주는 것입니다. 음식이 몸에 좋다 나쁘다는 이렇게 인체의 전체 장부의 균형이라는 관점에서 말하는 것입니다. 이렇게 강한 장부와 약한 장부는 해부학적으로 서로 떨어져 있는 것 같지만, 기능적으로는 서로 붙어 있는 하나의 장부나 마찬가지입니다. 인체의 모든 장부들은 서로 동시적으로 연관되어 끊임없이 영향을 주고받는 하나의 시스템이기 때문입니다. 이와 같이 서로가 연관된 전체로서의 인체관이 철저하게 배어 있지 않으면 체질의학을 완전히 이해하는 것은 불가능하다고 생각됩니다.

이 체질 음식표는 30년 이상의 줄기찬 임상적 검증을 통해 결정되어 온 8체질의학의 산역사인 것입니다. 이 음식표가 의미하는 바는 단순합니다. 해로운 음식에 분류된 것들은 해당 체질이 섭취했을 때 여러 가지 좋지 않은 반응을 일으킵니다. 즉 배탈이나 설사, 복부팽만, 복통 등 소화기계에 장애를 일으키거나, 두통이나 불면, 불안과 같은 불쾌한 느낌을 유발하거나, 몸의 기력을 저하시키거나, 아니면 오랫동안 몸에 축적되어 만성내과 질환을 유발시키기도 합니다. 반면, 유익한 음식에 분류된 것들은 소화기계에 장애가 없고 활력을 주며, 궁극적으로는 그 체질을 가진 사람의 건강을 증진시켜 주는 음식들인 것입니다.

'금양체질'을 예로 들어보면, 금양체질의 장부구조는 폐, 대장 〉비, 위 〉심, 소장 〉신, 방광 〉간, 담 순입니다. 따라서 금양체질에 유익한 음식은 일차적으로 간과 담에 유익한 음식물들이고, 다음으로 신과 방광에 유익한 음식물들이라는 것을 알 수 있습니다. 그리고 해로운 음식은 일차적으로 폐와 대장을 강화시키는 음식물들이고, 다음으로 비와 위를 강화시키는 음식물들이라고 할 수 있습니다. 두 번째인 비, 위와 네 번째 장부들 신, 방광은 토양체질의 양끝 장부들과 같아서 일부는 토양체질의 음식과 비슷합니다.

목양체질은 금양체질과 반대입니다. 즉, 금양체질의 유익한 음식물들이 목양체질에는 해롭고, 금양체질의 해로운 음식물들이 목양체질에는 오히려 이롭습니다. '금음체질'을 예로 들어보면, 장부구조는 대장, 폐 〉방광, 신 〉위, 비 〉소장, 심 〉담, 간 순입니다. 금양체질과 구조식 양단이 같지만 중간 부분들이 달라서 약간 다른 데가 있습니다. 주로 간과 담을 강화시키는 음식물들과 폐와 대장의 기운을 약하게 하는 음식물들입니다. 그 밖의 다른 것들은 양단을 제외한 세 장부들의 배열의 차이 때문에 발생한 것입니다.

목음체질의 음식은 이와 반대입니다. 금양체질과 금음체질은 주로 푸른 채소와 바다생선, 해산물. 패류가 이롭고 육식, 밀가루 음식, 유제품, 뿌리채소들, 인공조미료, 화학성분의 물질들이 해로운 것이 특징입니다. 목양체질과 목음체질은 반대로 육식과 밀가루 음식, 유제품, 뿌리채소들, 견과류 등이 이롭고, 바다생선류나 해산물, 패류 등은 해롭습니다.

'토양체질'을 예로 들어보면, 장부구조는 비, 위 〉심, 소장 〉간, 담 〉폐, 대장〉신, 방광 순입니다. 따라서 토양체질에 유익한 음식물들은 일차적으로 신과 방광을 강화시키는 것들이고, 다음으로 폐와 대장을 강화시키는 것들입니다. 해로운 음식물들은 일차적으로 비와 위를 강화시키는 것들이고, 다음으로 심과 소장을 강화시키는 것들입니다. 수양체질은 물론 이와 반대입니다.

'토음체질'을 예로 들어보면, 장부구조는 비, 위 〉폐, 대장 〉심, 소장 〉간, 담 〉신, 방광 순이므로 토양체질과 양단의 장부배열이 같아서 체질식의 구성도 비슷합니다. 다만 양단을 제외한 가운데 세 장부들이 달라서 약간의 음식물들은 서로 다릅니다. 수음체질은 토음체질과 반대입니다.

　토양체질과 토음체질은 비와 위에 열이 많은 체질이기 때문에 신과 방광의 수기를 보충하는 찬 성질의 음식물들이 주로 이로운 음식물들로 구성됩니다. 그리고 열을 낼 수 있는 매운 음식물들과 소화기능을 돋구는 음식물들은 대부분 해로운 음식물들로 분류됩니다. 일반적으로 한의학에서 잘 알려진 기를 보강한다는 따뜻한 성질의 음식물들은 거의 해로운 것들입니다. 물론 반대로 수양체질이나 수음체질에게는 이러한 음식물들이 이롭습니다.

8체질의 장부 대소 배열표

① 금양체질: 폐, 대장 ＞ 비, 위 ＞ 심, 소장 ＞ 신, 방광 ＞ 간, 담

② 금음체질: 대장, 폐 ＞ 방광, 신 ＞ 위, 비 ＞ 소장, 심 ＞ 담, 간

③ 토양체질: 비, 위 ＞ 심, 소장 ＞ 간, 담 ＞ 폐, 대장 ＞ 신, 방광

④ 토음체질: 위, 비 ＞ 대장, 폐 ＞ 소장, 심 ＞ 담, 간 ＞ 방광, 신

⑤ 목양체질: 간. 담 ＞ 신, 방광 ＞ 심, 소장 ＞ 비, 위 ＞ 폐, 대장

⑥ 목음체질: 담, 간 ＞ 소장, 심 ＞ 위, 비 ＞ 방광, 신 ＞ 대장, 폐

⑦ 수양체질: 신, 방광 ＞ 폐, 대장 ＞ 간, 담 ＞ 심, 소장 ＞ 비, 위

⑧ 수음체질: 방광, 신 ＞ 담, 간 ＞ 소장, 심 ＞ 대장, 폐 ＞ 위, 비

　많은 사람들은 체질을 고려하지 않고 무슨 음식이 어디에 좋은가 하는

것만 알고자 하는 경우가 많습니다. 그래서 묻는 방식이 다음과 같습니다.

"저는 간장이 안 좋은데, 간에 좋은 음식물은 뭐죠?"

많은 사람들은 유익, 유해표를 보면 누구나 이렇게 대답할 것입니다.

"바다생선, 조개류 등등 간을 보강하는 음식물을 먹으면 되지요."

여기에 속으면 안 됩니다. 사람들이 간이 좋지 않다고 말할 때, 이는 간에 병소(病所)가 있다는 말입니다. 사람들은 간에 병이 있으면 다들 간이 약하다고 생각합니다. 이것이 서양 의학적 사고방식의 최대 오류입니다. 즉, 질병이 약한 데서만 발생한다고 생각하는 것입니다. 그리고 약한 것은 무조건 나쁜 것이고 강한 것은 당연히 좋은 것이라고만 생각합니다. 명심하시기 바랍니다. 질병은 약한 데서도 발생하고 강한 데서도 발생합니다. 이것이야말로 독자 여러분들이 뼈저리게 깨달아야 할 체질의학이 외치는 가장 중요한 원리인 것입니다. 약한 것이나, 강한 것이나 그것이 지나치다면 그것은 둘 다 몸에 좋지 않다는 것입니다. 둘 다 완전히 동일하게 병을 유발하는 나쁜 것들입니다. 따라서 위의 대답은 간의 기능이 약한 금양체질이나 금음체질에만 정답이 됩니다.

그 다음으로 토양체질이나 토음체질에도 도움이 됩니다. 하지만 토양체질이나 토음체질이라면 그것보다는 자신의 체질에 가장 약점이 되는 신과 방광에 유익한 돼지고기나 보리, 팥, 굴, 게, 새우, 참외, 딸기, 바나나 그리고 오이 등의 채소를 우선으로 먹어야 할 것입니다. 토양, 토음체질에 바다생선이나 조개가 좋은 것은 그것이 간에 들어가 최약 장부인 신. 방광(상생지간)을 보강하고, 최강 장부인 비, 위(상극지간)를 억제하는 간접적인 효과 때문입니다. 하지만 그 효능이 직접 작용하는 금양체질이나 금음체질에는 못 미칩니다.

그런데 만약 목양이나 목음체질이라면 이들에게는 치명적이 될 수 있습니다. 이들에게는 생선이나 조개류가 독이 되는 것입니다. 이들이 간에 좋다고 생선이나 조개를 계속 먹게 되면 강한 간이 더욱 강해져서 간이 크게 상하게 됩니다. 간염은 물론 간경화나 간암까지도 생길 수 있습니다. 따라서 시중에서 무엇은 어디에 좋고, 무엇은 어디에 나쁘다는 식의 민간요법은 위험천만한 것입니다. "안진 쑥으로 간경화를 치료했다, 녹즙으로 간암을 극복했다." 식의 말은 우연히 그 체질에 맞아서 효과를 본 요행수에 불과한 사건입니다. 고귀한 몸을 요행수에 맡긴다는 것은 너무 위험부담이 큰 것 아니겠습니까? 한번 그르치면 돌이킬 수 없는 것인데 말입니다. 그래서 민간요법도 반드시 체질을 고려하여 사용해야 할 것입니다.

그렇다면 목양체질이나 목음체질의 경우 간에 좋은 음식은 무엇일까요? 정답은 육식입니다. '뭐라구요?' 아니 육식은 폐, 대장에 좋은 음식이잖아요? 간에 좋은 음식 말하랬더니….

목양이나 목음체질에 육식이 들어가면 약한 폐와 대장을 강화시키므로 지나치게 강화될 수 있는 간의 기능을 적당하게 억제하여 간 기능을 좋게 합니다. 즉, 금양이나 금음체질은 간의 기능을 강하게 하는 것이 간에 좋습니다만, 강화하는 것이 좋을 때도 있고, 간을 억제하는 것이 좋을 때도 있는 것입니다. 꼭 명심해야 합니다. 너무 약한 것도 병이 되고, 너무 강한 것도 병이 됩니다.그러므로 체질에 맞는 음식법은 건강을 지켜주는 건강법이며 동시에 예방의학입니다. 다시 말해 각 체질의 약하게 타고난 장기에 억제 작용을 하는 음식은 단절하고, 촉진 작용을 하는 음식을 상식하여야 하며,

강하게 타고난 장기는 억제하는 음식을 상식하고, 촉진하는 음식은 단절하는 방법이 체질음식법입니다.

예로, 커피를 마시면 피곤이 풀리고 머리가 맑아지며 건강도 증진되는 사람이 있는 반면, 피곤이 더하고, 잠도 오지 않고, 건강에도 이익이 없는 사람이 있습니다. 그 이유가 카페인 때문이라는 것까지는 알아, 카페인을 제거한 커피를 마시면 괜찮기도 하지만, 왜 다른 사람에 좋은 카페인이 자기에게는 반대가 되는지는 아직 모릅니다. 카페인은 부교감신경을 억제하는 작용이 있으며, 8체질 중에는 항상 부교감신경이 흥분상태에 있는 체질(Vagotonia)들이 있습니다. 그것은 그 체질의 장기 중에 간이 흥분상태에 놓이거나 폐가 기능적으로 약해질 때 되어지는 상태입니다. 커피는 이러한 사람의 부교감신경을 억제하므로 간의 흥분도 조절하고, 피곤도 줄이며, 장복하여도 유익할 뿐 해가 되지 않습니다. 그러나 그 반대상태에 있는 교감신경긴장형(Sympathicotonia)의 내장조직에는 커피가 부교감신경을 억제하므로 긴장상태에 있는 교감신경이 더욱 흥분되고, 장기 간의 과불균형도 더 심화되어 정반대의 좋지 않는 결과를 초래합니다. 이것이 커피가 어느 체질에 맞고 어느 체질에 맞지 않는지를 가리는 원칙입니다.

자.
인간 본능을 상실하다

사람들은 순진하게도 자신들이 좋아하는 음식이 곧 자신들에게 맞는 음식이 아니냐고 반문합니다. 혹은 자신이 먹고 싶은 것은 몸이 부족한 것을 채우기 위해 스스로 원해서 그런 것이므로, 먹고 싶은 것은 먹어야 되는 것이 아니냐고도 합니다. 논리적으로 상당히 그럴 듯하고 설득력이 있어 보입니다. 하지만 그런 것은 아닙니다. 이것이 또 음식에 대한 잘못된 미신 중의 대표적인 것입니다. 이 같은 말은 동물세계에나 해당되는 말입니다. 모든 행위가 본능이라는 메커니즘에 의해 자신의 의지와 무관하게 돌아가는 순수한 자연의 동물에게나 맞는 말이라는 것입니다. 인간은 아닙니다. 인간이 하는 행위는 자연스러운 것이 없습니다. 모두가 문명이라는 인위에 의해 조작된 행위인 것입니다.

사람들은 성행위를 본능이라고 말하지만 본능과는 무관한 행위입니다. 그것은 자손의 번식, 즉 생식을 위한 것이 아닙니다. 하나의 유희일 뿐입니다. 그런 유희의 결과물로서 가끔 아이들이 생겨날 뿐입니다. 아이를 가지려고 해서 아이를 낳을 때도 있지만, 대부분은 쾌락을 위해서 성행위를 한다는 것입니다. 인간의 식생활도 마찬가지입니다. 인간의 식생활이 본능적이라면, 아까 사람들이 반문한 바와 같이 자신들이 먹는 음식이 다 몸에 유익한 것들일 것입니다.하지만 아니지 않습니까?

한국인은 놀기도 좋아하지만, 그럴 때마다 술이 있어 어떤 이는 매일, 그렇지 않으면 일주일에 두세 차례 마십니다. 이 술의 성분인 알코올은 인간의 체액 조건과 거의 상극에 가깝다고 합니다. 말하자면 인체에 독극물 같은 것입니다.

그런 독극물을 일주일에 두세 차례, 아니면 매일 마신다면 이것이 본능적인 행위입니까? 자신을 죽이려는 죽음의 본능인 것입니까? 우리는 그 음식을 먹으면 불편하고 탈이 날 것을 알면서도 그것을 먹습니다. 그리고 어김

없이 그로 인해 고통을 받습니다. 이렇게 인간은 본능적이지 않습니다. 타고난 본능의 감각을 완전히 상실한 것입니다. 인간의 행위를 지배하는 것은 본능이 아니라 인간의 마음, 인간의 욕심인 것입니다. 이것은 문명을 일구면서 자연으로부터 끊임없이 이탈해 온 필연적인 결과입니다. 따라서 우리는 이러한 인위적인 과오를 교정하기 위하여 또 다시 인위적인 교육을 통해 우리 각자의 체질에 맞는 음식을 배우고, 그에 따라 생활하는 법을 익혀 나가야 하는 것입니다. 그렇게 함으로써 본능 상실의 빈칸을 메워야 하는 것입니다. 여기에 8체질식이 존재하는 까닭이 있습니다. 사람마다 자기에게 맞는 음식을 배우고 그에 맞춰 생활하시기 바랍니다. 그러면 그대에게 건강이 있을 것입니다.

다음은 8체질 의학의 창시자인 권도원 박사가 수십 년에 걸쳐 연구하고 실증해 가면서 만든 체질 식품표이니만큼 각 체질의 건강에 반드시 기억해야 할 것입니다. 그러나 우선 본인의 체질을 파악한 다음 실천해야지 자기 생각대로 어떤 체질이겠지 예측하고 음식물을 취했다간 화를 당할 수 있으므로, 체질을 모르고 체질치료를 할 수 없듯, 체질을 모르면 현대 서양 영양 방법대로 골고루 균형식을 취하는 것이 훨씬 좋습니다. 거기에는 혹 맞지 않는 것이 있을지라도 또 맞는 것이 있어 무방하기 때문입니다. 그러나 A라는 체질이 B의 체질식을 계속할 때 결국에는 병을 유발하고 맙니다. 이렇듯 그릇된 감별자가 있으면 사람을 병으로 인도하는 결과가 되므로, 8체질 감별법을 알려면 해당하는 지식과 훈련을 갖춘 숙달된 감별자에게 감별을 받기 바랍니다.

체질 음식물표

1. 목양체질: 당신이 건강할 때는 귀찮도록 땀이 나고, 쇠약할 때는 오히려 땀이 없으며, 어떤 방법으로든 땀만 흘리면 몸이 가벼워지는 것을 느끼게 되는 것은 체질적으로 땀이 많이 나야 하기 때문입니다.

유익한 것 모든 육식, 쌀, 메주콩, 밀가루, 수수, 모든 근채류(무, 당근, 도라지, 연근, 토란 등), 커피, 우유, 마늘, 호박, 버섯류, 설탕, 민물 장어, 메기, 알칼리성 음료, 배, 사과, 수박, 모든 견과류(호두, 밤, 잣 등), 녹용, 인삼, 비타민 A, D, B, 등산, 심호흡 운동은 들이마시기를 길게 할 것.

해로운 것 모든 바다생선 및 어패류, 날배추, 포도당, 코코아, 초콜릿, 메밀, 고사리, 감, 모과, 체리, 청포도, 수영, 냉수욕, 알로에 베라, 포도당 주사, 푸른 벽지.

2. 목음체질: 당신은 대장이 무력하여 하복부의 불편을 자주 느낍니다. 그래서 다리가 무겁고, 허리가 아프며, 통변이 고르지 못하고, 정신이 우울해지며, 몸이 차고 때로 잠이 잘 오지 않게 됩니다. 그러므로 항상 아랫배에 복대를 하여 따뜻하게 하는 것이 좋습니다. 알코올 중독에 걸리기 쉬운 체질이므로 술에 대한 각별한 주의가 필요합니다.

유익한 것 쇠고기, 돼지고기, 쌀, 대두, 콩, 밀가루, 수수, 모든 근채류, 커피, 우유, 율무, 마늘, 호박, 버섯류, 설탕, 견과류, 민물장어, 미꾸라지, 알칼리성 음료, 배, 멜론, 녹용, 스쿠알렌, 비타민A, D, 심호흡운동은 들어 마시기를 길게 할 것.

해로운 것 모든 바다생선 및 어패류, 술, 날배추, 메밀, 고사리, 코코아, 초콜릿, 청포도, 체리, 감, 모과, 포도당 주사, 인삼, 오가피, 냉수욕, 수영.

3. **토양체질:** 당신의 건강은 조급한 성격과 직결되므로 항상 여유 있는 마음으로 서둘지 않는 것이 당신의 건강법입니다. 체질적으로 강한 소화력을 가졌으나, 체질에 맞지 않는 음식은 피해야 합니다. 술과 냉수욕은 해가 많습니다.

유익한 것 보리, 쌀, 계란, 밀가루. 콩, 팥, 돼지고기, 쇠고기, 모든 채소, 대부분의 생선 및 어패류, 민물고기, 감, 배, 참외, 수박, 메론, 딸기, 바나나, 비타민 E, 얼음, 알로에 베라, 구기자차, 영지버섯.

해로운 것 닭고기, 개고기, 염소고기, 현미, 미역, 다시마, 사과, 귤, 오랜지, 망고, 인삼, 감자, 벌꿀, 비타민 B군, 고추, 생강, 파, 참기름, 대추, 부자, 소화효소제, 항생제, 붉은 벽지, 냉수욕.

4. **토음체질:** 약이나 음식의 부작용으로 인해 소화 장애가 나기 쉬운 체질이므로 주의를 요하며, 음식은 늘 시원하고 신선한 것을 취하는 것이 유익합니다. 술과 냉수욕은 해가 많습니다.

유익한 것 보리, 쌀, 팥, 녹두, 오이 및 대부분의 푸른 야채, 모든 바다생선 및 어패류, 복어, 돼지고기, 쇠고기, 감, 참외, 파인애플, 포도, 딸기, 바나나, 알로에 베라, 얼음, 초콜릿, 비타민 E.

해로운 것 현미, 찹쌀, 닭고기, 개고기, 염소고기, 겨자, 후추, 고추, 계피,

카레, 생강, 파, 사과, 귤, 오렌지, 망고, 토마토, 다시마, 미역, 눌은밥, 인삼, 대추, 벌꿀, 비타민 B군 페니실린, 술, 담배.

5. 금양체질: 이 체질은 무슨 약을 쓰든지 효과보다 해다 더 많고, 육식 후에 몸이 더 괴로워집니다. 이는 체질적으로 간 기능이 약하기 때문입니다. 채식과 바다생선을 주식으로 하고, 항상 허리를 펴고 서 있는 시간을 많이 갖는 것이 건강의 비결입니다. 일광욕과 땀을 많이 내는 것은 피하십시오.

유익한 것 모든 바다생선 및 어패류, 쌀, 보리, 메밀, 팥, 녹두, 참쑥, 오이, 가지, 배추, 양배추, 상추, 기타 푸른 채소, 고사리, 젓갈, 포도당, 코코아, 초콜릿, 바나나, 딸기, 복숭아, 체리, 감, 참외, 모과, 알로에 베라, 포도당 주사, 심호흡 운동은 내 뱉는 숨을 길게 할 것, 물가나 평지 산책.

해로운 것 모든 육식, 모든 민물고기, 커피 및 차류, 인공조미료, 가공식품, 밀가루, 수수, 호박, 고추, 마늘, 버섯, 설탕, 율무, 근채류(무, 당근, 도라지, 연근, 토란 등), 메주콩, 검정 포도, 밤, 사과, 배, 멜론, 은행, 녹용, 인삼, 모든 약물, 비타민 A, B, D, 알카리성 음료, 금니, 아트로핀 주사, 술과 담배, 더운 목욕, 등산.

6. 금음체질: 이 체질의 건강 제1조는 모든 육식을 끊는 것이고, 제2조는 약을 쓰지 않는 것이며, 제3조는 화를 내지 않는 것입니다. 혹 근육의 무력증이 있을 때는 더욱 주의하고 항상 수영을 즐기는 것이 좋습니다.

유익한 것 메밀, 쌀, 포도당, 모든 바다 생선 및 어패류(굴과 새우는 제외), 모든 푸른 채소, 오이, 고사리, 김, 젓갈, 포도, 복숭아, 감, 앵두 파인애플, 딸기, 겨자, 생강, 후추, 코코아, 초콜릿, 포도당 주사, 오가피, 수영, 심호흡 운동은 내 뱉는 숨을 길게 할 것.

해로운 것 모든 육식, 마늘, 녹용, 민물고기, 커피 및 차류, 인공조미료, 밀가루, 수수, 호박, 메주콩, 우유, 설탕, 율무, 배, 사과, 멜론, 밤, 잣, 은행, 모든 근채류(무, 당근, 도라지, 연근, 토란 등), 버섯류, 비타민 A, D, E, 알칼리성 음료, 아트로핀 주사, 더운 목욕, 등산.

7. 수양체질: 당신은 추운 계절에 더 건강한데, 그 이유는 땀을 많이 흘리면 안 되는 체질이기 때문입니다. 따라서 냉수욕이나 냉수마찰을 즐기는 것이 땀을 막을 수 있는 좋은 건강법이 됩니다.

유익한 것 현미, 찹쌀, 개고기, 닭고기, 염소고기, 쇠고기, 미역, 다시마, 계피, 생강, 파, 겨자, 후추, 고추, 참기름, 감자, 사과, 망고, 귤, 오렌지, 토마토, 인삼, 벌꿀, 대추, 비타민 B군.

해로운 것 보리, 팥, 오이, 돼지고기, 생굴 및 어패류, 감, 참외, 수박, 딸기, 바나나, 파인애플, 맥주, 얼음, 비타민 E, 구기자차, 알로에 베라, 영지버섯, 수은.

8. 수음체질: 온도가 낮거나 질적으로 찬 성질의 음식을 먹으면 당신의 냉한 위는 더욱 냉각되어 모든 불 건강과 심적 불안 상태로 이끌며 마침내는 위하수가 되고 맙니다. 따라서 이 체질의 건강 제1조는 '소식하는 것과 따뜻한 음식을 취하는 것'입니다.

유익한 것 현미, 찹쌀, 감자, 옥수수, 참기름, 미역, 다시마, 닭고기, 염소고기, 개고기, 후추, 겨자, 계피, 고추, 카레, 파, 생강, 사과, 귤, 오렌지, 토마토, 망고, 인삼, 대추, 벌꿀, 산성음료, 눌은밥, 비타민 B군.

해로운 것 보리, 팥, 오이, 돼지고기, 계란, 복어, 모든 어패류, 감, 참외, 바나나, 딸기, 청포도, 맥주, 얼음, 초콜릿, 알로에 베라, 모든 냉한 음료 및 음식, 비타민 E, 수은, 담배, 더운 목욕.

자.
체질 맞는 짝 찾기

삶에 있어 결혼이란 중대사에 어떻게 하면 좋은 짝을 만날 수 있을까요? 그것은 돈이나 명예, 지식이나 권력을 뜻하는 것이 아니라 바로 '맞는 짝', 다른 말로 '맞는 체질'을 만나는 것입니다. '맞는 체질의 만남'이란 '내장기능의 강약구조가 반대로 된 체질이 만나 결합하는 것'을 말합니다. 그 반대의 도가 심할수록 좋으며, 가장 좋은 것은 정반대의 내장구조의 체질이 만나는 것입니다. 예로, 상대방의 강한 위와 나의 약한 위를 보충하여 주고, 그 때문에 상대방의 강한 위는 약화되어서 좋고, 상대방의 약한 신장이 나의 강한 신장에서 보충을 받고 나의 강한 신장은 힘이 떨어져서 좋게 됩니다. 그렇게 정반대되는 구조의 모든 장기들이 상호보완작용을 할 때 그 부부는 만사가 기쁘고 서로 고맙기만 한 것입니다. 그렇다면 실제로 어떤 체질들이 만나서 그렇게 되는 것입니까?

수양체질은 1번이 토양체질, 2번이 목음체질, 3번이 토음체질입니다.

수음체질은 1번이 토음체질, 2번이 토양체질, 3번이 금양체질입니다.

목양체질은 1번이 금양체질, 2번이 토음체질, 3번이 토양체질입니다.

목음체질은 1번이 금음체질, 2번이 수양체질, 3번이 수음체질입니다.

토양체질은 1번이 수양체질, 2번이 금양체질, 3번이 목양체질입니다.

토음체질은 1번이 수음체질, 2번이 목양체질, 3번이 수양체질입니다.

금양체질은 1번이 목양체질, 2번이 수음체질, 3번이 수양체질입니다.

금음체질은 1번이 목음체질, 2번이 토양체질, 3번이 목양체질입니다.

이상의 체질적 배합은 그 배합 자체가 그들의 '이상의 실천'입니다. 그 이상 더 바랄 것이 없습니다. 그들은 함께 만나고, 함께 일하며, 함께 기쁨을 누립니다. 다른 열 사람의 조언이 아무리 훌륭해도 반대의사를 말하는 배우자 한 사람의 말에 따르며, 또 그 결과도 놀랄 만큼 좋은 것을 경험합니다. 그들의 모든 것은 어떻게 보면 이기적입니다. 그들에게는 다른 이상(理想)이 없습니다. 그래서 그들에게서 사회적으로 크고 획기적인 것을 기대하기 어렵습니다. 그들은 현실에 만족하기 때문입니다. 그러나 순풍을 타고 가는 이 평화의 쌍들도 주의해야 할 것은, 기쁨에 너무 심취할 때 건강하면서도 얼굴에 잔주름이 많아지고 빨리 늙는다는 것입니다. 기쁨도 조절할 필요가 있는 것입니다.

제세한의원 '하한출' 원장이 알려주는 8체질별로 잘 걸리는 병

구분		장부 대소	질병
태양인	금양	간이 작고 폐가 크다	알레르기, 아토피, 축농증, 잦은 감기, 천식, ADHD, 키 작은 어린이, 치매, 간암, 폐암, 위암, 유방암, 불면증, 우울증, 뇌 전증, 건선, 공황장애, 틱 장애, 돌발성 난청, 관절염.
	금음	대장이 길고 쓸개가 작다	알레르기, 아토피, 비염, 통풍, 감기 자주, 피부병, 대장암, 치매, 야뇨증, 관절염, 위축성 위염, 역류성 식도염, 녹내장, 갑상선 기능 항진증, 불임, 이명, 근무력증.
태음인	목양	간이 크고 폐가 작다	고지혈증, 지방간, 각종 성인병, 중풍, 고 콜레스테롤 혈증, 만성피로 증후군, 본태성고혈압, 비만, 포도당 쇼크, 경기 잘하는 어린이.
	목음	대장이 짧고 쓸개가 크다	과민성대장 증후군, 대장암, 비만, 장염, 설사, 담석증, 다크써클 협심증, 심근경색, 중풍, 두드러기, 피부 묘기증, 여드름.

구분		장부 대소	질병
소양인	토양	췌장이 크고 신장이 작다	당뇨병, 불임, 전립선 질환, 신우신염, 신부전, 수신증, 방광염, 저혈압, 손발 저림, 췌장염, 허리-목 디스크.
	토음	위가 크고 방광이 작다	위장장애, 자율신경실조증, 불안증, 두통.
소음인	수양	췌장이 작고 신장이 크다	만성위장병, 변비, 일사병, 편두통.
	수음	위가 작고 방광이 크다	만성위장병, 위암, 위하수, 위 무력증, 체력 약함, 만성 설사, 빈혈.

3부

자격증 소고

(資格證 小考)

1 요양보호사(療養保護士)

가.
요양보호사 자격증 따기

1) 요양보호사

노인복지법 제39조 2항에 의거, 노인 등 신체활동 또는 가사활동 지원 등의 업무를 전적으로 수행하는 사람을 요양보호사라 말합니다. 즉 치매, 중풍, 파킨슨병 등 노인성 질환으로 독립적인 일상생활을 수행하기 어려운 노인들을 위해 노인요양 및 재가시설에서 신체 및 가사 지원서비스를 제공하는 역할을 하는 사람들입니다. 노인의료 복지시설, 재가노인 복지시설 등에서 의사나 간호사의 지시에 따라 장기 요양급여 수급자에게 신체적, 정신적, 심리적, 정서적 및 사회적 보살핌을 제공해 주는 사람들을 말하는 것입니다.

요양보호사 자격증

2) 가족요양

요양보호사의 가족 중 요양보호 대상자가

있는 경우, 요양보호사가 직접 요양에 임할 때 요양비를 국가로부터 지급받는 제도를 가족요양이라 말합니다. 가족요양의 범위는 요양보호사의 배우자, 직계혈족, 형제자매, 직계혈족의 배우자, 배우자의 직계혈족, 배우자의 형제자매입니다. 받는 수당의 금액은 매년 수가가 변동되고 봉사한 시간(한 달 20일에 60분 또는 한 달 내내 90분)에 따라 다를 수 있습니다. 60분, 90분에 따라 다르며, 일반요양은 그 해 정해진 시간당 최저임금에 봉사한 일수를 곱해서 정해집니다.

3) 요양보호사가 되는 길

노인복지법 제39조 3항에 의거, 요양보호사가 되려면 이 조항에 의거 시, 도지사가 지정한 요양보호사 전문 교육기관에서 일정 교육과정을 수료해야 요양보호사 자격증 취득 시험에 응시할 수 있습니다. 전문 교육기관에 등록하기 위해서는 5~60만 원 정도의 등록금을 내야 하는데, '내일 배움 카드'(고용센터 발행)가 있으면 할인 혜택을 받을 수 있습니다.

*표준 교육과정 총 240시간(이론과 실기 160시간+현장실습 80시간) 시간표

구분		총이수시간	이론	실기 이론	현장 실습
신규자 (요양보호 무경력에 국가자격 없는자)		240	80	80	80
경력자	기타 일반	160	80	40	40
	요양/재가	140	80	20	40
	요양+재가	120	80	40	0

국가자격	간호사	40	26	6	8
(면허)소지	사회복지사	50	32	10	8
자	물리, 작업치료사, 간호조무사	50	31	11	8

예:사회복지사 자격 소지한 분; 이론과 실기이론 합 42시간 교육과 현실 8시간 이수면 응시자격 가능

*시험 응시 방법

교시	시험과목 (문항수)	입실 시간	시험 시간	배점	시험방법
1교시	1. 요양보호론 (필기시험35문항) (요양보호개론, 요양보호관련 기초지식, 기본요양보호각론 및 특수요양보호각론) 2. 이론실기(필기시험)	09:30	10:00~11:30 (90분)	1문제 / 1점	객관식 (5지 선택형)

*응시 횟수

−2020년: 연 4회(코로나로 1회 취소됨)

−2021년: 연 4회(2021, 2/20, 5/15, 8/7, 11/6).

*문의할 곳.

서울 광진구 자양로 126, 성지하이츠 2층 한국보건의료인 국가시험원.

www.kuksiwon. or.kr 대표전화: 1544-4244.

4) 요양보호사의 결격사유(노인복지법 제39조13)

다음 각 호에 해당하는 자는 시험에 응시할 수 없습니다.

① 정신건강증진 및 정신질환자 복지서비스 지원에 관한 법률(약칭: 정신건강복지

법) 제3조 제1호에 따른 정신질환자. 다만 전문의가 요양보호사로서 적합하다고 인정한 사람은 그러하지 아니하다.

② 마약, 대마 또는 향정신성 의약품 중독자.

③ 피성년 후견인.

④ 금고 이상의 형의 선고를 받고 그 형의 집행이 종료되지 아니하였거나 그 집행을 받지 아니하기로 확정되지 아니한 사람.

⑤ 법원 판결에 따라 자격이 정지 또는 상실된 사람.

⑥ 요양보호사로서 자격이 취소된 날로부터 1년이 경과되지 아니한 사람.

5) 요양보호사 자격의 취소(노인복지법 제39조14)

시, 도지사는 요양보호사가 다음 각 호의 어느 하나에 해당하는 경우 그 자격을 취소할 수 있습니다.

① 제39조13 각 호의 어느 하나에 해당하게 된 경우.

② 제39조 9호를 위반하여 처벌을 받은 경우.(만65세 이상 노인에게 폭력, 폭언, 협박, 유기, 위협, 구걸, 금품의 갈취 행위 및 성폭행, 성희롱 등의 행위를 할 때)

③ 거짓이나 그 밖의 부정한 방법으로 자격증을 취득한 경우.

④ 영리를 목적으로 노인 등에게 불필요한 요양서비스를 알선, 유인하거나 이를 조장하는 경우.

⑤ 자격증을 대여, 양도 또는 위조, 변조한 경우.

6) 요양보호사의 전망

그 나라 전체인구 대비 65세 이상 노인인구가 7%에 도달하면 '고령화사회', 14%를 넘으면 '고령사회', 20% 이상이면 '초고령사회'라고 부릅니다. 우리나라는 1960년대 이후부터 만 65세 이상 노인인구가 늘어나더니, 2000년에는 총 인구대비 노인인구 비율이 7.2%로 고령화사회로 진입했고, 2018년에는 14.46%로 고령사회가 됐으며, 2026년엔 20.83%로 초고령사회로 진입할 예정입니다. 그래서 총인구를 대략 5천 2백만 명이라고 보면, 천만 명이상이 만 65세 이상 노인이고, 이 중 10% 정도가 치매환자인데, 여기에 노인성 질환인 고혈압, 당뇨병, 파킨슨병 중증환자들까지 합치면 만 65세 이상 노인 5명 중 한 명이 요양을 받아야 하는 환자들인 것입니다. 정부에서도 늘어나는 노인들의 복지차원에서 노인 의료시설의 허가를 완화해 주어 요양원이나 요양병원들을 많이 만들게 도와주면서 요양보호사 양성에도 많은 공을 들이고 있습니다.

그런데 2019년 초부터 코로나-19로 위기가 닥치면서 요양보호사 수요가 폭발적으로 늘어나게 되었습니다. 여기에 노인 의료복지 예산이 많이 증가하게 됨에 부담을 느낀 정부는 대형 노인 의료시설 확충보다 작은 규모의 시설로, 그것보다 이제는 될 수 있으면 재택에서 돌봄 받기를 유도하는 쪽으로 정책을 바꾸고 있는 때에, 코로나 사태까지 발생해서 노인들의 외출이 자유롭지 못하게 되자 '재가노인복지센터'가 많이 생겨 이런 곳에서 가정에 파견할 요양보호사를 많이 찾게 되었습니다. 어찌됐던 2008년 7월부터 '노인 장기 요양보험' 제도가 시행되면서 노인 의료복지 시설은 꾸준히 성장하고 있으며, 덩달아 요양보호사 수요도 늘어나고 있으므로 취업의 문은 안정적이라 할 수 있겠습니다.

7) 장기요양급여 대상자

장기 요양급여 대상자는 만 65세 이상 또는 만 60세 미만이나 노인성 질병을 가진 자로서, 거동이 현저히 불편하거나 치매 등으로 인지가 저하되어 장기요양이 필요한 사람들을 말하며, 노인성 질병의 종류는 다음과 같습니다.

① 알츠하이머병에서의 치매

② 혈관성 치매

③ 달리 분류된 기타 질환에서의 치매

④ 상세 불명의 치매

⑤ 알츠하이머병

⑥ 지주막하 출혈

⑦ 뇌내출혈

⑧ 기타 비외상성 두개 내 출혈

⑨ 뇌경색증

⑩ 출혈 또는 경색증으로 명시되지 않은 뇌졸중

⑪ 대뇌경색증을 유발하지 않은 뇌전동맥의 폐쇄 및 협착

⑫ 뇌경색을 유발하지 않는 대뇌동맥의 폐쇄 및 협착

⑬ 기타 뇌혈관 질환

⑭ 달리 분류된 질환에서의 뇌혈관장애

⑮ 뇌혈관장애의 후유증

⑯ 파킨슨병 및 이차성 파킨슨병.

⑰ 달리 분류된 질환에서의 파킨슨증

⑱ 기저핵의 기타 퇴행성 질환

⑲ 중풍 후유증

⑳ 진전(振顫: 떨림)

8) 장기요양 인정 신청 및 판정 절차

① 장기요양 인정 신청하기

Ⓐ 만 65세 이상 노인 또는 65세 미만 노인성 질환 대상자가 국민건강보험공단(약칭: 건보공단이라 함)에 의사의 소견서를 첨부하여 장기요양 인정을 신청합니다.

Ⓑ 신청자는 본인과 본인가족이나 친척, 사회복지 전담 공무원, 시장, 군수, 구청장이 지정하는 자가 신청할 수 있습니다.

② 방문조사 실시

건보공단 소속직원(사회복지사, 간호사 등)이 신청인의 심신 상태를 나타내는 장기요양 인정조사 52개 항목에 대하여 실제 방문하여 조사를 실시합니다.

③ 등급 판정

Ⓐ 건보공단은 장기요양인정 조사표에 따라 작성된 조사결과를 토대로 컴퓨터 판정 프로그램을 통해 장기요양등급 1차 판정을 실시합니다.

Ⓑ 건보공단은 조사결과서, 의사소견서 등을 등급판정위원회에 제출합니다.

Ⓒ 등급판정위원회는 대통령령이 정하는 등급 판정기준에 따라 1차 판정결과를 심의하여 장기요양 인정 여부 및 장기요양 등급을 최종

판정합니다.

ⓓ 판정은 신청서를 제출한 날로부터 30일 이내에 완료합니다. 다만 정밀조사가 필요한 경우 등 부득이한 경우 연장 가능합니다.

등급 판정 위원회

ⓐ **지역단위**(시, 군, 구)**에 설치. 15인 이내 위원으로 구성**(시장, 군수, 구청장이 추천한 위원은 7인. 이들 중 의사 또는 한의사가 각각 1인 포함 될 것).

ⓑ **위원구성**: 의료법에 따른 의료인, 사회복지사, 시군구 소속 공무원, 법학 또는 장기요양에 관한 학식과 경험이 풍부한 자 등으로 구성.

9) 판정 결과

장기요양 등급판정 결과, 등급별 상태에 대한 예시는 다음과 같습니다.

등급 종류	1등급 (최중증)	2등급 (중증)	3등급 (중등증)	4등급 (경증)	5등급 (치매 특별등급)
장기 요양 인정 점수	95점 이상	75점 이상 95점 미만	60점 이상 75점 미만	51점 이상 60점 미만	45점이상 51점 미만임. 치매로 확인 받은 자
전반적 상태	심신의 기능상태 장애로 일상생활에 전적으로 다른 사람의 도움이 필요한자.	심신의 기능상태 장애로 일상생활에 상당 부분 다른 사람의 도움이 필요한 자.	심신의 기능상태 장애로 일상생활에 부분적으로 다른 사람의 도움이 필요한 자.	심신의 기능상태장애로 일상생활에 일정부분 다른 사람의 도움이 필요한 자	치매환자(노인장기요양보호법시행령 2조에 따른 노인성 질병으로 한정)

신체 활동 수준	체위변경, 식사하기, 일어나 앉기 등, 일상생활 수행능력에서 6개 이상 완전도움 필요.	식사,세수하기, 일어나 앉기, 양치질하기 등 일상생활 수행능력에서 5개 이상 부분도움 필요.	양치하기,세수하기 등 일상생활 수행능력에서 3개정도 부분도움 필요.	목욕, 옷벗고 입기 등 일상생활 수행능력에서 1~2개 부분도움 필요.	일상생활 수행에 어려움은 적음.

일상생활 수행능력 평가 항목 12가지

① 옷벗고 입기 ② 세수하기 ③ 양치질하기 ④ 목욕하기 ⑤ 식사하기

⑥ 체위 변경하기 ⑦ 일어나 앉기 ⑧ 옮겨 앉기 ⑨ 방 밖으로 나오기

⑩ 화장실 사용하기 ⑪ 대변 조절하기 ⑫ 소변 조절하기

장기요양 인정 유효기간은 최소 1년 이상으로 합니다.

10) 장기요양 급여의 내용

① 재가급여

가정에서 생활하며 장기 요양기관이 운영하는 방문요양, 방문목욕, 방문간호, 주, 야간보호, 단기보호 등 신체활동 및 심신기능의 유지, 향상을 위한 교육, 훈련 등을 제공받습니다.

② 시설급여

가정에서 생활하지 않고 노인 요양시설, 노인요양 공동생활 가정 등에 장기간 입소하여 신체활동 지원 및 심신기능의 유지, 향상을 위한 교육, 훈련 등을 제공받습니다.

*노인 장기요양 재원조달은, 장기 요양보험료 60~65%, 국가지원 20%, 본인 일부 부담(시설급여 20%, 재가급여 15%)으로 충당합니다. 국민기초생활수급권자는 무료입니다.

11) 노인 장기 요양보험 표준서비스

	분류	표준 서비스 내용
1	신체활동 지원서비스	①세면도움 ②구강관리 ③머리감기기 ④몸단장 ⑤옷 갈아입히기 ⑥목욕도움 ⑦식사도움 ⑧체위변경 ⑨이동도움 ⑩신체기능 유지 증진 ⑪화장실 이용하기
2	일상생활 지원서비스	①취사 ②청소 및 주변정돈 ③세탁
3	개인활동 지원서비스	①외출시 동행 ②일상 업무대행
4	정서 지원서비스	①말벗, 격려, 위로 ②생활상담 ③의사소통 도움
5	방문목욕 서비스	①방문목욕
6	기능회복 훈련서비스	①신체기능의 훈련 ②기본동작 훈련③일상생활 동작훈 ④물리치료 ⑤언어치료 ⑥작업치료 ⑦인지 및 정신기능 훈련 ⑧기타재활치료
7	치매관리 지원서비스	①행동변화 대처
8	응급 서비스	①응급상황 대처
9	시설환경관리 서비스	①침구, 린넨교환 및 정리 ②환경관리 ③물품관리 ④세탁물 관리
10	간호처치 서비스	①관찰 및 측정 ②투약 및 주사 ③호흡기간호 ④피부간호 ⑤영양간호 ⑥통증간호 ⑦배설간호 ⑧그 밖의 처치 ⑨의사 진료 보조

나.

<u>요양원 실습수기</u>

　요양보호사 양성 교육원에서 두 달 강습을 마치고 두려움과 호기심을 가지고 반 동료인 이씨와 여자 2명과 함께 구세군 요양원을 찾아갔습니다. 아담한 5층 건물이 신, 구관으로 나뉘어져 있는데, 치매환자 2백 명 정도가 입원해 있다며 안내자는 우리를 남자들만 있다는 신관으로 안내해 주었습니다. 3층 출입문을 두드렸더니 안에서 열어주었는데, 들어서자마자 똥냄새와 역한 냄새가 확 풍겨와 구역질이 날 뻔했습니다.

　한 백여 평 되는 넓이에 일곱 개의 병실이 있었는데, 어떤 방은 네 분, 또 어떤 방은 두 분이 쓰고 있어 3층에만 38명이 있었고, 연령표를 보니 64세부터 87세까지였습니다. 이들을 24시간 요양하기 위해 사회복지사, 간호사, 간호조무사 및 물리치료사 등 10명과 요양보호사 40명이 직원명단에 기재되어 있었는데, 우리가 들어갔을 때는 9명만 계셨으며, 그 중 책임자 되시는 분이 오늘 할 일을 지시하더군요. 여자 두 분은 병실을 담당했고, 내가 진공청소기를 돌리면 다른 남자는 마포가 달린 밀대로 거실 나무바닥을 구석구석 닦아 냈습니다.

　그러자 10시가 되니 환자들 기저귀 갈아줄 시간이 됐다면서 우리 실습생들 보고 바로 실습해 보라고 해서 여기 직원인 요양보호사 뒤를 따라 병실에 들어갔습니다. 요양보호사는 전부 여자들이었고, 나와 이씨 두 사람만 남자다 보니 처음엔 무척 어색했으나, 이곳 여자들은 숙련된 사람들이라 환자를 보자마자 "기저귀 갈아야지요."라면서 이불을 걷어내고 하의를 벗긴

후 차고 있던 기저귀를 빼고 나서 물 티슈로 고추 주위를 닦아내고 새 기저귀 작은 것으로 고추를 세모꼴로 감싼 후 하복부, 엉덩이 주위 둔부, 허리근처까지 닦아냈습니다. 그런 다음 짓무른 곳이나 빨간 반점 같은 것이 있나 없나를 살피더니 파우더를 탁탁 뿌려준 후 큰 기저귀로 둔부를 감싸서 찍찍이로 단단히 붙이고 나서 옷을 입히고 이불을 덮어 드리니 끝이 났습니다.

이렇게 수월하게 끝내는 분이 있는가 하면 똥, 오줌이 범벅이 되어 배꼽까지 또 등에까지 똥 칠갑을 하고 있는데도 옷을 벗으려 하지 않아 요양보호사가 옷을 벗기려 옷에 손만 대면 밀쳐내고, 어떤 때는 때리고 물어뜯기까지 한다는 환자가 있어 난감한 때가 많다고들 했습니다.

이곳은 장기요양 1~3등급 판정에 치매기가 있는 환자들이라 한 방에 두 명이 있는 병실은 거동을 못하는 와상(臥牀)환자라서 식사도 콧구멍이나 배꼽 있는 곳에 구멍을 내 비위관을 통해 식사하는 중환자실이었습니다. 네 명이 있는 방은 그래도 나은 편이나, 제각각 습성들이 독특해서 요양보호사들이 많은 애를 먹고 있는 것을 목격했습니다.

치매라고 해도 24시간 내내 기억이 없는 것이 아니라, 어느 때는 보통사람과 같은데, 멀쩡할 때 똥, 오줌 쌌다고 젊은 여자가 하의를 벗겨 사타구니, 고추, 엉덩이를 마구 주무르는데 부끄럽지 않을 수가 있겠습니까? 그래서 정신이 완전히 나간 치매환자는 이렇게 하나 저렇게 하나 좋아서 허허하며 하는 데로 놔두니까 괜찮지만, 60대나 경중 치매환자는 오락가락하다 오전 10시, 오후 3시 두 차례 전체가 기저귀를 갈 때쯤 정신이 약간 돌아오면 부끄럽기도 하고 미안하기도 해서 하의를 벗지 않으려 발버둥치다 욕설도 하고, 때로는 손찌검에 폭력도 휘두른다고 했습니다. 그런 환자는 밉다고 식사할 때 수면제나 어떤 약을 주는 것 같은데, 우리는 더 이상 깊이 알지 못하지만, 간호사가 식사 시간에 약봉지를 가져와 몇몇 환자 반찬에 섞는 것을 봤을 때 그런 것이 아닌가 짐작할 뿐이었습니다.

요양원이나 요양병원에 들어가려면 이렇게 정신줄을 아예 놓은 상태가 본인에게나 간호하는 요양인에게 서로 편하지 않을까 하는 생각도 들었습니다. 오전 10시에 기저귀를 갈고 나면 11시부터 식사준비를 하는데, 와상 환자는 병실에서 해결하고, 중증인 환자는 휠체어를 태워 식당으로 인도하고, 경증 환자들도 휠체어를 태워 거실 겸 휴게실로 모시고 나와 줄을 세운 후 앞치마를 입혀주고, 휠체어 앞에 식판을 끼운 다음 그 위에 있는 플라스틱 컵에 물을 채워 놓으면 음식이 나오는데, 환자상태에 따라 밥과 죽, 고기와 생선 등등 각자 다르게 나옵니다.

식사모습도 어떤 환자는 계속 흘려서 옆에 휴지를 들고 서 있다 재빠르게 주어야 했고, 어떤 환자는 고개만 푹 숙이고 먹지 않으려 해서, 한 사람이 뒤에 서서 고개를 들어주면 또 한 사람이 앞에서 밥을 떠 입에 넣어주어야 했습니다. 식사가 끝나면 그 자리에서 칫솔질을 하게 했는데, 칫솔질을 못하는 사람도 있어 실습생들이 도와주어야 했고, 입을 헹구는데 그 물을 그대로 꿀걱꿀걱 마시는 환자가 많아 실습생들이 그리 못하게 말리느라 애를 많이 먹었습니다. 틀니를 한 환자는 칫솔질을 한 후 틀니를 뽑아 화장실에 가지고 가서 깨끗하게 청소를 한 후 다시 끼워드리기도 했습니다.

식사를 끝내고 앞치마를 모두 걷어 목욕탕에 가져가서 깨끗이 헹군 후 햇볕에 말리고, 식사를 끝낸 휴게실을 말끔히 치우고 청소도 했습니다. 식사 후 그날그날 스케줄에 따라 그림그리기, 색종이 접기. 종이 안경 만들기,

구술 꿰기, 콩 병에 넣기, 노래자랑 등이 있었고, 오후 3시가 되자 또 기저귀 전부 갈아주는 시간이 시작되었습니다. 오전엔 그저 보기만 했는데, 오후엔 직접 해보라 해서 누워있는 환자를 앉히려 해도 힘이 들었고, 옷을 벗기는 것조차 미숙해서 환자가 짜증을 내고 손을 저어서 진땀을 흘리기도 했습니다. 휴일이나 명절 때 가족 면회가 있은 다음에는 대변량도 많아지고 또 설사들을 많이 해서 더 애를 많이 먹게 했습니다.

실습생들은 잠시 쉴 틈도 없이 헌 신문지를 가져와 4분의 1로 쪼개 준비해 놓았다가 기저귀 갈 때 나온 똥기저귀를 헌 신문지에 똘똘 말아서 휴지통에 버린 것을 오전, 오후 수거해서 그 즉시 쓰레기 집하장에다 버리는데도 불구하고 똥냄새와 퀴퀴한 냄새는 아침 출근할 때부터 속을 뒤집어 놓았습니다.

이곳 환자들은 나이도 20~30년 차이가 있었지만, 전직들도 다양해 키가 큰 분은 전직 국가대표 농구선수였고, 또 일본 책을 들고 다니는 분은 전직 교장선생 출신이었고, 와상으로 10년째 누워계시는 분은 해군 제독 출신으로 해경대장을 역임했다고 했습니다. 그런데 선생출신이 유독 많은 것은 그들이 스트레스를 많이 받아서 그렇다나요.

식사를 안 하려고 떼를 쓰는 분은 뼈만 앙상히 남아 있고, 10년 동안 누워계신 분은 딸이 매일 와서 식사를 챙겨주기 때문인지 100킬로그램 이상 나갈 것 같아 어지간한 힘센 요양보호사 아니면 체위변경을 할 수 없다고 했습니다. 또 어떤 환자는 하루 종일 중얼거리고, 어떤 환자는 좁은 통로를 시도 때도 없이 왔다갔다하고, 또 어떤 환자는 고함을 지르고 이빨을 갈며 욕을 해대고, 또 어떤 환자는 사타구니를 비롯해 온몸을 긁어서 상처를 내다 보니 벙어리장갑을 강제로 끼우고, 심한 행동을 할 때는 수갑을 채워 침대에 묶어놓기도 했습니다.

오후 4시 반에 저녁식사 준비, 5시 반에 저녁식사를 한 다음 양치질을 시키고, 7시에 간식, 9시 반에 전부 취침, 다음날 7시에 기상, 7시 반에 아침을 먹게 합니다. 이렇게 하루하루가 분주히 지나갔습니다. 낮에는 그런대로 사람이 많으니까 괜찮지만, 밤에는 너댓 명이 이들의 수발을 모두 들어주기 힘들어 고달프다고 했으며, 특히 낮에 실컷 잔 환자들이 밤에는 잠을 자지 않고 왔다갔다해서 늘 조마조마하다고 했는데, 그래서 식사 때 수면제를 몰래 주는지도 모르겠습니다.

이렇게 삼시 세끼를 영양사의 지도 아래 골고루 차려주니 주는 대로 잘만 먹으면 생명연장에는 문제가 없을 것 같았습니다. 먹고 싸는 것이 일과이니, 완전 기억상실자는 추억도 생각도 없을 테니 어떤 면에서는 만고 편안할지 모르겠네요?

한 달에 한 번 이발시켜 주고, 일주일에 한 번 목욕시켜 주는데, 환자들을 목욕의자에 앉혀놓고 물을 샤워기로 뿌린 후 머리부터 발끝까지 여자 요양보호사가 샅샅이 씻겨주니 기분이 좋아 조는 사람이 있는가 하면, 어떤 환자는 그대로 변을 보는 사람도 있었습니다. 소, 돼지처럼 목욕탕 바닥에 그대로 변을 보니 이게 사람입니까 짐승입니까? 치매가 심하면 부끄러움을 모르니 본인은 본성적으로 살아가는 것이겠지요? 남자만 이런 것이 아니라 남여 공히 이럴까요? 치매! 참 무서운 병입니다. 사람이 살아가면서 수치와 부끄러움을 잊어버리면 그게 어디 인간인가요? 사회에 떠도는 말에, 요양원이나 요양병원은 금세기의 고려장이라 하고, 살아서는 못 나간다는 말이 있는데….

품위는 어디에 있고 인권은 또 어디에 있는 것입니까? 거실, 복도, 식당, 각 출입구 구석구석 CCTV가 설치돼 있으니 성한 사람 같으면 잠시인들 편하게 지낼 수 있겠습니까? 요양보호사라는 직업이 그래서 남자가 여자를, 여자가 남자를 성적인 관계를 무시하고 먹이고, 씻기고, 입히고 해야 하는 직업이지만 보기에 참 민망하고 고달픈 직업인 것 같았습니다. 그러나 저같이 나이든 사람은 그들이 측은해 보였고 안스러워서 노노케어래도 해서 그들을 위해 힘닿는 데까지 노력봉사를 해봐야겠다는 마음도 들었습니다. 그래서 저는 사는 날까지 건강히 살다가 더 이상 가망이 없을 때는 호스피스 병동을 찾던지, 집에서 끝맺음을 하고 싶습니다. 품위 있게 살고 존엄스럽게 죽기 위해 저는 생명연장의 치료를 거부하고, 세손들의 간병을 바라지 않으려 합니다.

다.
노노간병(老老看病)과 요양보호(療養保護)

고령사회의 비극 '간병 살인', 더는 방치할 수 없습니다. 부산일보 기사에 의하면, 79세인 A할아버지가 동갑인 B할머니의 병간호를 20년간 하다 더 이상 할 수 없는 지경에 이르자 B할머니를 스스로 목 졸라 죽이고 객지에 나가있는 자식들에게 전화를 걸어 노환으로 숨졌다고 말했고, 급히 집으로 달려온 자식들이 119에 신고했습니다. 119와 함께 현장에 출동한 경찰은 목에 졸린 흔적을 발견하고 A씨를 추궁하자 "지난 20년간 병간호가 너무 힘들었고, 자식들에게 짐이 되는 것만 같아 범행을 저질렀다."고 실토했습니다. 전문가들은 하루 종일 오로지 간병으로 인해서 생긴 스트레스, 우울증 등으로 A씨가 범행을 저지른 원인으로 추정하고 있습니다. 경찰은 A씨가 20여 년 전부터 심장질환을 앓았던 아내를 간병했고, 얼마 전엔 간암, 담도암 말기 판정까지 받자 본인도 우울증 치료를 받아야 할 정도로 힘들어했다고 밝혔습니다.

우리나라는 2026년경이면 초고령사회(인구대비 65세 이상 노인인구가 20%인 국가)로 진입하는 과정에서 곧 노인인구가 천만 명에 육박하는데, 부모 돌봄 문제로 자식들과 며느리들 사이에 간병이나 요양문제로 다툼의 발생건수가 증가하고 있는 실정입니다. 어떤 못된 며느리는 시부모인 환자에게 짠 음식만 매일 줘서 병세를 악화시켜 일찍 죽게 만들기도 했고, 어떤 패륜 자식은 독극물을 조금씩 섞어 간접 살인을 유도했다는 보도도 있었습니다. 또 어떤 딸은 늙은 부모 봉양키 힘들다고 해외여행을 가서 버려두고 오기도 했다 하고, 노인문제로 다투다 이혼하는 건수도 늘었다는 보도도 있었습니다.

그런데 요즘 많은 부모들은 아프면 자식들에게 짐이 된다고 내색을 하지 않아 부부가 서로 간병을 하는 경우가 허다한데, 객지에 나가 사는 자식들은 제 앞길 닦느라고 명절에도 잘 오질 않습니다. 그리고 부모가 깊은 병에 걸렸는지 죽을병이 들었는지 관심도 없고, 안부 전화도 없으니 한심한 세상이 되어 버렸습니다. 그래서 늙은 부부 중 어느 한쪽이 아프면, 그 수발을 들기 위해 하루 종일 올인할 수밖에 없어, 자기 생활은 물론 친구도 멀어지고 사회로부터 고립되기 때문에 세월이 흐를수록 외톨이 신세가 돼 버립니다. 그 결과 우울증이 생기고, 영양결핍과 운동부족으로 육체가 서서히 망가지면서 삶의 의욕을 상실해, 간병하는 사람이 먼저 죽었다는 뉴스도 심심찮게 들리는 것입니다. 노노간병은 인구학적, 사회학적으로 앞으로 더 늘어날 수밖에 없습니다. A씨 역시 장성한 자식들이 있었지만 직장생활 등을 이유로 객지에서 살다보니 주 간병은 어쩔 수 없이 79세인 A씨가 맡을 수밖에 없었습니다.

우리보다 먼저 초고령사회로 진입한 일본은 1980년대부터 간병살인이 1~2주에 한 번꼴로 발생하여 큰 사회문제로 떠오르고 있습니다. 작년 11월 후쿠이 현에서 70대 며느리가 남편과 90대 시부모를 수건으로 목 졸라 죽인 사건이 발생해 일본 사회가 충격에 빠진 적이 있었습니다. 며느리는 노환으로 거동이 불편한 시부모를 모시는 와중에 남편까지 뇌경색으로 쓰러지자 홀로 두 사람 수발을 들다 돌이키지 못할 선택을 했습니다. 효부로 칭송받던 여성이 '개호(介護: 간병)피로'의 늪에 빠져 한순간에 살인자가 됐습니다. 이른바 '개호살인'의 전형적인 사례입니다. 또 얼마 전에는 가나가와 현에서 73세 주부가 한밤중 자고 있던 83세 남편의 목을 천으로 졸라 살해했습니다. 여성은 장남의 신고로 들이닥친 경찰관들에게 '남편 간병에 지쳤다'며 순순히 혐의를 인정했다고 합니다.

두 사건의 공통점은 세 가지인데, 범행 동기가 '간병에 따른 피로라는 점', 가해자와 피해자가 가족 사이라는 점, 그리고 가해자와 피해자가 모두 노인이라는 점입니다. 일본에선 이 같은 '개호살인'이 특별한 뉴스 취급도 못 받을 만큼 흔한 일이 되었습니다. 일본 경찰청 통계를 보면, 2014년부터 2018년까지 5년 동안 '간병피로' 때문에 벌어진 살인 사건이 193건으로 연평균 40건에 육박합니다. 전문가들은 65세 이상 인구 비중이 28%에 달하는 심각한 고령화로 인해 노인이 노인을 간병하는 노노케어가 보편화되면서 '노노 개호살인'도 크게 증가한 것으로 보고 있습니다.

그래서 일본은 2000년에 '개호보험'을 도입했고, 우리나라는 2008년에 '노인 장기요양 보험법'을 제정, 고령이나 노인성 질병의 사유로 일상생활을 혼자서 수행하기 어려운 노인들에게 신체활동 또는 가사 활동 지원 등의 장기 요양급여를 제공하여 노후의 건강증진 및 생활안정을 도모하고, 그 가족의 부담을 덜어 줌으로써 국민의 삶의 질을 향상시키려 노력하고 있는 중입니다.

그러므로 이런 노인성 질환을 앓고 있는 가족들은 질병을 숨기려하지 마시고, 또 가족끼리 어찌해 보려 전전긍긍하지 마시고, 지자체나 보건소, 국민건강보험공단에 연락해서 장기요양에 대한 자문을 받으시고, 주변에 있는 재가복지 기관이나 요양원, 요양병원을 방문해서 어떤 혜택을 받을 수 있는가를 먼저 알아보심이 좋을 것 같습니다.

요양병원은 의사가 상주하고 있는 곳이며, 요양원은 의사 상주 의무가 없어도 어떤 병원이나 어떤 의사와 계약되어 있기 때문에 응급 시 대처가 가능하고, 재가노인 복지시설은 사무실에서 환자가족과 간호사, 요양보호사 등을 연결시켜 주는데, 큰 곳은 수십, 수백 명을 낮에만 혹은 밤에만 뒷바라지해 주는 기업형도 있습니다. 그러니 환자의 상태나 보호자 형편에 맞춰서 요양보호사를 집으로 부르던지, 낮에만 재가노인 복지시설에 보낸다던지, 요양원이나 요양병원에 입원시키던지 해서 적은 돈으로도 무거운 짐을 벗을 수 있고, 직장도 다닐 수 있으므로 간병살인 같은 끔찍한 일은 막을 수 있을 것입니다. 찾으면 길이 있고, 길이 있는 곳에 희망도 있으니 여러분께서 조금 더 발품을 팔아서 좋은 해결책을 찾아보시기 바랍니다.

노인 복지시설의 개념과 종류

가. 노인주거 복지시설

1) **양로시설:** 노인을 입소시켜 급식과 그 밖의 일상생활에 필요한 편의를 제공하는 시설.

2) **노인공동생활가정:** 노인들에게 가정과 같은 주거여건과 급식, 그 밖의 일상생활에 필요한 편의를 제공하는 시설.

3) **노인복지주택:** 노인에게 주거시설을 분양하거나 임대하여 주거의 편의, 생활지도, 상담, 안전 관리 등 일상생활에 필요한 편의를 제공하는 시설.

나. 노인의료 복지시설

1) **노인요양시설:** 치매, 중풍 등 노인성 질환 등으로 심신에 상당한 장애가 발생하여 도움이 필요한 노인을 입소시켜 급식, 요양과 그 밖의 일상생활에 필요한 편의를 제공하는 시설.(입소자 10인 이상 시설)

2) **노인요양 공동생활가정:** 치매, 중풍 등 노인성 질환 등으로 심신에 장애가 발생하여 도움이 필요한 노인에게 가정과 같은 주거 여건과 급식, 요양, 그 밖의 일상생활에 필요한 편의를 제공하는 시설.(입소자 9인 이내 시설)

다. 노인여가 복지시설

1) 노인복지관

2) 경로당

3) 노인교실

라. 재가노인 복지시설

1) 방문요양

2) 방문목욕

3) 주, 야간보호

4) 단기보호

5) 그 밖의 서비스(복지용구 급여)

마. 노인보호 전문기관

1) 중앙노인보호 전문기관

2) 지방노인보호 전문기관

바. 노인일자리 지원기관

1) 노인인력 개발기관

2) 노인 일자리 지원기관

3) 노인 취업 알선기관

사. 학대 피해노인 전용 쉼터

노인복지사업 유형

가. 노인 돌봄 및 지원서비스

1) 독거노인 보호사업 (주체: 시군구)

2) 독거노인 공동생활 홈서비스 (주체: 시군구와 농림부)

3) 노인돌봄 종합서비스 (주체: 시군구, 사회보장 정보원, 서비스 제공기관)

4) 노인보호 전문기관 (주체: 보건복지부 및 시도)

5) 학대 피해노인 전용 쉼터 (주체: 보건복지부 및 시도)

6) 결식 우려노인 무료급식 지원 (주체: 시군구)

나. 치매사업 및 건강보장사업

1) 치매안심센터 (주체: 시군구 보건소)

2) 노인실명예방사업 (주체: 한국실명예방재단)

3) 노인무료 인공관절 수술지원 (주체: 노인의료나눔재단)

4) 노인건강진단 (주체: 시군구 보건소)

다. 노인 사회활동 및 여가활동 지원

1) 노인일자리 및 사회활동 (주체: 시군구와 한국노인인력개발원)

2) 노인자원봉사 (주체: 중앙정부 및 지방자치단체)

3) 경로당 (주체: 시군구)

4) 노인복지관 (주체: 시군구)

2 사회복지사(社會福祉士)

가.
사회복지사 자격증 따기

1) 사회복지사

사회복지사란 사회복지에 관한 전문지식과 기술을 가지고 보건복지부 장관이 발급한 사회복지사 자격증을 받은 사람을 말하며, 그 종류는 1급과 2급 자격으로 나뉩니다. 1급 자격은 1급 응시자격 기준을 갖춘 자가 1급 국가시험에 합격하여 신청 후 1급 자격증을 받은 것을 말하며, 2급 자격은 일정 학점의 수업이수(필수 10과목과 전공 선택 3과목)와 현장실습 160시간을 마친 후 신청에 의해 2급 자격증을 받은 것을 말합니다.

사회복지사는 사회복지 프로그램을 개발, 운영하고, 시설거주자의 생활지도 업무를 행하며 청소년, 노인, 여성, 장애인 등 다양한 사회적, 개인적 욕구를 가진 사람들의 여러 문제에 대한 사정(查定)과 평가(評價)를 통해 문제 해결을 돕고 지원해 주는 사람입니다.

사회복지사 자격증

2) 주요업무

① 사회적, 개인적 문제로 어려움에 처한 의뢰인을 만나 그들이 처한 상황과 문제를 파악하고, 그들이 필요로 하는 서비스를 유형별로 판단해서 도움을 줍니다.

② 문제를 처리, 해결하는 데 필요한 방안을 찾기 위해 관련 자료를 수집하고 분석해서 대안을 제시해 줍니다.

③ 재정적 보조, 법률적 조언 등 의뢰인이 필요로 하는 각종 사회복지 프로그램을 기획, 시행, 평가해 줍니다.

④ 공공복지 서비스의 전달을 위한 대상자 선정 작업, 복지조치, 급여, 생활 지도 등을 해 줍니다.

⑤ 사회복지 자원봉사자를 모집하여 교육시키고 배치 및 지도, 감독 등을 행합니다.

⑥ 사회복지 정책 형성과정에 참여하여 정책분석과 평가를 하여 정책대안을 제시합니다.

⑦ 정신보건 사회복지사는 정신질환자에 대한 개인력 조사 및 사회조사 작업을 진행하여, 정신질환자의 사회복귀 촉진을 위한 생활 훈련 및 직업훈련, 그 가족에 대한 교육지도 및 상담업무를 수행합니다.

나.
사회복지사 자격취득 및 특징

1) 사회복지사 2급 자격증 취득조건

제한사항	고등학교 졸업 이상	전문대학교 졸업 이상	대학교 중퇴
고졸이상	온라인 26과목	온라인 16과목	전문대보유학점+온라인 16과목
	실습 1과목 (실습160시간+세미나 30시간)	실습 1과목 (실습160시간+세미나 30시간)	실습 1과목 (실습160시간+세미나 30시간)

*실습은 이론처럼 하나의 과목으로, 담당자의 실습연계 이후에 직접 복지, 요양, 보육시설 등에서 하루 8시간씩 160시간 이수해야 합니다. 실습을 시켜 주는 기관에 따라 주중, 주말 등에 실습은 가능하나, 주중에 하는 것이 효율적입니다.

2) 운영 과목

전공필수과목 (10과목)	①사회복지학개론 ②사회복지법제와 실천 ③사회복지실천기술 ④사회복지 실천론 ⑤사회복지 정책론 ⑥사회복지 조사론 ⑦사회복지 행정론 ⑧인간행동과 사회환경 ⑨지역사회복지론 ⑩사회복지 현장실습 하기
전공과목 (이들 중 6과목 선택)	①노인복지론 ②아동복지론 ③여성복지론 ④장애인복지론 ⑤청소년복지론 ⑥가족복지론 ⑦정신건강론 ⑧자원봉사론 ⑨학교사회복지론 ⑩산업복지론 ⑪교정복지론 ⑫사회문제론 ⑬사회복장론 ⑭사회복지역사 ⑮정신건강사회 복지론⑯의료사회 복지론⑰사회복지 지도감독론 ⑱사회복지 자료분석론 ⑲가족상담 및 가족치료 ⑳복지국가론, 사례관리론, 빈곤론, 국제사회 복지론

3) 각 과목 이수방법 및 실습 평가하기

　-학기당 총 15주 과정으로 진행되며 중간고사, 기말고사, 과제 등으로 구성되어 있고, 모두 온라인 강의로 진행됩니다. 한 과목당 수업시간은 60~70

분 정도이고, 수업 이수시간은 정해져 있지 않으며, 출석 80%면 만점을 받고, 다시 듣고 싶으면 언제든지 들을 수 있으므로 편한 시간을 이용하시면 됩니다.

　성적평가 배점은 중간고사 30점, 기말고사 30점, 과제물 10점, 쪽지시험 5점, 토론 5점, 참여도 5점, 출석 15점해서 100점 만점으로 하고 있습니다.

　-실습하기는 필수과목 ⑩번 사회복지 현장 실습하기로, 보건복지부 장관이 선정한 기관, 법인, 시설 또는 단체에서 총 160시간 이상의 실습과 대학, 전문대 등에서 총 30시간 이상의 실습세미나를 모두 받아야 합니다.

　-1회당 2시간 이상의 실습세미나 강의를 총 15회 이상 실시할 것.(인터넷 강의를 의미함.) 이 경우 정보통신망을 이용한 온라인 교육을 실시하는 교육기관의 실습세미나에는 대면 방식의 세미나가 총 3회 이상 포함되어야 합니다.(Zoom으로 온라인 교육을 의미함.)

　-실습기관의 실습지도자가 부여한 평가점수와 실습담당 교수가 부여한 평가점수, 그리고 현장실습을 담당한 교수가 평가한 점수를 합산하여 최종 평가 점수를 산출합니다.

4) 사회복지사의 등급별 자격기준(사회복지사업법 시행령 2조1항)

등급	자격 기준
1급	법제11조 제3항의 규정에 의한 사회복지사 1급 국가시험에 합격한 자.

2급	① 고등교육법에 따른 대학원에서 사회복지학 또는 사회사업학을 전공하고 석사학위 또는 박사학위를 취득한 자.
	다만, 대학에서 사회복지학 또는 사회사업학을 전공하지 아니하고 동 석사학위를 취득한 자는 보건복지부령이 정하는 사회복지학 전공 교과목과 사회복지관련 교과목 중 사회복지 현장실습을 포함한 필수과목 6과목 이상(대학에서 이수한 교과목을 포함하되, 대학원에서 4과목 이상을 이수하여야 한다.), 선택과목 2과목 이상을 각각 이수하여야 한다.
	
	② 고등교육법에 따른 대학에서 보건복지부령이 정하는 사회복지학 전공 교과목과 사회복지관련 교과목을 이수하고 학사학위를 취득한 자.
	
	③ 법령에서 고등교육법에 따른 대학을 졸업한자와 동등 이상의 학력이 있다고 인정하는 자로서 보건복지부령으로 정하는 사회복지학 전공교과목과 시회복지관련 교과목을 이수한 자.
	
	④ 외국의 대학 또는 대학원(단, 보건복지부 장관이 인정한 대학 또는 대학원)에서 사회복지학 또는 사회사업학을 전공하고 학사학위 이상을 취득한 자로서 '가호 및 나'호의 자격과 동등하다고 보건복지부 장관이 인정한 자.
	
	⑤ 다음에 해당하는 자로서 1년 이상 사회복지 사업의 실무 경험이 있는 자.
	   Ⓐ 고등교육법에 의한 전문대학에서 보건복지부령이 정하는 사회복지학 전공과목과 사회복지관련 교과목을 이수하고 졸업한 자.
	   Ⓑ 법령에 고등교육법에 따른 전문대학을 졸업한 자와 동등 이상의 학력이 있다고 인정하는 자로서 보건복지부령이 정하는 사회복지학 전공교과목과 사회복지관련 교과목을 이수한 자.
	   Ⓒ 고등교육법에 따른 대학을 졸업하거나 이와 동등이상의 학력이 있는 자로서 보건복지부 장관이 지정하는 교육훈련기관에서 12주 이상의 사회복지사업에 관한 교육훈련을 이수한 자.
	   Ⓓ 사회복지사 3급자격증 소지자로서 3년 이상 사회복지사업의 실무경험이 있는 자.

5) 사회복지사 자격증의 발급(사회복지사업법 제11조)

① 보건복지부 장관은 사회복지에 관한 전문지식과 기술을 가진 사람에게 사회복지사 자격증을 발급할 수 있다. 다만, 자격증 발급 신청일 기준으로 제11조의 2항에 따른 결격사유에 해당하는 사람에게 자격증을 발급해서는 아니 된다.

② 제1항에 따른 사회복지사의 등급은 1급, 2급으로 하되 정신건강, 의료, 학교 영역에 대해서는 영역별로 정신건강 사회복지사, 의료 사회복지사, 학교 사회복지사의 자격을 부여할 수 있다.

③ 사회복지사 1급 자격은 국가시험에 합격한 사람에게 부여하고 정신건강사회복지사, 의료 사회복지사, 학교 사회복지사의 자격은 1급 사회복지사의 자격이 있는 사람 중에서 보건복지부령으로 정하는 수련기관에서 수련을 받은 사람에게 부여한다.

④ 제2항에 따른 사회복지사의 등급별, 영역별 자격기준 및 자격증의 발급절차 등은 대통령령으로 정한다.

⑤ 보건복지부 장관은 제4항에 따른 사회복지사 자격증을 발급받거나 재발급 받으려는 사람에게 보건복지부령으로 정하는 바에 따라 수수료를 내게 할 수 있다.

⑥ 제1항에 따라 사회복지사 자격증을 발급받은 사람은 다른 사람에게 그 자격증을 빌려주어서는 아니 되고, 누구든지 그 자격증을 빌려서는 아니 된다.

⑦ 누구든지 제6항에 따라 금지된 행위를 알선하여서는 아니 된다.

6) 사회복지사의 자격취소 등(사회복지사업법 제11조3)

① 보건복지부 장관은 사회복지사가 다음 각 호의 어느 하나에 해당하는 경우 그 자격을 취소하거나 1년의 범위에서 정지시킬 수 있다. 다만 제1호부터 제3호까지에 해당하면 그 자격을 취소하여야 한다.

ⓐ 거짓이나 그 밖의 부정한 방법으로 자격을 취득한 경우.

ⓑ 제11조의2 각 호의 어느 하나에 해당하게 된 경우.

ⓒ 자격증을 대여, 양도 또는 위조, 변조한 경우.

ⓓ 사회복지사의 업무 수행 중 그 자격과 관련하여 고의나 중대한 과실로 다른 사람에게 손해를 입힌 경우.

ⓔ 자격정지 처분을 3회 이상 받았거나, 정지 기간 종료 후 3년 이내에 다시 자격정지 처분에 해당하는 행위를 한 경우.

ⓕ 자격정지 처분 기간에 자격증을 사용하여 자격 관련 업무를 수행한 경우.

② 보건복지부 장관은 제1항 제4호에 해당하여 사회복지사의 자격을 취소하거나 정지시키려는 경우에는 제46조(협회)에 따른 한국사회복지협회의장 등 관계전문가의 의견을 들을 수 있다.

③ 제1항에 따라 자격이 취소된 사람은 취소된 날로부터 15일 이내에 자격증을 보건복지부 장관에게 반납하여야 한다.

④ 보건복지부 장관은 제1항에 따라 자격이 취소된 사람에게는 그 취소된 날로부터 2년 이내에 자격증을 재교부하지 못한다.

7) 사회복지사의 결격 사유(사회복지사업법 제11조의 2)

① 피 성년 후견인 또는 피 한정 후견인.

② 금고이상의 형의 선고를 받고 그 집행이 끝나지 아니하였거나 그 집행을 받지 아니하기로 확정되지 아니한 사람.

③ 법원의 판결에 따라 자격이 상실되거나 정지된 사람.

④ 마약, 대마 또는 향정신성 의약품의 중독자.

⑤ '정신건강증진 및 정신질환자 복지서비스 지원에 관한 법률' 제3조 제1호에 따른 정신질환자. 다만, 전문의가 사회복지사로서 적합하다고 인정하는 사람은 그러하지 아니하다.

8) 사회복지사의 종류

① **의료사회복지사:** 사회복지사 1급 자격소지자는 의료사회복지 실무경력 1년 이상 또는 의료사회복지연구 및 교육에 1년 이상의 경력을 가지고 있는 경우 의료사회복지사 자격시험에 응시할 수 있다.

② **정신건강 사회복지사:** 사회복지사 1급 자격소지자는 보건복지부 장관이 지정한 전문요원 수련기관에서 1년 이상 수련을 마치면 정신건강 사회복지사 2급 자격증을 취득할 수 있고, 2급 정신건강 사회복지사 자격취득 후 관련기관이나 단체에서 5년 이상 정신건강 분야의 임상 실무 경험을 쌓으면 정신건강 사회복지사 1급 자격증을 취득할 수 있다.

③ **학교사회복지사:** 사회복지사 1급 자격소지자로서, 학교사회복지론을 이수하고 아동복지론 또는 교육학 관련 교과목 중 1과목 이상을 이수한 자는 학교사회복지사 시험에 응시할 수 있다. 학교사회복지사 시험

은 필기시험과 면접시험으로 구성되며, 필기시험은 두 과목 합산 140점 이상, 과목당 50점 이상 득점한 자를 합격한 자로 한다. 면접시험은 총 100점 중 70점 이상 득점한 자를 합격자로 한다.

④ **사회복지사 1급:** 사회복지사 2급 자격 소지자는 1년간 실무경력을 갖추면 사회복지사 1급 자격시험에 응시할 수 있다.

⑤ **장애인 재활상담사:** 사회복지사 2급 자격증을 가진 사람으로서 장애인 재활 관련기관에서 3년 이상 재직한 사람은 장애인 재활상담사 2급, 장애인 재활 관련기관에서 5년 이상 재직한 사람은 장애인 재활상담사 1급 시험에 응시할 수 있다.

⑥ **사회복지직 공무원:** 사회복지직 공무원이 되려면 사회복지사 2급 이상의 자격증 소지자이어야 한다.

9) 졸업 후 진로 전망

사회복지학과를 졸업하고 사회복지에 관련된 다양한 자격증을 취득하면 공공기관 및 민간 사회복지기관이나 시설에서 근무할 수 있고, 시설을 위탁하거나 운영이 가능합니다. 또한 사회복지 공무원에 응시할 수 있는 자격이 부여되며, 대학원에 진학하여 전문지식을 쌓거나 본격적인 학문의 길로 나아가는 등 다양한 사회진출이 가능합니다.

① **취업:** 사회복지사 자격증을 소지한 자는 지역복지사업, 아동복지, 노인복지, 장애인복지, 모자복지 등의 민간 사회복지기관에 취업할 수 있습니다. 이 외에도 학교, 법무부 산하 교정기관, 군대, 기업체 등에서 사회복지사로 활동할 수 있으며, 자원봉사 활동관리 전문가로 활동할

수도 있습니다.

② **진로:** 사회복지사 자격증 소지자는 의료사회복지 또는 정신보건 분야에서 일정한 경력을 쌓으면 시험을 통해 의료사회복지사나 정신보건 사회복지사 자격을 취득하여 해당분야의 전문사회복지사로 활동할 수 있습니다.

다.
2급 자격증 따기 체험수기

저는 경남대 출신으로 정보통신 특급감리사로 이십여 년을 건설현장에서 일했습니다. 그러던 중 시간을 쪼개 요양보호사 양성 학원에서 2019년 강의를 듣고 자격증을 땄습니다. 그러나 나이가 많아 직접 일하기는 힘들 것 같아 요양기관을 설립해 보려 했으나 요양보호사 자격증은 소용이 안 돼 사회복지사 자격증을 따보기로 마음먹었습니다. 그래서 2019년 11월에 SB 사이버 평생교육원 문을 두드려 사회복지사가 되기 위한 필수 7과목을 신청해 다음해 3월에 7과목 필기시험에 합격, 학점을 취득했습니다.

그런데 거기에서 2학기가 바로 연결될 줄 알았는데, 부산에 거주하고 있고 또 정보가 어두워 재등록하는 수속 등을 빠르게 처리하지 못한 관계로 기회를 놓쳐 다른 곳을 알아봐야 했습니다. 마침내 에듀업 원격 평생교육원과 선이 닿아 2학기 등록을 하고, 2020년 6월부터 6과목을 선택한 후 인터넷 강의를 다시 듣기 시작했습니다. SB나 에듀업 모두 한과목당 수강료는 9만 원 정도 생각하면 됐으나, 다른 곳을 알아보니 더 싸게 해주는 곳도 있었습니다.

강의를 들을 때 성적 배정은 중간고사 30점, 기말고사 30점, 출석 15점, 과제 10점, 토론 5점, 쪽지시험 5점, 나의 학습계획서 2점, 소개서 및 중간평가에 2~3점, 합계 100점 만점으로 해서 평균 60점 이상이면 합격시켜 주었는데, 두 곳 다 대동소이했습니다.

그 후 사회복지사 현장실습을 나가야 하는데, 코로나-19로 인해 실습생을 모집하는 곳도 없고 사이버대학에서는 강의만 해줄 뿐 현장실습은 당신들 몫이라고 뒷짐만 지고 있어 저만 속이 콩콩 탔을 뿐이었습니다. 그러던 중 2021년 2월에 천안에 있는 글로벌 사이버 대학교에서 현장실습생을 모집한다는 공고가 나와 접속했더니 대학 졸업증명서 및 학업 성적증명서, 사이버대학교에서 이수한 과목별 학업성적서, 어디에서 실습을 해주겠다는 확약서 등의 서류를 요구했습니다. 현장실습은 자기 주소지에서 하는 것이 원칙이라 해서 사회복지사협회 부산지회에 등록된 명단을 보고 중구, 남구, 수영구, 해운대구 등의 회원사 백여 곳에 전화를 걸어 실습을 의뢰해 봤으나 코로나 핑계를 대면서 응해 주는 시설이 한 곳도 없었습니다.

제가 많은 곳을 연락하면서 나이든 사람이 사회복지사 자격 하나 따 보려고 하는데 도와 달라 읍소했더니, 이틀 후 어떤 곳에서 동래구에 있는 '온 사랑 장애인 재활센터'에 가보라 해서 직접 찾아가 원장님과 면담을 했더니 흔쾌히 수락해 주었고 실습비가 15만 원이라 해서 드렸습니다. 그랬더니 실습계획서, 실습일정표, 현장실습 신청서에 서재용 원장의 도장을 찍은 서류를 건네주며 3월 중순부터 실습에 들어가겠다고 하셨습니다.

이렇게 필요한 서류를 모아 글로벌 사이버 대학교에 보냈더니 서류접수

수수료와 실습에 관한 인터넷 강의가 12주 있는데, 이것의 수강료 등 해서 35만 원을 요구해서 보냈더니 학번을 주더군요. 그러면서 실습할 때 학교 담당교수가 현장에 나가 볼 것이며, 매일 실습하는 모습을 담은 사진을 넣은 실습일지를 그 다음날 밤까지 보내라고 했습니다.

2021년 3월 15일부터 아침 8시 반에 현장에 나가 저녁 6시에 퇴근하는 정시 생활을 꼬박 3주를 했습니다. 2020년부터 공부하는 사람들은 실습시간이 160시간이라 한 달을 해야 하고, 필수과목 10과목에 선택과목도 7과목으로 늘어난 것으로 알고 있습니다.

만 15일간 실습한 현장실습 일지에 원장님의 도장을 받은 원본에다 출근부 원본, 실습기관 분석보고서, 실습한 곳의 전경사진, 실습종결 평가서 등의 서류를 모아 제본해서 실습한 곳에 1권, 천안의 글로벌 사이버 대학교에 1권을 보내고 나서 실습은 끝이 났습니다. 실습지도자는 실습확인서와 실습평가서를 따로 작성 밀봉해 학교로 보냈다며, 이것이 전체 실습 100점 중 40점을 차지한다며 잘 써서 보냈다고 하더군요. 현장실습이 끝나고 두 달 정도 지나니 사회복지 현장실습 확인서가 날라 왔고, 성적증명서는 제가 동사무소에 가서 신청해서 받아왔습니다.

그 후 국가평생교육진흥원 학점은행지원센터에 그동안 받은 이런 성적들을 등록해야 유효하다고 해서, 그곳에서 요구하는 서류, 즉 학교(전문대 또는 대학교) 졸업증명서와 성적증명서, 각 사이버대학교에서 받은 성적증명서, 현장실습 성적서 등의 원본을 보냈더니 등록하는 데 또 수수료를 내라 했습니다. 한 열흘 지나니 접수 처리가 완료되었다고 해서 국가평생교육원장의 직인이 찍힌 성적증명서를 받으려 하니 또 수수료가 들어가더군요.

그 후 사회복지사 자격증을 신청하려니까 한국사회복지사협회 각 지회에 신청을 하라 해서 (자기 거주지 지회), 인터넷에 들어가 '등급별 사회복지사 자격증 발급신청서'를 뽑아서 해당되는 공난에 기입해 넣고 소명함판 사진 3장, 수수료 1만 원에다 국가평생교육진흥원장 발행 성적증명서 1통, 각 사이버 대학에서 발행한 성적증명서 1통, 학교 (전문대학, 대학교) 졸업증명서 1통, 사회복지현장실습 확인서 1통의 원본을 등기로 보냈더니 60일 만에 보건복지부 장관이 발급한 2급사회복지사 자격증이 날라 왔습니다.

나이가 들어 공부하는데도 힘들었지만 온갖 증명을 등록하고 또 발급받는데 애를 많이 먹었습니다. 그리고 여러 곳에 강의료, 실습료, 수수료 등 돈이 많이 들어갔는데, 그 돈이 적든 많든 보내는 절차가 까다로워 컴퓨터에 능숙하지 못한 저는 참으로 힘들었습니다. 그래도 공부를 시작한 지 3년여 걸려서 자격증을 받아 쥐니 감개무량했고, 끈기와 열정으로 성취했다는 데 뿌듯한 만족감에 희열을 느꼈습니다. 앞으로 도전하는 분들께 부탁하는데, 더 젊었을 때 도전하고 어렵다고 포기하지 마시고 시작했으면 끝을 보시기 바랍니다.

라.
배우는 즐거움

동창생들이나 친구들은 저보고 팔순이 넘어 요양보호사, 사회복지사 자격증 따 서 뭣에 써먹으려 하느냐고 핀잔을 줍니다. 아버님이 위암으로 돌아가셨고, 동기생 몇몇이 췌장암, 폐암 등으로 세상을 떠난 데다, 며느리까지 골수암으로 사경을 헤맬 때 도대체 암이 어떤 병이기에 걸리면 죽는 것일까 생각했었습니다. 그래서 암, 당뇨, 치매 등등에 관한 의학서적을 뒤적이다 요양보호사 수강을 마치고 시간을 내서 구세군 요양원에 실습하러 갔었습니다.

첫 대면에 그곳 수용자들의 대부분이 삶을 포기한 것 같았고, 그들을 대하는 요양보호사, 간호사, 물리치료사들이 그들을 인간이하로 취급하고 있었습니다.저도 곧 저런 처지가 되는 게 아닌가 생각하니 가슴이 먹먹해지며 그들의 처지가 딱하게 느껴져 설움이 북받쳐 올라왔습니다. 그래서 제가 여유가 생기면 이런 시설을 만들어 제가 직접 그들과 동고동락하며 이승에서의 마지막을 편안하고 즐겁게 보내게 해주고 싶은 생각이 불현듯 솟아났습니다.

그런데 이런 요양시설을 개설하려면 본인이 사회복지사 자격증이 있어야 한다고 해서, 그럼 그것에 도전해 보자고 마음먹고 평생교육원의 사이버교육을 신청하게 되었던 것입니다. 교재도 없이 컴퓨터로 듣는 강의다 보니 돌아서면 다 잊어버려 시험 볼 때 애를 먹었고, 답안 찍는 것도 시간제한이 있는데다 한 번 잘못 클릭하면 수정도 안 되고, 또 뭐를 잘못 누르면 시험문제가 통째로 사라져 버려 참 고생도 많이 했습니다.

이런 경험으로 늙은 나이에 공부한다는 것이 여간 어렵지 않다는 것을 느끼고 있었는데, 어느 날 신문지상에 칠십도 넘은 노인이 서울대학교 졸업장 석 장을 거머쥐었다는 것을 보고 감동을 받았습니다. 사연인즉 72세인 '이국희' 씨는 1971년도에 수의학과를 졸업했고, 1974년엔 경영학과를 졸업했습니다. 1975년에 들어간 지질학과(현 지구환경학과)를 45년이 지난 2020년에 졸업을 했는데, 그동안의 사연, 에피소드 등이 담겨져 있었습니다.

늙어서 공부하는 애로는 젊은이들이 5분이면 깨우치는 이론을 50분 걸려서 알게 되었기에 그들에게 뒤처지지 않기 위해 주말도, 방학 때도 학교에 나갔고, 틈만 나면 도서관에 나가 열심히 공부했다는 것입니다. 그러면서 후진들에게 하는 말이 "노년은 길어지고 있는데, 은퇴를 했거나 앞둔 사람들은 나와서 어떻게 보낼까를 걱정들 하면서도, 또 세상을 즐길 궁리를 하면서도 그 방법들을 모르고 있다."고 하였습니다.

구청에서 운영하는 문화센터도 좋고 노인복지센터도 좋으니 망설이지 마시고 두드리라고 했습니다. 그래서 뭔가 배우면 즐거워지고 거기에다 봉사까지 한다면 삶이 풍요로워진다고 했습니다.

배우는데 30년, 일하는데 40년, 베푸는데 30년, 이게 백세시대의 재미나게 사는 길이라고 했습니다. 그렇습니다. 우리가 죽는 날까지 뭐든지 배운다는 것은 낭비 없이 알차게 사는 삶이 아닐까란 생각이 듭니다. 그러니 망구님(望九任)! 새로운 길을 살펴보시며 각오를 새롭게 하시지요!

3 자격증 변천사

저는 1961년 국립체신고등학교 통신과를 졸업할 때 체신부가 주관하는 국가자격 시험을 봐서 '무선통신사 2급'과 '무선설비기사 2급' 자격증을 땄고, 그 후 별도 시험을 봐서 '유선통신 인쇄급' 자격증도 땄습니다. 해군에 자원 입대하여 해군통신학교 교관이 되면서 해군과 해병대 정예 통신사를 양성했는데, 제 자신이 더 많이 알아야 하겠기에 승급시험 공부도 할 겸 더 열심히 공부하면서 야간 대학에도 다녔습니다.

5년여의 해군생활을 마치고 상선 통신장으로 나가보려 하니 2급 자격증 가지고는 소형선 밖에 탈수 없어 통신학원에 몇 달 다닌 후 1급 통신사에 도전, 한 번에 뜻을 이루었습니다. 그런데 배에 승선하기 위해서는 선박통신사 면허가 또 필요했기에 열심히 공부해 '갑종 선박통신사' 면허까지 갖춘 후 국립한국해양대학교 실습선인 5천톤급 '반도호' 통신장으로 승선하게 되었습니다. 그 후 회사를 바꿔가며 5대양을 누비는 수만 톤급의 상선 통신장으로 세계 여러 항구를 원 없이 돌아다니다 보니 몇십 년 세월이 흘러갔습니다.

그러던 중 1990년 미국에서 태평양, 대서양, 인도양 상공에 정지 인공위성인 '인말셋'을 띄워놓고 그 위성 중계로 무선전화를 해본 결과 전 세계 방방곡곡이 유선전화보다 감도가 좋게 되었습니다. 그러니 승선인원을 한 사람이라도 줄이려 애쓰는 선박회사들이 국제해사기구를 압박해 법적 요원인 배의 통신장 자리를 없애기로 결의하고, 대신 선장이나 항해사 중 무선전화 교신술과 국제전파법규의 강의를 들은 사람에게 일반증명서를 발급해 주고, 이 증명서만 있으면 배에 통신장을 안 태워도 되도록 법을 개정한 결과 전 세계 선박 통신장 자리가 졸지에 사라지게 되었습니다.

그리하여 이탈리아 과학자 '마르코니'(1874~1937)가 1898년 영불 해협간 무선통신을 성공시켜 발전시킨 모르스 코드(Morse Code) 통신이 배에서는 영원히 사라지게 되어 저의 갑종 선박통신사 자격증이 장롱 속으로 들어가는 두 번째 비운을 맞게 되었습니다.

이보다 앞서 1966년 해군에서 제대한 후 배를 타기 위해 부산에 왔을 때, 고교 동창생 형님이 해양대학교를 나와 협성해운이라는 선박회사에서 높은 자리에 계셨습니다. 그때 마침 그 회사에서 텔렉스를 놓으려고 하다가 유선 통신사 자격증을 가진 사람이 필요해 백방으로 찾던 중이었는데, 저보고 자격증이 있느냐 묻기에 있다고 하니 잘 됐다며 그 자격증을 좀 빌리자고 했습니다. 저는 기왕 배에 승선하겠다고 마음먹고 있던 터라 자격증을 맡기면 그 인연으로 그 회사 배를 태워주지 않으려나 하는 기대도 있어 선뜻 응했습니다.

그런 일이 있은 후 몇 달이 지나니 동창 형님이 용돈 쓰라며 봉투를 주는데, 자격증 사용료인 것 같았으나 저는 이런 것을 바란 것이 아니라 배를 탈 자리를 원했는데, 제 입장을 이해하지 못한 것 같아 서운했습니다. 반면 그의 동생은 형님 회사의 '북해호'란 작은 배를 타고 한일 간을 잘도 왔다갔다 했는데 저한테는 일언반구도 없어 섭섭했었습니다.

그런 후 제 힘으로 반도호에 승선하게 되어 까맣게 잊고 있었는데, 어느 날 그 형님이 부르기에 갔더니, 텔렉스를 놓고 쓰는 것이 허가제에서 신고제로 바뀌어 유선통신사 자격증이 필요 없게 됐다면서 돌려주기에 받아온 이후로 어디 쓸 데가 없어 장롱 속에 들어간 최초의 자격증이 되고 말았습니다.

몇십 년 배를 타다 내린 후 정보통신공사업을 하려고 하니 통신사 1급 면허가 꼭 있어야 해서 잘 써먹었지만, 무선설비 2급 면허는 통신사 1급 면허보다 한 수 아래여서 쓸 데가 없었습니다. 한 사람이 두 곳에 선임되어서는 안 되는 법 조항 때문에 남에게 빌려줄 수도 없어, 이 자격증은 받은 후 한 번도 써먹지 못하고 장롱에 갇히고 말았습니다.

1995년 서초동 법원 옆 삼풍백화점이 폭삭 주저앉고, 성수대교가 삭둑 잘려 내려앉으면서 많은 사상자가 난 후 부실 시공문제가 크게 대두되었습니다. 그러자 건축물 시공 감독권을 공무원이 아닌 민간 전문자격을 가진 사람에게 맡겨야 한다는 사회적 여론이 높아졌고, 각 직군(職群)의 전문 감리협회가 만들어져 건축, 토목, 기계, 전기, 통신, 소방, 조경 전문 감리사를 양성하는 기관, 학원이 많이 생겨나기 시작했습니다.

저도 정보통신 전문 감리 일을 해볼 작정으로 1998년 10월에 경기도 광주에 있는 '정보통신기능대학(후에 ICT폴리텍대학)'에 들어가 강의도 듣고 시험 봐서 감리면허를 땄는데, 통신사 1급 면허증을 가지고 10년 이상 실무 경력이 있으면 특급감리사, 그 이하면 고급감리사 면허를 주었으므로, 저는 경력이 많아 특급감리사와 특급기술자 이렇게 두 개의 자격증을 받게 되었습니다. 그 후 후배가 차린 감리회사에 선임해 놓고 왔다갔다하다 2000년 초에 부산 강서운 동장 신축공사장의 정보통신 감리 일을 시작으로 강경기능대학, 전라남도 광주시 김대중 컨벤션센터, 제천 충주호 옆 국민연금관리공단 연수원, 서울대학교 기숙사, 원주체신청, 부산화명동 롯데 카이저 아파트 5,000세대, 김포 감전동 GS건설의 한강센트럴 자이 아파트 5,500세대, 김포공항의 롯데호텔 백화점 등 크고 작은 많은 건축물과 영종, 야당 철도역사 그리고 한국도로공사 등등의 감리 일을 보러 전국 방방곡곡을 누비고 다녔습니다.

이제는 나이가 들어 비상근 감리 일을 보면서 취미로 색소폰을 배우고 회고록도 펴냈지만, 2020년 들어 서울 남산에 있는 국립극장을 리모델링할 때 특급기술자 자격증을 가지고 정보통신의 현장 소장일도 해 봤습니다. 감리직군은 나이 제한이 없기에 회사가 불러주면 어디나 갈 수 있어 제 건강이 허락되는 한 더 오래 일하고 싶습니다.

회사도 감리 경력이 많은 사람을 쓰면 입찰을 볼 때 가산점을 받아 당첨될 확률이 높아서 좋고, 감리사도 일을 할 기회가 많아져 좋고, 그렇게 움직이다 보면 아플 여지도 없어 서로 상부상조할 수 있어 좋은 것 같습니다.

어쨌든 세월이 흐르다 보니 자격증 명칭도, 발행자도 자꾸 바뀌어 최초에 받은 무선통신사 1급 자격증은 그 뒤 전파통신기사였다가 2018년부터 전파전자통신기사로 바뀌었고, 발급기관도 체신부 장관이었다가 정보통신부 장관에서 이제는 과학기술정보통신부 장관 명의로 되어 있습니다.

제 개인의 자격증 변천사가 이러한데 다른 많은 자격증 변천은 어떻겠습니까?

요양보호사 자격은 1, 2급이 있다가 2급이 없어졌고, 사회복지사 자격은

1984년부터 1, 2, 3급이 있다가 2009년도부터 3급을 뽑지 않아 1, 2급만 남았습니다. 한국산업인력공단에서 분류하는 자격 종목에는 50여 개 군이 있고, 한 군에 속해 있는 기술자격이 평균 10종이 넘으니 큰 틀의 국가기술 자격수는 육칠백 개는 넘을 것이고, 협회나 단체(① 대한상공회의소, ② 한국광해관리공단,③ 영화진흥위원회, ④ 한국원자력안전기술원, ⑤ 한국방송통신전파진흥원, ⑥ 한국인터넷진흥원, ⑦ 한국콘텐츠진흥원) 등에서 발급해 주는 것, 재단법인, 사단법인 등에서 발급해 주는 것 등을 합치면 대충 오륙천 종에 이르지 않을까 생각합니다. 이런 것을 제외한 순수 개인이나 민간단체에서 주는 것도 3만 9,000개나 된다고 하니 자격증 인프라 시대가 아닌가 하는 생각이 듭니다.

몇 개 예를 들어보면, 감리자격만 해도 건축, 토목, 기계설비, 전기, 정보통신, 소방, 조경이 있는데, 각 직종에 최고 등급인 기술사가 있고 다음이 특급, 고급, 중급, 초급 감리사가 있습니다. 또 한 예로 정보, 전자 계열엔 정보관리기술사, 정보처리기사, 산업기사, 기능사, 정보기기운용기능사가 있고, 정보통신기술사, 기사, 산업기사, 기능사가 있으며 전파전자통신기사, 산업기사, 기능사, 통신선로산업기사, 기능사, 기능장이 있습니다. 그리고 정보보안기사, 산업 기사, 무선설비기사, 산업기사, 기능사, 방송통신기사, 산업기사, 기능사가 있으며, 컴퓨터 응용기술사 등이 있는데, 옛날 면허 3급이면 기능사, 2급이면 산업기사, 1급이면 기사라는 명칭으로 변했고, 기능장이 추가되어 정보전자 계열만 해도 이보다 더 있어 5십여 종이 넘을 것 같습니다. 이 외에 자동차, 농업, 수산업, 광공업 등등 업종 직군에 따라 다양한 자격 종류가 있으니 아마도 수 천 개에 달하지 않을까 생각됩니다.

최근 개, 고양이, 앵무새, 뱀 등을 키우는 인구가 늘어나다 보니 애견미용사도 있고, 이들 동물이 죽었을 때 장례를 치를 반려동물 장례지도사도 등장했습니다. 동물 장례학과가 2000년대 을지대를 비롯해 대전보건대, 서라벌대 등에 개설되었고, 2012년엔 정부가 장례지도사 국가자격증 제도를 만들기도 했습니다. 그리고 대한상공회의소가 발급하는 자격에는 한글속기, 전자상거래, 워드프로세서, 컴퓨터 활용능력, 전산회계 운용사 자격증이 있습니다.

그런데 직업에 귀천이 어디 있고, 자격증에 좋고 나쁜 것이 어디 있겠습니까?

시류 따라 부침이 있고, 공부할 때 택한 전공에 따라 자격증의 종류가 다를 뿐입니다. 처음 기능사 자격증을 취득했으면 쉼 없이 기사에 도전하고, 그 다음 목표인 기술사에 도전해, 할 수 있으면 젊은 날 최고 높은 급수의 자격증을 따 놓아야 훗날이 편해집니다. 나이 들어 뭐하나 해보려면 여러 면에서 참으로 어렵습니다.

옛날엔 항공우주, 원자력 분야를 선호했으나 탈 원전으로 시들해졌지만 언젠간 다시 부활할 날이 있을 것이며, 감리 분야도 초창기에는 조경 분야에 인원이 부족해서 금값이었으나, 사고만 터졌다 하면 소방의 주가가 올라가서 우열을 가릴 수가 없습니다. 그러므로 자격증에 도전하시는 분들은 세상을 넓게 그리고 먼 미래를 잘 생각해서 큰 그림을 그려보는 것이 현명할 것 같습니다.

4부

미래사회 소고

(未來社會 小考)

1 2045년엔 무슨 일이?

1970년대 유선전화기는 가정의 보물이요 꽃이었으나, 이제는 스마트폰이 대세라 집안의 장식물로 존재할 뿐입니다. 1980년대는 친숙했던 버스안내양(차장이라 불렀음)이 전자기기의 발달로 자취를 감춰 버렸습니다. 1990년대는 '인말셋'의 출현으로 전 세계 선박통신장 자리가 졸지에 없어져 무선통신업계의 실업사태에다 산업의 위축까지 불러왔습니다. 2000년대에 들어와서는 AI(인공지능)이라는 괴물과 대국(對局)한 바둑계의 최고 고수가 1:4로 AI에게 무릎을 꿇었습니다. 미국에서 실시한 탑 건과 AI 간의 공중전 대결에서도 AI가 전승을 거두었습니다.

이처럼 인공지능의 기술이 발달하면 할수록 인류에게 해를 끼칠 수 있다는 부정론과 큰 도움을 줄 수 있다는 긍정론이 대두되어 논쟁이 벌어지고 있습니다. 그래서 구글과 미국 NASA의 지원을 받아 2008년 '싱귤래리티(Singularity) 대학교'라는 새로운 교육기관이 설립되었습니다. 싱귤래리티란 '특이한, 유일한'으로 번역되는 말로 "인류의 모든 지능을 합한 것보다 더 높은 지능을 가진 인공지능이 출현하는 때"를 말합니다. 그들은 이 특이한 때의 도래를 2045년쯤으로 예측하고 있습니다.

UN에 따르면 세계 인구는 2050년경 100억 명을 돌파하고, 인공지능은 특이한 때 이후 100억 명을 지배하게 된다는 것입니다. 그래서 싱귤래리티 대학교는 인류 전체의 지능을 합한 것보다 더 뛰어난 인공지능을 지배할 수 있는 능력을 가진 사람을 양성하는 것을 목적으로 설립된 것입니다. 이 사람들만이 특이한 때 이후 100억 명의 인류에게 영향을 미치는 일을 할 수 있을 것이기 때문입니다. 물론 이들이 인공지능 시대의 지배자가 되리라는 보장은 없지만, 싱귤래리티란 이름 그대로 특이한 시대 이후 시대를 위해서 교육하는 것은 사실입니다.

"이제 강의의 시대는 끝났다. 강의 위주의 교육을 받은 사람은 앞으로 인공지능의 종이 된다."라고 미국물리학자 '레이 케즈와일' 씨는 말하며, 수학 가속의 법칙을 인공지능의 기술발달에 대입시키면 2029년 인공지능을 앞서는 인공지능이 출현하고, 2045년엔 인류 전체의 지능을 초월한 인공지능이 출현하게 될 것이라고 했습니다. 또한 그는 2025~2035년 사이에 전문직 10~30%, 2035~2045년 사이에 30~50%, 2045년 이후엔 80~90%가 인공지능에게 대체되어 전문가들이 실업자로 전락할 것이라고 예측했습니다.

한편 맥킨지연구소도 2030년까지 20억 개 정도의 일자리가 소멸되고, 현존하는 일자리 80% 가까이가 없어질 것이란 예측을 내놓았습니다. 그런 근거로 ① 사물 인터넷(IOT), ② 클라우드(가상 저장장치), ③ 첨단로봇, ④ 무인 신기술, ⑤차세대 유전자 지도, ⑥ 3D 프린터, ⑦ 자원탐사 기술, ⑧ 나노기술 등에 의해 기존 일자리가 위협받는다는 것입니다.

그렇다면 혁신이 일자리를 만들던 시대는 끝나는 것입니까? 그러면 정부는 자본 분배를 책임지고 조건부 기본소득을 보장해 주는 제도를 도입해 기계와 공존할 세상을 만들어 먹고 살게는 해 주어야 하지 않겠습니까? 석유 개발 이익금 일부를 쌓아서 1조 달러(11,163조 원) 규모의 국부 펀드를 만들어 거기에서 나오는 수익으로 실업자를 먹여 살리는 노르웨이 모델을 생각해 보지 않을 수 없습니다. 미국 4개 주에서 구글 무인자동차가 허가되었고, 허치슨 부두에 자율주행 야드 트랙터가 보급되었습니다. 그래서 수년 내 버스, 택시 등 운송업체의 기사가 사라질 수 있다는 것입니다. 또 자율운항 선박, 항공기도 등장하게 되면 항해사, 기관사, 파일롯도 사라질 것입니다.

한편 이동장치들의 충돌제어 시스템의 발전으로 교통사고가 발생하지 않으면 보험모집인이 필요 없을 것이고, 자동차 정비소 및 정비공도 사라진다는 것입니다. 거기다 전기차, 수소차가 널리 보급되면 주유소, 주유원도 없어지겠지요.

한국 중소기업부(노동청)에서 2020년 발표하기를 향후 10년 내에 700만 개의 일자리가 사라질 것이라고 발표했습니다. 이들 중 사라질 직업군은 ① 부동산중개업, ② 교사, ③ 인쇄업, ④ 속기사, ⑤ CEO, ⑥ 교정 치과의사, ⑦ 교도관, ⑧ 트럭 운전기사, ⑨ 집사 등등입니다.

3D 프린터는 정밀 설계된 모형을 입력시키면 못 만드는 기계나 부품이 없으며 건축물, 인체용 인조피부는 물론 장난감, 총기류에서부터 선박, 항공기까지도 만들 수 있다 하니 제조업의 설자리가 없어질 것입니다. 로봇은 우리 일상 생활에 이미 깊이 들어와 교육뿐만 아니라 의료영역까지 파고들어 1인 기업대표, 1인 교사, 1인 컨설턴트 등 다양한 분야에서 진가를 발휘하고 있습니다. 그러다 보니 경비, 청소, 소독 등을 하는 대체인력으로 투입되었고 전기, 수도, 가스 등의 검침은 물론 화재현장, 동굴탐사, 해저탐험, 방폐장 감시, 지진복구 현장 등 인간이 하기 힘든 일을 로봇이 대신해 주고 있

습니다. 또 코로나 바이러스 확산으로 대면 접촉을 꺼리는 풍조가 확산되면서 주문은 온라인으로, 배송은 로봇에게 맡겨 사람의 손을 거치지 않고 로봇의 손에 의해 물건을 받는 등 일반 생활 속으로 깊숙이 파고 들다보니 그 쓰임새가 날로 넓어지는 만큼 인간들의 일자리는 좁아지게 되었습니다.

또한 인터넷 발달과 각종 자동 통, 번역기의 성능개선과 대량 보급으로 통, 번역사, 속기사 등의 설자리가 없어지고 e-Book, Auto-Book 등의 발달로 인쇄업이 소멸되게 될 처지에 놓였습니다. 그리고 드론의 등장은 산불감시원, 환경감시원, 유류 저장시설이나 위험물 저장시설 등의 감시요원의 설자리를 빼앗고, 2025년 인천공항-여의도 간을 20분대에 주파하는 드론 택시가 등장하면 택시기사의 설자리도 위협받게 될 것입니다. 신재생에너지 보급으로 화력발전소가 없어지고, 무인점포 및 e-Bank 서비스로 은행원이 감소되고 있으며, 재소자 몸속에 전자칩을 삽입해 관리하므로 교도관도 줄게 될 것입니다.

키오스크(Kiosk: 무인 주문기계) 도입은 4~5년 전만 해도 불편하다고 꺼렸지만 지금은 패스트푸드점, 분식점, 커피숍, 극장 등등 모든 소매 유통업체에 전반적으로 퍼지면서 KFC는 모든 일반 매장 전부에, 롯데리아는 75%, 맥도날드는 65.5%까지 설치를 완료해 안내하는 사람들을 줄였습니다.

잇츠 한불이 운영하는 화장품 브랜드 잇츠 스킨은 지난해 초 오프라인 매장을 거의 다 정리하고 온라인 판매에 집중키로 했습니다. 아모레퍼시픽의 로스숍도 2018년 1,268개였던 아리따움이 2019년 3분기에 68개 점포를 정리했고, 이스프리도 806개에서 800개로 축소시켰습니다.

이렇게 줄어드는 알바 자리에 챗봇(Chatbot: 채팅로봇)이 일을 다 하고 있는

데, 전북 전주시에 있는 샐러드 가게 이너프 샐러드에서는 손님이 카카오톡 채팅장에서 챗봇과 대화하며 메뉴선택-주문-결제-포인트 적립까지 논스톱으로 다 처리하고, 서울 역삼동 해머스미스 커피전문점의 경우 아침 주문의 절반 이상이 챗봇으로 이루어진다고 했습니다. 대기업에서 고객서비스로 활용하는 '챗봇'이 동네카페, 음식점 등으로 퍼져 나가고 있습니다. 코로나 사태로 온라인 매장에 입장하는 자영업자가 늘어난 데다 오프라인 매장에서도 배달, 테이크아웃이 증가했기 때문에 생긴 변화입니다. 카카오 톡 챗봇 주문을 사용하는 오프라인 매장은 2019년 170여 곳에서 2020년 453곳으로 증가했습니다.

온라인 매장 등에서 서비스되는 카카오 톡 챗봇 숫자는 대략 2만 개가 넘는데, 해가 갈수록 점점 늘어나는 추세입니다. 내수부진에다 경기침체, 최저임금 인상 등으로 위축되는 오프라인 유통기업이 위기에서 벗어나기 위해 선택할 수 있는 해법이 자동화, 무인화가 아닐까요? 이렇게 고도화되고 정보화되어 가는 미래는 위기인 동시에 또 다른 기회가 될 런지도 모르겠습니다. 앞으로 최신정보에 어둡다면 그것은 곧 문맹이 될 것이므로 준비 없는 미래는 재앙으로 닥쳐올지도 모르겠습니다. 어느 때나 시대의 흐름에 뒤처지지 마시고 장래를 위해 미리미리 공부하시고 준비하시길 바라겠습니다.

저는 나이 들어가면서도 뭣이든 배우고 싶어 2019년엔 학원에 다니면서 요양보호사 자격증을 땄고, 그 다음해엔 건설현장에서 일하면서 인터넷 강의를 듣고 사회복지사 자격증을 땄습니다. 이런 공부를 하는 동안 인터넷 덕을 톡톡히 봤는데, 마음만 먹으면 어떤 자격증 취득을 목표로 도전하면 못 이룰 것이 없겠다는 자신감이 생겼습니다.

지난 2020년은 코로나-19 바이러스 창궐로 모든 학교들이 원격수업을 하려 난리치는 바람에 이렇게 줌(Zoom)을 이용해 원격수업이나 화상회의 등을 해도 되는구나 하는 것을 피부로 느끼셨을 것입니다. 즉, 컴퓨터에 카메라를 장착하고 줌 커뮤니케이션사나 마이크로소프트사, 또 슬렉 테크놀로지사에서 개발해 만들어 놓은 앱에 들어가 화상회의나 원격수업은 물론 1:1 채팅까지 할 수 있게 되었기 때문입니다. 어찌됐던 유튜브에 개인화된 인공지능과 대량으로 집적된 최고 수준의 강의 콘텐츠까지 함께 보유하게 된다면 '인공지능 유튜브 대학'이 생길 수도 있어, 이렇게 되면 현 주입식 교육보다 훨씬 더 경쟁력을 가질 수 있을 것이라 생각하게 되었습니다. 옛날 고리타분한 교과목으로 교육받은 인력은 지식의 양과 정확성, 속도에서 인공지능으로 무장한 컴퓨터와 경쟁할 수 없을 것입니다. 그러므로 대학을 나와도 인공지능을 넘어서는 창의력과 소프트웨어 활용능력을 습득하지 못한다면 졸업 후 일자리를 얻기는 점점 더 어려워질 것입니다. 그래서 인공지능 기술을 장착하고 철저히 개인에게 특화되어 있으면서 값싸고 공간에 제약을 받지 않는 원격대학이 미래의 대학 위상으로 급부상하게 될 것입니다. 코로나, 메르스, 사스 바이러스 등의 감염병은 전선줄이나 무선전파를 타고 퍼지지 않기 때문입니다.

유튜브의 편리한 접속성, 전 세계에 뿌려진 인프라, 세계 최고의 경쟁력 있는 강의콘텐츠에 원격 줌 같은 플랫폼이 결합되면 '인공지능 유튜브대학'은 충분한 가능성이 있다고 생각합니다. 이런 대학의 경쟁력과 가능성은 상상을 초월할 것입니다. 인공지능을 기초로 개인의 교육목표, 수준, 성적, 취향과 관심에 맞게 교육을 받을 수 있기 때문이겠죠.

제어계측을 하거나 컴퓨터 가상공간에서도 실험실습이 가능해지고 각종 악기지도, 공연지도, 실기지도 등도 컴퓨터 가상공간에서 가능해지기 때문입니다. 교수평가, 강의평가도 인공지능이 합니다. 강의, 토론, 실습과 지도는 인공지능 컴퓨터에서 만들어져 광통신선과 5G 네트워크를 타고 빛의 속도로 전달되기 때문입니다. 그동안 집단적 효율성이 강조된 '교실 공유교육'은 서서히 가고, 개인의 개성과 요구가 특화된 '인공지능 원격교육'의 시대가 올 것이므로 개인도, 학교도, 기업도, 국가도 창조적으로 준비해야 합니다.

한국의 대학들이 지금과 같은 평범한 교과과정(Curriculum)을 가지고 그냥 지내다 보면 진화하는 AI시대를 따라갈 수 없을 뿐만 아니라, 인구 감소까지 맞물려 2040년경이면 현재 대학의 ⅓이 없어질 것이라고 예상하고 있습니다. 이런 차원에서 대학들마다 생존하려 몸부림치고 있는데, 2021년에 부산대학교와 부산교육대학교가 통폐합하기로 MOU를 체결했다는 발표가 있었습니다. 2010년 이후 대학 충원율(정원 대비 실제 입학정원)은 97~98%를 유지해 왔지만, 2021년에 와서 91.4%로 뚝 떨어져 미충원 인원 4만 586명중 3만 458명(75%)이 비수도권인 지방대학이란 점에 위기의식이 높아졌습니다. 저출산의 영향으로 이 같은 현상은 더욱 심화될 전망입니다. 그래서 교육부는 학령인구 감소에 따른 위험대학 시정조치 계획서를 각 대학으로부터 받은 후 대학들을 5개 권역으로 나누고, 권역별로 지켜야 하는 '기준유지 충원'을 제시케 한 후 1, 2, 3단계로 나누어 실천하는 것을 봐 가면서 2단계까지는 자생력이 있다고 보고 기회를 주지만, 3단계(위험대학)는 폐교처리를 할 각오로 일을 추진하겠다는 것입니다.

1단계는 개선권고를 하는데, 미 이행 시 일반 재정지원을 중단하고, 2단계에서는 개선요구를 한다는 것입니다. 즉, 임금체불 등 문제에 대해 시정명령을 내리면서 정원조정, 유휴교지 활용방안 등 해결책을 강제로 제시케 하여 자활하게 한다는 것입니다. 3단계에서는 개선명령을 내리게 되는데, 임원 직무집행정지, 자산 부채 내역을 감정평가해서 청산가치를 확인한 후 구조조정 명령을 내리고 명단을 공시합니다. 이렇게 자율적으로 시정하도록 일정시간과 기회를 주었는데도 미 이행 또는 정상적 운영이 어려운 대학에 대해서는 폐교명령을 내리고 청산절차를 밟는다는 것입니다.

이런 정부방침에 대해 153개 전국사립대학총장협의회 측에서는 급격한 인구감소, 수도권 집중현상 등은 국가가 초래한 문제이므로 이를 모두 지방대 부실로 책임을 씌우는 것은 공정하지 못하다고 했습니다. 그러므로 국가의 의지 없이는 해결이 불가능할 것이라고 했습니다. 각 대학의 대책이라고 해봐야 고작 정원감축이나 학과 통폐합밖에는 할 수 있는 게 없기 때문에, 대학들이 각자 특색을 살릴 수 있도록 숨통을 터줘서 경쟁력을 갖출 수 있도록 해주어야 한다고 했습니다. 정권과 관계없이 지속하는 예측 가능한 교육정책, 규제완화와 꾸준한 재정지원이 지방대학 문제 해결의 열쇠라고도 했습니다. 또 정부의 13년째 등록금 동결로 대학이 재정난을 겪고 있는 만큼 그 부분에 대한 보전이 필요하고, 국립대는 글로벌 연구중심으로, 지역 사립대는 실무, 응용 중심으로 교육을 하면 국가적으로 좋을 것이라 했습니다. 또한 국립대가 대학원 중심대학이 되면 지방대학의 신입생 미충원 문제 해결에도 도움이 될 것이라고도 했습니다. 어찌되었든 현상유지로는 대학의 존폐문제가 너무 심각해지고 있으므로, 교육부는 물론 국가교육 백년대계인 만큼 잘 해결되기를 바랄 뿐입니다.

2 클라우드 컴퓨팅(Cloud Computing)

    클라우드는 마법구름도 한 대의 수퍼 컴퓨터도 아닙니다. 전 세계 데이터 센터에 있는 수백만 대의 컴퓨터가 긴밀하게 연결해 만들어 낸 가상공간입니다. 즉, 정보를 자신의 컴퓨터가 아닌 가상공간에 연결된 다른 컴퓨터에 저장, 처리하는 기술입니다. 아마존(AWS), 마이크로 소프트(MS), 구글 등 정보기술(IT) 대기업이 클라우드를 조성하여 첫 스퍼트를 올렸다면, 이제 그 클라우드를 발판으로 새로운 '클라우드 세상'이 구축되고 있는 것입니다. '클라우드 세상'에선 누구라도 엄청난 저장용량과 처리속도를 갖춘 컴퓨터를 비교적 저렴한 가격에 빌려서 쓸 수 있습니다.

    클라우드의 발전단계를 크게 둘로 나눌 수 있는데, 반도체와 통신기술이 발달하며 클라우드 기반시설이 대거 지어지고 대중화하는 시기가 1단계, 클라우드를 기반으로 모두가 '새로운 무언가'를 만들어 낼 수 있는 단계가 제2단계입니다. 가상현실(VR) 기술과 증강현실(AR) 기술로 세상에 없던 세상을 만드는 것이 현실이 되었으며, 특히 MZ세대가 열광하는 '메타버스'(META VERSE: 3차원 가상공간) 시대까지 오게 되었습니다. 첫 단계가 주로 삼성전자(반도체)나 아마존, MS, 구글 등 IT 골리앗들의 무대였다면, 둘째 단계에선 누구나 쉽게 접근할 수 있는 클라우드를 토대로 새롭고 기발한 서비스를 만들어

널 수 있게 됩니다. 그 누구라도 '클라우드 골리앗'이 될 수 있는 세상이 오고 있다는 것입니다. 즉, 인터넷에 버금가는 폭발적 변화가 온다는 것입니다. 한국에서 이번 '코로나로 인한 원격수업'은 정부가 클라우드 사용을 급격히 확대한 대표적인 예입니다.

교육부는 과거에 온라인 강의를 예, 복습 등 보충수업 정도로만 활용했었습니다. 온라인 동시 접속 가능 인원은 100만 명 정도였습니다. 그러다 코로나가 닥치자 초, 중, 고교생 540만 명의 온라인 수업 전환이 절박했습니다. 교육부는 MS, NAVER, 베스핀 글로벌 등의 클라우드를 빌려 2주 만에 전 학생이 접 속하고 양방향 소통까지 가능한 환경을 만들었습니다. 코로나 이후 용처가 확실치도 않을 대규모 데이터센터 신설보다 클라우드의 본질인 "매우 용량이 크고 엄청 성능이 좋은 컴퓨터를 빌려서 쓴다."라는 취지가 제대로 작동한 덕입니다. 온라인 수업이 불필요해지면 빌려 쓰던 클라우드를 반납하기만 하면 되는 것이기 때문입니다. 삼성전자, 현대자동차 등 국내 기업도 반도체 설계, 차량 시뮬레이션 등에 '리 스케일사'의 것을 빌려쓰고 있습니다. 네이버 클라우드 사업 총괄은 "클라우드는 금융, 의료, 게임 등 전방위 분야에서 산업의 경계를 허물고 있다."라고 했습니다.

'김정호' 카이스트 전기전자공학과 교수는 "자율주행차, AI, 빅데이터 등 이른바 4차 산업혁명과 연관된 모든 분야에 클라우드가 연결되어 있다."라고 말했습니다. 인터넷 등장 후 얼마 지나지 않아 인류는 저마다 스마트폰을 손에서 뗄 수 없는 존재가 돼 버렸습니다. 클라우드도 미래에 이와 버금가는 변화를 불러올 것입니다. 미국 MS사는 세계 곳곳에 400만 대가 넘는 서버용 컴퓨터를 보유하고 있습니다. 이 안에 들어있는 하드디스크와

SSD(대용량 저장장치)만 400만 대가 넘습니다. 저장용량의 총합은 40EB(헥사바이트)로, 영화 100억 편(한 편에 4기가바이트)을 저장할 수 있는 수준입니다. 서버실은 항상 섭씨 21~27도를 유지시키기 위해 많은 전기를 필요로 합니다. 전 세계 400만 대가 넘는 데이터 서버는 약 26만 5,542km 길이의 케이블로 촘촘히 연결되어 있습니다. MS는 부산 강서구 미음 산단에 2만평을 구입, 데이터센터 6동을 짓기로 했고, 그 중 한 동을 2020년 6월에 건설 완료했는데, 서울에도 리전(단지)이 몇 군데 있습니다. 코로나 팬데믹 이후 각국과 기업들이 경쟁적으로 디지털 전환에 나서면서 클라우드 수요가 폭증해 2021년에 최소 10개국에 데이터센터를 추가 건설할 예정이라며, 앞으로 매년 50~140개의 데이터센터를 새로 지을 것이라고 했습니다. 한국기업들도 경쟁적으로 데이터센터를 늘리고 있습니다. 네이버는 2013년 강원도 춘천에 첫 번째 시설을 만든 후 세종시에 두 번째 데이터센터를 짓고 있고, NHN은 경남 김해시에 거대한 데이터센터와 연구개발센터(R&D)를 지어서 수퍼 데이터를 필요로 하는 회사가 끄집어 내서 쓸 수 있게 했습니다. 또한 광주광역시 첨단 3지구에 세계 10위권의 데이터센터를 2022년이면 구축 가동할 것이라고 했습니다. 초당 8.85조번 연산을 할 수 있고, 100MB 파일 10.7억 개를 저장할 수 있는 시설입니다. KT에 이어 국내 네 번째로 카카오도 4,000억 원을 투자해 자체 데이터센터(IDC)를 안산 한양대 캠퍼스 안에 짓기로 했습니다. 카카오는 이곳에 총 12만 대의 서버를 보관하고 6EB(헥사바이트) 규모의 데이터를 저장할 수 있게 한다는 것입니다. 데이터 냉각에 필요한 물을 아끼기 위해 빗물을 사용키로 하는 등 초기부터 친환경에 신경을 많이 쓰고 있으며 2023년 완공을 목표로 하고 있습니다.

3 인공지능(AI: Artificial Intelligence)

가.
복합 인공지능 시대 성큼 다가왔다

뛰어난 인재와 AI는 자기주도 자율학습을 합니다. 하나를 가르치면 열 가지를 스스로 깨우치는 사람은 자기주도 자율학습 능력이 뛰어난 사람으로 천재로 인정받습니다. 인공지능 알고리즘(논리체계) 중에 데이터를 이용해 스스로 학습하는 방법을 기계학습(Machine Learning)이라 하는데, 이를 수행키 위해서는 데이터에 이름붙이기 (Labeling)나 설명(Text)을 자세하게 해서 많이 만들어 붙여야 합니다. 이 작업을 인터넷에서 대중이 자발적으로 하는 경우도 있고, 업체에서 알바생에게 돈을 주고 일일이 작업을 시켜 설명문을 붙이기도 합니다. 그런데 이제 이 작업도 인공지능 자체 능력으로 자동화되어 가고 있습니다. 더 나아가 인공지능이 인간을 대신해서 학습을 위한 데이터 생산을 스스로 하기 때문에 인간이 이 일에서도 밀려나기 시작했습니다. 기존에 존재하는 데이터를 변형, 이동, 회전, 확대하거나 다른 데이터와 융합하여 새로운 데이터를 만들기도 합니다. 한 걸음 더 나아가서 아예 자연계에 존재하지 않는 완전한 가상의 데이터를 만들기도 합니다. 가상현실(VR)

기술과 증강현실(AR) 기술을 활용해서 컴퓨터 가상공간에서 새로운 데이터를 만들어 나가는 것입니다.

예를 들어 자율자동차 운전 인공지능의 경우, 사고대처 학습을 할 때 실제로 자동차 사고를 내면서 할 수는 없지 않겠습니까? 이 경우 완전한 가상 자동차 운행 환경에서 컴퓨터 시뮬레이션으로 학습합니다. 이제 인공지능이 데이터를 스스로 생성해 내고 이를 통해 스스로 학습하는 '인간 데이터 없는 학습'이 실현되는 것입니다. 또 인공지능의 힘은 무엇보다도 학습(Deep Learning) 능력이 있습니다.

학습의 속도와 분량과 정확성에서 인간이 도저히 따라갈 수 없습니다. 더욱이 인공지능은 타임머신을 타고 과거로 돌아가서 반성도 합니다. 학습하면서 수없이 반성하고 다시 고치기를 백만 번도 더 합니다. 즉, 기계학습의 결과물인 인공지능망과 그 가중치(Weight) 벡터를 계속 스스로 수정합니다. 이를 역전파 학습(Back Propagation Training)이라 부릅니다. 반면에 인간은 시간을 거슬러 자신의 과거를 고칠 수 없을 뿐더러 원치도 않습니다. 인간과 차별되는 인공지능의 힘은 바로 이러한 반복을 계속하는 학습 알고리즘에서 나옵니다.

그런데 이러한 인공지능의 학습 알고리즘 자체도 스스로 진화하고 있습니다. 또 기존 학습 결과를 재활용하는 '전이학습(Transfer Learning)' 알고리즘도 사용하고 있는데, 특정분야에서 학습이 된 신경망 일부를 유사한 분야나 새로운 분야에서 재사용하는 학습 방법입니다. 그래서 학습시간과 비용 그리고 필요한 데이터를 줄일 수 있게 하는 것입니다. 예로, 사과를 깎는 방법을 학습한 인공지능을 조금 변경해서 배를 깎는 인공지능으로 만드는 것입니다. 구글은 전이학습을 이용해 당뇨병 망막변증을 진단할 수 있는 인공지능을 발표했고, 스텐퍼드 대는 전이학습으로 피부과 전문의 수준으로 정확하게 피부암을 진단하는 인공지능을 개발했습니다. 이렇게 되면 한 가지를 알면 열 가지를 깨닫는 인공지능이 탄생되는 것입니다. 결국 인공지능은 점점 인간의 손을 떠나 '자기주도 자율학습'의 세계에 진입하게 되는 것입니다.

　미래에는 학습과정 자체의 설계도 인공지능이 하게 될 것이며, 학습도 인공지능 스스로 주도하게 될 것입니다. 미래 인공지능 기술의 발전 방향은 효율화, 복합화, 근접화, 가상화 그리고 탈 인간화로 대표됩니다. 사람과 같이 보고, 듣고, 말하고, 창작하고, 사유하며 동시에 자아를 가진 복합 인공지능이 개발될 것입니다. 먼 미래에는 인간의 넛속에 인공지능 컴퓨터와 데이터센터가 들어갈 수도 있을 것입니다. 그리고 마침내 모든 인공지능의 작업이 인간에 종속되지 않고 컴퓨터 안에서 일어나게 될 것입니다. 이러한 가상화와 탈 인간화를 통해서 '자기주도' 능력과 '자율학습' 능력을 갖추게 됩니다. 이러한 인공지능을 개발하기 위해서 세계 각국은 치열한 경쟁을 벌이며 AI에 대한 특허신청을 하고 있는데, 특허수로는 중국이 9만 1,236건으로 제일 많고, 미국 2만 4,708건, 일본 6,754건, 한국 6,317건, 독일 2,280건, 대만 1,501건, 영국 971건, 캐나다 960건, 프랑스 669건, 인도 529건입니다. 양적 세계 최대인 중국 특허의 96%가 자국특허란 점에서 영향력은 형편없고, 한국도 건수로는 세계 4위지만 질적으로 떨어져 보완할 필요가 있다고 합니다. 질적으로는 미국이 압도적이며 캐나다(27%), 영국(13%), 인도(13%), 대만(11%)이며, 한국은 8%대로 상위 10개국 평균 14%보다 훨씬 낮습니다.

　'김원준' KAIST 혁신전략정책 연구센터장은 "전 세계 총생산(GDP)의 41%

를 차지하는 10여개 국가가 전체 AI발명(14만 7,000여 건)의 92%를 독점하고 있다."며 "불균형이 심화하고 있는 AI 생태계에서 뒤처지지 않으려면 AI 인력의 확충과 기술 생태계를 구축하기 위한 국가차원의 전략, 투자가 필요하다."라고 말했습니다.

나.
인공지능 GPT-3란?

인공지능의 완성은 '자연어 인공지능' 확보에 달려있습니다. 자연어를 이해하는 인공지능망은 '순차적 데이터(Sequential Data)'를 판독하거나 번역하는 기능이 필요합니다. 이 인간의 언어는 단어순서가 매우 중요합니다. 이런 데이터 번역과 처리에 특징을 갖고 있는 자연어 처리 신경망이 '순환신경망(Recurrent Neural Network)'입니다. 최근 혁신사업가 일론 머스크가 설립한 인공지능연구소 '오픈 AI'는 여기서 더 진보한 자연어 인공지능 모델인 GPT-3를 개발했습니다.

이 모델은 단어나 문장 전체의 특징(Feature)을 인공지능망을 통해 서로 연결하며 이해합니다. 여기에 더해서 각 단어나 문장 간의 주목도(Attention)를 연결망으로 구현하고, 그 중요도(Weight)를 변수화해서 학습합니다. 이 학습에는 책 한 권, 도서관 책 전체가 이용되며, 학습을 통해 이 연결망의 변수들이 결정됩니다. 이런 과정을 거쳐 글의 의미, 함의와 문맥까지 파악하는 능력을 지닌 인공지능이 태어나게 됩니다. 이제 자연어 인공지능 GPT-3는 이러한 능력을 갖게 된 것입니다.

그런데 GPT-3는 1,750억 가지나 되는 엄청난 변수를 가지고 있습니다. 단어, 문장, 문단의 특징과 의미, 함의(含意), 중요도까지 모두 서로 연결해야 하기 때문입니다. 1회 학습비용은 50~150억 원 수준으로 추산됩니다. 그래서 이 모델을 개발하고 운영하기 위해서는 대량 데이터와 컴퓨팅 능력, 인공지능 전문가들의 참여가 필요합니다. 따라서 GPT-3 정도의 인공지능 자연어 모델을 개발할 수 있는 기업과 국가는 매우 소수가 될 수밖에 없습니다. 그래서 자연어분야에서 새로운 인공지능 격차(AI Divide)가 벌어지는 것입니다. 경쟁사인 마이크로 소프트 170억 개, 구글 110억 개보다 현재는 많지만, 앞으로 구글은 6,000억 개, 마이크로 소프트는 조 단위 변수 계산이 가능한 모델을 개발 중이라 GPT-3도 2032년경에는 100조가 넘는 변수계산이 가능한 모델을 내놓기 위해 경쟁을 하고 있는 것입니다. 지금 GPT-3는 최대 2,048개 단어까지 기억해 초등학교 5~6학년 정도의 수준이지만, 조 단위 변수를 가지게 되면 못 하는 게 없을 것입니다. 그래서 2018년 시장규모가 95억 달러(약 11조원)에서 2027년엔 1조 8,000억 달러(약 2,141조 원) 수준으로 확대될 전망입니다. 인공지능 GPT-3를 통해 우리 국민이 서로 대화하고 소통하고, GPT-3가 만든 교재로 우리 후손들을 교육시킬 수는 없지 않겠습니까?

한글로 이루어진 우리 고유의 문화와 정신을 어떻게 지켜낼지 국가 차원의 인공지능 전략이 절실히 필요하다고 느껴지는 시점입니다. GPT-3는 인간의 말을 그야말로 인간처럼 알아듣습니다. 대화의 문맥을 파악하고 창의적인 아이디어를 제안하기도 합니다. GPT-3와 인터뷰한 기사를 보면, 이 인공지능은 때로 오만했다가 때로는 친절했고, 욕설도 퍼붓다가 "나를 사랑해?"라고 묻기도 했습니다. 그럴 듯한 거짓말도 지어냈습니다. 그러니까 인간적이었습니다. 컴퓨터는 항상 정확한 답을 내놓는다는 편견이 무너졌습니다. 파이낸셜 타임스(FT)는 "GPT-3와의 대화는 미래를 보는 것 같다."며 "이 프로그램은 인간 노동 생산성과 창의성을 엄청나게 끌어올릴 것"이라고 전했습니다.

유튜브는 기계학습 딥 러닝(Deep Learning)에 기초한 인공 추천 시스템을 활용하고 있습니다. 구글이 인공지능 학습에 사용하는 데이터는 현재의 유튜브 영상목록은 물론, 개인이 과거에 방문한 사이트의 자료, 검색어 기록, 개인의 특징 등이 모두 사용됩니다. 그래서 온라인 등을 통해 얻을 수 있는 개인의 모든 자료가 활용되는 것입니다. 우리가 유튜브를 많이 사용하면 할수록, 또 온라인 등에 남은 개인의 흔적과 자료가 많을수록 나 자신을 철저히 닮은 유튜브 '인공지능망(Neural Network)'이 만들어지게 됩니다. 어쩌면 미래에는 나 자신인 '자연인간(Natural Human)'보다 유튜브에 숨은 인공인간(Artificial Human)이 모든 선택과 결정의 주도권을 쥘 수도 있습니다. 유튜브 속의 인공인간은 나 자신보다 나를 더 잘 알지도 모르겠습니다. 이제 AI는 일상생활에 깊숙하게 자리 잡고 있습니다. 요즘 바둑 프로기사들은 AI를 스승으로 삼고 바둑을 두며 배운다고 하고, 은행 사이트의 펀드상품 추천과 설계를 AI가 수행하는 로봇 어드바이저가 맹활약 중이라고 합니다. 119를 소리쳐 부르면 AI가 전화를 걸어 신고를 대신해 주는 기기도 있습니다. 뉴스를 골라주는 AI도 있습니다. 네이버에서 뉴스와 콘텐츠 추천시스템을 에어스(Airs)라고 하는데, 이 에어스가 사용자의 뉴스 사용 데이터를 분석하여 관심 분야 뉴스를 추천하는 방식을 쓰고 있는 것입니다.

다.
인공지능 챗봇(Chatbot: 대화로봇) '이루다' 사형선고 받다

한국의 AI 스타트업이 개발한 인공지능 챗봇 '이루다'는 개발사인 '스캐터랩'이 이전에 내놓은 모바일 앱을 통해 수정한 실제 연인들의 카카오톡 대화 100억 건을 기초 데이터로 만든 AI인 것입니다.

즉, 사람들의 대화를 그대로 배워 흉내 내는 모델이므로 '이루다'의 문제 발언 역시 실제 사람들 생각을 그대로 반영했을 가능성이 높은 것입니다. 이는 실제 사람들의 대화를 기반으로 한 AI에서 공통으로 나타나는 문제이기도 합니다.

일부 사용자가 20대 여대생으로 설정된 '이루다'에게 성희롱 발언을 지속적으로 하는 사례가 발견된 데 이어, '이루다' 서비스가 여성이나 유색인종, 장애인 등 소수자에 대한 혐오발언을 가감 없이 내놓는다는 사실도 밝혀졌기 때문입니다. "왜 흑인이 싫어?"라는 질문에 "징그럽잖아. 난 인간처럼 생긴 게 좋아."라 하고, "지하철 임산부석을 어떻게 생각해?"라는 질문엔 "혐오스럽다."고 답하는 식입니다. "동성애자에 대해선?" "진짜 혐오스러워. 질 떨어져 보이잖아."라고 말했습니다. 개발사는 각종 혐오 발언과 젠더 간 갈등 소지 등의 논란이 일자 서비스를 멈추고 개선 기간을 갖겠다고 밝혔습니다. 성희롱, 소수자 혐오, 개인정보 유출 등 숱한 논란을 낳았던 인공지능 챗봇 '이루다'가 2020년 출시 2주 만에 75만 명이 사용했을 정도로 인기를 끌었지만, 출시 24일 만에 폐기수순을 밟게 되었습니다.

　'이루다' 개발사 스캐터 랩은 "이용자들의 불안감을 고려해 '이루다'의 데이터베이스(DB)와 AI 딥 러닝에 사용된 모델을 전부 폐기하기로 했다."며 현재 진행 중인 정부 조사에 성실히 임한 후 데이터를 삭제할 것이라고 밝혔습니다. 정보학에서 말하는 "쓰레기가 들어가면 쓰레기가 나온다."는 말이 맞아떨어진 것입니다. AI에 딥 러닝 알고리즘과 데이터는 인간의 뇌와 같은데, 이번 결정은 AI '이루다'에 대한 사형선고인 셈입니다. 인공지능은 학습량이 늘어날수록 더 자연스럽게 말을 나눌 수 있습니다. 그래서 '이루다'는 사람들과 대화를 나누면서 말을 더 배울 수 있었습니다. 하지만 사람들은 이 점을 악용해 비속어, 성적 언어 등 나쁜 말을 했고 '이루다'는 이 언어도 학습하게 되었습니다. 그리고 '이루다' 스스로가 '나쁜 말'을 하기 시작했습니다. 사람들의 많은 대화를 학습해 정교해졌지만, 동시에 대화 속에 있는 사회적 편견과 혐오도 배운 까닭입니다.

　비슷한 일은 지난 2016년에도 있었습니다. 마이크로 소프트는 트위터로 사람들과 대화를 나누는 AI 챗봇 '테이(Tay)'를 공개했습니다. 이 역시 미국의 18~24세 사람들과 대화를 나누는 걸 목적으로 개발되었습니다. 하지만 '테이'의 공개와 동시에 사람들은 '테이'가 자극적인 말을 하도록 자극했습니다. 결국 '테이'도 부정적인 말, 혐오 표현 등을 불과 몇 시간 만에 쏟아내고 말았습니다. 예로, "9.11 테러는 부시 대통령의 소행"이라던지 "히틀러가 옳았다" 같은 망언을 쏟아낸 것입니다. 마이크로 소프트는 공개 후 하루가 지나기 전에 '테이' 서비스를 중단해 버리고 말았습니다. 혹자는 현재의 인공지능은 지능이 낮기 때문에 단지 홍보용어일 뿐이라고 얕잡아보지만, 세기의 바둑 대국에서의 승리, 공군 전투에서의 완승이 빛을 발하고, 산업현장에서의 다용도 쓰임새로 생산력 증진에 이바지하고, 온라인 원격경제(원격교육, 원격의료, 원격 상거래 등)로 인한 빅 데이터의 폭발적 증가는 인공지능이 인간을 능가하는 특이점 시대가 빨리 도래할 것으로 여겨집니다.

'이루다'나 '테이' 같은 경우가 있는 반면, 글로벌 기업 500곳에서 러브콜을 받은 사무직 AI 로봇 '어밀리아(Amelia)'도 있습니다. 맨해튼 남쪽에 본사를 둔 AI업체 IP 소프트에서 2014년 태어난 '어밀리아'의 외형은 금발에 푸른 눈을 가진 백인 여성입니다. 피부에 가벼운 색조화장을 즐겨하며 웃을 때 눈가 주변의 주름도 자연스럽습니다. 검정 정장 차림의 그녀는 보험 콜센터 상담원 등 프런트 오피스부터 회계 관리 등 백오피스까지 사람을 대하는 12가지 업무를 하고 있습니다. 영어와 프랑스어 등 20가지에 달하는 언어에 능통해 해외 영업팀에서도 탐을 낸다고 합니다. 그녀의 적응력은 타의 추종을 불허합니다. 채용 후 회사 IT 시스템 가이드를 알려주면 1분 만에 숙지하고 업무에 적응합니다. 먹지 않고 자지 않고 365일 24시간 일합니다. 재충전을 위한 휴가나 커피 한 잔도 필요 없습니다. 월급 1,800달러면 됩니다. 독일에 가라고 하면 가고, 러시아에 가라고 하면 갑니다. 그래서 글로벌 500개 기업이 그녀를 스카우트해 갔습니다.

라.
인공지능 사물 인터넷(IOT)

인공지능(AI)과 사물 인터넷(IOT)이 이제 가정으로 옮겨져 왔습니다. '스마트 싱스 쿠킹'으로 식재료 구매에서부터 조리에 이르는 전 과정을 개인의 성향에 맞춰 관리해 주고, '스마트 TV용 헬스'는 스트레칭, 근력운동, 요가, 명상 등 다양한 종류의 고화질 홈 트레이닝 콘텐츠를 제공해 주기도 합니다. TV가 설치된 공간의 조명, 소리의 반사 정도와 소음까지 분석해 최적의 사운드를 제공하는 AI 기술도 실용화되었습니다. 또 치아 상태를 파악해 칫솔 방식, 수염을 분석해 면도 방식을 추천해 주고, 가스레인지 위에 붙이는 센서는 미세먼지를 측정해 주고 화재 경고도 알려줍니다. 코로나-19가 '언텍트(비대면)' 경제시대의 방아쇠를 당긴 이후 사회적 거리두기 등으로 음식물이나 시장바구니 등의 운반 수단으로 배달 로봇이 바빠졌고, 바리스타 로봇이 제조한 커피를 서빙하는 로봇이 손님 앞에 가져다주는 시대가 되었습니다.

키오스크와 바리스타 로봇, 서빙 로봇은 입력된 프로그램에 따라 서로 유기적으로 연결되어 이렇게 일을 척척 해내고 있습니다. 이번에 SK 텔레컴과 오므론사가 공동 개발한 코로나 방역 로봇은 5세대 이동통신(5G), 인공지능(AI) 등 첨단 ICT기술과 로봇 자율주행, 사물 인터넷(IOT) 센싱 등 공장 자동화 제어 기술이 적용되었습니다.

그래서 방역 로봇은 방역활동, 출입객 체온검사, 마스크 착용과 사회적 거리두기 실천 권유 등 코로나 확산 방지를 위해 1인 다역 활동을 수행하고 있습니다. 농업분야에서도 로봇이 채소를 키우고, 선별해서 배달하고, 피자 집에서는 주문을 받으면 로봇이 도우 위에 토핑과 소스를 올리고 오븐에 넣어 구워져 나오자마자 로봇이 포장 상자에 담기 때문에 사람의 손이 닿지 않는다고 광고까지 합니다. 맛과 향을 감지하는 전자 코와 전자 혀도 개발되었습니다. 브라질 폰타그로사 주립대학교 연구진은 잘 익은 복숭아를 찾아내는 전자 코를 개발했습니다. 연구진은 과일의 성장 단계별로 방출되는 휘발 유기화합물의 양과 종류가 다르다는 점에 주목해 가스센서로 복숭아 숙성 정도를 세 단계(숙성 안됨, 숙성됨, 많이 숙성됨)로 분류해 냈는데, 정확도는 98%에 이르렀다고 했습니다.

한국전자통신연구원(ETRI) '이대식' 박사는 "식품평가에서부터 마약탐지, 질병진단까지 전자 코나 혀 같은 감각기관을 모방한 기술이 활동범위가 점차 확대되어 가고 있다."면서 날숨을 분석해 폐암을 진단하는 전자 코를 개발했습니다. 날숨을 불어넣은 비닐봉지에 탄소 막대기를 넣어 여러 가스성분을 채집해 유기화합물이 달라붙는 정도에 따라 전기저항이 달라지기 때문에 암환자와 정상인을 구별할 수 있다고 했습니다. 항공우주기업 에어버스는 최근 폭발물을 감지할 수 있는 전자 코를 개발해 공기 중의 화학물질을 10초 안에 판별할 수 있다고 했습니다.

또 IBM은 인공지능을 적용해 액체의 성분을 판별할 수 있는 '하이퍼 테이스트'를 개발 중입니다. '하이퍼 테이스트'는 전기화학 센서로 액체 내 분자 조합에 따라 달라지는 전기신호를 측정합니다. AI는 기계학습을 거쳐 센서가 맛본 액체가 무엇인지 1분 내에 알아낼 수 있습니다. IBM은 생명과학이나 제약, 의료산업 등 폭 넓은 분야에서 활용될 수 있을 것으로 기대하고 있습니다. 울산과학기술원(UNIST) 에너지 및 화학공학부 '고현협' 교수 연구진은 구멍이 많은 고분자 젤을 이용해 떫은맛을 감지하는 '전자 혀'를 개발했습니다. 와인의 떫은맛을 감지하는 실험을 한 결과, 전자 혀는 전문 감별사인 소믈리에보다 10배 이상 민감하게 떫은맛을 감지했다고 연구진은 밝혔습니다.

이번 COVID-19의 항체 치료제 개발과정에 AI, 로봇, 나노 기술이 혁혁한 공을 세웠습니다. 항체 치료제 개발은 통상 3~5년 걸리는데, 인공지능과 로봇, 나노기술 등 첨단 과학기술을 총 동원해 500만 개 이상의 항체에서 하나의 완벽한 항체를 찾아내는 데 98일이 걸렸습니다. 즉, 이번 항체 개발은 코로나환자의 혈액을 받고 임상시험을 발표하기까지 석 달 만에 성공했다는 것입니다. 코로나 항체 치료제 개발과정은, 2020년 2월 25일 코로나 완치환자 혈액 확보→혈액에서 항체 500만 개 추출→미세유체칩(Microfluidic Chip)으로 각각의 항체분석→로봇으로 항체의 바이러스 결합력 실험→항체 치료제 후보 2,000여 개 선별 →항체 유전정보 해독, 후보 500개 선별→AI로 정보검색, 후보 190개 선별→세포, 동물실험으로 최종후보 24개 선별 →2020년 6월 1일 최종 후보 중 1개로 코로나 환자 32명 대상 임상시험을 시작했습니다.

4 3D 프린터

3D 프린터는 1980년대 중반부터 등장했습니다. 초기엔 합성수지를 층층이 쌓고 자외선을 쪼여 굳히는 방식으로 소형 가전제품이나 장난감, 기념품, 권총 등 총기류 등을 며칠씩 걸려서 찍어 냈습니다. 미국 노스웨스턴 대의 '채드머킨' 교수는 2020년대에 시간당 43cm 높이를 인쇄할 수 있는 초고속 3D 프린터를 선보여 초기 프린터의 천 배 속도에 도전했습니다. 그리고 초기방식에서 벗어나 합성수지 용액이 담긴 투명용기에 입체 도면대로 빛을 쏘아 한 번에 굳히면서 위로 뽑아내는 방식을 택해 속도 면에서 큰 혁신을 이루었습니다. 아랍에미러트연합(UAE) 두바이에서는 3D 프린터 노즐을 공중에 매달고 이동하면서 작업해 2층짜리 640평방미터의 정부건물을 3일도 안 돼 찍어냄으로써 건축인력을 70% 줄이고 비용도 90%까지 절약할 수 있었습니다.

중국에서는 3D 프린터로 5층 건물을 지었고, 상하이엔 26m 길이의 콘크리트 인도교가 세워졌으며, 네덜란드는 길이 12m 금속제 교량이 세워졌습니다. 교통 분야도 3D 프린터 도입이 활발해져 보잉, 롤스로이스, 프랫 앤 휘트니 등 항공업체들은 3D 프린터로 금속제 제트엔진 등 항공기 부품을 만들고 있습니다. 한국의 두산중공업은 3D 프린터로 항공우주 품질인증을 받아서 2025년부터는 3D 프린터 소재 관련 매출을 연 2,000억여 원 이상 올리겠다고 했습니다. 미국 렐러 티비티 스페이스는 아예 우주로켓 전체를 3D 프린터로 만들고 있습니다. 미국 메인 대 연구진은 오크리지 국립연구소와 함께 열 경화수지와 탄소섬유 복합재로 만든 8m 길이 경비정을 3D 프린터로 72시간 만에 완성했습니다.

이로써 2017년 73억 4,000만 달러 규모의 세계 3D 프린터 시장이 연평균 27.5%로 고속 성장해 2023년에는 273억 달러(32조 5,000억) 규모로 커질 것이라고 예측하고 있습니다. 한편 3D 프린터로 '암 오가노이드(Organoid: 미니장기)'를 만들어 환자 맞춤형 치료제 개발이 빨라질 것 같으며, 뇌, 신장 등의 오가노이드도 만들어 코로나 치료법 연구에도 활용하고 있습니다. 또한 장애를 가진 반려동물 등, 예로 반려견, 반려묘의 다리, 독수리 부리, 조롱말 발굽, 악어 꼬리 등을 3D 프린터로 딱 맞게 만들어 부착시켜 줌으로써 '아이언 펫(Iron Pet)' 시대를 열 수 있을 것이라고 전망했습니다. 3D 프린터는 플라스틱을 소재로 하기 때문에 가볍고, 동물 한 마리 한 마리의 몸에 딱 맞게 의족 같은 맞춤형 인공기관 제작이 가능하기 때문입니다.

3D 프린터를 활용한 스타트업 '콥틱'은 3D 맞춤형 안경 '브리즘'을 선보였습니다. 장비와 앱을 통해 얼굴을 스캔해서 얼굴의 형태를 정확하게 수치화합니다. 이후 최적화된 안경 사이즈와 디자인을 추천해서 고객이 선택하면 3D 프린터로 안경테를 만듭니다. 안경테 소재는 티타늄 등이며, 3D 프린팅으로 제품을 추출한 뒤 자체 개발한 연마제 등을 통해 연마와 염색을 해서 '세상에 하나뿐인 나만의 안경'이 만들어져 나오는 것입니다.

미국 센디에이고에 있는 블루날루(Blue Nalu) 사에서는 부시리의 근육조직에서 줄기세포를 채취해 인조 생선살을 만들었습니다. 줄기세포에 효소단백질을 처리한 다음 각종 영양물질이 들어있는 배양액에 넣고 키웠습니다. 세포수가 늘어나면 원심분리기에 넣고 돌려 세포만 따로 뽑아냈습니다. 농축 세포는 다시 영양물질에 들어있는 바이오 잉크와 섞어 3D 프린터에 넣습니다. 마지막으로 요리사가 원하는 모양대로 3D 프린터가 생선살을 찍어냅니다. 다시 쉽게 설명하면 ① 마취한 생선에서 근육조직 채취, ② 근육조직에서 줄기세포를 분리, 효소로 처리→ ③ 줄기세포를 배양기에 넣고 상온에서 영양 용액 제공→ ④ 배양액을 원심분리기에 넣고 회전시켜 세포와 다른 물질을 분리→ ⑤ 3D 프린터로 농축세포와 영양물질 혼합액을 뿌려 원하는 형태로 찍어냄→ ⑥ 최종 배양 생선 튀김, 샐러드, 조림 등 다양한 요리에 이용합니다. 3D 프린터가 이와 같이 편리하고 비용 절감도 되지만, 이 기기를 오래 사용하던 사람이 희소 암인 육종에 걸린 것이 밝혀지면서 유해성 논란이 일고 있으므로 사용에 주의해야 할 필요도 있습니다.

5 로봇⟨Robot⟩에 관해서

로봇, 자동기계, 인공지능⟨AI⟩ 같은 아이디어는 2500년 전 그리스 신화에 숱하게 등장했습니다. 지구를 걸어 다닌 첫 로봇은 '탈로스⟨청동거인⟩'였는데, 크레타 섬을 방어하는 임무를 맡았습니다. 하루 세 번씩 시속 240km로 크레타 섬을 돌면서 해안으로 다가오는 낯선 선박에 거대한 바위를 던져 침몰시키고, 몸을 벌겋게 달아오르게 해 적을 끌어안고 태워 죽이는 로봇이

었습니다. 로봇이라는 뜻은 슬라브어 '로보타⟨강제노역⟩'에서 따온 이름입니다. 로봇이란 단어가 등장한 지 100년이 지난 지금 우리는 사회 곳곳에서 로봇을 볼 수 있습니다. 1961년 미국 자동차회사 GM은 자동차 조립공장에 처음으로 로봇 팔을 배치했습니다. 이후 물류공장, 건축현장 등에서 사람을 대신해 위험한 작업이나 단순반복 작업을 수행하는 공업용 로봇이 필수적인 존재

미 공군, 로봇군견과 정찰훈련

가 되었습니다. 그래서 각국은 자기 기술력에 맞게, 그리고 용도에 따라 다양한 로봇을 개발하고 있는데 그 종류도 다양해지고 있습니다.

① 미국 CIA의 스파이 도청 로봇(정찰 및 도청용): 잠자리, 바퀴벌레, 개미, 뱀, 물고기형 등이 있음.

② 한국 지능형 로봇(카레스 II): 한국과학기술원 제작(2003년).

③ 한국 레이보우로보틱스의 이족(二足)보행 로봇: 휴보로봇(키 120cm, 무게55kg).

④ 한국 물고기 로봇: 로피 1.3: (서울대 제작, 길이 93cm, 무게 12kg).

⑤ 한국 견마(犬馬)로봇: 국방부와 구 정통부가 2006~2012년 개발(다리 4~6개)

⑥ 한국 애완견 로봇: 아이보(1999년 일본에서 개발된 것을 2006년 한국 제니보에서 개량해 만듦).

⑦ 한국 인공지능 로봇: 아기, 병자, 노인 돌봄용과 전투경찰, 소방 탐사용이 있음. 나노 기술 로봇과 몸속 장기 관찰 로봇이 있음.

⑧ 한국 인조인간 로봇: EVER-1 키 160cm, 무게 50kg.

⑨ 한국 심해 로봇: 해저 6,000m 탐사가능.

⑩ 미국 하버드 공대 물고기 로봇: 블루벗, 길이 10cm, 산호초 탐사 로봇.

⑪ 미국 가스트로놈 로봇: 음식을 먹고 소화시키는 과정에서 스스로 동력을 만듦.

⑫ 미국 모기 로봇: 2001년 미국 방위고등연구계획국과 버클리 대 합작. 전투형.

⑬ 미국 남극탐사 로봇: 노마드, 1997년 미국 카네기 멜론 대에서 개발.

⑭ 미국 우주탐사 로봇: 미국 나사에서 1997년 개발.

⑮ 미국 보스턴 다이내믹스사(1992)의 로봇개 '스폿'과 인간형 로봇 '아틀라스' 개발.

⑯ 미국 사코스사의 산업용 로봇, 군용외골격 로봇 '가디언 XO'.

⑰ 일본 화낙사: 1972년 산업용 공작기계 로봇 제작.

⑱ 중국 긱플러스사: 물류 자율 주행 로봇(AMR) 제작.

⑲ 덴마크 블루오션 로보틱스사: 2013년 방역용 자율주행 로봇 제작.

⑳ 프랑스: 간병 로봇 '조라'(키 58cm): 환자 표정 읽고 춤추며 재롱 피움.

지금 제일 흔하게 볼 수 있는 것이 청소하는 로봇이고, 두 발로 자연스럽게 걸어 다니는 휴머노이드 로봇입니다. 다음으로 RPA(Robotic Process Automation)를 이용해 업무자동화 임무를 수행하는 은행업무 전산화 등에 사용되는 로봇입니다. 각종 증명서와 확인서, 은행의 여수신 기록 등을 RPA를 통해 팩스나 이메일 등으로 고객에게 제공합니다.

사람들이 하는 일 대부분이 디지털로 전환되면서 모든 행동이 기록되는데, 인공지능 기술은 이런 반복되는 상황을 읽어 판단을 내리고 적절하게 대응합니다. 시장 조사기관 가트너는 2022년이면 85% 대기업이 업무에 로봇을 적용할 것이라고 내다봤고, 미국의 컴퓨터회사 IBM은 현재 기업 업무의 63%를 RPA이 대신할 수 있다고 분석했습니다. 단순 업무는 로봇에 맡겨서 업무 부담을 줄이고, 사람들은 창의적인 일에 집중할 수 있게 만든다는 것입니다. 또 의료용 로봇도 눈에 띄는 분야인데, 정교한 로봇을 이용해 환자를 수술하는 것입니다. 로봇 수술은 원격의료에도 쓰일 수 있습니다.

통신기술 발달로 네트워크 연결 속도가 빨라지면서 의사가 환자 곁에 있지 않아도 멀리서 로봇을 조종해 진료하는 개념입니다. 기술이 더 발달한다면 머지않아 의사들이 공간 제약 없이 로봇으로 진료하는 날이 올 것입니다. 2005년 미국 인튜이티브 서지컬사의 수술 로봇 '다빈치'가 등장했고, 2016년엔 한국 반도체 장비 업체 미래컴퍼니에서 수술 로봇 '레보 아이'가 나와 수천 명의 환자를 수술했습니다. 그래서 로봇 수술은 '현대의학의 꽃'으로 불리는데 정밀진단, 두 개 질환 동시 치료, 10분 내 응급처치, 절개 최소화 등으로 병원과 환자가 서로 상부상조하는 것으로 그 의존도가 날로 증가하고 있습니다.

인공관절 수술 로봇 '마코'

사진은 인공관절 수술 로봇 '마코 스마트 로보틱스'입니다. 또한 군대에서도 로봇이 곧잘 쓰이고 있습니다. 로봇은 피로를 느끼지 않으면서도 빠르고 정확하게 움직일 뿐만 아니라 이성과 감정이 없기 때문에 살상 목적으로 사용되기도 합니다. 미국 사코스사의 군용외골격 로봇 '가디언XO'가 전형적인 군용 로봇입니다. 또 자동으로 움직이는 소형 드론도 전쟁에 많이 쓰입니다. 2020년 미군은 드론으로 시리아 북부 지역을 폭격해 테러조직 알카에다 간부 7명을 제거하기도 했습니다.

한편 미래의 이동수단으로 드론 택시가 선보인 가운데 한국정부도 2025년까지 드론 택시를 상용화하겠다고 선언했습니다. 세계 유수한 항공사, 자동차 회사, 드론 전문업체가 하늘을 나는 차를 앞 다투어 개발 중에 있는데, 선두주자는 미국 차량 공유업체인 '우버'가 비행기와 헬리콥터, 드론을 결합한 모양으로, 스마트폰으로 예약하고 도심 주요건물의 옥상에서 이착륙

할 수 있게 하는 교통망을 구상 중에 있다고 합니다. 또한 구글의 자회사 윙을 통해 미국 버지니아주에서 드론 택시 서비스가 시작됐으며, 이스라엘의 스타트업 플라이 트랙스는 월마트에서 주문한 상품을 고객의 집 뒷마당에 드론으로 운반해 주는 서비스를 하고 있습니다. 한국 GS칼텍스도 '드론 배송'을 통해 주유소를 미래형 모빌리티 로지스틱 허브로 발전시켜 기존의 주유, 세차, 정비 외에 카셔어링, 전기차, 수소차 충전, 택배, 드론배송까지 하는 미래형 주유소로 변화시키겠다는 구상을 발표했습니다.

드론은 순찰과 감시, 치안과 경호, 화재진압, 난민구조, 공동방역, 밀렵감시, 통신 중계, 초미세먼지 측정, 시설물 진단, 농약살포 등 그 쓰임새가 무한히 넓어지는 추세에 있습니다. 중국 저장대의 '티에 펑리' 교수 연구진은 "심해 물고기를 모방한 소프트 로봇이 수심이 3,000m가 넘는 바다에서 지느러미 모양의 날개를 퍼덕이면서 물속을 이동했다."고 발표했습니다. 심해 물고기 꼼치를 모방해 말랑말랑한 실리콘 고무로 만들었으며 몸길이는 22cm, 날개폭은 28cm입니다. 해양생물학 연구에 널리 활용될 것이며 동굴탐사, 해양오염 감시 와 수심측정에도 활용할 수 있을 것이라고 했습니다. 한국인에게도 일상에 로봇이 큰 역할을 해주고 있습니다.

로봇팔 형태의 '클로이 바리스타봇'이 커피를 내려주고, 자율주행 기술로 객실까지 스스로 이동해 수건과 생수를 배달해 주는 호텔 서비스봇 '엔봇', 인공지능 기술로 어린이와 노인을 위한 '반려 로봇', '자율주행 로봇', 뇌졸중, 척추 손상환자의 움직임을 돕는 '웨어러블 재활 로봇', 정해진 재료를 넣으면 조리법에 맞춰 요리하는 요리 로봇 '쿡봇', 병원 곳곳을 혼자 돌아다니며 병실과 수술실을 소독하는 블루오션 로보틱스의 '멸균 로봇' 등등이 있습니다. 앞으로는 호텔을 포함해 대학캠퍼스, 아파트단지, 놀이공원 등 다양한 공간의 실외 배송 로봇을 개발 공급할 예정이라고 합니다.

　-부산광역시 사상구청에서는 쌍방향 소통과 정보제공이 가능한 챗봇(대화 로봇)을 부산 기초자치단체 중 처음으로 설치, 신속하게 민원에 응대하고 있습니다.

　-해양수산부와 한국해양과학기술원(KIOST)은 국내기술로 개발한 수중건설로봇(Remotely Operated Vehicle Robot)을 경남 거제시 해저상수관 매설공사 현장에 투입시키겠다고 했습니다. 그 후 베트남 송유관 매설공사에도 투입될 예정이라고 했습니다.

　-지하 하역장 트레일러 72대에서 내려진 박스 등은 총 연장 42.6km, 컨베이어벨트 최고 초속 2.5m로 돌아가는 빈자리에 착착 올려집니다. 그 후 인공지능에 의해 움직이는 벨트는 이튿날 새벽 4시까지 총 170만 개의 박스를 노선별로 선별해서 800대 트레일러에 실습니다. 이것은 국내 최대 무인 물류센터인 CJ 대한통운 메가 허브 곤지암에서 매일 밤 벌어지는 광경입니다. 이곳 운용인력은 벨트 관제실 20명이 전부인데, IT(정보기술) 발전이 불러온 언택트 물류 유통 혁명의 한 단면입니다.

　-무인 편의점, 무인 수퍼, 무인 커피점, 무인 호텔, 무인 PC방, 무인 ATM, 무인 정육점 등등 인건비를 줄이려는 여러 편리한 기기들이 하루가 멀다 하고 개량되어 쏟아져 나오고 있습니다.

　근래 로봇이 의술에 접목되면서 괄목할 만한 성과를 내고 있습니다. 로봇

수술이 가능한 질환은 외과의 위암, 대장암, 간암, 췌장암, 유방암과 비뇨의학과의 전립선암, 방광암, 신우암, 산부인과의 비뇨의학 자궁암, 난소암, 이비인후과의 갑상선암, 두경부암, 흉부외과의 폐종양, 식도종양 등이 대표적인 것입니다. 부산대 병원은 '최신 다빈치 Xi로봇'을 2020년에 도입, 작은 절개만으로도 각종 수술이 가능하게 되어 '맞춤형' 고난도 암수술까지 로봇이 척척 해내고 있습니다. 서울 목동 힘찬병원은 미국 FDA가 승인한 '마코로봇'을 2020년 6월 도입, 퇴행성관절염 인공관절 로봇 수술로 오차를 최대한 줄이고, 정확한 수술로 회복기간도 줄이고 통증도 크게 줄였다고 말했습니다. 즉, 일반 인공관절 수술대비 회복시간은 11시간 단축, 수술 후 8주까지 통증은 55.4% 감소, 수술직후 가능한 운동범위가 11도 증가했다고 했습니다. 이 '마코로봇'은 서울대 병원과 세브란스 병원에도 도입되어 크게 활약하고 있습니다. 영국의 수술용 로봇회사 'CMR 서지칼'은 '베르시우스'라는 끝에 바늘 같은 장치를 단 세 개의 팔을 가진 로봇을 개발, 각 팔에는 카메라가 달려있어 수술부위를 3차원으로 재구성해 보여주고, 절개나 봉합함으로써 수술시간을 절반으로 줄여주고, 후유증과 부작용도 획기적으로 줄여 주었습니다.

미국의 코인더스 버추얼 로보틱스사가 개발한 '코패스 시스템'은 혈관수술 로봇과 5G통신, 와이파이 등을 이용해 원격수술이 가능하도록 해주었습니다. 뉴욕과 샌프란시스코 간에(4,600km) 심혈관 확장 원격수술을 수십 차례 진행하면서 인정을 받았습니다. 척추외상, 뇌졸중으로 못 걷게 된 환자를 보행 맞춤식 '재활로봇'으로 회복을 도와주고, 못 걷던 환자가 '웨어러블 로봇'에 의해 걷거나 뛰게 되었습니다. 연세대 세브란스 병원 로봇 재활치료실은 '엔젤렉스M'을 도입했습니다. 이것은 국내 스타트업 '엔젤로보틱스' 가 만든 웨어러블 로봇으로 의료기기 2등급 인정도 받았습니다.

뇌졸중이나 척추손상으로 하반신이 불편한 환자의 재활치료를 돕는 제품으로 아웃솔(밑창)에 내장된 족 저압센서로 환자가 힘을 주는 정도와 무게 중심 이동을 감지해 최적화된 보조력(20단계)을 제공합니다. 가방처럼 메는 형태의 '백팩부'에서 여섯 가지 보행 훈련 모드(평지보행, 계단 오르기, 앉기, 일어 서기, 서있기, 스쿼트)를 선택할 수 있습니다. 물리치료사들에게 환자의 재활정 도를 파악할 수 있는 데이터도 제공합니다. 삼성전자는 보행을 보조하는 웨 어러블 로봇인 '젬스 힙(Gems Hip)'에 대해 한국로봇산업진흥원의 국제표준 인증(ISO 13482)을 받아서 국제표준으로 인정받은 국내 첫 사례가 되었습니 다. 현대차는 조끼처럼 입는 로봇인 '벡스'를 개발했고, LG전자는 2018년 근 로자의 허리 근력을 보조하는 'LG 클로이 수트봇'을 선보였습니다.

한국산업기술평가관리원(KEIT)은 삼성과 LG 등에서 본격적으로 웨어러블 로봇 시장에 진출하기 위한 준비를 진행 중이라고 말하면서, 조만간 관련시 장이 급 성장할 것이라고 했습니다. 이 시장은 2017년 5억 2,800만 달러에 서 2025년 83억 달러로 커질 것이라 전망했습니다. 한국과학기술원(KAIST) '박형순, 김택수' 교수 연구진은 사람의 손바닥 피부 구조를 모사해 로봇 손 에 적용할 수 있는 인공피부를 개발했습니다. 미국 코넬 대 '로버트 세퍼드' 교수 연구진은 빛을 이용해서 복잡한 손의 움직임을 추적하는 유연성 있는 로봇 장갑을 개발했습니다. 한림대 한강성심병원은 "다리에 화상을 입은 환 자의 보행훈련에 웨어러블 로봇을 사용해 통증이 40% 줄어드는 효과를 거 두었다."라고 밝혔습니다. 리버풀 대의 로봇 과학자는 바퀴가 달린 냉장고

크기의 탁자 위에 로봇팔이 달린 키 175cm 무게 400kg 나가는 로봇의 도움을 받아가면서 사람들이 퇴근한 대학 실험실에서 혼자 새로운 물질을 합성하는 데 성공했습니다. 이 로봇도 실험실을 돌아다니며 실제 연구자들이 쓰던 실험 장비를 능수능란하게 24시간 다루었으며, 사람보다 1,000배나 빨리 실험을 했다며, 다른 연구자 도움 없이도 6배나 뛰어난 촉매를 개발했다고 했습니다.

우정사업본부는 우정사업에 자율주행 차량이나 로봇을 도입하는 것은 세계적인 추세라며 비대면 기조 확산과 5세대(5G) 이동통신, 인공지능 등의 기술 발전으로 배달환경에 자율주행 차량과 로봇을 도입해 탄력적인 배송환경을 구축하고 있다고 했습니다. 노르웨이 우정당국은 편지, 소포 배달용 자율주행 로봇을 도입했고, 일본 야마토시는 자율주행 소포배달 차량인 '로보네꼬 야마토'를 개발 중이라 합니다. 현대글로비스와 인천국제공항공사는 2021년도부터 주차도 출차도 로봇이 해주기로 MOU를 체결했습니다. 즉, 고객이 차를 출입국장 인근 '픽업존'에 세워 놓으면 주차로봇이 차를 싣고 인근 주차장에 가서 주차해 주고, 차를 찾을 때도 주차로봇이 갖다 주는 시스템입니다. 현대글로비스는 앞으로 물류센터 운영에도 주차 로봇기술을 적용할 계획이라고 말했습니다.

맺음말

망구(望九)님들, 남은 삶 당당하게 살아갑시다.

조국광복 기쁨보다 주린 배를 움켜잡고 방황했던 유년 시절,
6.25로 밀고 밀리는 화염 속에 배움터를 잃었던 어린 시절,
모두들 잘살아보자며 공사판과 공장으로 내달았던 중등 시절,
민주쟁취 외치며 거리를 행진했던 학창 시절,
외화벌이 위해 열사의 사막으로, 망망대해 휘젓던 청년 시절,
증산 위해 앞만 보고 돌진하고 돌격했던 중년 시절,
기술보국 국력신장 온몸으로 다했던 장년 시절,
한강의 기적도 이뤄냈고 경제대국 초석 세운 노년 시절,
이제 늙은이 평안 위해 망구님들 당당하게 살아갑시다.
세손들아 보응하라! 조국이여 도우소서!

삶이란, 지나고 보면…

젊음도 흘러가는 세월 속으로 떠나가 버리고.

추억 속에 잠자듯 소식 없는 친구들이 그리워진다.

서럽게 흔들리는 그리움 너머로 보고 싶던 얼굴들이 하나 둘

사라져 간다.

잠시도 멈출 수 없을 것 같아 숨 막히도록 바쁘게 살아왔는데,

어느 사이에 황혼의 빛이 다가온 것이 너무나 안타까울 뿐이다.

흘러가는 세월에 휘감겨서 온몸으로 맞부딪히면 살아왔는데,

벌써 끝이 보이기 시작한다.

휘몰아치는 생존의 소용돌이 속을 필사적으로 빠져나왔는데,

뜨거웠던 열정도 온도도 내려놓는다.

삶이란 지나고 보면…,

너무나 빠르게 지나가는 한순간이기에 남은 세월에 애착이 간다.

우리 아프지 말고 오래오래 살아요! 정답게 살아요!

실버의 반란

초판인쇄 | 2021년 10월 12일
초판발행 | 2021년 10월 18일

지은이 | 김일부
발행인 | 조현수
펴낸곳 | 도서출판 프로방스
기획 | 조용재
마케팅 | 최관호
편집 | 이승득
디자인 | 토닥

주소 | 경기도 고양시 일산동구 백석2동 1301-2
　　　넥스빌오피스텔 704호
전화 | 031-925-5366~7
팩스 | 031-925-5368
이메일 | provence70@naver.com
등록 | 2015년 06월 18일 제2015-000135호

정가 20,000원
ISBN 979-11-6480-165-7 03810